BASTEI
LÜBBE

Taschenbücher von LINDA LAEL MILLER
im BASTEI-LÜBBE-Programm:

18 100 Wer das Paradies nur finden will
18 101 Wer ein Lächeln des Glücks einfängt
18 102 Wer dem Zauber der Liebe verfällt
18 103 Wer dem Weg des Herzens folgt . . .
18 104 Wie der Glanz des silbernen Mondes . . .
18 105 Wie das helle Feuer der Sterne
18 106 Lily und der Major
18 108 Emma und der Rebell
18 110 Caroline und der Bandit
18 112 Bis ans Ende meines Lebens
18 114 Bis du deinem Herzen glaubst

LINDA LAEL MILLER

EIN SÜNDIGER ENGEL

Roman

Ins Deutsche übertragen
von Katharina Braun

BASTEI
LÜBBE

BASTEI-LÜBBE-TASCHENBUCH
Band 18 116

Erste Auflage:
August 1993
Zweite Auflage:
November 1994

Originaltitel: Wanton Angel
Lektorat: Katharina Woicke
Titelillustration: Pino Daeni/ Agentur Schlück
Umschlaggestaltung: Quadro Grafik, Bensberg
Satz: KCS GmbH, Buchholz/Hamburg
Druck und Verarbeitung: Brodard & Taupin, La Flèche, Frankreich
Printed in France

ISBN 3-404-18116-6

Der Preis dieses Bandes versteht sich einschließlich der gesetzlichen Mehrwertsteuer.

Prolog

Northridge, Washington – April 1886

Mit wehendem schwarzem Haar und tränenüberströmtem Gesicht rannte das Kind an den Hütten vorbei. An der letzten Kate, die dem brausenden Fluß am nächsten war, sprang es über die abgetretene Holzkiste, die als Stufe zum Eingang diente.

»Gran!« schrie das kleine Mädchen. »Gran!«

Die Hütte hatte nur einen einzigen Raum, und es gab nicht einmal ein Fenster, durch das die Sonnenstrahlen Einlaß gefunden hätten. Gran stand am Herd, der sich zwischen einem schmalen Bett und einer noch schmaleren Pritsche befand. Aus Grans strengem Knoten hatte sich eine Strähne gelöst. Das eisengraue Haar klebte feucht an ihrem Nacken.

Die schrille Dampfsirene im Hüttenwerk oben auf dem Berg verkündete, daß es zwölf Uhr mittags war – drei Stunden zu früh für Bonnie Fitzpatrick, um schon aus der Schule zurück zu sein.

Gran war eine sanfte Frau, die jedoch wenig Sinn für Unfug hatte. »Was soll das heißen, Kind, daß du schon so früh nach Hause kommst?« erkundigte sie sich ärgerlich. »Und warum siehst du aus, als sei der Teufel persönlich hinter dir her?« fügte sie hinzu und bekreuzigte sich rasch.

Bonnie schluckte. Die Mackersonzwillinge hatten wieder einmal einen Triumph über sie errungen, wenn auch nicht durch ihre Quälereien, aber immerhin damit, daß es ihnen gelungen war, sie, Bonnie, in die Flucht zu schlagen. Und nun hatte sie noch viel größeren Ärger zu erwarten, nicht nur mit ihrer Lehrerin, sondern auch mit Gran und vielleicht sogar mit Dad, wenn er von der Arbeit im Hüttenwerk zurückkehrte. Und zu allem Überfluß würde sie in die Schule zurückkehren und sich erneut diesen verwöhnten Biestern stellen müssen – den Töchtern des Hüttenwerkdirektors, die sich ihrer Überlegenheit ihr gegenüber durchaus bewußt waren!

»Nun?« Gran legte den hölzernen Kochlöffel beiseite und setzte sich auf das altersschwache Bett, das sie nachts mit Bonnie teilte. »Komm zu mir«, forderte sie ihre Enkelin auf.

Bonnie gehorchte. »Die Mackersonzwillinge haben mich eine dumme Irin genannt!« sagte sie weinend. »Ich sei nichts wert, sagten sie, und würde niemals an einem besseren Ort als Patch Town leben.«

Statt der Strafpredigt, die Bonnie erwartet hatte, legte ihre Großmutter tröstend einen Arm um ihre Schultern. »Du weißt, daß du eine Tochter Irlands bist, Bonnie, und darauf darfst du stolz sein. Aber das bist du doch, nicht wahr?«

Die Vorurteile, unter denen Bonnie zu leiden hatte, reichten aus, diesen Glauben zu erschüttern, wenn nicht sogar ganz zu zerstören. Was nutzte es ihr, eine Tochter Irlands zu sein, wenn das einzige Kleid, das sie besaß, so alt und abgetragen war, daß weder das Muster des Stoffes noch die Farbe zu erkennen waren? Oder wenn sie viel zu kleine Schuhe tragen mußte, in denen sie hinkte wie ein Krüppel?

»Bonnie Fitzpatrick, du wirst mir meine Frage beantworten, und zwar sofort!« verlangte Gran.

»Vielleicht haben die Mackersons ja recht«, entgegnete Bonnie seufzend.

»Was?« Gran drehte Bonnie an den Schultern zu sich herum und hob drohend die Hand. Doch dann ließ sie sie wieder sinken. Ein heiteres Funkeln, das so gar nicht zu dem Elend paßte, das die stolzen Fitzpatricks befallen hatte, erschien in ihren blauen Augen. »Dann habe ich ganz offensichtlich versäumt, dir etwas über den Tag deiner Geburt zu erzählen, meine

Kleine«, sagte sie, und ihr irischer Akzent, durch Zeit und Unglück verblaßt, schlich sich wieder in ihre Stimme ein.

Bonnies tiefblaue Augen weiteten sich vor Erstaunen. Mit ihrer schmutzigen Hand strich sie ihr kastanienbraunes Haar zurück. »Ist denn an jenem Tag etwas Außergewöhnliches geschehen?« fragte sie und hoffte, es möge so gewesen sein.

Gran nickte bedeutungsvoll und senkte verschwörerisch die Stimme. »So ist es, Kind – unser Herrgott war bei deiner Geburt anwesend, Bonnie. Er nahm dich in seine starken Zimmermannshände und hielt dich lächelnd in die Höhe, um dich Gottvater zu zeigen. Sein schönes Gesicht leuchtete vor Freude über deine Geburt.« Hier hielt Gran inne, um sich noch einmal zu bekreuzigen, dann schloß sie die Augen und murmelte ein kurzes Gebet. »›Sieh nur, Vater‹, sagte er, ›ist sie nicht ein wunderschönes Kind?‹«

Bonnie hatte ganz unbewußt den Atem angehalten. »Ach geh!« meinte sie ungläubig, aber ihr Herz pochte angesichts dieser unglaublichen Vorstellung wie wild gegen ihre Rippen.

»Es stimmt«, beharrte Gran und bekreuzigte sich ein weiteres Mal. Dann stand sie auf und kehrte an den Herd und zu dem Eintopf zurück, dessen würziger Duft wenigstens für eine Weile den Gestank vertrieb, der in Patch Town herrschte. »Du solltest jetzt in die Schule zurückgehen, Bonnie, um unseren Herrgott, der es so gut mit dir meinte, nicht zu enttäuschen.«

Mit zitternden Beinen stand Bonnie auf, strich ihr dunkles Haar zurück und straffte die Schultern. »Ist das nur wieder eins von deinen Märchen, Gran?«

»Ich habe ihn mit eigenen Augen gesehen«, entgegnete Gran entschieden. »Also ab mit dir, und trödele nirgendwo herum! Ich werde keinen weiteren Unsinn dulden. Und der Herrgott auch nicht!«

Und Bonnie lief getröstet davon, eilte vorbei an den heruntergekommenen Katen, stinkenden Klosetthäuschen, Abfallhaufen und neugierigen Blicken der Nachbarn.

Von jenem Tag an ging eine Veränderung mit Bonnie Fitzpatrick vor. Eine tiefempfundene Freude beherrschte sie, die durch nichts auszulöschen war. Denn immer, wenn sie sich vorstellte, von Jesus Christus persönlich aufgehoben und stolz seinem Vater vorgeführt worden zu sein, vergaß sie für eine Weile ihre häßliche Umgebung und das verhaßte Kleid, das sie tagein, tagaus tragen mußte.

Die Mackersonzwillinge konnten ihr nichts mehr anhaben und gaben auch bald den Versuch auf. Aber Forbes Durrant, ein Junge, der zwei Hütten weiter von den Fitzpatricks wohnte, war ausdauernder. Er lachte über Bonnies Geschichte und verlieh ihr den Spitznamen ›Angel‹ – ›Engel‹, der ihr ein Leben lang anhaften sollte. Zu Anfang vielleicht, weil Bonnie darauf beharrte, daß der Herrgott bei ihrer Geburt dabeigewesen war, und später, weil sie sich zu einer Schönheit entwickelte, wie sie in Northridge noch nie gesehen worden war – von Patch Town ganz zu schweigen. Selbst Forbes war für ihre Schönheit nicht unempfänglich, und obwohl er Bonnie gnadenlos zu necken pflegte, hätte er es mit Goliath persönlich aufgenommen, um sie zu beschützen.

Im Alter von siebzehn erweckte Bonnie das Interesse Eli McKutchens, des Erben der McKutchen Hüttenwerke in Northridge und eines Finanzimperiums, das sich von einer Küste des Landes zur anderen erstreckte.

Eli war ein großer, breitschultriger Mann mit ausgeprägten Ansichten. Mit seinem glänzenden weizenblonden Haar und den bernsteinfarbenen Augen war er für Bonnie die Perfektion schlechthin – ein Umstand, der ihr später noch sehr viel Leid eintragen sollte.

Die ganze Stadt war empört, als Eli McKutchen sich in jemanden wie Bonnie Fitzpatrick verliebte. »Hochnäsige Göre!« murmelten die Damen hinter ihren Teetassen und ihren seidenen Fächern. Wie konnte Josiah, Elis Großvater und hochgeschätzter Bürger von Northridge, eine derart unpassende Verbindung gutheißen?

Die Männer der Stadt richteten ihren Neid auf Eli statt auf Bonnie. »Glückspilz«, knurrten sie über ihrem Bier und ihren Pokerkarten.

Josiah, den Bonnies Temperament ebenso beeindruckte wie ihre Schönheit, zerstörte die Hoffnungen aller respektablen Mütter von ledigen Töchtern, indem er der Verbindung aus vollem Herzen zustimmte. Bonnies bescheidene Herkunft kümmerte ihn wenig, denn er war selbst einmal ein armer Mann gewesen. Um Elis Glück gebührend zu feiern, ließ er ein zweistöckiges Geschäftshaus erbauen und machte es – komplett eingerichtet und mit gefülltem Warenlager – dem Vater der Braut zum Geschenk.

Fitzpatrick, der sein halbes Leben lang hungrig und die andere Hälfte seines Lebens schwer verschuldet war, konnte es kaum glauben, daß die Weggabe seiner einzigen Tochter ihm eine so bedeutende Mitgift einbringen sollte. Nach der Trauung, die in McKutchens gepflegtem Garten stattfand, sprach Jack dem Alkohol so kräftig zu, daß ihm vor Sentimentalität die Tränen kamen. Weinend gedachte er seiner Mutter, die vor einem Jahr verstorben war und das freudige Ereignis nicht mehr miterleben konnte, und seiner sanften Margaret Anne, die schon lange vorher in die ewige Glorie eingegangen war. Wie glücklich es Bonnies Mama gestimmt hätte, zu wissen, daß ihr kleines Mädchen einen so feinen jungen Mann wie Eli McKutchen heiratete, der fest entschlossen schien, ihr die ganze Welt zu Füßen zu legen.

Und er selbst, Jack Fitzpatrick, besaß jetzt einen eigenen Laden, auf dessen Schaufenstern in großen weißen Lettern sein Name stand, für jedermann zu erkennen! War das etwa nicht Grund genug, an diesem glücklichen Tag einmal zu tief ins Glas zu schauen?

Tatsächlich gab es in jener Nacht, nachdem das Brautpaar sich zur Hochzeitsnacht zurückgezogen hatte, nur einen Menschen in ganz Northridge, der noch betrunkener war als Jack Fitzpatrick. Und das war der junge Forbes Durrant, der seine Enttäuschung und sein gebrochenes Herz in Alkohol zu ertränken versuchte.

ERSTER TEIL
ENGEL IN UNGNADE

1

... ein großartiger kleiner Krieg ...

Spokane und die es umgebenden Weizenfelder lagen weit zurück. Gemächlich zuckelte der Zug mit seinen schwerbeladenen Frachtwaggons und den fast leeren Passagierabteilen am Ufer des wildschäumenden Columbia River entlang.

Ein Bild stummer Verzweiflung, saß Bonnie McKutchen auf der harten schmalen Bank. Nach tagelanger Reise hatte ihr dunkles Haar sich teilweise aus den Nadeln gelöst und hing ihr glatt und strähnig auf die Schultern. Ihr blaues Reisekostüm und das hüftlange, mit schwarzen Gagatperlen bestickte Cape waren zerknittert, ihr Hut war trotz wiederholten Ausschüttelns grau vor Staub.

Hinter dem verrußten Fenster zog der wilde Columbia River vorbei, der seinen Ursprung in den Cascade Mountains in Kanada hatte und quer durch den Staat Washington verlief. Etwa dreihundert Meilen weit bildete er die Grenze zwischen Washington und Oregon, bevor er Astoria erreichte und in den Pazifik mündete.

Vor dem Bau der Eisenbahnlinie hatten beherzte Dampfschiffkapitäne dem tückischen Fluß mit seinen Wasserfällen und gefährlichen Strömungen getrotzt. Heute, Anfang Mai 1898, waren die großen Schaufelraddampfer und ihre mutigen Kapitäne nur noch Erinnerung.

Bonnie seufzte. Mr. Theodore Roosevelt, häufiger Gast an

ihrer Tafel in New York und bis zu seinem unerwarteten Rücktritt vor einer Woche stellvertretender Marineminister der Vereinigten Staaten, hatte wiederholt größere Rücksichtnahme auf die Flüsse und Wälder des Landes gefordert. Ihre Reserven, warnte Mr. Roosevelt, seien nicht unerschöpflich.

Bonnie hatte ihm natürlich zugestimmt, doch heute, als der Zug sie von allem entfernte, was ihr lieb und teuer war, konnte sie nur noch mit Groll an Mr. Roosevelt denken. Denn wenn er und seine radikalen Ansichten über die gegenwärtige Krise in den Beziehungen zu Spanien nicht gewesen wären, säße sie jetzt nicht in diesem Zug, und Eli befände sich nicht auf dem Weg nach Kuba . . .

Den Zeitungsgeschichten zufolge hatten die Spanier unaussprechliche Greueltaten an den ›kindlichen‹ Eingeborenen dieser höllischen Insel begangen, die nur aus Dschungel und krankheitsübertragenden Moskitos zu bestehen schien. Bonnie schüttelte resolut den Kopf. Sie durfte nicht an Kuba denken und auch nicht an Eli, solange sie keine neuen Kräfte gesammelt hatte.

Um sich von ihren trüben Überlegungen abzulenken, betrachtete sie die wenigen anderen Fahrgäste, die ihren Wagen teilten. Auf der gegenüberliegenden Seite des Ganges saß ein Mann, der sich fast während der gesamten Fahrt hinter einer abgegriffenen Ausgabe von Mr. Hearsts *New York Journal* verborgen hatte. Weiter vorn im Waggon reiste eine vierköpfige Familie, die sich jetzt geschlossen erhob, um ihre steifen Glieder zu bewegen.

Bonnie beobachtete die Leute unauffällig.

Der Mann und der Junge hatten beide leuchtend rotes Haar und trugen billige Anzüge mit auffallendem Karomuster. Die Frau war blond, sorgfältig frisiert und höchstwahrscheinlich wieder schwanger, denn ihr altmodisches rosa Taftkleid saß sehr eng um ihre Hüften.

Die Tochter, die Bonnie auf zwölf Jahre schätzte, wirkte irgendwie fehl am Platze in diesem Gemisch aus Schottenkaro und schäbigem Taft. Sie war ein ungewöhnlich hübsches Mädchen mit glänzendem braunem Haar, das ihr lang über die

Schultern fiel, mit grünen Augen und makelloser Haut. Ihr schlichtes braunes, mit einer dunklen Borte abgesetztes Kleid, sah erstaunlich frisch und sauber aus. Als ihre Familienangehörigen wieder ihre Plätze einnahmen, schaute sich das Mädchen um, und Bonnie stockte der Atem, als sie die tiefe Verzweiflung sah, die aus den Augen der Kleinen sprach.

Erschüttert senkte sie den Blick und starrte auf ihre Hände.

»Varietékünstler«, ließ sich eine männliche Stimme vernehmen.

Bonnie hob erstaunt den Kopf, als der Mann von der anderen Gangseite zu ihr herüberkam. Er war von großer Statur und schlankem Körperbau, hatte hellbraunes Haar, einen gepflegten Schnurrbart und tiefblaue Augen. Zu einem Anzug aus grauem Tuch trug er eine Weste aus gestepptem Satin. Ohne Bonnie um Erlaubnis gebeten zu haben, ließ er sich neben ihr nieder. Ein angenehmer Duft nach Sandelholz und Minze ging von ihm aus.

»Varietékünstler?« wiederholte Bonnie leise, denn alles, was mit Bühne und Künstlern zusammenhing, faszinierte sie. Auch heute noch – obwohl diese Neigung ihr schon einmal Anlaß zu bitterer Reue gegeben hatte.

Der Fremde nickte belustigt. »Ich vermute, daß sie ein Engagement im Pompeii Theater in Northridge haben. Die meisten dieser Künstler reisen mit einer Truppe, aber es gibt natürlich auch Ausnahmen.«

Bonnie war wildentschlossen, mehr darüber zu erfahren, und deshalb auch bereit, die herrschenden Anstandsregeln zu verletzen und mit einem Mann zu sprechen, den sie gar nicht kannte. Mit einem verstohlenen Blick auf die kleine Schauspielertruppe sagte sie zu ihrem Sitznachbarn: »Dann muß Northridge aber mächtig gewachsen sein, seit ich zuletzt dort war! Da gab es nämlich noch kein Theater.«

Der Mann lächelte und entblößte beneidenswert weiße Zähne. »Das Theater wurde vom sogenannten ›Freitagnachmittagsclub zur Verbesserung der Gemeinde‹ gegründet, der sich jedoch merkwürdigerweise immer dienstags morgens versammelt. Der Club hat auch eine Bibliothek eingerichtet, in der jeden zweiten Donnerstag abend Dichterlesungen gehalten werden.«

Bonnie erinnerte sich, wie sehr ihr in ihrer Kindheit Bücher gefehlt hatten. Selbst nachdem sie lesen konnte, hatte sie nur eine alte Ausgabe von McGuffeys *Reader* besessen . . . Bis Miss Genoa McKutchen sich mit ihr anfreundete und ihr Leben unwiederbringlich veränderte.

»Ich bin in Nothridge aufgewachsen«, sagte sie zu dem Fremden. »Aber ich kann mich nicht an Sie entsinnen, Mr. –«

»Hutcheson. Webb Hutcheson. Ich lebe erst seit einigen Jahren in Northridge. Mein Pech – wäre ich vorher dort gewesen, hätten wir uns vielleicht schon früher kennengelernt.«

Bonnie errötete und senkte den Blick auf ihre Hände. Um nicht am größten Unglück ihres Lebens zu verzweifeln, versuchte sie, sich auf das kleinere zu konzentrieren – ihre besten Handschuhe, die so fleckig und verschmutzt waren, daß es bestimmt keine Rettung mehr für sie gab.

Mr. Hutcheson schien zu erwarten, daß sie ihm ihren Namen nannte, aber Bonnie zögerte noch. Wer auch nur entfernt mit der Geschichte von Northridge vertraut war, hätte ihren Namen sofort erkannt. Die dortigen Hüttenwerke waren von Elis Großvater erbaut worden, und Elis Schwester Genoa war ein anerkanntes Mitglied der besten Northridger Gesellschaft. Andererseits wußte Bonnie, daß ihre Rückkehr sich ohnehin bald in der Stadt herumsprechen würde. Warum sollte sie dann ihre Identität vor einem Mann geheimhalten, der ihr seine so freimütig verraten hatte? »Ich bin Bonnie McKutchen«, sagte sie.

Mr. Hutcheson beugte sich erstaunt vor. »Elis Gattin?«

Bonnie nickte stumm. Ein überwältigendes Gefühl der Einsamkeit erfaßte sie, und beinahe hätte sie geweint – zum ersten Mal seit jenem kalten Dezembernachmittag, als sie mit Eli am Grab ihres kleinen Sohnes Kiley gestanden hatte, vereint in ihrem Schmerz, und doch voneinander entfernt, denn jeder war in seinen eigenen Gram vertieft und damit unerreichbar für den anderen.

An jenem Tag, als sie an der Spitze des langen Trauerzugs den Friedhof verließen, war Elis Liebe zu Bonnie erloschen.

Mr. Hutcheson räusperte sich und deutete auf eine fette Schlagzeile in seiner Zeitung. »Was halten Sie von dem Krieg mit Spanien?« fragte er Bonnie.

Sie zuckte zusammen und hoffte, daß ihr Reisebegleiter es nicht gemerkt hatte. Ganz unwissentlich hatte er ein Thema angesprochen, das für sie fast so schmerzlich war wie der Tod ihres Kindes. Es kostete sie große Beherrschung, nicht das Gesicht in den Händen zu vergraben und ihren Tränen freien Lauf zu lassen. Wie kalt, wie abweisend der Blick in Elis Augen gewesen war, als er ihr mitteilte, daß er mit seinem Freund Teddy Roosevelt nach Kuba fahren würde. Für den Fall, daß sie etwas benötigen sollte, hatte er kalt hinzugefügt, brauche sie sich nur mit Seth Callahan, seinem Anwalt, in Verbindung zu setzen.

»Ich brauche *dich*!« hätte Bonnie am liebsten erwidert, aber das ließ ihr Stolz nicht zu. Der einzige Einwand, den sie vorzubringen wagte – daß Eli Geschäftsmann sei und kein Soldat – hatte nichts an seiner Entscheidung ändern können.

Um die Visionen der Vergangenheit abzuschütteln, schloß Bonnie für einen Moment die Augen und holte tief Atem, bevor sie sagte: »Die Spanier haben ausdrücklich erklärt, daß sie einen bewaffneten Konflikt vermeiden wollen. Mr. McKinley hat diese Tatsache im Kongreß zur Sprache gebracht, aber sie faßten trotzdem den Beschluß zu kämpfen. Und das nicht nur in Kuba, sondern auch noch auf den Philippinen.«

Webb Hutchesons Miene verriet nichts von seinen Gefühlen. »Sie haben die *Maine* versenkt, Mrs. McKutchen«, gab er nur zu bedenken.

»Das ist nicht bewiesen«, beharrte Bonnie, die sich allmählich für das Thema erwärmte. »Es ist durchaus möglich, daß die spanischen Truppen nicht für diese Tragödie verantwortlich waren.« Denn eine Tragödie war die Explosion im Hafen von Havanna Mitte Februar gewesen. Zweihundertsechzig amerikanische Seeleute hatten dabei den Tod gefunden.

Eine Zeitlang herrschte Schweigen. Dann meinte Mr. Hutcheson: »Die öffentliche Meinung fordert eine Wiedergutmachung.«

Bonnie warf einen verächtlichen Blick auf seine Ausgabe des New Yorker *Journal.* »Es sind Männer wie Mr. Hearst und Mr. Pulitzer, die die sogenannte ›öffentliche Meinung‹ bestimmen!« entgegnete sie ärgerlich. »Unsere Marine hat vor zwei Tagen die gesamte spanische Flotte in Manila Bay zerstört. Ist das nicht Wiedergutmachung genug, Mr. Hutcheson?«

Er seufzte und wandte den Kopf ab, um ein Lächeln zu verbergen. Männer konnten so verdammt überheblich sein, wenn eine Frau es wagte, ihre Ansichten zu internationalen Angelegenheiten kundzutun!

Bonnie schwieg verärgert, und Mr. Hutcheson sagte: »Sie scheinen ja bestens informiert zu sein, Mrs. McKutchen. Werden Sie lange in Northridge bleiben?«

Bonnies Wangen röteten sich beim Gedanken an einen Neuanfang in dieser Stadt, in der es mit Sicherheit eine Menge Leute gab, die sich über die unglückliche Veränderung ihrer Lage sehr freuen würden. »Ich beabsichtige, mich hier niederzulassen«, erwiderte sie. »Aber warum fragen Sie?«

Mr. Hutcheson zögerte, bevor er antwortete. »Ich würde Ihnen raten, Ihre Sympathien für Spanien auf keinen Fall offen zuzugeben, falls Sie hier Freunde finden wollen. In Northridge lebt man nach dem Motto: ›Zur Hölle mit Spanien – denkt an die *Maine.*‹«

Der Zug schien seine Geschwindigkeit so kurz vor dem Ziel noch zu beschleunigen. Als Bonnie die Hand ausstreckte, um sich an der Armlehne festzuhalten, berührte sie versehentlich Mr. Hutchesons Knie und zog erschrocken die Hand zurück.

Mr. Hutcheson lächelte nachsichtig, als er ihre Verlegenheit bemerkte. »Meine Leser würden sicher gern mehr über Ihre Pläne erfahren«, meinte er nachdenklich.

Bonnie fuhr zusammen, als hätte er ihr eine Giftschlange in den Schoß geworfen. »Ihre *Leser*?«

»Ich gebe die Northridger Tageszeitung heraus. Es wäre schön, wenn ich einen kurzen Artikel über Sie veröffentlichen . . .«

Bonnies entsetzter Gesichtsausdruck ließ ihn verstummen, und sie fragte sich erbittert, ob er die ganze Zeit gewußt haben mochte, wer sie war. Hatte er die Unterhaltung etwa nur begonnen, um Material für seinen Artikel zu sammeln? Dann war es ja gut, daß er nicht die ganze Wahrheit kannte. Denn *das* hätte eine Story ergeben, die weit mehr Aufsehen erregt hätte, als er sich in seinen kühnsten Träumen vorstellen mochte!

Sie glaubte schon die Schlagzeile zu sehen: *Emporkömmling aus Patch Town auf den Platz verwiesen* ... Wie entzückt die feinen Damen aus Northridge sein würden, wenn sie erfuhren, daß Jack Fitzpatricks Tochter bei ihrem ›Prinzen‹ Eli in Ungnade gefallen war und ihr verwöhntes Prinzessinnendasein ein jähes Ende gefunden hatte!

»Nein«, sagte sie entschieden. »Sie werden nichts über mich schreiben! Kein Wort!«

Da Mr. Hutcheson schwieg, schaute Bonnie aus dem Fenster auf die ersten Häuser von Northridge hinaus. Die Stadt lag am Fuße eines Berges, den viele für einen erloschenen Vulkan hielten, und erstreckte sich bis ans Flußufer. Die mit Pferden betriebene Fähre, die Bonnie als Kind so geliebt hatte, existierte noch, stellte sie erfreut fest. Wie oft hatte sie früher an der groben Holzreling gestanden und sich den tosenden Columbia River als exotischen Ozean vorgestellt und sich selbst als Piratenbraut auf einer flinken Galeone ...

»Mein Wagen wird am Bahnhof sein«, sagte Mr. Hutcheson freundlich. »Ich würde mich glücklich schätzen, Sie zur Residenz der McKutchens fahren zu dürfen.«

Es war über eine Meile bis zu Genoas prächtigem Haus, und Bonnie war müde. Auch ihr Gepäck war zu bedenken. Es war nicht viel im Vergleich zu dem, was sie zurückgelassen hatte, aber immer noch zuviel, um von einer einzigen Person getragen zu werden. Niemand würde sie erwarten. Bonnie hatte Genoa zwar telegrafiert, daß sie kommen würde, ihr jedoch kein genaues Ankunftsdatum angeben können.

»Das ist sehr freundlich«, sagte sie leise. »Vielen Dank.«

Während Webb sich um ihr Gepäck kümmerte, stand Bonnie auf den ausgetretenen Planken zwischen Zug und Bahnhof und schaute sich neugierig um. Sie war jetzt trotz allem froh, wieder in Northridge zu sein. In New York war sie sich immer etwas fehl am Platze vorgekommen und sich ihres Cinderelladaseins an Elis Seite stets bewußt gewesen. Hier brauchte sie niemandem etwas vorzumachen; hier konnte sie schlicht und einfach Bonnie sein, und niemand würde etwas anderes von ihr verlangen.

Durch diese Gedanken ermutigt, fragte sie sich, ob wohl noch wilder Spargel an den Eisenbahnschienen hinter Patch Town wuchs und wer in der Hütte leben mochte, die sie einst mit Dad und Gran bewohnt hatte. Sie hoffte, daß das Geschäft ihres Vaters durch die lange Vernachlässigung nicht in ernsthafte Schwierigkeiten geraten war. Aber hinter all diesen Fragen lauerte eine andere, viel elementarere: Würde Eli ihr nach Northridge folgen, wenn er erfuhr, daß sie New York verlassen hatte?

Es herrschte reger Betrieb auf dem Bahnsteig. Rinder wurden aus den hinteren Waggons auf eine nahe Koppel getrieben und erfüllten die Luft mit ihrem ängstlichen Gebrüll. Auffallend gekleidete und geschminkte Prostituierte, die in der Hoffnung, daß der Zug ihnen neue Kundschaft bringen würde, am Bahnhof erschienen waren, wandten sich enttäuscht zum Gehen. Die Varietékünstler traten sich beim Aussteigen gegenseitig auf die Füße, während sich das junge Mädchen ganz bewußt von ihnen fernzuhalten schien.

Endlich fuhr Webb Hutchesons Wagen vor, ein bescheidener, aber sehr gepflegter Zweispänner. Bonnies Gepäck wurde hinter dem schmalen Sitz verstaut. Die Dirnen schauten mit neuerwachtem Interesse zu, als Webb ihr beim Einsteigen behilflich war.

»Ein Tanz ist noch immer für einen Dollar zu haben, Webb«, rief ihm eine Rothaarige zu. »Komm heute abend in den *Brass Eagle* und frag nach mir. Mein Name ist Dorothy, falls du das vergessen haben solltest.«

Webb grinste verlegen und errötete. Er ließ die Zügel auf den Pferderücken knallen, und sein kräftiger brauner Wallach setzte sich in Bewegung.

Bonnie schaute sich noch einmal nach den Frauen in den blauen, grünen, pinkfarbenen und gelben Seidenkleidern um. »Die Damen scheinen Sie zu mögen«, stellte sie lächelnd fest.

Webb lachte. »Damen? Es sind Tanzmädchen, und die lieben jeden Mann, der einen Dollar in der Tasche hat«, entgegnete er.

Tanzmädchen! Bonnie mußte sich einfach noch einmal nach ihnen umschauen und beugte sich dabei so weit aus dem Wagen, daß sie fast herausgefallen wäre. Nur Mr. Hutchesons raschem Zugriff war es zu verdanken, daß es nicht geschah.

Bonnie errötete, als sie das belustigte Funkeln in seinen Augen sah. Sie hätte ihm gern Fragen über diese Saloonmädchen gestellt. Verkauften sie außer Tänzen auch . . . ihre Gunst? Und stimmte es tatsächlich, daß viele von ihnen sich ein Vermögen ersparten, um dann eine reiche Ehe einzugehen oder ein respektables Geschäft zu eröffnen?

Natürlich konnte sie Webb Hutcheson nicht danach fragen, das verbot der Anstand. Aber sie nahm sich vor, mit Genoa darüber zu sprechen, sobald sich eine Gelegenheit ergab.

Das Hüttenwerk mit seinen langen Kaminen ragte genau wie früher von der Kuppe des Berges auf, aber das hübsche neue Haus aus roten Ziegeln unten an der Straße in der Nähe von Patch Town war früher noch nicht dagewesen. Auch dem Bestattungsunternehmen gegenüber stand ein neuerbautes Gebäude mit ausgesprochen eleganter Fassade. *»Earline's«* stand in verschnörkelter Schrift auf einem Schild über der Eingangstür.

»Earline's?« fragte Bonnie. »Was hat das denn zu bedeuten?«

Webb räusperte sich umständlich, bevor er sich zu einer Antwort bequemte. »Es ist eine Pension. Ich wohne auch dort – aber natürlich nur, bis mein eigenes Haus gebaut ist.«

»Ja, ja, natürlich«, stimmte Bonnie gleichgültig zu. Wo Mr. Hutcheson lebte, interessierte sie herzlich wenig. Aber sie konnte es kaum erwarten, das Geschäft ihres Vaters wiederzusehen. Schade nur, daß Jack Fitzpatrick nicht da sein würde, um sie willkommen zu heißen. Seine liebevolle väterliche Umarmung hätte ihren Sturz aus New Yorker Höhen sicher ein wenig gedämpft . . .

Doch Jack war im Jahr nach Bonnies Heirat nach Irland zurückgekehrt. Und obwohl er zu einem flüchtigen Abschied in New York erschienen war, hatte er Bonnie nie verraten, was ihn zu seiner überstürzten Abreise bewogen hatte. Er hatte ihr nur eine Besitzurkunde in die Hand gedrückt, bevor er das Dampfschiff nach London bestieg, und den Laden ihrer Obhut anvertraut.

Seitdem hatte sie ihn nicht wiedergesehen und bisher auch nur einen einzigen, von Rechtschreibfehlern wimmelnden Brief von ihm erhalten, in dem er ihr mitteilte, daß er in einem Dubliner Saloon Arbeit gefunden habe und sie das Geschäft in Northridge nun als ihr Eigentum betrachten könne.

Obwohl das seltsame Verhalten ihres Vaters Bonnie damals sehr beunruhigt hatte, wagte sie nicht mit Eli darüber zu sprechen, weil er Jack Fitzpatrick gegenüber sehr viel weniger großzügig eingestellt war als sein verstorbener Großvater. Wahrscheinlich hätte er die Handlungsweise seines Schwiegervaters dessen unleugbarer Schwäche für Roggenwhiskey zugeschrieben. Aus Stolz hatte Bonnie ihrem Mann auch verschwiegen, daß sie ihrem Vater ab und zu Geld schickte.

»Mrs. McKutchen?«

Bonnie erschrak, und es versetzte ihr einen Stich, sich plötzlich fast dreitausend Meilen weit entfernt von jenem Ort wiederzufinden, der einst ihr Camelot gewesen war, allein, ungeliebt und praktisch mittellos. Sie zwang sich zu einem Lächeln. »Ich war etwas geistesabwesend. Entschuldigen Sie bitte.«

»Sie sehen so traurig aus!« meinte Webb besorgt. »Was haben Sie denn, Mrs. McKutchen?«

Bonnie mied seinen Blick, weil sie ihn nicht ihre Tränen sehen lassen wollte. »Ich fragte mich nur, ob wir nicht am Geschäft meines Vaters vorbeifahren könnten? Falls es Ihnen nichts ausmacht.«

»Am Geschäft . . . Ihres Vaters?« entgegnete Webb derart verblüfft, daß Bonnie ihre Tränen vergaß und sich zu ihm umdrehte.

Sie hatten inzwischen die Hauptstraße von Northridge erreicht, und Webb hielt an, um einem anderen Wagen die Vorfahrt zu lassen.

»Ja.« Eine seltsame Unruhe erfaßte Bonnie. »Es liegt in dieser Straße, gleich hinter dem Union Hotel!«

Webb wandte den Blick ab, und an seinem Kinn zuckte ein Muskel. Aber als der Pferdekarren vorbeigefahren war, bog er kommentarlos in die Seitenstraße ein.

Dicht hinter dem stattlichen Union Hotel stand das zweistöckige Gebäude, auf das Jack Fitzpatrick einst so stolz gewesen war. Bonnies Augen weiteten sich vor Entsetzen, als sie sah, wie vernachlässigt und heruntergekommen es heute aussah. Überall blätterte der weiße Putz ab, und die Fensterscheiben waren gesprungen und mit einer dicken Schmutzschicht bedeckt. Das schöne Schild, das einst den Namen ihres Vaters getragen hatte, war durch ein häßliches Brett mit der Aufschrift *Company Store – McKutchen Enterprises* ersetzt worden.

»McKutchen Enterprises?« sagte Bonnie verblüfft und raffte die Röcke, um aus dem Wagen zu springen.

Doch wieder hielt Mr. Hutcheson sie zurück. »Warten Sie...«

Um sich zu wehren, fehlte ihr die Kraft; sie zitterte vor Zorn und die Tränen, die sie bisher so tapfer zurückgedrängt hatte, strömten nun ungehindert über ihr Gesicht. »So ein Schuft...! Dieser hochmütige selbstgerechte *Schuft* hat mir meinen Laden gestohlen!«

»Wie soll ich das verstehen?« fragte Mr. Webb verwundert.

»Dieser Laden gehört mir! Mir allein! Und falls der *allmächtige* Mr. Eli McKutchen damit durchzukommen glaubt...«

Webb zog die Brauen hoch. »Das ist ihm scheinbar schon gelungen«, entgegnete er. »Aber wäre es nicht besser, Mrs. McKutchen, wenn ich Sie jetzt zu Genoa führe? Sie sind doch sicher müde von der langen Reise.«

Bonnie wischte sich mit dem Handrücken die Tränen ab und straffte die Schultern. Sie mußte sich jetzt zusammennehmen, für heute hatte sie schon genug angerichtet! Webb Hutcheson wußte jetzt über den wahren Stand ihrer legendären Ehe mit Eli McKutchen Bescheid, und die Leute auf der Straße begannen ihr bereits neugierige Blicke zuzuwerfen. In den Augen einiger von ihnen dämmerte sogar schon Erkennen auf. »Ja, ja, bringen Sie mich zu Genoa!« sagte Bonnie schnell.

Webb wendete den Buggy und bog in eine stille, baumgesäumte Allee ein, in der nur wenige Häuser standen. Kurz darauf hielten sie vor einem vertrauten Eisengatter.

Das Haus hatte sich in ihrer Abwesenheit nicht verändert, Bonnie empfand den Anblick seiner weißgetünchten Mauern, der Giebel und geräumigen Veranden als ausgesprochen tröstlich. Auch die duftenden Blumen und Sträucher im Garten, die in voller Blüte standen, übten eine belebende Wirkung auf ihre müden Glieder und ihre niedergeschlagene Stimmung aus.

Noch bevor der Buggy zum Halten kam, flog die Eingangstür auf, und Genoa McKutchen eilte ihnen mit wehenden Röcken entgegen.

Mit fast vierzig Jahren war Genoa sieben Jahre älter als ihr Bruder Eli. Niemand hätte sie als Schönheit bezeichnen können, dazu war ihr Gesicht zu lang und spitz und ihr krauses Haar zu dünn. Aber es hatte den gleichen hellbraunen Ton wie Elis Haar, und als es jetzt in der untergehenden Sonne wie pures Gold aufleuchtete, mußte Bonnie an ihren Mann denken, und das Herz krampfte sich ihr vor Schmerz zusammen.

Genoa zog ihre Schwägerin in ihre Arme und preßte sie so fest an ihre Brust, daß Bonnie zu ersticken glaubte. In ihren blauen Augen schimmerten Freudentränen. »Du bist sicher müde, Liebes! War die Fahrt nicht schrecklich anstrengend? Ich lasse Martha Limonade holen – möchten Sie nicht hereinkommen, Webb?«

Webb lächelte. »Ich glaube, ich fahre besser zur Redaktion weiter«, entgegnete er höflich und wandte sich ab, um Bonnies Gepäck zu holen, das ihm von einer korpulenten Hausangestellten und einem langaufgeschossenen Jungen abgenommen wurde.

Genoa und Bonnie dankten Webb und blieben in der Eingangstür stehen, bis der Buggy die Einfahrt verlassen hatte.

»Bist du hungrig?« erkundigte sich Genoa fürsorglich.

Bonnie schüttelte den Kopf. »Ich würde lieber zuerst zum Wasser hinuntergehen«, sagte sie leise.

Genoa nickte, nahm Bonnies Arm und führte sie zum Teich. Auf dem klaren Wasser schaukelten zwei Ruderboote, die die Form von Schwänen hatten und sehr kunstvoll bemalt waren.

Auf einer Marmorbank unter einer Trauerweide ließen sich die beiden Frauen nieder.

»Warum hast du Eli verlassen, Bonnie?« fragte Genoa nach einem rücksichtsvollen Schweigen. »Es kommt mir etwas plötzlich vor, ein wenig überstürzt vielleicht ...«

Bonnie zog die Handschuhe aus und legte ihren Hut ab. Dann begann sie so ruhig, wie es ihr möglich war, zu erzählen. Von der Erkältung, die Kiley sich Anfang Dezember zugezogen hatte... Wie die Erkältung sich zu einer Lungenentzündung entwickelt hatte... Und wie das Kind in Elis Armen gestorben war.

Daß sie selbst an jenem Abend im Theater gewesen war, erwähnte sie nicht. Das war eine Wunde, die noch viel zu frisch war, als daß sie darüber nachdenken könnte, geschweige denn darüber reden.

»Eli gab mir die Schuld an Kileys Tod«, schloß sie leise. »Gleich nach der Beerdigung zog er in seinen Club, und ich habe Grund zu der Annahme, daß er sich auch eine Mätresse genommen hat.« Bonnie seufzte schwer. Das Allerschlimmste, von Genoas und ihrem eigenen Standpunkt aus betrachtet, kam erst noch. »Er ist in den Krieg gezogen, Genoa«, sagte sie tonlos. »Eli ist mit Mr. Roosevelt nach Kuba gegangen.«

Genoa hob die Hand an ihre Kehle und wurde leichenblaß. Seit ihr Großvater gestorben war und ihre Eltern in Afrika lebten, war Eli der einzige Verwandte, der ihr noch geblieben war.

»Er ist doch kein Soldat!« protestierte sie nach dem ersten Schock.

Bonnie nahm ihre Hand und drückte sie mitfühlend. »Nein, das ist er nicht. Aber er ist stark, Genoa, und ich bin sicher, daß ihm nichts zustoßen wird.« Dabei mußte sie an die selbstherrliche Art und Weise denken, in der Eli das Geschäft ihres Vaters in die McKutchen Enterprises aufgenommen hatte, ohne sie um ihre Zustimmung zu fragen. Der Zorn, der dieser Gedanke in ihr weckte, stärkte sie, stützte sie und half ihr, ihre eigenen Ängste und ihr eigenes Herzweh in Zaum zu halten. Aus all diesen Gründen klammerte Bonnie sich an dieses unwürdige Gefühl und fachte es, sobald es zu ersterben drohte, zu voller Flamme an.

Und das sollte ihr schon sehr bald zur Gewohnheit werden.

2

Der *americano* war ein großer, schöner Mann, den Consolata Torrez sehr gern berührte, trotz seiner Krankheit. Wenn sie nicht in der *cantina* ihres Onkels Tomas arbeitete, hielt sie sich oben in ihrem Zimmer bei dem Patienten auf, der sich stöhnend und unverständliche Worte vor sich hinmurmelnd auf dem schmalen Lager wälzte. Mit kühlem Wasser und einem reinen Tuch badete sie seinen fieberheißen Körper und betete einen Rosenkranz für seine Genesung.

Sie verließ den kranken *americano* nur, um Wein und Essen in der *cantina* zu servieren oder um in der kleinen Kapelle auf der anderen Straßenseite für ihn zu beten. Es war gefährlich, den Fremden im Haus zu haben, denn es herrschte noch immer Unruhe in Santiago de Cuba, und wenn die Spanier ihn fänden, stünde ihm der sichere Tod bevor.

Consolata seufzte, als sie das Tuch befeuchtete und die heiße Stirn des *americanos* damit abtupfte. Zwei Tage war er jetzt hier, und zwei Tage lag er im Fieberrausch der *calentura amarilla*, des gelben Fiebers. Wenn Onkel Tomas aus Havanna zurückkehrte, würde er furchtbar wütend sein, weil seine Nichte den Soldaten beherbergte. Consolata habe sie alle in Gefahr gebracht, würde er sagen; weder Kerzen noch Andachten könnten sie vor dem Zorn der Spanier retten, falls diese den *americano* bei ihr entdeckten.

In den siebzehn Jahren ihres jungen Lebens hatte Consolata schon oft gesehen, was geschah, wenn man die Spanier verärgerte, und es schauderte sie bei dem Gedanken. Edmonio, ein Freund ihres Onkels, hatte einmal gewagt, etwas gegen die Invasoren zu sagen, und als Folge davon besaß er jetzt nur noch zwei Finger der rechten Hand. Verstümmelung war eine der gefürchteten Strafen für öffentliches Aufwiegeln.

Stirnrunzelnd hob Consolata die kräftige, sonnengebräunte Hand des *americanos*. Die Handfläche war glatt und wies keinerlei Schwielen auf. An einem Finger trug er einen goldenen Ehering.

Der Mann bewegte sich. »Bonnie«, stöhnte er, »Bonnie?«

Consolata biß sich auf die Lippe und bat die Heilige Jungfrau stillschweigend um Vergebung für den Haß, den sie auf diese Frau namens ›Bonita‹ empfand. Sanft und fürsorglich tupfte sie den Schweiß von dem schönen, markanten Gesicht des Mannes.

»Bonnie!« rief er in seinem Fieberwahn.

Tränen verdüsterten Consolatas Augen. Sie richtete sich aus ihrer gebückten Haltung auf, ein schlankes, gutgebautes Mädchen mit dunklem lockigem Haar, das ihr bis auf die Taille fiel, und einem Gesicht, das viele zusätzliche Gäste in die *cantina* lockte. Sie stellte die Wasserschüssel auf den Boden und griff nach dem eleganten Herrenrock aus feinem Tuch, der über einem Stuhl hing.

In einer der Taschen, das wußte Consolata, befand sich eine Geldbörse mit einer Menge Geldscheine aus *los Estados Unidos*. Aber nicht das Geld interessierte sie, sondern die Papiere in der Börse. Sie trugen den unaussprechlichen Namen des Fremden und jener Menschen, die von seiner Krankheit unterrichtet werden mußten . . .

Sie schob die zusammengefalteten Papiere in die Tasche ihres weiten Rocks und schlich auf nackten Sohlen aus dem Raum.

Die *cantina* war leer, es war Siestazeit, und auch die Straßen waren während dieser heißesten Zeit des Tages still und verlassen. Eine flirrende Hitze hing über dem Tal der Sierra Maestra. Consolata blieb einen Moment stehen, um auf die Bucht herabzuschauen. Auf drei Seiten von hohen Felsen eingeschlossen, war eine Seeinvasion von Santiago de Cuba praktisch unmöglich. Auf dem höchsten dieser Felsen befand sich *el castillo del moro,* eine stolz aufragende grimmige Festung aus dem sechzehnten Jahrhundert.

Consolata legte die Hand über die Augen, um sie vor dem gleißenden Sonnenschein zu schützen, und verfluchte stillschweigend die Männer, die Kriege führten.

Schließlich überquerte sie die Straße, die heiß und trocken unter ihren nackten Füßen war, und schlüpfte in die kühle, schattige Kapelle. Nachdem sie sich mehrmals bekreuzigt hatte, suchte sie den Pater auf.

Wie ihr Schützling, war auch er ein *americano,* aber er sprach fließend Spanisch und war noch recht jung. Er hatte blaue Augen und feuerrotes Haar und lächelte Consolata an, obwohl sie seine Siesta unterbrochen hatte.

»Halten die Menschen in Kansas auch Siesta?« fragte sie mit unschuldiger Miene, um den Moment hinauszuzögern, in dem sie ihr furchtbares Geheimnis preisgeben mußte.

Der Pater lachte. »Nein, mein Kind, das tun sie nicht«, antwortete er in Spanisch. »Und das ist ihr Pech. Aber was bringt dich zu dieser heißen Stunde her?«

Da Consolata ihr Anliegen nicht in Worte zu fassen wußte, zog sie die Papiere aus der Tasche und reichte sie dem Pater.

»Mein Gott«, sagte er, nachdem er sie gelesen hatte. »Kennst du diesen Mann, Consolata? Wieso hast du seine Papiere?«

Sie senkte den Kopf. »Er kam vor zwei Tagen in die *cantina*«, erwiderte sie leise. »Er hat das Fieber ...«

Der Pater wirkte alarmiert. »Wo ist dein Onkel, Consolata?«

»Onkel Tomas ist in Havanna. Wenn er zurückkommt, wird er sehr böse sein.« Der Missionar murmelte etwas in seiner Muttersprache und stand auf. Consolata wußte, daß er jetzt den Fremden sehen wollte. Wortlos begleitete sie den Pater über die Straße in die *cantina.*

Der schöne Mann aus dem Norden schlief unruhig in Consolatas Bett. Sein ganzer Körper war mit einem Schweißfilm überzogen.

»Wie hast du nur einen solch großen Mann hier heraufgebracht?« fragte der Priester, während er prüfend zwei Finger auf die heiße Stirn des Fremden legte.

Consolata erklärte, daß der *americano* nach seinem ersten Ohnmachtsanfall in der *cantina* wieder zu sich gekommen war.

»Du hättest sofort zu mir kommen sollen, Consolata«, sagte der junge Priester streng, aber seine Augen verrieten tiefes Verständnis. »Die Lage ist sehr gefährlich, nicht nur für Mr. McKutchen, sondern auch für dich und deinen Onkel.«

Consolata nickte nur.

»Du hast niemandem gesagt, daß dieser Mann bei dir ist?«

»Nur Ihnen«, entgegnete Consolata verzagt.

»Das ist gut. Heute nacht, sobald es dunkel ist, werden wir ihn in mein Zimmer in der Kirche bringen. Aber vorher suche ich die amerikanischen Streitkräfte auf und bitte sie um Hilfe.«

Consolata war sich der sündigen Gedanken und Gefühle bewußt, die sie beherrschten, seit sie den Fremden in ihr Zimmer gebracht hatte. Sie hatte ihn ausgezogen und gewaschen ... und sie haßte die Frau, nach der er in seinem Fieberwahn verlangte, ohne sie je gekannt zu haben. »Habe ich gesündigt, Vater?« fragte sie leise.

Sanft berührte der Geistliche aus Kansas ihren dunklen Kopf. »Nein, mein Kind. Nächstenliebe kann nie Sünde sein.«

Consolatas Onkel war anderer Meinung, als er aus Havanna zurückkehrte und von dem Mann erfuhr, den seine Nichte in ihrem Zimmer versteckt hielt. An jenem Abend, als die *cantina* voller spanischer Soldaten war und weder der Pater noch die *norteamericanos* erschienen waren, die er zu Hilfe hatte holen wollen, drohte Tomas in seinem Ärger und seiner Angst, sowohl die Tochter seiner Schwester als auch den bewußtlosen Fremden an den Feind auszuliefern.

3

Bonnie betrat den Laden ihres Vaters und schlug nach einer Fliege, die neben ihrem linken Ohr brummte. Überall roch es nach Schmutz und Verwesung, und das Gebimmel der Ladenglocke brachte keinen Verkäufer herbei.

Gegen die Übelkeit ankämpfend, die sie seit ihrer Ankunft in Northridge belästigte, straffte Bonnie die Schultern und schaute sich prüfend in dem vernachlässigten Ladenlokal um.

Die Treppe, die in die Wohnräume im ersten Stock führte, war mit Unrat übersät, ihr Geländer abgebrochen. Die Behälter für Mehl und Zucker waren leer und wurden von Mäusen und Ratten zum Nestbau benutzt. Eine dicke Staubschicht bedeckte die große Kaffeemühle auf der Ladentheke, und die Kartoffeln und Zwiebeln, die in den Körben zurückgeblieben waren, hatten ausgetrieben und verfaulten. Die gerahmten Fotografien von Hüttenwerks- und Bergarbeitern, die Jack Fitzpatrick so liebevoll an den Ladenwänden verteilt hatte, waren unter der dicken Schicht von Fliegendreck und Schmutz fast nicht mehr zu erkennen.

Die Fenster, die früher spiegelblank gewesen waren, waren innen vergilbt von Zigarrenrauch und außen mit den Exkrementen unzähliger Vögel bedeckt. Die Regale waren verstaubt und die hölzernen Bodendielen unter der Schicht Sägemehl und anderen Dingen, die Bonnie lieber nicht näher untersuchte, fast nicht mehr zu erkennen. Auf dem Faß, in dem sich früher eingelegte Gurken befunden hatten, schwamm etwas, das Bonnie bei näherem Hinsehen als aufgeweichte Zigarre erkannte.

Als sie sich schaudernd abwandte, vernahm sie eine mürrische Stimme: »Womit kann ich dienen, Miss?«

Eine plumpe kleine Frau stand hinter ihr und starrte sie aus vom grauen Star gezeichneten Augen an.

»Nein, danke, ich wollte nur . . .« murmelte Bonnie.

»Entscheiden Sie sich!« erklärte die Alte und zupfte an dem Büschel langer Haare, das ihrem Kinn entsprang. »Entweder ich kann Ihnen helfen, oder ich kann es nicht!«

Bonnie seufzte. »Ich nehme an, daß Sie für McKutchen Enterprises arbeiten?«

»In gewisser Weise ja. Aber ich erhalte meinen Lohn von Mr. Forbes Durrant.« Die Alte musterte Bonnie abschätzend. »Es kommen nichte viele Damen her. Wer sind Sie überhaupt?«

»Könnte ich bitte Mr. Durrant sprechen?« wandte Bonnie ein.

»Oh, Sie suchen wohl eine Anstellung als Tänzerin? Hätte ich mir eigentlich denken können, bei Ihrem Aussehen, daß Sie keine Hausfrau sind. Mr. Durrant ist meistens unten im Brass Eagle. Er kommt nur selten her.« Zusätzlich zu ihrer Übelkeit begann Bonnie nun unter Kopfschmerzen zu leiden. »Das wundert mich nicht«, antwortete sie und wandte sich zum Gehen. Jetzt wußte sie wenigstens, warum Genoa all ihren Fragen nach dem Laden ausgewichen war!

»Ein hübsches Ding wie Sie könnte im Brass Eagle ein schönes Stück Geld verdienen!« rief die Verkäuferin ihr nach.

Die Ladenglocke bimmelte heftig, als Bonnie die Tür hinter sich zuschlug. Sie war wütend und fest entschlossen, Forbes Durrant unverzüglich zur Rede zu stellen. Sie wußte natürlich, daß er die Hüttenwerks- und Grubenarbeiten in Northridge leitete, denn Josiah McKutchen hatte ihn persönlich für diese Aufgabe ausgesucht und ausgebildet. Bisher hatte sie auch keinen Grund gehabt, die Wahl ihres Schwiegervaters in Frage zu stellen. Doch nun, nachdem sie gesehen hatte, wie Forbes den Laden vernachlässigte, hatte sich ihre Einstellung geändert.

Der Brass Eagle Saloon und Ballroom, ein Gebäude aus hellem Sandstein, stand ganz allein am Rand von Patch Town. Weiße Marmorstufen führten zum Eingang hinauf, die oberste Stufe zierte eine wundervolle Einlegearbeit, die einen bronzenen Adler darstellte. Die großen Fenster im ersten und zweiten Stock waren mit dunkelblauen Samtportieren verhangen.

Empört, daß ein solches Gebäude nur einen Steinwurf entfernt von Armut, Elend und teerpappengedeckten Hütten errichtet worden war, stürmte Bonnie die Stufen hinauf, drehte den bronzenen Türknauf und trat unaufgefordert ein. Denn wer klopft an der Tür eines Saloons schon an?

Drinnen fand sie sich in einer Halle wieder, die man nur als ›prachtvoll‹ bezeichnen konnte. Ein kostbarer Aubussonteppich bedeckte den polierten Parkettboden, an der Treppe in den ersten Stock stand eine wunderschöne Standuhr aus hellem Kirschbaumholz. Über die Dinge, die dort oben vorgehen mochten, wollte Bonnie gar nicht erst nachdenken.

Zu ihrer Rechten befand sich ein elegant ausgestatteter Saloon mit einer handgeschnitzten Mahagonitheke und Dutzenden runder, filzbedeckter Spieltische. Einige sehr gute Gemälde und geschmackvolle Spiegel zierten die Wände. Links von der Eingangshalle öffnete sich eine Tür in einen Ballsaal, der jenen, die Bonnie in New York gesehen hatte, um nichts nachstand. Die Plattform für das Orchester war mit saphirblauem Plüsch bespannt, und die Wände waren mit Spiegelpaneelen bedeckt, die vom Boden bis zur Zimmerdecke reichten.

Obwohl Bonnie diesen überschwenglichen Luxus in unmittelbarer Nähe von Armut und Elend als sehr empörend empfand, konnte sie nicht umhin, die Eleganz dieses Hauses zu bewundern. Für einen Moment stellte sie sich vor, in einem jener Kleider, die sie in New York zurückgelassen hatte, in Elis Armen über das schimmernde Parkett zu schweben. Wie hinreißend er in seinem schwarzen Frack aussehen würde . . .

»Im Moment brauchen wir keine neuen Tänzerinnen«, ließ sich eine weibliche Stimme vernehmen.

Überrascht drehte Bonnie sich um. Hinter ihr stand eine der auffallend gekleideten Frauen, die sie am Bahnhof gesehen hatte – die Rothaarige, die Webb einen koketten Gruß zugerufen hatte.

Bonnie straffte die Schultern. »Ich bin nicht hier, um mich um eine ... Stellung zu bewerben. Mein Name ist Mrs. Eli McKutchen. Ich möchte Mr. Durrant sehen – und zwar unverzüglich!«

Die rothaarige Frau, die einen tiefausgeschnittenen Morgenrock aus blauem Satin trug, der ihr nicht einmal bis an die Knie reichte, machte ein erschrockenes Gesicht. »Mrs. – mein Gott – Forbes!« Sie trat an den Fuß der Treppe. *»Forbes!«*

Ein Mann, der wie ein Eichhörnchen wirkte und aussah, als müsse er mit dem Wesen verwandt sein, das im Laden arbeitete, erschien am oberen Geländer. »Psst, Dottie – Mr. Durrant arbeitet!«

Dottie deutete auf Bonnie. »Diese Dame hier ist Mrs. Eli McKutchen. Hast du gehört, Walter? Mrs. *Eli McKutchen.«*

Walter erblaßte und eilte davon. Einen Augenblick später kehrte er zurück und bat um die Ehre, Mrs. McKutchen zu Mr. Durrants Büro begleiten zu dürfen.

Der Engel war also wieder da.

Forbes Durrant prüfte sein Aussehen in der spiegelnden Glasplatte des Schreibtisches und zupfte seine Krawatte zurecht. Sein hellbraunes Haar war tadellos frisiert, kein Bartstoppel zeigte sich auf seinen glatten Wangen, und seine dunklen Augen verrieten nichts von dem, was die aufgeschlagenen Bücher vor ihm zeigten. Er schloß sie rasch und lehnte sich in seinem Stuhl zurück, als Bonnie den Raum betrat.

Sie war in den Jahren ihrer Abwesenheit noch schöner geworden, ihre Reife und Eleganz wirkten unglaublich anziehend auf Forbes. Die weichen Rundungen, die ihr ansonsten schlanker Körper an gewissen Stellen aufwies, waren eine unwiderstehliche Einladung an jeden Mann, sie dort zu berühren. Während Forbes sie nachdenklich musterte, überlegte er, daß sie ihm ein Vermögen einbringen würde, falls sie sich als Tänzerin für den Saloon gewinnen ließ.

Bonnies Augen waren noch immer von einem fast violetten Blau und von tiefschwarzen Wimpern gesäumt; ihr langes dunkles Haar, das sie früher offen getragen hatte, war zu einem weichen Knoten auf ihrem Oberkopf zusammengesteckt. Forbes wußte, daß dieses Haar, wenn die Sonnenstrahlen darauf fielen, einen leuchtenden Rotton annahm.

»Du brauchst nicht aufzustehen, Forbes«, bemerkte sie kühl. »Du warst noch nie ein Gentleman.«

Forbes lachte, obwohl ihn eine Hitzewelle erfaßte, gefolgt von einem Frösteln. »Ich habe auch nie behauptet, einer zu sein, nicht wahr, Angel?« Er deutete auf einen gepolsterten Sessel. »Aber nimm doch Platz!«

Ihr Duft nach französischem Lavendel brachte seine Sinne noch mehr in Aufruhr. »Nicht nötig, Forbes«, erwiderte sie. »Ich habe nicht vor, mich lange aufzuhalten.« Ihre wohlgeformten Brüste hoben sich unter dem elfenbeinfarbenen Stoff ihres eleganten Kleides, als sie tief Atem holte. »Du wirst deine ... Waren aus meinem Laden entfernen. Ich gebe dir genau vierundzwanzig Stunden Zeit dafür.«

Forbes nahm sich eine Zigarre aus einer Kristallschale auf seinem Schreibtisch und zündete sie umständlich an. »Und was wird geschehen, Angel, wenn ich deiner Forderung nicht nachkomme?«

»Nenne mich bitte nie wieder so.« Bonnie straffte die Schultern und hob das Kinn. »Du wirst meine Forderung erfüllen, Forbes, weil dieser Laden mein Eigentum ist und weil du das weißt.«

Forbes fragte sich, was die Frau eines der reichsten Männer Amerikas mit einem schäbigen, heruntergekommenen Kolonialwarenladen anfangen wollte. War es möglich, daß in dieser Ehe zwischen der einstigen Prinzessin von Patch Town und dem reichen Industriellen nicht alles zum Besten stand?

Der Gedanke erfüllte Forbes mit Befriedigung. Falls sich Bonnie McKutchen tatsächlich in einer Notlage befand, war vielleicht Kapital aus ihrer Situation zu schlagen. Eine Frau mit ihrem Lebensstandard würde sich sicher nicht mit dem Einkommen aus einem bescheidenen Kolonialwarenladen begnügen!

Er seufzte. Es wäre der perfekte Augenblick gewesen, aufzustehen, aber seine körperliche Reaktion auf das Wiedersehen mit Bonnie ließ das nicht ratsam erscheinen. »Durch deine Heirat – herzlichen Glückwunsch übrigens zu deinem überraschenden gesellschaftlichen Aufstieg – ist der Laden in Elis Besitz übergegangen. Wie alles andere, was dir gehörte, Angel; so armselig es auch gewesen sein mochte.«

Bonnie errötete, und Forbes dachte, daß dieser Bastard Eli McKutchen verdammtes Glück gehabt hatte.

»Ich werde diese Bemerkung keiner Antwort würdigen, Forbes«, entgegnete sie schließlich kalt.

Zuerst lachte Forbes, dann wurde er ernst. Er hatte viel Klatsch über Bonnie gehört und wußte, daß sie im vergangenen Winter ihren kleinen Sohn verloren hatte. Das war eine Erfahrung, an der viele Frauen vielleicht zerbrochen wären. Aber Bonnie schien noch immer ihr altes Temperament zu besitzen, und dafür bewunderte Forbes sie. Außerdem bestand die Möglichkeit, daß Eli McKutchen mit ihrer Rückkehr nach Northridge einverstanden war, und er konnte sich nicht erlauben, einen so mächtigen Mann wie Eli zu verärgern. »Der Laden gehört natürlich dir, wenn du ihn willst«, sagte er ruhig, obwohl er noch immer nicht recht wußte, was er von Bonnies Erscheinen in Northridge halten sollte.

Wenn sie nicht mit Elis Einverständnis hier war – falls er sie zum Beispiel hinausgeworfen oder sie ihn aus eigenem Antrieb verlassen hatte –, war ihr Mann vielleicht nicht geneigt, seine schützende Hand über sie zu halten. Um einen Laden zu führen, besaß sie nicht die nötigen Voraussetzungen, was bedeutete, daß in dieser Hinsicht auf jeden Fall mit einem Mißerfolg zu rechnen war. Und dann war Bonnie vielleicht bereit für andere Möglichkeiten – wie das Tanzen unten im Brass Eagle beispielsweise.

Als hätte sie seine Gedanken erraten, bedachte sie Forbes mit einem verächtlichen Blick, ging hinaus und überließ ihn seinen Erinnerungen, die er bisher nur mit Mühe unterdrückt hatte.

Nachdem er nun endlich aufstehen konnte, ohne sich der Peinlichkeit preiszugeben, schenkte er sich einen doppelten

Brandy ein und stürzte ihn in einem Zug hinunter. Aber nicht einmal das konnte das Bild von Bonnie als Braut auslöschen oder die Erinnerung an jene Nacht, in der er sie unwiderruflich an Eli McKutchen verloren hatte.

Forbes lächelte, trotz seiner Qual. Bonnie war hier und McKutchen ganz woanders. Vielleicht war der Verlust doch nicht so unwiderruflich, wie er immer vermutet hatte . . .

Er setzte sich an seinen Schreibtisch zurück und begann eine Liste von Farben zu erstellen, von denen er annahm, daß sie Bonnie stehen würden. Ihre Maße hatte er schon erraten. Er brauchte jetzt nur noch dafür zu sorgen, daß ihr Unternehmen ›Laden‹ ein Mißerfolg wurde und die Kleider, die sie als Tanzmädchen im Brass Eagle brauchen würde, bereitlagen.

4

Bonnie war fort.

Eli hatte über einen Monat Zeit gehabt, sich mit der Tatsache abzufinden, aber das große leere Haus, das einst so erfüllt von ihrem Lachen und ihrer Persönlichkeit gewesen war, erinnerte ihn pausenlos an ihre Abwesenheit. Er war krank und brauchte seine Frau, und sie war fort.

Seth Callahan, Elis Anwalt und bester Freund, hatte ihm oft genug seine Ansicht zu der Lage kundgetan. Es sei Elis eigene Schuld, daß Bonnie geflohen war wie ein erschreckter Vogel. Hatte er sie nach Kileys Tod in gewisser Weise nicht auch verlassen und bei einer endlosen Menge gesichtsloser Frauen Trost gesucht? War er nicht in den Krieg gezogen, ohne sich im geringsten um Bonnies Gefühle zu kümmern? Eli wußte heute, daß er nach dem unerwarteten Tod seines kleinen Sohnes völlig falsch gehandelt hatte.

Er schloß die Augen vor der Erinnerung, seine Hände umklammerten die Lehnen des Rollstuhls, an den er nach seiner Rückkehr in die Vereinigten Staaten gebunden war. Vorher hatte er sechs Monate in einem kubanischen Krankenhaus gelegen.

Kiley erfüllte seine Gedanken, ob er wollte oder nicht. Noch heute glaubte er den weichen, warmen Kinderkörper in seinen Armen zu spüren und das Zittern, das ihn durchlaufen hatte, bevor ihn der Tod ereilte.

Eli öffnete die Augen wieder und ersetzte die Erinnerungen

durch den Anblick all jener Dinge, die das Zimmer eines Kranken ausmachten. Die Schüssel, die Karaffe mit dem Eiswasser, nach dem er sich nach Ansicht der Ärzte nun sein Leben lang verzehren würde; die Bücher und Zeitschriften und den Sessel, auf dem diese verdammte Krankenschwester saß. Vierundzwanzig Stunden am Tag, und ihn immer bloß wortlos anstarrte.

Die Ärzte hatten gesagt, daß jemand, der das Gelbfieber überlebt hatte, eine lange Erholungsperiode benötigte. Ein Gutes hatte die schreckliche Sache allerdings gehabt: Eli würde von nun an immun gegen die Krankheit sein.

Wieder schlich sich Bonnie in seine Gedanken ein. Warum kam sie nicht zurück? Sie hätte hier bei ihm sein müssen, bei ihrem Mann, anstatt dreitausend Meilen entfernt in Northridge!

Seufzend rollte Eli den Stuhl vor den kleinen Sekretär unter dem Fenster, wo Genoas letzter Brief lag. Ohne ihm etwas Genaues mitzuteilen, schien sie ihm übermitteln zu wollen, daß nicht alles zum Besten stand, was seine Frau betraf.

Ärgerlich zerknüllte er den Brief. Wahrscheinlich redete er sich das nur ein, weil er Bonnie vermißte. Er liebte sie mehr, als ihm je bewußt gewesen war, aber falls es ihr so wichtig war, sich ihre Unabhängigkeit zu beweisen, war er bereit, ihr diese kurze Zeitspanne zuzugestehen. Falls sie andererseits jedoch im Begriff war, irgendwelchen Unsinn anzuzetteln . . .

Eli schleuderte den zerknüllten Brief quer durch den Raum. Er prallte gegen ein Foto von Bonnie, Kiley und ihm selbst, das auf Fire Island aufgenommen worden war, im Sommer vor Kileys Tod. Für einen Moment erfaßte ihn der Schmerz so stark, daß er die Augen schloß.

Er war froh, als die Tür aufsprang und Seth Callahan hereinkam.

Sein bester Freund war ein kleiner Mann mit rötlichem Schnurrbart und Goldrandbrille, der wie immer zu warm für diese Jahreszeit angezogen war. Unter dem Arm trug er ein großes Paket.

»Guten Tag«, sagte er mit einem höflichen Nicken. Seth war immer überaus korrekt.

Eli nicht. »Wie zum Teufel hältst du es bei diesem Wetter in einem gestärkten Kragen aus?« fuhr er ihn gereizt an.

Seth legte umständlich das Paket ab. »Dumme Frage. Viel wichtiger ist, daß du umgehend diese Papiere liest!«

Stirnrunzelnd löste Eli den Bindfaden und das Papier von dem Paket. Ein ganzer Stapel Briefe von Northridger Bürgern kam darunter hervor. Eli lächelte. Auch heute noch war man in seiner Heimatstadt bemüht, ihn über alles auf dem laufenden zu halten.

Die Mitglieder des Freitagnachmittagsclubs beklagten sich in einem zwölfseitigen Erguß über Bonnies Verhalten. Es sei völlig unpassend und unschicklich für eine Frau in ihrem Zustand, allein über einem Kolonialwarenladen zu wohnen und von unverheirateten Männern wie Webb Hutcheson und Forbes Durrant Besuche zu empfangen.

»Was zum Teufel meinen sie mit ›in ihrem Zustand‹?« herrschte Eli seinen Freund an, der sich schon in einiger Entfernung seines Rollstuhls zurückgezogen hatte und wie ein fluchtbereites Kaninchen aussah.

»Lies die anderen Briefe«, forderte er Eli auf.

Eli überflog sie, einen nach dem anderen. Viele betrafen Bonnie gar nicht; sie stammten von Hüttenwerksarbeitern und waren Klagen über Löhne und Arbeitsbedingungen. Andere berührten Bonnie nur flüchtig, aber das Wort ›ihr Zustand‹ tauchte in fast allen Briefen auf.

Und dann die Arztrechnung. Fünfundsechzig Dollar für Untersuchungen, die vor Mrs. McKutchens Niederkunft zu entrichten waren . . .

Was Eli sich vorher nicht auszumalen gewagt hatte, bestätigte sich jetzt durch die Worte des Arztes. Bonnie war schwanger.

Wie konnte sie in Northridge bleiben, obwohl sie wußte, was ein zweites Kind für sie beide bedeutet hätte? Es gab nur eine Erklärung dafür, aber Eli war nicht sicher, sie zu ertragen.

Das Kind mußte von einem anderen sein.

Mit einem Aufschrei stieß er sämtliche Papiere von seinem

Schoß. Nur ein dicker Umschlag blieb liegen, der jedoch vermutlich auch nur schlechte Nachrichten enthielt.

»Anscheinend haben wir einen Fehler gemacht, als wir Mr. Durrant als Geschäftsführer der McKutchen Enterprises in Northridge einsetzten«, bemerkte Seth besorgt. »Nach allem, was ich hörte, scheint er seine Macht zu mißbrauchen und ist bei den Arbeitern sehr verhaßt.«

Eli dröhnte der Kopf, und sein Magen schmerzte. »Glaubst du, es interessiert mich, was dieser Kretin tut?«

»Eli, du hast die Briefe der Arbeiter gelesen! Ist dir nicht klar, daß uns ein Streik droht?«

»Ist mir egal.«

»Eli . . .«

»Ich möchte mich von meiner Frau scheiden lassen, Seth«, sagte Eli und schaute seinem Anwalt offen in die Augen.

Seth errötete und senkte den Blick auf den Umschlag, der noch auf Elis Knien lag. »Ich fürchte, das wird nicht nötig sein.«

»Was?«

Seth lockerte seinen steifen Kragen und ging zur Tür. »Mrs. McKutchen hat sich bereits von dir scheiden lassen.«

Zuerst war Eli zu betroffen, um etwas zu sagen; er starrte Seth nur sprachlos an. Aber dann, als er an Bonnies Baby dachte und zurückrechnete, wann sie es empfangen haben mußte, stieß er einen Wutschrei aus und fegte sämtliche Gegenstände von seinem Sekretär. Als sei das nicht genug, begann er auch einige der Möbel umzustoßen, zerschmetterte die Lampen, die Wasserschüssel und die Karaffe und zerstörte die Spiegel und sogar die Fenster.

Nur das Foto, das auf Fire Island aufgenommen war, kurz vor dem Ende der Welt, blieb unangetastet.

Anfang Oktober bestieg Eli ein Schiff nach Europa. Er besuchte England und Schottland, Frankreich und Italien, Deutschland und Belgien und blieb so lange in jedem Land, wie er es aushielt. Mit der Zeit erholte er sich von seiner Krankheit und gewann seine alte Kraft zurück.

Über ein Jahr lang hielt Seth ihn mit Telegrammen über die

von Forbes Durrant ausgelöste Krisenstimmung in den Northridger Werken auf dem laufenden, und im Frühjahr 1900 hielt Eli es nicht mehr aus. Er sah ein, daß er sich seinen Verpflichtungen dem Unternehmen seines Großvaters gegenüber nicht mehr entziehen konnte.

Der Gedanke, Bonnie wiederzusehen, erfüllte ihn mit Grauen, obwohl er sich gleichzeitig mit jeder Faser seines Herzens nach ihr sehnte. Aber da sie jetzt nicht mehr meine Frau ist, dachte er, wird sie bei einem Wiedersehen leicht zu ignorieren sein.

Doch als Elis Schiff in New York anlegte, wartete Seth schon mit den Beweisen für das Gegenteil.

5

»Wo zum Teufel bleibt Forbes?« zischte Dottie Thurston, die neben Bonnie auf den marmornen Eingangsstufen des Brass Eagle Saloons stand. In der Ferne pfiff ein Zug.

Aus irgendeinem Grund verstärkte das Geräusch die Spannung ins Unerträgliche. Bonnie hielt ihren Blick auf Menelda Sneeder und ihre mit Äxten bewaffneten Mitstreiterinnen gerichtet und bemühte sich um ein kameradschaftliches Lächeln. »Ich weiß es nicht«, antwortete sie, ohne die Lippen zu bewegen. »Aber jemand sollte ihn holen. Und zwar schnell.«

Mit einer knappen Geste bedeutete Dottie Eleanor, sich auf den Weg zu machen. Womit nach Bonnies Rechnung noch genau ein Dutzend geschminkter und parfümierter Gegenspielerinnen für die Massen prüder Fanatikerinnen blieben, die sich hinter Menelda sammelten.

»Gehen Sie aus dem Weg!« befahl Mrs. Sneeder, ein angesehenes Mitglied des ›Freitagnachmittagsclubs‹.

Nach einer ausgiebigen Musterung von Bonnies grünem Seidenkleid ließ sie ihren Blick für einen Moment verächtlich auf deren federbesetztem Busen ruhen.

Doch Bonnie ließ sich nicht einschüchtern und hielt tapfer die Stellung. »Lassen Sie uns doch vernünftig sein, Menelda . . .«

»Wagen Sie es nicht, eine Christin mit ihrem Vornamen anzusprechen. Sie . . . Sie schamloses Luder!«

Jetzt war Bonnie am Ende ihrer Geduld angelangt. »Steht es

einem ›Christen‹ zu, Mrs. Sneeder, unschuldige Menschen zu bedrohen und . . .«

Das Wort ›unschuldig‹ war eine schlechte Wahl gewesen, aber es war schon zu spät, als Bonnie ihren Irrtum einsah. Der Zorn und die Empörung der korsettverschnürten, äxteschwingenden Stadtfrauen wurde durch Bonnies Worte neu genährt.

»Unschuldig?!« kreischte Miss Lavinia Cassidy, die an drei Nachmittagen in der Woche in der Stadtbibliothek arbeitete und seit Jahren darauf hoffte, daß irgendein Hüttenwerksarbeiter seinen lasterhaften Lebenswandel aufgeben und sie heiraten würde.

Bonnie hätte entgegnen können, daß sie und mehrere der hinter ihr aufgebauten Mädchen nur mit Männern tanzten und sich weigerten, mehr für sie zu tun, aber sie wußte, daß es nutzlos gewesen wäre. Diese zornigen Ehefrauen, Mütter und Verlobten glaubten nur das Schlimmste, und höchstens ein Wunder hätte daran etwas ändern können.

»Es ist gegen das Gesetz, privates Eigentum zu zerstören«, fuhr Bonnie fort, um Zeit zu gewinnen, in der Hoffnung, daß Eleanor Forbes fand und er rechtzeitig kam, um das drohende Chaos abzuwenden. »Wenn Sie also bitte dahin zurückkehren würden, woher Sie gekommen sind, meine Damen . . .«

Das in grauen und schwarzen Kattun gekleidete kleine Heer aufgebrachter Frauen summte wie ein Schwarm gereizter Bienen, und Bonnie merkte, daß sie wieder die falschen Worte gewählt hatte.

Menelda Sneeder hob ihre Axt gen Himmel und forderte ihre Mitstreiterinnen auf, es ihr nachzutun. »Dieser Ort der Sünde und des Frevels muß zerstört werden! Gehen Sie uns aus dem Weg, Bonnie McKutchen – Sie und all diese anderen Huren!«

Das gab Bonnie den Rest. Einen roten Nebelschleier vor Augen, stürzte sie von der Treppe auf die Frauen zu. Auch Dottie und die anderen Mädchen mischten sich in das Gewimmel, sehr zum Vergnügen der inzwischen recht zahlreichen Zuschauerschaft.

Bonnies Ziel war Menelda. Mit einer Kraft, die sie sich selbst nie zugetraut hätte, entriß sie ihr die Axt, schleuderte sie fort und versetzte ihrer Widersacherin einen Stoß. Plötzlich saß Mrs. Sneeder mitten im Schlamm der aufgeweichten Straße.

Mit einem erstickten Schrei und einem Blick, der Mord verhieß, rappelte Menelda sich auf, schloß ihre schlammverschmierten Hände um Bonnies langes Haar und zerrte mit aller Kraft daran.

Bonnie wehrte sich mit einem gezielten Kinnhaken und wollte gerade zu einem weiteren ausholen, als sich eine harte Hand um ihre Taille schloß.

Überraschung und Verwirrung raubten Bonnie alle Kraft. Menelda Sneeder streckte ihr die Zunge heraus und zischte sie an: »Jetzt wirst du für deine Sünden büßen, du angemalte Hure!«

Die unverdiente Beleidigung verlieh Bonnie neue Kräfte. Sie begann nach allen Seiten auszutreten, aber der Mann, der sie ergriffen hatte, hielt sie so fest an seinen Körper gepreßt, daß sie nicht einmal sein Gesicht erkennen konnte.

Die wüste Schlacht zwischen Kattun und Seide nahm ihren Fortgang, nur Menelda blieb vor Bonnie stehen und funkelte sie triumphierend an. »Gott wird dich für deine Sünden strafen, Bonnie McKutchen!«

Die tiefe männliche Stimme an Bonnies Ohr war so leise, daß sie nur von ihr verstanden werden konnte. »Gott«, sagte Eli McKutchen, »wird abwarten müssen, bis er an die Reihe kommt.«

Jeder einzelne Muskel in Bonnies Körper versteifte sich. »O nein!« hauchte sie.

»O doch«, entgegnete ihr früherer Ehemann.

In diesem Augenblick erschien Forbes mit den Männern, die er angeheuert hatte, und dem Marshal von Northridge. Die Männer begannen die kämpfenden Frauen auseinanderzuzerren, aber an sie verschwendete Bonnie keinen Gedanken mehr. Nichts anderes war ihr bewußt als der harte Körper, den sie an ihrem Rücken spürte, und die Arme, die sie unnachgiebig festhielten.

»Laß mich los«, fuhr sie ihn schließlich an, nachdem sie sich vergeblich bemüht hatte, eine würdevolle Haltung zu bewahren.

Doch Eli dachte gar nicht daran, sie freizugeben. Er lockerte nur seinen Arm um ihre Taille, so daß sie sich umdrehen und ihm ins Gesicht sehen konnte.

»Wenn das nicht unsere Bürgermeisterin ist . . .« sagte er gedehnt und völlig unbekümmert der Tatsache, daß die halbe Stadt zusah und zuhörte. »Aber wer hätte gedacht, daß dieses hohe Amt von einer Dirne bekleidet wird?«

Bonnies Entsetzen über Elis unerwartetes Erscheinen wurde augenblicklich von wildem Zorn verdrängt. Sie versuchte, nach ihm zu schlagen, aber nur mit dem Erfolg, daß er ihre Arme an ihre Seiten preßte und sie noch unerbittlicher festhielt. »Ich bin keine Dirne!« schrie sie.

»Und *ich* keine Christin!« warf Menelda Sneeder höhnisch ein.

Bonnie stieß einen Schrei aus, der tief aus ihrer Kehle kam und wie das Fauchen einer mordlustigen Raubkatze klang. Aber es gelang ihr nicht, sich zu befreien.

In diesem Augenblick trat ein Mann mit einer Goldrandbrille, hinter der sich sehr gutmütige Augen verbargen, vor Bonnie. Sie erkannte ihn sofort, es war Seth Callahan, der Familienanwalt. »Laß Mrs. McKutchen los, Eli«, sagte er ruhig. »Du machst dich lächerlich.«

Der Druck von Elis Arm um ihre Taille ließ so urplötzlich nach, daß Bonnie den Halt verlor, stolperte und auf die Knie fiel.

Empört, entsetzt und zutiefst gedemütigt, wühlte sie beide Hände in den weichen Schlamm und schleuderte ihn Eli ins Gesicht, als sie sich wieder aufrappelte. Da er in seiner ersten Verblüffung nicht reagierte, nutzte sie die Gelegenheit, um ihre Röcke zu raffen und die Flucht zu ergreifen.

Doch Eli holte sie mühelos ein, warf sie wie einen Sack über seine Schulter und schlenderte mit ihr in Richtung Brass Eagle.

»Laß mich los!« schrie Bonnie, die um ihr Leben fürchtete.

Eli betrat das prächtige Gebäude und trug Bonnie langsam

die breite Treppe hinauf. Seth, der sich Bonnies lautstarken Protesten angeschlossen hatte, hastete ihnen nach.

»Eli«, kreischte Bonnie, als sie den ersten Stock erreichten, »ich flehe dich an . . . . Laß mich los!«

Eli zögerte keinen Augenblick; seine einzige Antwort auf Bonnies Flehen war das Aufstoßen einer Tür.

Entsetzt schloß sie die Augen, denn es war die Tür zu Forbes' privaten Räumen, und wer konnte schon sagen, welch sündiger Anblick sich ihnen hier bieten würde!

»Eli!« rief Mr. Callahan aufgebracht. »Ich bestehe darauf, daß du mir zuhörst!«

»Später«, entgegnete Eli und stieß ihm die Tür vor der Nase zu. Ein metallisches Schaben – vermutlich hatte er den eisernen Riegel vorgeschoben.

Bonnie öffnete die Augen wieder, weil ihr vor Angst ganz übel war und sie befürchtete, sich übergeben zu müssen.

Nach kurzem Zögern betrat Eli ein sehr luxuriös ausgestattetes Badezimmer und öffnete den Wasserhahn der großen Marmorwanne.

Dampfend heißes Wasser strömte in die tiefe Wanne, und Bonnie wurde von neuem Entsetzen erfaßt. Wollte er sie etwa garkochen in diesem kochendheißen Wasser?

Sie trat und schlug nach ihm, aber ihre Kehle war vor Angst wie zugeschnürt, und sie brachte nicht einen einzigen Ton über die Lippen.

In der Zwischenzeit hämmerte jemand gegen die Tür, bis sie in den Angeln quietschte.

»Eli!« rief Seth Callahan. »Verdammt – mach die Tür auf, sonst hole ich den Sheriff! Und das ist ernst gemeint!«

»Mir auch!« schrie Eli, der sich gegen Bonnies Angriffe zur Wehr zu setzen hatte, während er kaltes Wasser zu dem heißen dazulaufen ließ. »Geh doch und hol den Marshal – sie haben nämlich keinen Sheriff hier. Sag ihm, daß ich meiner Frau, der Bürgermeisterin, ein dringend benötigtes Bad verabreiche.« Er brach ab und lachte schadenfroh, bevor er hinzusetzte: »Möchtest du eine Wette abschließen, auf wessen Seite er sich schlagen wird, Seth?«

»Ich bin nicht deine Frau!« wagte Bonnie einzuwenden. »Zum letzten Mal, Eli – laß mich sofort los!«

Prüfend hielt er einen Finger in das Wasser. »Wie du meinst, meine Liebe«, erwiderte er und ließ Bonnie dann mit Kleid und Feder, Schlamm und Schuhen in die Wanne gleiten.

Das Wasser spritzte nach allen Seiten, benetzte Bonnies Gesicht und drang ihr in die Nase. Sie spuckte und keuchte, bis über alle Maßen erzürnt, und gab einen Schwall von Patch-Town-Schimpfworten von sich, die bei den Mitgliedern des Freitagnachmittagsclubs einen kollektiven Herzanfall ausgelöst hätten.

Eli seufzte, als die Tür zur Suite krachend nachgab, trat von der Wanne zurück und verschränkte die Arme vor der Brust. Sein eleganter Anzug war naß, stellte Bonnie befriedigt fest, aber in seinen Augen loderte rasender Zorn, den sie als weit weniger befriedigend empfand.

»Hast du dein Bad beendet, meine Liebe?« erkundigte er sich freundlich, als Forbes, Callahan und der Marshal auf der Schwelle zum Bad erschienen.

Ohne sich um den Anblick zu sorgen, den sie bieten mußte, stieg Bonnie blitzschnell aus der Wanne. Ihr einziges Ziel in diesem Leben bestand jetzt darin, Eli McKutchen eigenhändig in Stücke zu reißen.

»Du selbstgerechter überheblicher Schuft!« zischte sie, als sie auf ihn zuging und ihn anfunkelte wie eine gereizte Katze. »Du unverschämter Ladendieb!«

Eli blieb gelassen stehen, ein aufreizendes Grinsen um den gutgeschnittenen Mund. Er schien Bonnies Angriff nicht zu fürchten, aber ihre drei Retter zogen sich schleunigst aus der offenen Tür zurück.

Nachdem sie sich kurz umgesehen hatte, wählte Bonnie als Waffe die Toilettenbürste und versetzte Eli damit einen harten Schlag vor die Brust. Das aufspritzende Wasser kümmerte sie nicht, da sie ohnehin bis auf die Haut durchnäßt war, aber um Elis Kinn erschien ein harter Zug, und seine goldbraunen Augen funkelten noch zorniger als zuvor. Mit einer geschmeidigen Bewegung entriß er Bonnie die nasse Bürste und schleuderte sie an die Wand.

Ein kurzes, unheilvolles Schweigen folgte, in dessen Verlauf sich Eli und Bonnie gegenüberstanden wie zwei Kampfhähne, die sich den nächsten Schritt überlegten.

Forbes, anscheinend der tapferste der drei, schob sich an Elis kräftiger Gestalt vorbei. Seine braunen Augen richteten sich einen Moment lang lachend auf Bonnie, bevor er sich an den Mann wandte, der sie in seiner Gewalt hielt. »Mr. McKutchen, falls ich irgend etwas tun kann, um diese . . . Angelegenheit zu bereinigen . . .«

»Sie haben schon genug getan«, entgegnete Eli, ohne Bonnie aus den Augen zu lassen. »Und machen Sie sich nichts vor, Durrant – ich werde Ihnen diesen Gefallen nie vergessen.«

Forbes erschauerte sichtlich, aber er war nie lange aus der Fassung zu bringen und erholte sich auch jetzt sehr schnell von seinem Schreck. »Sie scheinen die Lage mißzuverstehen, Eli – Mr. McKutchen. Bonnie – ich meine, Mrs. McKutchen – ist ein Tanzmädchen und keine . . .«

»Hure?« warf Eli ein.

Daß er ihr die Toilettenbürste abgenommen hatte, blieb Bonnie kein anderes Mittel mehr, als ihrem geschiedenen Mann mit aller Kraft gegen das Schienbein zu treten. Er stieß einen Schmerzensschrei aus und war für einen Moment abgelenkt, was Bonnie nutzte, um sich an ihm und Forbes vorbeizudrängen und die Flucht zu ergreifen.

Naß wie sie war, rannte sie über den Korridor und die Dienstbotentreppe in die Küche hinunter, wo sie, obwohl sie von der Köchin und den Küchenmägden wie eine Erscheinung angestarrt wurde, einen Moment stehenblieb, um Atem zu holen und zu überlegen.

Auf keinen Fall konnte sie in diesem Zustand durch die Straßen laufen, aber jede Minute, die sie länger im Brass Eagle verweilte, erhöhte die Gefahr, in der sie sich befand. Der Gedanke, Eli McKutchen von neuem gegenüberzustehen, bevor er zur Vernunft gekommen war, entsetzte sie.

Zitternd vor Angst, Zorn und Kälte stand sie an einem Arbeitstisch und zwang sich nachzudenken. Wenn sie nur

Webb Hutchesons Redaktion erreichen könnte, dann wäre sie in Sicherheit . . .

»Wenn Forbes – oder sonst jemand – hier hereinkommt, dann hat mich keiner gesehen«, befahl sie dem Küchenpersonal. »Habt ihr verstanden? Ihr habt mich nie gesehen!«

Dann – und weil sie ein Geräusch im angrenzenden Speisezimmer hörte – stürzte Bonnie aus der Hintertür und schlich sich vorsichtig um das Gebäude. Menelda und ihre Truppen waren abgezogen, außer dem üblichen Nachmittagsverkehr war nichts Ungewöhnliches zu sehen.

Nach einem tiefen Atemzug eilte Bonnie die Straße hinunter zu den bescheidenen Büros der *Northridge News.*

»Ich hoffe, dir ist klar, daß du einen kompletten Narren aus dir gemacht hast!« erklärte Seth Callahan kalt.

»Darauf trinke ich«, stimmte Genoa zu und hob ihr Weinglas.

Eli schaute sich in dem einst so vertrauten Wohnzimmer um und fühlte sich bedrängt und eingeengt durch die Nippesfiguren, die Samtportieren und die Zimmerpflanzen. Doch er unterdrückte das Bedürfnis, die Arme auszustrecken, um sich Platz zum Atmen zu verschaffen. »Warum hat mir keiner gesagt, daß Bonnie im Brass Eagle . . . tanzt?«

Genoa, die die Situation sehr zu genießen schien, trank einen Schluck Wein und kostete ihn ausgiebig, bevor sie antwortete: »Du hast nicht danach gefragt.«

Elis Hand schloß sich noch fester um das dünne Glas des Cognacschwenkers. »Als meine Schwester hattest du die Pflicht . . .«

Genoa sprang auf und starrte Eli mit zornig blitzenden Augen an. »Wage es bloß nicht, mir etwas über Pflichten zu erzählen, Eli McKutchen! Du hast eine Tragödie erlitten, als du Kiley verloren hast, aber dein Verhalten danach war keineswegs bewundernswert, nicht wahr? Du hast Bonnie im Stich gelassen, anstatt ihr Trost zu spenden, wie es deine *Pflicht* gewesen wäre, und bist in einen lächerlichen Krieg gezogen, mit dem du nichts zu schaffen hattest! Und als reichte das noch nicht, mußtest du auch noch wie der verlorene Sohn durch Europa ziehen und deine Pflichten vernachlässigen, nicht nur Bonnie gegenüber, sondern auch der Firma deines Großvaters!«

»Na, na«, murmelte Seth begütigend, wobei er Genoa jedoch mit bewundernden Blicken maß.

Eli war entsetzt, denn vieles von dem, was seine Schwester sagte, stimmte, obwohl er das nie zugegeben hätte. Aber bevor er sich eine Antwort zurechtlegen konnte, drang das klagende Weinen eines Kleinkindes in das überfüllte Wohnzimmer.

Die hübscheste Kinderschwester, die Eli je gesehen hatte, erschien auf der Schwelle, einen Säugling in den Armen, und wandte sich bittend an Genoa: »Entschuldigen Sie, Mrs. McKutchen, aber die kleine Rose Marie ist sehr unruhig, und da dachte ich, vielleicht wäre es besser, sie heute früher hinzulegen . . .«

Eli starrte das kleine Mädchen an, und sie starrte zurück – aus Augen, die ganz genau den gleichen goldbraunen Ton aufwiesen wie seine eigenen. Ihr Schluchzen brach schlagartig ab. Ihr Haar war wie sein eigenes und Genoas von einem hellen Braun mit leichtem Goldschimmer, und da wurde Eli plötzlich mit betäubender Klarheit bewußt, wer dieses Kind sein mußte. »Mein Gott . . . Bonnies Tochter?«

Aus dem Augenwinkel sah Eli seine Schwester nicken. »Ja.«

»Ich hatte vergessen . . .« Er brach ab. Es war eine Lüge; er hatte es nie vergessen, keinen Augenblick lang. Er war innerlich wie zerrissen gewesen von dem Wissen, daß Bonnie einem anderen Mann ein Kind geboren hatte, und hätte nie zu hoffen gewagt . . .

»Bemerkenswerte Ähnlichkeit«, stellte Seth fest. »Fast schon unheimlich, nicht wahr, Miss McKutchen?«

»Ja, sie sieht ihm wirklich sehr ähnlich«, stimmte Genoa zu, bevor sie sich an die Kinderschwester wandte. »Lassen Sie Rose Marie ruhig ein Schläfchen halten, Katie, aber Mrs. McKutchen darf es nicht erfahren. Sie wissen ja, wie streng sie auf Einhaltung der Zeiten besteht.«

Katie, ein bildhübsches dunkelhaariges Mädchen, das eine

Würde ausstrahlte, die so gar nicht zu ihrer untergeordneten Position zu passen schien, nickte lächelnd und schickte sich an zu gehen.

Sowohl Eli als auch das kleine Mädchen erhoben im gleichen Moment Widerspruch, das Kind mit einem Schrei, Eli mit einem raschen: »Warten Sie . . .«

Genoa berührte seinen Arm. »Später, Eli«, sagte sie sanft. »Später wirst du genug Zeit haben, Rose Marie kennenzulernen.«

Von einer Mischung aus Verwirrung und Zorn beherrscht, ließ Eli sich auf einen der Sessel fallen und tastete blindlings nach seinem Cognacglas. Es war Seth, der es ihm schließlich reichte, nachdem er es nach einem Blick in das Gesicht seines Freundes noch einmal nachgefüllt hatte.

Wie das Pech es so wollte, war Webb nicht in der Redaktion, und Bonnie hatte keine Zeit, auf ihn zu warten. Nach kurzer Überlegung schickte sie einen Laufburschen mit einer hastig hingekritzelten Nachricht für Forbes in den Brass Eagle.

Anstatt eine Antwort zu senden, kam er persönlich. »Diesmal, Angel, scheinst du uns alle in Schwierigkeiten gebracht zu haben«, stellte er mit einem mitleidigen Blick auf ihre durchnäßten Kleider und ihr aufgelöstes Haar fest.

Bonnie schluckte beschämt. Forbes' Meinung war ihr nicht wichtig, was Eli von ihr dachte dagegen sehr. »Ich vermute, daß ich jetzt keinen Job mehr habe«, sagte sie.

Forbes zündete sich eine Zigarre an. »Eli McKutchen ist der einzige Mann, mit dem ich keinen Ärger will«, sagte er mit bei ihm ungewohnter Offenheit. »Andererseits zieht niemand im Brass Eagle so viele Kunden an wie du. Und rein legal betrachtet, bist du gar nicht seine Frau, oder?«

Bonnies Entschluß, sich von Eli scheiden zu lassen, war recht impulsiv gewesen, weil sie sich über seine Teilnahme an diesem fernen Krieg geärgert hatte und weil er den Laden ihres Vaters auf diese Weise hatte verkommen lassen. Doch sie schüttelte das Bedauern ab, das sie immer überfiel, wenn sie an diese Entscheidung dachte, und hob stolz das Kinn. »Eli McKutchen hat keine Macht mehr über mich, Forbes. Nicht im geringsten.«

»Nun, bei mir sieht das etwas anders aus«, meinte er nachdenklich. »Zumindest in gewisser Hinsicht . . .«

»Er wird es nicht gutheißen, wie du die Hüttenwerke verwaltet hast«, gab Bonnie zu bedenken. »Und da wir anscheinend alle beide Schwierigkeiten mit ihm zu erwarten haben, würde ich vorschlagen, daß wir uns zusammentun und ihm die Stirn bieten.«

Forbes lachte. Er war ein Wüstling und vielleicht sogar ein Schuft, aber Bonnie bewunderte ihn für seinen Mut. »Du gibst also zu, daß du in Schwierigkeiten steckst?« entgegnete er schmunzelnd.

Bonnie nickte beschämt. Doch dann dachte sie an ihre Tochter, an ihren Laden und ihre Stellung als Bürgermeisterin, so verrückt ihr diese auch erschien, und wurde von einer ganz neuen Entschlossenheit erfaßt. »Ich werde mich nicht von Eli einschüchtern lassen, Forbes. Ich habe Gründe, ihm die Stirn zu bieten, und werde kämpfen. Bei Gott, das werde ich!«

Verwundert schüttelte Forbes den Kopf. »Hast du vergessen, wie mächtig Eli ist, Bonnie? Wir haben es hier nicht mit einem simplen Holzfäller oder Grubenarbeiter zu tun – dein geschiedener Mann ist von der Art der Vanderbilts, Rockefellers und Astors!«

»Die kenne ich alle«, entgegnete Bonnie naserümpfend. »Sie sind auch nur Menschen.«

Forbes grinste und zeigte seine makellosen Zähne. »Nun gut, Angel, wenn du mitmachst, werden wir dem Löwen die Stirn bieten.«

Trotz ihrer unglücklichen Lage mußte Bonnie lachen. Mit der Haltung einer Königin schwebte sie an Forbes vorbei und begann, die Straße zum Brass Eagle Saloon und Ballroom hinunterzugehen. »Warum hast du mir nie gesagt, daß du eine Badewanne besitzt?« fragte sie Forbes. »Weißt du, was für ein sündhafter Luxus das ist?«

Er sah ganz unerklärlich glücklich aus, als er neben Bonnie daherschlenderte. »So sündige ich am liebsten, Bonnie, in luxuriöser Umgebung.«

Ein Frösteln kroch über ihren Rücken, aber es war eine Kälte, die nichts mit ihren durchnäßten Kleidern zu tun hatte. Ihre tapferen Vorsätze waren gut und schön, aber im Endeffekt lief doch alles auf das hinaus, was Forbes gesagt hatte – Eli war einer der mächtigsten Männer Amerikas. Und falls sein Zorn mit der Zeit nicht verblaßte und seine angeborene Gutmütigkeit wieder zum Vorschein kam, würde er vielleicht nicht nur Forbes zerstören, sondern auch sie selbst . . .

Dottie Thurston betrachtete prüfend und etwas neidisch Bonnies neues Kleid und ihr sorgfältig frisiertes, wenn auch noch etwas feuchtes Haar. »Forbes läßt niemanden seine Badewanne benutzen«, erklärte sie beleidigt, als der Ballsaal sich mit Goldsuchern, Hüttenwerksarbeitern und Schafzüchtern zu füllen begann. Bald würde das Orchester aufspielen und der Tanz beginnen, doch Bonnie hatte noch nie einen Abend so gefürchtet wie diesen.

»Es war ein Notfall«, flüsterte sie Dottie zu, während sie die Gruppe der wartenden Männer musterte.

»Ich begreife sowieso nicht, wie du einen Mann wie Eli McKutchen verlassen konntest«, murrte Dottie. »Er sieht nicht nur blendend aus, sondern ist auch noch unermeßlich reich . . .«

Zum Glück begann die Musik, bevor Bonnie antworten konnte. Zuerst tanzte sie mit Till Reemer, der Vorarbeiter in den Hüttenwerken war, und dann mit Jim Sneeder, Meneldas Ehemann. Jim besaß die unangenehme Angewohnheit, seine Tanzpartnerinnen beim Walzer etwas zu fest an sich zu ziehen. Heute hielt sich Bonnie ganz besonders steif in seinen Armen.

»Ich hörte, daß Menelda heute ein bißchen übertrieben hat«, bemerkte er, während er vergeblich versuchte, seine Tanzpartnerin fester an sich zu ziehen.

»Ja«, antwortete Bonnie. »Wir hatten eine kleine Auseinandersetzung.«

»Ich sage ihr ständig, daß sie daheimbleiben und sich um ihre Hausarbeit kümmern soll, aber sie will nicht auf mich hören.«

»Offensichtlich«, stimmte Bonnie mit abwesender Miene zu.

Endlich verstummte die Musik, und Bonnie wandte sich erleichtert ab, aber nur, um fast mit Eli McKutchen zusammenzustoßen. Ihr Blick glitt über seine diamantenbesetzte Krawattennadel zu seinem markanten Kinn und dann zu seinen goldbraunen Augen.

Wortlos drückte er ihr so viele Tanzmarken in die Hand, daß die kleinen Bronzemünzen klimpernd zu Boden fielen.

Elis Miene verriet keinerlei Gefühlsregung, als Bonnie verwundert zu ihm aufschaute, und da wurde ihr bewußt, daß sie noch viel tiefer in Schwierigkeiten steckte, als sie Forbes gegenüber zugegeben hatte. Sie war immer noch verliebt – und das in einen Mann, der sie mühelos zerstören konnte.

Die Musik erklang von neuem, und Bonnie gestattete Eli, sie in die Arme zu ziehen. Seinem Gesichtsausdruck war nicht das geringste zu entnehmen, weder Zorn noch Zuneigung.

Für den Rest des Abends ›gehörte‹ Bonnie Eli, und niemand wagte es, sich darüber zu beschweren.

Um Mitternacht verstummte die Musik, und der Zauber verblaßte. Eli legte Bonnie das hellblaue Cape um die Schultern – ein Überbleibsel aus besseren Zeiten in New York – und drängte sie fast gewaltsam aus dem Ballsaal und dem Saloon in seine wartende Kutsche.

»Du wirst mir einiges erklären müssen«, sagte er, als das elegante Gefährt sich in Bewegung setzte.

6

Bonnie McKutchen hatte nicht die Absicht, irgend etwas zu erklären. Steif saß sie in einer Ecke der Kutsche und zog ihr Cape fest um die Schultern, um sich vor der Kälte des Aprilabends zu schützen. Der Zauber, den Elis Gegenwart vorhin im Ballsaal noch auf sie ausgeübt hatte, war verflogen.

Mit einem ärgerlichen Seufzen schaute er Bonnie an und verschränkte die Arme über der Brust. »Sie ist meine Tochter«, sagte er nach langem Schweigen. »Rose Marie ist meine Tochter.«

Bonnie dachte an die heute von ihm erlittenen Demütigungen, zuerst auf der Straße, dann in Forbes' Suite, und erinnerte sich wieder an alles, was sie in New York erlitten hatte, als Eli ihr die Schuld an Kileys Tod gab. Er hatte sie verraten und schließlich sogar verlassen. »Wenn du meinst«, entgegnete sie kühl.

Im Halbdunkel der Kutsche spürte sie Elis wütenden Blick mehr, als daß sie ihn sah. Ein bedrohliches Schweigen breitete sich zwischen ihnen aus, das Bonnie schließlich mit der Frage brach: »Wohin fahren wir eigentlich?«

Eli ließ sich Zeit mit seiner Antwort. Dann, endlich, nach einem ausgedehnten Gähnen erwiderte er: »Zu deinem Laden natürlich. Es stimmt doch, daß du mit meiner Tochter in der Wohnung über dem Laden lebst?«

Bonnie ärgerte sich über die Art, wie er *meine Tochter* betonte – Rose Marie war schließlich ebensosehr ihr Kind wie seins! »Ja, Rose Marie und ich wohnen über dem Laden«, entgegnete sie mit ruhiger Würde. »Oder hast du vor, ihn uns wieder abzunehmen?«

»Nach allem, was ich über das Geschäft hörte, ist es das nicht wert«, erklärte Eli spöttisch.

Obwohl seine Bemerkung Bonnie sehr verletzte, war sie bemüht, sich nichts anmerken zu lassen. Welch ein Triumph es jetzt gewesen wäre, wenn der Laden sich als Erfolg erwiesen hätte, aber leider war er ein schlimmer Reinfall gewesen, wie Forbes und Genoa es ihr von Anfang an prophezeit hatten. Es war reiner Eigensinn, was Bonnie jeden Morgen veranlaßte, die Türen des Ladens zu öffnen, und wenn sie ihn abends schloß, um im Brass Eagle zu tanzen, geschah es mit tiefem Bedauern. Zu stolz, um Genoas Hilfe anzunehmen oder Unterstützung von Eli zu verlangen, war sie gezwungen, jeden Abend mit fremden Männern zu tanzen, um sich ihren Lebensunterhalt zu verdienen. »Ich hatte keine Ahnung«, entgegnete sie kalt, »daß Diebe wählerisch sind.«

Die Kutsche ratterte die steile Anhöhe hinauf, die ins Zentrum der Stadt führte. »Ich habe deinen Laden nicht gestohlen, Bonnie.«

Sie spürte, wie ihr das Blut in die Wangen stieg. »Vielleicht nicht du persönlich«, erwiderte sie, und obwohl sie es in ruhigem Ton sagte, lag eine eindeutige Herausforderung in ihren Worten.

»Nicht persönlich und nicht unpersönlich. Um ehrlich zu sein, weiß ich gar nicht, wovon du überhaupt sprichst!«

»Das kann ich dir sagen, Mr. McKutchen. Als ich vor zwei Jahren nach Northridge zurückkehrte, fand ich den Laden meines Vaters in einem Zustand schlimmster Vernachlässigung vor. Und über der Tür hing ein Schild mit der Aufschrift ›Firmenladen der McKutchen Enterprises‹!«

In einer Kurve erhellte das Licht einer Straßenlaterne Elis Gesicht. Er versteifte sich auf seinem Sitz, um nicht in Bonnies Ecke hinüberzurutschen. »Das klingt, als hätte dein verehrter Vater den Laden selbst erbaut. Aber falls du das vergessen haben solltest – er war ein Geschenk meines Großvaters. Eine Art Brautpreis, könnte man wohl sagen.«

»Die McKutchen Enterprises geben und nehmen – ist es das, was du damit sagen willst?«

In diesem Augenblick hielt die Kutsche vor Bonnies Laden.

»Mein Gott, Frau, mit dir kann man einfach nicht reden!« donnerte Eli. »Das wollte ich überhaupt nicht damit sagen! Ich versuche nur, deine Bindung an diesen verdammten Laden zu begreifen!«

»Das würdest du nie verstehen«, flüsterte Bonnie, bevor der Kutscher die Tür öffnete und ihr beim Aussteigen behilflich war.

Die warmen Lichter im ersten Stock über dem Laden vermittelten ihr das Gefühl von Sicherheit und langentbehrter Wärme. Sie würde nach ihrer kleinen Tochter sehen, ein paar Worte mit Katie wechseln und eine Tasse Tee trinken. Dieser furchtbare Tag mit all seinen unangenehmen Überraschungen war endlich vorbei.

Oder vielleicht auch nicht. Denn Eli stand in der offenen Tür der Kutsche und machte keine Anstalten, sich wieder zu setzen. »Bonnie . . .«

Es kostete sie große Anstrengung, sich zu ihm umzudrehen; sie war froh, daß die Dunkelheit den Schmerz verbarg, der sich auf ihrem Gesicht widerspiegelte. »Bitte geh«, sagte sie leise.

Eli zögerte, dann zog er sich in das dunkle Innere der Kutsche zurück und gab dem Fahrer das Zeichen abzufahren.

Bonnie begab sich zur Seite des Gebäudes und stieg die Außentreppe hinauf. Katie, die über ein dickes Buch gebeugt in der Küche saß, schaute lächelnd auf. »Sie sehen müde aus, Madam. Ich habe Tee aufgebrüht. Aber vielleicht sollten Sie lieber gleich ins Bett gehen.«

Bonnie hängte ihr Cape über einen Haken an der Tür und dachte an ihre erste Begegnung mit Katie Ryan. Sie hatte sie im Zug gesehen, damals, als sie nach Northridge zurückkehrte. Katie war mit ihrer Familie unterwegs gewesen, Varietékünstlern, die im Pompeii Theater auftreten sollten. Als ihre Eltern weiterzogen, hatte Katie sich geweigert, sie zu begleiten, und in Genoas Haus nach einer Stellung gefragt.

Bonnies Schwägerin hatte das Mädchen auf Anhieb in ihr

Herz geschlossen, genau wie Bonnie selbst, und sie als Gesellschafterin eingestellt. Als dann Rose Marie zur Welt kam, wurde Katie zu ihrer Kinderschwester ernannt. Genoa zahlte die Hälfte ihres Lohns, was Bonnies Stolz zwar beträchtlich verletzte, aber im Augenblick nicht zu umgehen war.

Bonnie schenkte sich Tee ein. »Wie geht es Rose? Hat sie brav gegessen?«

Katie nickte. Ein wenig schuldbewußt, fand Bonnie. »Es geht ihr gut, Madam, und sie hat gegessen.«

»Aber?«

Für einen Moment schlug Katie den Blick nieder. »Ihr Papa hat sie gefüttert«, gestand sie leise. »Rose fühlte sich vom ersten Augenblick an sehr stark zu ihm hingezogen, und ich wußte nicht recht, was ich dagegen tun sollte . . .«

Bonnie setzte sich zu dem Mädchen an den Küchentisch. »Schon gut, Katie«, sagte sie besänftigend. »Es war wohl unvermeidlich, daß Eli Rose sehen und sie . . . erkennen würde.«

»Er wußte überhaupt nichts von ihr, nicht wahr?« fragte Katie mit dem Anflug eines Lächelns.

Bonnie konnte sich gut vorstellen, daß es ein köstlicher Anblick gewesen sein mußte, einen so großen Mann wie Eli ein Kind füttern zu sehen, doch sie verspürte auch einen Stich der Eifersucht. »Doch, er wußte es«, antwortete sie, verschwieg Katie jedoch, daß Eli geglaubt hatte, Rose Marie sei das Kind eines anderen Mannes.

Katie errötete. Trotz ihrer Bühnenerfahrung war sie eigentlich eher schüchtern, und wahrscheinlich bereute sie schon, Eli überhaupt erwähnt zu haben. Sie klappte ihr Buch zu und stand auf. »Ich gehe jetzt zu Bett«, sagte sie. »Miss Rose wird sicher schon früh erwachen.«

Bonnie stellte ihre Tasse in die Spüle und trat ans Fenster, das auf die Hauptstraße hinausging. Ein halbes Dutzend rauhbeinig aussehender Männer schlenderte unten vorbei: selbst in der Dunkelheit war zu erkennen, daß sie stark betrunken waren. Was sie miteinander redeten, war natürlich nicht zu verstehen, aber ihre Stimmen klangen mürrisch und anklagend.

Ein Frösteln, das nichts mit ihren eigenen Problemen zu tun

hatte, erfaßte Bonnie. Die Männer waren Hüttenwerksarbeiter, und sie konnte sich gut vorstellen, worüber sie sprachen: über ihre wachsende Unzufriedenheit mit den Löhnen und den Zuständen, die im Werk herrschten. Nur wenige Wochen nach Bonnies Rückkehr nach Northridge war Gerede über drohende Streiks aufgekommen, und es hatte einige gewaltsame Zwischenfälle gegeben. In seiner Eigenschaft als Geschäftsführer der McKutchen Hüttenwerke war es Forbes damals gelungen, die aufgebrachten Arbeiter vorläufig zu beschwichtigen. Inzwischen gingen allerdings neue Gerüchte um, daß wieder Gewerkschaftsfunktionäre in Northridge waren und sie geheime Versammlungen abhielten.

Was den gegenwärtigen Stand der Dinge in der Firma seines Großvaters betraf, so hätte Eli sich keinen geeigneteren Zeitpunkt für seine Rückkehr nach Northridge aussuchen können.

Doch als Bonnie in das Zimmer ging, das sie mit Rose Marie teilte, kam ihr zu Bewußtsein, welch ein schreckliches Chaos aus einem Konflikt zwischen Firmenleitung und Gewerkschaften entstehen konnte. Und angesichts *dieser* Überlegungen mußte sie sich eingestehen, daß Eli auch keinen *schlechteren* Zeitpunkt für seine Rückkehr hätte wählen können.

Im Schein der flackernden Petroleumlampe betrachtete sie ihre schlafende Tochter, die mit ihrem blonden Haar und den rosig angehauchten Wangen wie ein kleiner Engel aussah. Ihr Anblick ließ Bonnie alle unangenehmen Dinge in ihrem Leben bedeutungslos erscheinen.

Sie beugte sich über das kleine Mädchen und küßte es zärtlich, bevor sie zur Waschkommode ging, um die Schminke von ihrem Gesicht zu entfernen. An diesem Abend konnte sie sich nicht dazu überwinden, sich in dem kleinen Spiegel an der Wand anzusehen, bis sie ihr Gesicht gewaschen und die glitzernden Kämme aus ihrem Haar genommen hatte.

Ihr Kleid war tief ausgeschnitten, und Bonnie erschrak fast über ihren Anblick. Bisher hatte sie das Tanzen sich selbst gegenüber noch immer zu rechtfertigen vermocht, doch heute bedrängten sie zum ersten Mal ernsthafte Zweifel an ihrer Entscheidung. Denn immerhin war Rose Marie auch Elis Tochter, und jetzt, wo er es wußte, bestand Gefahr, daß er versuchen würde, ihr die Kleine wegzunehmen.

Von allen Bedrohungen, denen Bonnie sich ausgesetzt sah, war das die erschreckendste. Mit zitternden Händen streifte sie ihr Tanzkleid ab und schlüpfte in ein langes Flanellnachthemd. Im Bett begann sie sich dann auszumalen, was Eli ihrer Tochter alles bieten konnte und sie nicht, und der Gedanke steigerte ihre Furcht ins Unerträgliche. Nicht einmal die schwere Decke, unter der sie lag, konnte sie in dieser Nacht wärmen.

Eli hatte schlecht geschlafen. Zu viele Erscheinungen verfolgten ihn in Genoas Haus, und längst nicht alle waren Gespenster jener, die längst verschieden waren. Die Geister seiner Eltern schienen überall zu sein, und Eli erinnerte sich, wie sehr es geschmerzt hatte, sie zu verlieren. Auch heute noch, mit dreiunddreißig Jahren, war er unfähig zu begreifen, wie sein Vater und seine Mutter ihre Kinder hatten verlassen können, um als Missionare nach Afrika zu gehen.

Aber der Geist, der ihn am meisten quälte, war der von Bonnie. Sie hielt sich in jeder Ecke des Hauses auf – die jüngere, lachende Bonnie, die einst seine Braut gewesen war. Weil er Luft zum Atmen brauchte, verließ Eli schon früh das Haus und ging zum Teich hinunter, wo er kleine Steine in das Wasser warf. Dabei war es ihm, als stünde sein Großvater neben ihm, doch Josiahs Anwesenheit empfand er nicht als beunruhigend.

In Gedanken kehrte er an jenen Tag zurück, an dem seine Eltern angekündigt hatten, alle ›weltlichen Dinge‹ hinter sich zurücklassen zu wollen. Auch damals war er hier zum Teich hinabgelaufen, ein zehnjähriger Junge und zutiefst erschüttert. Josiah hatte ihn getröstet.

»Es ist ein trauriger Tag für die McKutchens, mein Junge«, hatte er gesagt. »Weine nur, wenn es dir hilft. Ich würde es auch gern tun.«

Doch der junge Eli hatte sich eisern beherrscht. »Die Steine hüpfen nicht«, hatte er gesagt. »Sie sinken auf den Grund.«

Josiah hatte sich gebückt und einen flachen Kiesel aufgehoben, und da war es um Elis Beherrschung geschehen gewesen. Aufschluchzend hatte sich der Junge seinem Großvater in die Arme geworfen.

Eli zwang sich, mit seinen Gedanken in die Gegenwart zurückzukehren. Er war fast erleichtert, als er Genoa in einiger Entfernung von sich bemerkte und sah, daß sie ihn mit einer Mischung aus Furcht und Zuneigung beobachtete.

Zuerst sprachen die Geschwister nicht, dann brach Eli das Schweigen. »Wenn du mir jetzt sagen willst, Genoa, daß es meine Pflicht gewesen wäre, hier zu sein . . .«

Als er verstummte, kam sie zu ihm herüber und nahm seine Hand. »Du bist jetzt endlich heimgekehrt, nur das ist wichtig.« Dann seufzte sie. »Was wirst du unternehmen, Eli? Hinsichtlich der Probleme in den Hüttenwerken, meine ich.«

Eli war müde. Nach einer anstrengenden Zugfahrt quer durch das Land hatte er die halbe Nacht mit Bonnie getanzt und die andere Hälfte damit verbracht, ihren Verlust zu betrauern. Bevor er Entscheidungen bezüglich der Werke treffen konnte, mußte er zuerst mit den Arbeitern sprechen und dann mit Seth und mit Forbes Durrant. Außerdem war es unerläßlich, sich persönlich in den Hüttenwerken umzusehen und die Bücher zu prüfen. »Seth hatte mich vor Durrant gewarnt«, sagte er, statt auf Genoas Frage zu antworten.

»Ich habe nie verstanden, wie Großvater diesem Mann vertrauen konnte«, sagte Genoa. »Er nannte Forbes immer einen ›Geizkragen‹.«

Als Eli jetzt daran dachte, wie Bonnie ihn wegen des Ladens ihres Vaters beschuldigt hatte, stieg kalte Wut auf Forbes Durrant in Eli auf. Sich diesen bescheidenen Laden anzueignen, der Bonnie so unendlich teuer war, mußte Forbes' eigene Entscheidung gewesen sein, denn Eli hatte nichts davon gewußt. »Großvater hat mir oft genug gesagt, man müsse Forbes im Auge behalten. Aber ich habe nicht auf ihn gehört, weil ich mit anderen Dingen beschäftigt war.«

»Du meinst, Großvater hat ihm gar nicht vertraut?« fragte Genoa erstaunt.

Trotz allem mußte Eli lachen. »Er sagte mir, ein Mensch mit

einem so scharfen Verstand wie Forbes könne sich sowohl zum Betrüger entwickeln wie auch ein loyaler Mitarbeiter sein. Ich vermute, daß mir die Firmenbücher den Beweis liefern werden, für welche Richtung Durrant sich entschieden hat.«

»Ich hätte etwas unternehmen sollen!« meinte Genoa schuldbewußt. »Mir war bekannt, daß Forbes über seine Verhältnisse lebte! Wer könnte sich mit seinem Gehalt auch schon erlauben, ein Gebäude wie den Brass Eagle Saloon zu errichten!«

Das ernüchterte Eli wieder, denn es erinnerte ihn an den Ballsaal und die Frau, die dort jeden Abend tanzte – als Gegenleistung für einen Dollar pro Walzer. Dagegen würde er etwas unternehmen müssen. Der Gedanke, daß jeder Kerl, der einen Dollar besaß, sie in die Arme nehmen durfte, war ihm unerträglich. Am Abend zuvor hatte er alle ihre freien Tänze aufgekauft, aber das war auf lange Sicht natürlich keine Lösung. »Großvaters blonder Goldjunge wird sich an den Firmengeldern bereichert haben, so wie es aussieht. Aber das zu beweisen, dürfte nicht ganz einfach sein.«

»Du wirst ihn doch auffordern, seine Kündigung einzureichen?«

Eli warf einen Stein ins Wasser. »Irgendwann werde ich ihn feuern müssen. Aber im Augenblick ziehe ich es vor, ihn im Glauben zu belassen, ich sei zu beschäftigt mit Bonnie, um mich mit den Hüttenwerken zu befassen.«

Genoa war schockiert. »Das kann doch nicht dein Ernst sein, Eli! Der Mann bestiehlt uns vermutlich schon seit Jahren, und es gehen sogar Gerüchte um, daß er Schläger angeheuert hat, um die Gewerkschafter und die Arbeiter, die sie unterstützen, aus der Stadt jagen zu lassen!«

Eli warf einen letzten Stein in den Teich. »Die Verantwortung für diese Probleme liegt bei mir, Genoa, und ich werde sie lösen. Aber es wird Zeit in Anspruch nehmen, und ich werde es so erledigen, wie ich es für richtig halte.«

»Hoffentlich ist es dann noch nicht zu spät!« entgegnete Genoa düster, bevor sie sich abwandte, um zum Haus zurückzugehen.

Menelda Sneeder betrat den Kolonialwarenladen mit sichtlichem Widerstreben, doch Bonnie brachte trotz ihrer Auseinandersetzung vom Tag zuvor Verständnis für sie auf. Nach Forbes' Ansicht war es gerade diese großzügige Einstellung, die Bonnies Geschäft an den Rand des Bankrotts gebracht hatte.

»Guten Morgen, Mrs. Sneeder.« Bonnie hatte ihr Haar zu einem weichen Knoten am Oberkopf zusammengesteckt und trug ein schlichtes Kleid aus braunem Kattun. Mit dieser Aufmachung und ihrem völlig ungeschminkten Gesicht hätte sie ein völlig anderer Mensch sein können als jene Frau, die Abend für Abend im Brass Eagle für Geld mit Männern tanzte. Und Menelda und sich selbst zuliebe tat sie auch, als verhielte es sich so.

»Guten Morgen, Mrs. McKutchen«, erwiderte Menelda verlegen und schaute zu Rose Marie hinüber, die auf ihrem hohen Stühlchen saß und mit ihrer Lieblingspuppe spielte. Beim Anblick des Kindes tauchte leise Wehmut in Mrs. Sneeders Augen auf.

»Was kann ich für Sie tun?« erkundigte sich Bonnie freundlich.

»Es handelt sich um meine Rechnung«, sagte Menelda nach langem Schweigen und schaute sich hastig um für den Fall, daß sich irgendwelche Mitglieder ihres Freitagnachmittagsclubs in der Nähe befinden sollten. »Ich kann Ihnen diese Woche nichts bezahlen, aber meine Kleine braucht Hustensaft . . .«

Bonnie nahm eine große Flasche der verlangten Medizin aus dem Regal und überreichte sie schweigend Menelda. Die Tatsache, daß sie am hellichten Tag in ihrem Laden erschienen war, vor allem nach den Ereignissen vom Tag zuvor, bewies nur, wie verzweifelt diese Frau sein mußte.

Menelda nahm die Flasche und schluckte beschämt. Sie schlug die Augen nieder, und in ihren Wangen stieg eine ärgerliche Röte auf. »Man sollte meinen, mein Jim verstünde besser mit seinem Geld umzugehen! Es wird von Streik geredet, und unsere Zoe ist so krank . . . Aber er geht hin und verschwendet einen halben Tageslohn darauf, mit einer Dirne zu tanzen!«

Die scharfen Worte verletzten Bonnie, wie es beabsichtigt

war, aber was konnte sie darauf entgegnen? Menelda hatte ja recht. Es war falsch von Jim Sneeder, seinen Lohn auf diese Weise zu vergeuden, und Bonnie hätte nicht von seiner Dummheit profitieren dürfen.

Aus diesem Bewußtsein heraus schwieg sie weiter, als Menelda sich abwandte und grußlos aus dem Laden hinausging.

Unmittelbar darauf trat Webb Hutcheson ein. Er sah ausgesprochen gut aus in seinem Anzug aus feinem Tuch und mit dem eleganten Hut und dem stattlichen Schnurrbart. Während er den Hut ablegte, schaute er durch das Fenster Menelda nach.

»Ich hörte, daß ich gestern eine Schlacht verpaßt habe«, stellte er lächelnd fest. »Vor dem Brass Eagle.«

»Sie sind ein schlechter Journalist, Mr. Hutcheson. Sie hätten dabei sein sollen«, antwortete Bonnie. Sie hatte ihm den Rücken zugewandt und tat, als ordnete sie die Flaschen im Regal.

Aber ihr war bewußt, daß Webb ganz nahe war und vermutlich gleich auf der anderen Seite der Theke stand. »Ich habe auch erfahren, daß Ihr Mann in der Stadt ist.«

Bonnie versteifte sich, hielt jedoch nicht in ihrer Arbeit inne. »Mein *früherer* Mann«, berichtigte sie ihn.

Webb seufzte nachsichtig. »Wollen Sie nicht aufschreiben, was Menelda Sneeder gerade auf Kredit gekauft hat?«

Das sinnlose Geklimper der Flaschen brach abrupt ab; Bonnies Schultern sackten herab, sie ließ den Kopf hängen. »Ich wäre Ihnen dankbar, wenn Sie sich nicht in meine Angelegenheiten mischen würden, Mr. Hutcheson. Menelda brauchte die Medizin und hatte nicht das Geld, dafür zu zahlen.«

»Natürlich«, entgegnete Hutcheson gelassen. »Aber gestern war sie noch bereit, Sie mit ihrer Axt in Stücke zu hacken!«

Da drehte sich Bonnie zu Webb um, die Augen voller Tränen. »Sie hätte das Geld vielleicht gehabt, wenn ihr Mann nicht mit mir getanzt hätte!«

Webb schüttelte den Kopf. »Darüber haben wir schon oft gesprochen, Bonnie. Ich habe vollstes Verständnis für Ihre Lage, aber ich kann nicht behaupten, daß ich Ihr Tanzen gutheiße.«

Rose liebte Webb, weil er sich immer, wenn er kam, mit ihr

beschäftigte. Auch jetzt lachte sie ihn an und streckte bittend die Ärmchen nach ihm aus.

Webb nahm Rose Marie auf den Arm und hob sie dann hoch über seinen Kopf. Vor Entzücken lachte sie und jauchzte. Ausgerechnet diesen Augenblick wählte Eli, um hereinzukommen.

Seine goldbraunen Augen verdüsterten sich, ein harter Zug erschien um seinen Mund. Aber bevor er etwas sagen konnte, überraschte Rose sämtliche Anwesenden mit ihrem Schrei: »Papa! Papa!«

Fast augenblicklich ließ die Spannung in Elis Gesicht nach und wurde durch ein strahlendes Lächeln ersetzt. »Hallo, Prinzessin«, sagte er und breitete seine Arme aus.

Webb übergab ihm wortlos das Kind. Der bestürzte Blick in seinen blauen Augen ließ Bonnie sich noch unglücklicher fühlen. Er hatte ihr klar und deutlich zu verstehen gegeben, daß er sie gern geheiratet und Rose Marie wie seine eigene Tochter aufgezogen hätte. Diese plötzliche Begegnung mit Eli mußte ein schwerer Schock für ihn sein.

Nach einem kurzen inneren Kampf fand Bonnie ihre Stimme wieder und stellte die beiden Männer einander vor.

Webb nickte und schüttelte Elis Hand, aber sobald die Höflichkeit es zuließ, verabschiedete er sich unter einem Vorwand und verließ den Laden.

Rose Maries Protesten zum Trotz setzte ihr Vater sie in den hohen Kinderstuhl zurück. Sie hatte ihm vorher den Hut abgenommen, und er überließ ihn ihr und lachte, als sie ihn über den Kopf stülpte und praktisch darunter verschwand. Aber dann wandte er sich an Bonnie und wurde ernst.

»Ich nehme an, daß Mr. Hutchesons größter Ehrgeiz im Leben ist, dich ... von all dem hier zu entfernen?«

Es gelang Bonnie nicht, Elis Stimmung einzuschätzen. Seine Bemerkung war ganz offensichtlich nicht als Stich gemeint gewesen, was aber noch lange nicht bedeutete, daß sich das im nächsten Augenblick nicht ändern konnte. »Ich würde nicht sagen, daß es Mr. Hutchesons *größter Ehrgeiz* ist, mich zu heiraten. Seine Zeitung herauszugeben beschäftigt ihn weit mehr.«

Eli beugte sich über die Theke, und obwohl nichts Drohendes in seiner Haltung lag, wich Bonnie einen Schritt zurück.

»Wirst du Hutcheson heiraten, Bonnie?«

»Aus welchem Grund sollte dich das interessieren, Eli?«

Er rührte sich nicht, und doch spürte Bonnie eine Veränderung in ihm vorgehen. »Aus dem besten Grund der Welt – um dieses kleinen Mädchens willen«, versetzte er gereizt. »Denn deine Entscheidungen – die bisher alles andere als vernünftig waren – wirken sich auch auf meine Tochter aus.«

Trotz ihrer Bemühungen, sich kühl und gelassen zu geben, errötete Bonnie, und ihre Stimme zitterte, als sie sagte: »Rose wird immer meine erste Sorge sein, Eli. Immer.«

»Selbst wenn du im Saloon die Nächte durchtanzt?«

Das Zittern, das in Bonnies Stimme begonnen hatte, setzte sich durch ihren ganzen Körper fort. »Ja, ob du es glaubst oder nicht, auch dann. Man braucht Geld, um ein Kind aufzuziehen.«

»Benutze das Geld nicht als Ausrede, Bonnie. Die Schecks, die Seth dir in den letzten beiden Jahren zukommen ließ, beliefen sich auf eine ansehnliche Summe, aber du hast sie zurückgeschickt. Im übrigen hätte Genoa alles Menschenmögliche für dich getan, aber abgesehen von ein paar lumpigen Dollar hier und da hast du ihr nicht gestattet, dir zu helfen. Laß uns doch ehrlich sein, Bonnie. Das wirkliche Problem hier ist dein verdammter Stolz. Obwohl es vielleicht noch akzeptabel ist, daß du auf das McKutchen-Geld herabsiehst und es alleine schaffen möchtest, will ich verdammt sein, wenn ich zusehe, wie meine Tochter dabei durch den Dreck gezogen wird!«

Rose, die die Mißstimmung zwischen den Erwachsenen spürte, begann zu weinen, und sofort kam Katie aus dem ersten Stock herunter. »Du hast sicher Hunger, meine Kleine«, sagte sie und trug Rose aus dem Laden, ohne den beiden Erwachsenen einen Blick zu gönnen.

Eli bückte sich nach seinem Hut. »Ich werde meine Frage wiederholen, Bonnie. Wirst du Hutcheson nun heiraten oder nicht?«

Sie liebte Webb nicht – Gott war ihr Zeuge, daß all ihre

Gefühle Eli galten, sogar heute noch und nach allem, was er ihr angetan hatte. Aber viele Leute gingen eine Ehe ohne Liebe ein und führten ein glückliches Leben miteinander. Warum sollte es bei ihr und Webb, den sie schätzte und respektierte, nicht auch so sein? Das Risiko, Rose an Eli zu verlieren, würde sich beträchtlich verringern, wenn sie einen geachteten Bürger wie Webb heiratete. Sie könnte das Tanzen aufgeben, bräuchte dem Ort nicht mehr als Bürgermeisterin zu dienen und könnte ihren Laden schließen . . .

»Ja, vielleicht heirate ich ihn«, sagte sie geistesabwesend und mehr zu sich selbst als zu Eli. »Es ist durchaus möglich.«

Als Bonnie einen Moment später den Kopf hob, war sie allein.

7

Es war unerträglich heiß im Hüttenwerk. Fettiger Dampf stieg von den Kesseln mit dem flüssigen Erz auf. Die nackten Oberkörper der Männer und jungen Burschen, die die Schmelzöfen und Förderbänder bedienten, glänzten vor Ruß und Schweiß.

Ich hasse diesen Ort, dachte Eli, aber er ging weiter, begleitet von Seth Callahan und Forbes Durrant. Als sie endlich das kleine, stickige Büro betraten und die Tür hinter sich schlossen, ließ der nervenaufreibende Lärm ein wenig nach.

Seth wischte sich mit einem Taschentuch über Stirn und Nacken. »Großer Gott – das ist ja die reinste Hölle!« stöhnte er.

Eli schaute Forbes an und gab Seth im stillen recht. Aber dieser Ort sah nicht nur wie die Hölle aus, sondern besaß ganz sicher auch einen höchst eigenen Teufel ...

»Metallveredelung war schon immer ein häßlicher Prozeß«, erklärte Forbes gelassen und spreizte seine gepflegten weißen Hände. »Die Männer wissen das. Sie sind froh, überhaupt Arbeit zu haben.«

Eli lehnte sich an die Kante des kleinen, mit Akten und Papieren überladenen Schreibtischs. Im Prinzip war es schon richtig, was Forbes sagte, und abgesehen von den zum Teil noch viel zu jungen Arbeitern hatte er auch nichts gesehen, woran etwas auszusetzen gewesen wäre. Und doch spürte er, daß hier untergründig etwas schwelte, was noch viel heißer war als der Inhalt der großen Schmelzkessel. Genoa und Seth hatten recht – es würde Ärger geben.

»Diese Kinder, die die Kessel füllen – wie alt sind sie?«

Forbes zuckte die Schultern. »Zehn. Zwölf. Vierzehn. Warum?«

Eli wechselte einen Blick mit Seth, der sich unaufhörlich Gesicht und Nacken abwischte, und bemühte sich, seinen Ärger zu beherrschen. »Ich will sie hier heraushaben. Sie sollten eine Schule besuchen, anstatt ihr Leben an diesen heißen Kesseln aufs Spiel zu setzen.«

Forbes lächelte nachsichtig. »Viele von ihnen haben Geschwister und verwitwete Mütter zu ernähren, Mr. McKutchen. Soll ich ihnen da vielleicht raten, sich in Bücher zu vergraben und ihre Familien verhungern zu lassen?«

»Für diese speziellen Fälle ließe sich doch bestimmt eine Regelung treffen«, wandte Seth ein. »Denn wenn einer dieser jungen Burschen einen Unfall hätte und in einen der Kessel stürzte, müßten wir die Verantwortung dafür übernehmen!«

Es schauderte Eli bei der Vorstellung, aber Forbes lächelte nur schwach. »Risiken sind nie auszuschließen«, beharrte er. »Diese Jungen haben eine Menge hungriger Mäuler zu füllen und erwarten gar nicht, verhätschelt und verwöhnt zu werden . . .«

»Ich verlange, daß sie von den heißen Kesseln und den Schmelzöfen ferngehalten werden«, fiel Eli ihm kalt ins Wort. »Sie können den Boden fegen oder Nachrichten weitergeben oder irgend etwas anderes in dieser Art, zum gleichen Lohn natürlich. Aber halten Sie sie von dem heißen Erz fern!«

Zuerst schien Forbes widersprechen zu wollen, aber dann besann er sich und schwieg.

Eli hätte ihm noch viel mehr zu sagen gehabt, aber das hatte Zeit. »Mr. Callahan möchte sich die Rechnungsbücher ansehen«, sagte er gerade, als plötzlich die Tür zum Büro aufgerissen wurde.

Ein hagerer, rußgeschwärzter Mann stand keuchend auf der Schwelle. »Mr. Durrant«, stieß er hervor, »es hat einen Unfall gegeben . . . einen schlimmen Unfall . . .«

»Wo?« unterbrach Eli ihn.

»Draußen bei den Förderbändern. Die Holzlatten von einem der Erzwagen gaben nach, und die Brocken sind herausgerutscht und haben Mike Farley unter sich begraben . . .«

»Hat man schon einen Arzt benachrichtigt?« rief Forbes, schon auf dem Weg nach draußen.

Als Eli ihm nacheilte und dabei an einem der Schmelzkessel vorbeikam, packte er den Jungen, der dort seine Arbeit verrichtete, am Arm und schleppte ihn mit hinaus.

Draußen, in der reinen kühlen Luft, die wie Balsam für ihre Lungen war, ließ Eli den Jungen los. »Warte hier«, sagte er brüsk und rannte zu den Schienen hinüber, wo sich schon eine Gruppe Arbeiter versammelt hatte.

Die hölzernen Seitenwände eines Viehwaggons waren zersplittert, und ein Berg von Erzbrocken hatte mindestens einen der Arbeiter unter sich begraben.

Eli drängte sich an den Männern vorbei und half beim Entfernen der letzten großen Gesteinsbrocken. Aber sie hätten sich nicht zu beeilen brauchen – Mike Farley war tot.

Eli richtete sich auf und hätte seinen Protest am liebsten laut zum Himmel hinaufgeschrien. Einer der anderen Männer hob Farleys blutigen, geschundenen Körper auf seine Arme und schrie in wütender Verzweiflung: »Mein Junge! O Gott, mein armer Junge!«

Seth, der inzwischen an Elis Seite erschienen war, sah aus, als müßte er sich erbrechen. »Wie kann man Felsgestein in einem Holzwaggon befördern?« erregte er sich. »Dafür nimmt man Eisenwaggons! Es ist doch zu erwarten, daß die Holzlatten unter dem Gewicht nachgeben . . .«

Die Logik in Seth' Bemerkung ließ Elis Schock verblassen. Mit Mordlust in den Augen betrachtete er den zerstörten Waggon. Dann ging er zu Forbes, packte ihn am Kragen und schleuderte ihn rücklings in die Trümmer.

Der Junge betrat den Laden, als Bonnie gerade schließen wollte. Der Ruß auf seinem Gesicht wies ihn als Hüttenwerksarbeiter aus, seine abgetragene Kleidung zeugte von dem Elend, das in seiner Familie herrschen mußte.

Bonnie lächelte ihn an. »Was kann ich für dich tun?«

»M-Mr. McKutchen hat mich hergeschickt. E-er hat Mr. Durrant niedergeschlagen, direkt hinter dem Werk . . . weil Mike Farley von einem Waggon zerquetscht worden ist . . . Ich soll nicht mehr an den Schmelzöfen arbeiten, sagt Mr. McKutchen. Ich soll hier Waren sortieren und ausfegen und . . .«

Bonnies Lächeln war schon lange verblaßt, jetzt hob sie beide Hände. »Moment – das verstehe ich nicht. Beruhige dich und sprich langsamer.«

»Mike Farley ist tot. Eine Tonne Erz hat ihn unter sich begraben. Mr. McKutchen hat mich hergeschickt und gesagt, daß ich hier zum gleichen Lohn arbeiten soll wie in der Hütte . . .«

In diesem Augenblick kam Katie herein, offensichtlich aus der Leihbibliothek, denn sie trug einen ganzen Stapel Bücher unter dem Arm. »Madam, es ist schrecklich! Bei den Hüttenwerken hat es einen Unfall gegeben, und ein Mann ist umgekommen! Er war mit Susan Farley verheiratet, und bei ihr haben jetzt die Wehen eingesetzt! Sie wird eine Frühgeburt haben!«

Bonnie griff bereits nach ihrem Schal. Sie kannte Susan Farley, eine schüchterne, schlanke blonde Frau, die in einer der Katen in Patch Town lebte. Immer wenn Mrs. Farley in den Laden kam, maß sie die ausgestellten Waren mit sehnsüchtigen Blicken, kaufte jedoch nie etwas anderes als Zwiebeln und Kartoffeln. Bonnie erinnerte sich heute noch an das Außergewöhnlichste, das Susan je erstanden hatte: Zitronenbonbons für einen Penny.

»Ich gehe zu ihr, um zu sehen, ob ich etwas für sie tun kann«, sagte sie zu Katie. »Kümmere dich bitte um Rose und schließ den Laden ab, bevor du nach oben gehst.«

Der Junge zupfte an Bonnies Ärmel. »Entschuldigen Sie, Madam, aber ich soll hier arbeiten . . .«

Was mochte Eli sich bloß dabei gedacht haben, als er dieses Kind herschickte, in einen Laden, der oft einen ganzen Tag lang nicht das geringste umsetzte? Aber das war ein Rätsel, das später noch gelöst werden konnte. »Du wirst dich erst mal gründlich waschen müssen, bevor du hier arbeiten kannst«, sagte Bonnie nicht unfreundlich, bevor sie weitereilte in Richtung Patch Town.

Der Stadtteil war so elend und verkommen wie immer. Die Hütte der Farleys war leicht zu finden durch die Gruppe der Frauen in schäbigen Kattunkleidern, die sich davon versammelt hatten und kopfschüttelnd das Unglück besprachen. »Wenn das nicht unsere Bürgermeisterin ist!« bemerkte eine der Frauen mit einem verächtlichen Blick auf Bonnie.

»Laß sie in Ruhe, Jessie«, warf eine der anderen ein. »Mein Kind hätte oft gehungert, wenn Mrs. McKutchen mir keinen Kredit in ihrem Geschäft gegeben hätte.«

»Wie in aller Welt ist sie eigentlich Bürgermeisterin geworden?« wollte eine andere der Arbeiterfrauen wissen, als Bonnie auf die Hütte zuging und ohne anzuklopfen eintrat.

Die Kate der Farleys war unglaublich klein, enthielt nichts außer einem winzigen Herd, einem Tisch und einem Bett. An Haken an der Wand hingen Kleider, aus einem Fünfpfundsack Mehl sah Bonnie eine Maus entwischen.

Rasch trat sie an Susans Bett, wo bereits eine Frau stand, die sie zu trösten versuchte: Genoa.

Elis Schwester schaute nur flüchtig auf und streichelte Susans Hand, als eine neue Wehe ihren mageren Körper erschütterte. »Endlich jemand, der die einfachsten Anweisungen befolgen kann«, sagte sie. »Hol sauberes Wasser, Bonnie, und stell es zum Kochen auf. Das Baby will hinaus – ob mit oder ohne unser Einverständnis.«

Bonnie rollte die Ärmel auf, nahm die zwei größten Töpfe aus dem Regal und ging hinaus. Die Menge der Frauen teilte sich vor ihr, einige folgten Bonnie sogar, als sie zum Brunnen ging und Wasser in die Töpfe pumpte.

»Geht es Susan besser?« fragte die Frau, die vorher für Bonnie eingetreten war.

»Besser?« warf eine andere zornig ein. »Es kann ihr nur *schlechter* gehen, nachdem sie keinen Mann mehr hat, der für sie sorgt! Und da können noch so viele elegante Damen herkommen und sich um sie bemühen – es wird nichts an Susans Elend ändern!«

»Das wird bösen Ärger nach sich ziehen, das könnt ihr mir glauben!« ließ sich eine andere Frau vernehmen. »Die Gewerkschafter werden denen da oben die Hölle heiß machen und unsere Männer zum Streik veranlassen. Und dann werden wir *alle* Hunger leiden!«

Ohne das Gerede zu beachten, kehrte Bonnie in die Hütte zurück. Genoa hatte ein Feuer in dem kleinen Herd angezündet, aber da schon April war, lag nur wenig Brennholz in der Kate bereit.

Während Susan Farley sich stöhnend auf dem Bett herumwarf, ging Bonnie zur Tür und wandte sich an die herumstehenden Frauen. »Wir brauchen Holz, um das Feuer in Gang zu halten. Suchen Sie bitte welches, und bringen Sie es mir!«

Mehrere der Frauen eilten zum Flußufer hinunter, um angeschwemmtes Treibholz zu sammeln. Gegen Sonnenuntergang gebar Susan Farley ihr Kind, einen kleinen Jungen, der viel zu klein war, um zu überleben. Doch Genoa gab sich nicht geschlagen.

»Bonnie, erinnerst du dich, was ich dir von Mama erzählte – daß sie winzig klein war, als sie geboren wurde? Die Hebamme legte sie in einen Schuhkarton und hielt sie in einem Ofen warm.«

Bonnie nickte nachdenklich. Sie und Genoa hatten das Kind gewaschen und in eine warme Decke eingewickelt, aber es war trotzdem blau vor Kälte. »Einen Versuch ist es wert, nicht wahr, mein Kleiner?« sagte sie leise und spürte, wie ihr die Tränen kamen.

Genoa berührte beruhigend Bonnies Schulter. »Wir nehmen den Kleinen mit zu mir nach Hause und werden uns bemühen, ihn zu retten«, sagte sie, aber ihre Blicke schweiften nachdenklich durch das schäbige Innere der Hütte. »Obwohl ich mich frage, ob wir dem Jungen damit einen Gefallen tun. Er wird es nicht leicht haben.«

Bonnie holte tief Luft. »Welches Leben ist schon leicht?«

Genoa seufzte. »Das stimmt natürlich.« In diesem Augenblick betrat ein großer Mann mit weißem Haar und schmutzigen Kleidern die Hütte.

»Das ist John Farley«, sagte Eli, der nach ihm eingetreten war. »Der Mann, der bei dem Unfall umgekommen ist, war sein Sohn.«

Farley trat ans Bett, sein Gesicht war verzerrt vor Sorge, seine Stimme heiser vor Hoffnungslosigkeit. »Das Kind?« fragte er.

Bonnie zeigte Mr. Farley seinen Enkel, deckte das Baby dann jedoch rasch wieder zu. Es wäre furchtbar gewesen, wenn das kleine Wesen sich auch noch eine Erkältung zugezogen hätte.

»Er ist so klein«, murmelte Farley bestürzt.

Genoa richtete sich sehr gerade auf, und obwohl ihr Haar zerzaust und ihre Kleider beschmutzt waren, strahlte sie eine nicht zu ignorierende Würde aus. »Mr. Farley, es besteht eine Chance, daß ihr Enkel überleben wird, wenn er die richtige Pflege erhält. Auch Susan wird Wärme und gutes Essen brauchen, um sich zu erholen. Ich möchte beide mit zu mir nach Hause nehmen.«

»In *Ihr* Haus, Madam?« entgegnete Mr. Farley fassungslos. »Warum sollten Sie das tun?«

Genoa warf Eli einen herausfordernden Blick zu, bevor sie resolut antwortete: »Ich bin eine McKutchen und fühle mich für die Folgen dieser Tragödie verantwortlich.«

Abrupt wandte Eli sich ab und ging hinaus. Bonnie folgte ihm, das Baby in den Armen. Sie mußte sich beeilen, um mit Eli Schritt zu halten, der sich hastig in Richtung Uferböschung entfernte. »Eli!« rief sie schließlich atemlos, aber obwohl er stehenblieb, drehte er sich nicht zu ihr um.

»Eli, was heute geschehen ist, war schrecklich, aber es war nicht deine Schuld!« sagte sie beschwörend.

Eli wandte ihr auch weiterhin den Rücken zu. »Der Fluß steigt«, sagte er nach einer Weile.

Die Qual, die in seiner Stimme mitklang, war Bonnie unerträglich. »Dreh dich um, Eli, und sieh mich an!« sagte sie hart.

Sehr langsam und als ob es ihn sehr viel Kraft kostete, drehte Eli sich um. Selbst in der zunehmenden Dunkelheit konnte Bonnie sehen, daß seine Augen verdächtig feucht waren. »O Gott, Bonnie«, stöhnte er und fuhr sich mit einer Hand durchs Haar. »Wie habe ich das alles nur übersehen können? Wie konnte mein Großvater das?«

Bonnie wußte, daß er von den Zuständen im Werk sprach

und in Patch Town, wo so viele seiner Arbeiter zu leben gezwungen waren. »Vergangenes läßt sich nicht ändern, Eli«, sagte sie sanft. »Es ist sinnlos, deswegen zu leiden.«

»Bonnie!« erklang Genoas Stimme im Halbdunkel. »Wir müssen das Kind aus der kalten Nachtluft bringen!«

Bonnie biß sich auf die Lippen und wandte sich ab.

Vor der Kutsche, in der Susan und Mr. Farley bereits untergebracht waren, reichte sie ihrer Schwägerin das Baby. »Es ist lieb von dir, dich um Susan zu kümmern, Genoa«, sagte sie.

Ihre Schwägerin maß Patch Town mit einem mitleidigen Blick. »Ich wünschte, ich könnte ihnen allen helfen«, antwortete sie, bevor sie in die Kutsche stieg und das Gefährt sich in Bewegung setzte.

Bonnie spürte Elis Gegenwart; ohne sich nach ihm umzusehen, wußte sie, daß er dicht hinter ihr stand. »Du wirst zu Fuß nach Hause gehen müssen«, sagte sie, als sie das Schweigen nicht mehr ertrug.

»Das werde ich überleben«, entgegnete Eli. »Und du? Müßtest du jetzt nicht im Brass Eagle sein und dich für den Abend schminken?«

Lampen flackerten überall hinter den mit Ölpapier verkleideten Fenstern der Katen auf. Normalerweise wären um diese Zeit die Gassen vom Lachen spielender Kinder erfüllt gewesen, doch heute herrschte nur düsteres Schweigen. Von einem unerklärlichen Gefühl der Einsamkeit erfaßt, wandte Bonnie sich seufzend ab. Sie hatte keine Kraft mehr, mit Eli zu streiten.

Doch er glich seine langen Schritte ihren an. »Es tut mir leid«, sagte er.

Bonnie warf ihm einen erstaunten Blick zu. Sie konnte sich nicht entsinnen, daß Eli sich je bei ihr entschuldigt hatte. Um ihre Rührung zu verbergen, wechselte sie das Thema.

»Wie war es in Kuba, Eli? Warst du bei den *Wilden Reitern*?«

Eli lachte, aber es lag kein Humor darin, nur eine hohle Müdigkeit und eine rauhe Wehmut, die Bonnie einen schmerzhaften Stich versetzte. »Die Bezeichnung *Wilde Reiter* ist nicht korrekt, Bonnie. Da das Kriegsministerium versäumt hatte, uns Pferde zu besorgen, waren wir gezwungen, San Juan Hill zu

Fuß zu erstürmen. Die Spanier erwiderten eine Zeitlang unser Feuer, dann ließen sie ihre Waffen fallen und ergriffen die Flucht. Ich bin seitdem der Ansicht, daß es unsere Dummheit war und nicht unser Mut, was sie so beeindruckt hat.«

»Es wird wohl Mr. Roosevelts Idee gewesen sein«, entgegnete Bonnie verächtlich. Sie hatte ihm nie verziehen, daß er Eli überredet hatte, ihn nach Kuba zu begleiten.

Eli lachte. »T. R. war in seinem Element«, stellte er mit Respekt und einer gewissen Zuneigung fest. »Du hättest ihn sehen sollen, Bonnie!«

»Wenn ich Theodore Roosevelt nie wiedersehe«, entgegnete Bonnie kurz, »wird es immer noch zu früh sein.«

Patch Town lag jetzt hinter ihnen. Als sie am Brass Eagle Saloon vorbeikamen, packte Eli Bonnie plötzlich am Arm und zog sie in eine schmale Gasse. Sie war so verwirrt darüber, daß sie stolperte und gegen Elis Brust prallte. Aber sie war noch viel erstaunter, als er sie leidenschaftlich küßte und nicht eher nachgab, bis ihre Lippen sich unter seinen öffneten.

Eine heiße Woge des Verlangens durchzuckte Bonnie; bei jedem anderen Mann hätte sie diesen Kuß als Beleidigung empfunden – aber nicht bei Eli. Seit zwei Jahren sehnte sich sich nach seiner Berührung, seinem Kuß, und die Wirklichkeit war noch viel besser als die Erinnerung daran. Tatsächlich waren die Gefühle, die er in ihr auslöste, so überwältigend, daß sie befürchtete, dahinzuschmelzen wie Wachs in der Sonne.

Der Kuß endete, aber Eli dachte nicht daran, Bonnie gehenzulassen. Den Rücken an eine Hauswand gelehnt, legte er ihr beide Hände auf die Schultern und schaute sie an. »Ich weiß nicht, warum ich das getan habe, Bonnie. Es tut mir leid«, sagte er betroffen.

Zwei Entschuldigungen innerhalb weniger Minuten! Bonnie war zutiefst verwirrt und auch ein klein wenig verärgert, aber das Schlimmste waren die leidenschaftlichen Erinnerungen, die sein Kuß heraufbeschworen hatte. Erinnerungen, die sich ihr nicht nur auf geistige, sondern auch auf körperliche Weise mitteilten.

»Ich weiß auch nicht, warum du es getan hast!« sagte sie

gereizt, schob sich an ihm vorbei und machte sich wütend auf den Weg zum Saloon.

Eli folgte ihr nicht, worüber sie froh und gleichzeitig verärgert war. Empört über ihre eigene heftige Reaktion auf diesen unmöglichen, arroganten Mann stürmte sie die Marmorstufen zum Brass Eagle hinauf und wollte die Tür aufreißen. Aber sie war verschlossen.

Es sah Forbes gar nicht ähnlich, den Saloon zu schließen, und obwohl Bonnie insgeheim die Hoffnung hegte, heute abend nicht tanzen zu müssen, war sie dennoch sehr verblüfft.

Sie klopfte schüchtern und trat, als keine Antwort kam, an eins der Fenster. Da die Blenden zum Teil heruntergelassen waren, mußte sie sich bücken, um hineinschauen zu können. Doch in diesem Augenblick kniff jemand sie in den Po, und sie drehte sich mit einem ärgerlichen Aufschrei um.

Eli stand mit verschränkten Armen hinter ihr. Um seine Lippen zuckte es verdächtig. »Ich konnte der Versuchung nicht widerstehen«, bekannte er.

Es war ein harter Tag gewesen, und wenn es etwas gab, was Bonnie sich von niemandem gefallen ließ, dann war es, in den Po gekniffen zu werden. Sie hob die Hand, um Eli zu ohrfeigen, aber er wich zurück, vermutlich in der Erwartung, daß sie als nächstes versuchen würde, ihn gegen das Schienbein zu treten.

»Verschwinde, Eli!« zischte sie. Der Kuß und all ihre leidenschaftlichen Gefühle für ihn waren vergessen. »Ich muß arbeiten.«

»Heute abend wird kein Tanz stattfinden«, entgegnete Eli. »Forbes wird eine Weile brauchen, um sich von den heutigen Anstrengungen zu erholen.«

Bonnies Augen weiteten sich, als ihr plötzlich einfiel, was der Junge, der in ihren Laden gekommen war, erzählt hatte. »Eli, du hast Mr. Durrant doch nicht etwa geschlagen?«

»Doch, ich fürchte, das habe ich.«

»Du Biest! Glaubst du etwa, mit Gewalt ließen sich Probleme lösen?« Bonnie kehrte zur Tür zurück und pochte mit beiden Fäusten dagegen.

Eli schmunzelte belustigt. »Frag die Frau, die mich getreten und mit einer Toilettenbürste bedroht hat!« sagte er lachend.

»Dottie!« rief Bonnie laut. »Mach die Tür auf!«

Es war Laura, eines der neuen Mädchen, das schließlich öffnete und vorsichtig hinausspähte. Bei Elis Anblick riß sie erschrocken die Augen auf und wollte die Tür wieder schließen, war jedoch nicht schnell genug. Bonnie drängte sich zwischen Tür und Schwelle.

»Wo ist Forbes?« herrschte sie die arme Laura an, die Eli mit furchtsamen Blicken maß.

»Er . . . fühlt sich nicht wohl«, erwiderte sie leise. Nach einem vernichtenden Blick auf ihren geschiedenen Mann verschwand Bonnie im Haus und stürmte zu Forbes' Suite. Dort klopfte sie nur einmal kurz an und wartete keine Aufforderung ab, einzutreten.

Forbes lag auf einem Sofa in seinem elegant möblierten Salon. Sein rechtes Auge war völlig zugeschwollen. Er trug eine Hose und ein Jackett aus glänzendem Satin und grinste Bonnie an, während Dottie die Kissen in seinem Rücken aufschüttelte.

»Mein süßer Engel!« sagte er in wehmütigem Ton und musterte Bonnie mit seinem gesunden Auge von Kopf bis Fuß. »Wie ich dich vermissen werde.«

»Was soll das heißen?« entgegnete Bonnie stirnrunzelnd.

»Daß du gefeuert bist.«

Mit einem merkwürdigen Gefühl von Erleichterung und Zorn drehte Bonnie sich auf dem Absatz um und ging hinaus, entschlossen, sich auf die Suche nach dem Mann zu machen, der ihre Karriere als Tanzmädchen beendet hatte. Tritte, Ohrfeigen und Schläge mit Klosettbürsten waren nichts im Vergleich zu dem, was Eli McKutchen jetzt erwartete.

8

Obwohl sich niemand in Bonnies Wohnung aufhielt, brannte in der Küche eine Lampe, und auf dem Tisch lag eine Nachricht von Katie. Sie werde den Abend bei Genoa verbringen, schrieb sie, und sie habe Rose Marie mitgenommen.

Trotz ihres Ärgers über die brennende Lampe in dem leeren Haus war Bonnie erleichtert, allein zu sein und Gelegenheit zu haben, in Ruhe nachzudenken.

Zum Abendessen wärmte sie sich eine Suppe auf und aß etwas Brot dazu, dann erhitzte sie Wasser für ein Bad. Da ihre Wohnung nicht über den Luxus einer eingebauten Wanne verfügte, schleppte sie den schweren Waschtrog aus der Speisekammer in die Küche und streute rosafarbenes Badesalz hinein. Als das Wasser auf dem Herd stand, ging sie in ihr Schlafzimmer und zog sich aus. In einen Morgenmantel aus hellblauem Flanell gehüllt, entfernte sie die Nadeln aus ihrem Haar und bürstete es gründlich, bevor sie es zu einem dicken Zopf flocht.

Aus den drei großen Wasserkesseln stieg bereits Dampf auf. Bonnie trug sie einen nach dem anderen zu der Wanne und schüttete das Wasser hinein. Die rosafarbenen Kristalle lösten sich auf und verbreiteten einen süßlichen Nelkenduft im Raum.

Als das Badewasser die richtige Temperatur hatte, legte Bonnie ihren Morgenmantel ab und stieg in die Wanne. Seufzend vor Wonne und mit geschlossenen Augen lehnte sie sich zurück und bemühte sich, das warme Wasser zu genießen und an nichts zu denken.

Nicht an diesen anstrengenden Tag und nicht an den vorherigen, nicht an die Möglichkeit, daß Katie und Rose Marie Genoa stören könnten, weil sie sicherlich genug mit Susan Farley und ihrem Baby zu tun hatte. Sie dachte auch nicht an den Job, den sie verloren hatte und so dringend brauchte, und sie dachte nicht an Eli McKutchen.

Jedenfalls nicht, bis er plötzlich dreist in ihre Küche trat und mit einem Lächeln Bonnies nackten Körper musterte. »Du solltest abends die Türen abschließen«, meinte er.

Zuerst starrte Bonnie ihn nur an, fassungslos über seine Frechheit, aber als sie wieder zur Besinnung kam, griff sie nach ihrem Morgenrock.

Eli schien das jedoch vorausgesehen zu haben. Er schob den Stuhl, auf dem der Mantel hing, aus Bonnies Reichweite, drehte ihn um und setzte sich rittlings darauf.

Bonnie sank noch tiefer in die Wanne, verschränkte die Arme vor der Brust und zog die Beine an. »Geh«, sagte sie erstickt und schloß in der vergeblichen Hoffnung, daß er sie nicht sehen würde, wenn sie ihn auch nicht sah, die Augen.

»Du schöne Träumerin«, sagte Eli sanft. »Du glaubst doch nicht im Ernst, daß ich gehen werde?«

»O doch, das glaube ich«, erwiderte Bonnie, die Augen noch immer fest geschlossen. »Es war höchst unanständig von dir, hier einzudringen.«

»Hmm.«

Auf diese rätselhafte Antwort hin machte Bonnie die Augen wieder auf. Das Wasser kühlte sich allmählich ab, im gleichen Maße wie ihr Herz, obwohl ihr Blut zu kochen schien. »Hast du überhaupt keinen Anstand, Eli? Weißt du, wie deine Anwesenheit hier sich auf Katie und Rose Marie auswirken könnte?«

Eli lächelte. »Daß ich keinen Anstand besitze, weißt du aus Erfahrung, und was Katie und Rose Marie betrifft, so wüßte ich nicht, wie meine Anwesenheit ihnen schaden könnte, wenn sie doch gar nicht hier sind. Ich habe sie eben noch bei Genoa gesehen.«

Bonnie seufzte und schwor sich, vernünftig zu bleiben. Eli hatte es ganz eindeutig darauf abgesehen, sie zu verärgern, aber sie würde ihm nicht die Befriedigung verschaffen, ihm zu zeigen, daß es ihm gelungen war. »Wenn du schon kein Gentleman sein willst, dann gib mir wenigstens meinen Morgenrock. Mir ist kalt.«

»Dir ist kalt?« entgegnete er mit einem gespielten Mitleid und schob den Stuhl noch weiter fort. Dann ging er zum Herd, nahm die leeren Kessel und fühlte sie an der Pumpe auf. Als sie wieder auf dem Feuer standen, kehrte er zu seinem Stuhl zurück. »Du bekommst gleich heißes Wasser – Darling.«

Bonnie wäre am liebsten in der Wanne versunken, bis nichts mehr von ihr zu sehen war. »Warum tust du das?« fragte sie leise.

Eli ignorierte ihre Frage, seufzte und starrte mit verträumter Miene in die Ferne. Für einen Moment herrschte Schweigen zwischen ihnen.

»Erinnerst du dich an die Nacht, als alle Dienstboten frei hatten . . . Es regnete, und wir . . .«

Bonnie erinnerte sich so gut, daß sie einen empörten Schrei ausstieß und sich in der Wanne aufsetzte, die Arme noch immer über den Brüsten verschränkt. Ihre zarten Knospen hatten sich aufgerichtet bei der Erinnerung an jene wundervolle, von soviel Zärtlichkeit und Leidenschaft erfüllte Nacht, ›in der alle Dienstboten frei hatten und es regnete‹. »Eli McKutchen, du Schuft, ich weiß genau, warum du das tust, und ich verlange, daß du sofort damit aufhörst!«

Eli lachte leise und schien noch immer in die Ferne zu schauen – oder in die Vergangenheit. »Ach ja«, seufzte er. »Sie können ihre Zentralheizungen gern behalten – jedes Wohnzimmer sollte einen Kamin mit einem dicken Bärenfell davor haben . . .«

Eine wohlige Hitze erfaßte Bonnies Glieder, obwohl das Wasser sich beängstigend schnell abkühlte. Ihre Hand ertastete den Schwamm, und in wütender Verzweiflung schleuderte sie ihn in Elis Richtung. Natürlich verfehlte er ihn und klatschte gegen die Wand.

Insgeheim verfluchte Bonnie sich für ihre Dummheit. Warum hatte sie auch die Tür nicht abgeschlossen, als sie heimgekommen war? Warum hatte sie zugelassen, daß die Erinnerung an Elis aufreizende Liebkosungen in ihr verblaßte und sie unvorsichtig werden ließ? Vom ersten Tag ihrer Ehe an war es ihm gelungen, allein mit einem Wort oder einem Blick ihre tiefsten Leidenschaften zu erwecken. Und wenn er sie jetzt an jenen anderen Abend erinnerte, in der Kutsche, als sie von einem Dinner im Astor zurückgekommen waren ...

Zu spät erkannte Bonnie, daß sie die Erinnerung jetzt selbst heraufbeschworen hatte. Ihr ganzer Körper bebte bei dem Gedanken an jene skandalöse Vereinigung; ihre Brüste wurden schwer, ihr Körper pochte vor Sehnsucht und Verlangen. »O Gott«, flüsterte sie entsetzt und senkte ihr Kinn auf die Knie.

Eli war zum Herd gegangen und prüfte die Temperatur des Wassers. »Gut«, sagte er zufrieden und trug den ersten Kessel zur Wanne. »Paß auf. Ich möchte dich nicht verbrennen.«

Instinktiv rutschte Bonnie zur Seite, und das heiße Wasser, das Eli nachgoß, sprudelte um ihren Po wie eine warme Wolke. Als ob *dieser* Körperteil von ihr noch Wärme brauchte! »Eli, bitte ... laß das ...«

Ein weiterer Strom heißen Wassers begann Bonnies Körper einzuhüllen, und das quälende Sehnen in ihr wurde fast unerträglich in seiner Intensität.

Als besäße er jedes Recht, bei ihr zu sein und sie diesen süßen Qualen zu unterwerfen, brachte Eli die Kessel zum Herd zurück und hob den Schwamm auf.

Bonnie wußte, daß sie verloren war, als er seine Ärmel aufrollte, zuerst den einen, dann den anderen, und so gemächlich, als bestünde nicht die geringste Eile. Es gab nur einen Mann auf dieser Welt, der wußte, wie er Bonnies Leidenschaften wecken konnte, nur einen Mann, der je Gelegenheit gehabt hatte, es zu versuchen. Und dieser Mann stand neben ihr.

Bonnie schloß die Augen und lehnte den Kopf an den Wannenrand.

Sie spürte Elis Hand und den Schwamm auf ihrer Hüfte, dann begann er ganz sachte um ihre linke Brust zu kreisen und näherte sich mit entnervender Langsamkeit der rosigen Knospe in ihrer Mitte. Als er sie berührte, schnappte Bonnie ganz unwillkürlich nach Luft.

»Ich habe noch nie eine Bürgermeisterin gebadet«, bemerkte Eli gedehnt. »Wie bist du überhaupt an dieses Amt gekommen?«

Bonnie öffnete die Augen und setzte zu einer Antwort an, aber da glitt Elis Hand zwischen ihre Schenkel und begann sie so aufreizend zu liebkosen, daß Bonnies Protest sich in leises Stöhnen verwandelte.

Eli lachte und hörte nicht auf, sie zu reizen, selbst als er den Schwamm ins Wasser tauchte und ihn über ihren Brüsten ausdrückte, um die Seife abzuwaschen. »Was wolltest du sagen?« neckte er sie.

»Oooh«, wimmerte sie.

»Du kannst mir später sagen, wie es zu deiner Ernennung gekommen ist«, meinte Eli großzügig. »Im Augenblick scheinst du mir nur eine Frau zu sein, die großes Verlangen danach hat, verwöhnt zu werden.«

Das stimmte. Bonnie war eine gesunde junge Frau, die seit zwei Jahren Enthaltsamkeit übte, und das Verlangen, das er in ihr weckte, war gegen alle vernünftigen Überlegungen immun. Sie spürte Elis warmen Atem auf ihren Brüsten und krümmte lustvoll ihren Rücken. »Ja, o ja . . .« murmelte sie beinahe flehend, und ihre nassen Hände schlossen sich um seinen Nacken. Als seine Lippen eine ihrer Brustspitzen berührten, ging ein lustvolles Erschauern durch ihren Körper.

Eli spielte mit ihren Sinnen wie ein Künstler auf seinem Instrument, trieb sie mit seinen erfahrenen Liebkosungen auf den ersten einer ganzen Serie überwältigender Höhepunkte zu. Ja – denn Eli war ein Liebhaber, der in dieser Hinsicht unglaublich ausdauernd war. Bonnie wußte, daß er nicht eher aufhören würde, sie zu lieben, bis ihre Körper ihnen den Dienst verweigerten und sie in einen erschöpften Schlaf sanken.

Bonnies Hüften hoben und senkten sich in schamloser Hingabe, als Eli sie reizte und liebkoste, seine Lippen über ihren Hals gleiten ließ, ihr Ohrläppchen küßte und schließlich ganz sanft mit den Zähnen an ihren Brustspitzen zupfte. Als die erste

Welle der Erleichterung durch ihren Körper zuckte, spritzte Wasser aus der Wanne auf, als brächte ihre Leidenschaft es zum Kochen.

Sie erschauerte, als Eli sie auf den Armen aus der Wanne hob, und es kam ihr ganz natürlich vor, ihren Kopf an seine Brust zu legen, wie sie es bei so vielen anderen Gelegenheiten getan hatte.

»Das Bett, Bonnie«, sagte er heiser. »Wo ist das Bett?«

Von wohliger Trägheit beherrscht, murmelte Bonnie, wo es zu finden war.

Sehr sanft legte er sie quer über die Matratze und trocknete sie zärtlich ab, bevor er seine Stiefel und seine Kleider auszog und sich auf den Boden kniete. Seine starken Hände glitten über Bonnies nackte Schenkel und lösten wieder das Frösteln aus, das er vorher mit dem Handtuch so sorgfältig vertrieben hatte. Er berührte ihre Brüste, ihre schlanke Taille und ihren glatten Bauch, und seine goldbraunen Augen blickten so verwundert, als hätte er sie nicht schon tausendmal geliebt, an tausend ungewohnten – oder ungewöhnlichen – Orten.

»O, Bonnie«, flüsterte er, als er ihre Schenkel spreizte und sie an den Hüften näherzog, um sich ungehindert an ihr erfreuen zu können. »Du ahnst ja nicht, wie sehr du mir gefehlt hast . . . wie sehr ich dich brauchte . . .«

Bonnie kannte die köstlichen Dinge, die sie jetzt erwarteten, und war nicht sicher, ob sie sie nach so langer Zeit der Sehnsucht und des Verlangens ertragen konnte. Sie begann zu zittern, als er die Stelle berührte, die er so ausgiebig zu verwöhnen gedachte.

»Meine süße Bonnie«, sagte er mit rauher Stimme und so dicht bei ihr, daß sein Atem die Körperstelle wärmte, die nur ihm gehören konnte. Er war ein Experte darin, ihre Erregung mit Worten zu steigern, und auch jetzt wob er seinen ganz speziellen Zauber. »Erinnerst du dich an das Restaurant in Newport, Bonnie?« fragte er leise. »Wir hatten ein Speisezimmer ganz für uns, und ich habe dich geküßt – so – wie jetzt . . .«

Bonnie fieberte vor Verlangen, als er sie von neuem küßte; ihre Hände verschränkten sich in seinem Haar, ein kehliger

Schrei entrang sich ihren Lippen, der sinnlos und zutiefst weiblich war. Während Eli mit Lippen und Zunge ihre empfindsamste Stelle verwöhnte, streichelten seine Hände ihre Brüste, bis ihre zarten Spitzen vor Erregung schmerzten.

Trotz der Intensität von Elis Zärtlichkeiten dauerte es eine Weile, bis Bonnie den Höhepunkt ihrer Ekstase erreichte, aber dann setzte das wohlige Prickeln sich durch den ganzen Körper fort und schien nicht mehr aufhören zu wollen. Sie flehte, bettelte, rief mit heiserer Stimme seinen Namen, und als die Wellen der Lust abebbten, erfaßte sie ein fast schmerzhaftes Verlangen nach der Vereinigung mit ihm.

Da legte Eli sich neben sie, und sie ließ in einer stummen Bitte ihre Hände über seinen Körper gleiten. Trotz der mehrfachen Befriedigung ihrer Sinne kannte sie jetzt nur noch einen Wunsch: sich mit diesem Mann zu vereinigen und ihn endlich die quälende Leere in ihr ausfüllen zu lassen. Nur das konnte jetzt noch den Gipfel ihrer Empfindungen für sie bedeuten.

Sie flüsterte die Worte, von denen sie sicher gewesen war, sie nie wieder auszusprechen, so lange sie auch leben mochte: »Nimm mich, Eli. Bitte nimm mich.«

Ein leises Lachen ließ den kräftigen Körper unter ihren Händen erbeben. »Du warst schon immer sehr überzeugend«, sagte Eli, aber zu Bonnies Überraschung setzte er sich auf, anstatt sich zwischen ihren Schenkeln niederzulassen.

Ihr Erstaunen veranlaßte ihn zu einem Lächeln. »Keine Angst, Liebes – ich brauche dich genauso sehr. Aber ich befürchte, daß ich nie wieder aufstehen werde, wenn ich mich hinlege, um dich zu lieben.« Nach einer kurzen Pause, in der er kopfschüttelnd ihren schönen Körper musterte, sagte er rauh: »Komm her.«

Als sie sich aufrichtete, zog er sie auf seinen Schoß und drang mit jener Sanftheit in sie ein, die ihre erotische Beziehung schon immer ausgezeichnet hatte. Nie, egal welche Höhen und Ausmaße ihre Leidenschaft erreichte, hatte er ihr weh getan. Ihr Stöhnen und ihre leisen Schreie vereinigten sich zu einem lustvollen Crescendo, als sie sich liebten, und endeten in einem einzigen heiseren Aufschrei, als beide den Höhepunkt ihrer Lust erreichten, der so intensiv war, daß sie jegliches Gefühl für Zeit und Raum verloren.

Danach ruhten sie und liebten sich, ruhten und liebten sich, bis die Welt verstummte und es tiefste Nacht war. Bonnie schlief in Elis Armen ein. Ihr Körper fieberte nicht mehr, sondern war endlich, nach langer, langer Zeit, vollkommen entspannt.

Es dämmerte schon, aber Eli war noch wach. Durch das Fenster sah er die Sterne wie silberne Flammen über dem Pompeii Theater funkeln. Während er sich mit einer Hand über die Augen wischte, war er froh, daß Bonnie schlief und nicht Zeuge seiner Schande wurde.

Er hätte nie nach Northridge kommen dürfen, nicht einmal Rose Maries oder der Hüttenwerke wegen. Nie wieder würde er nach dieser Nacht imstande sein, vernünftig mit Bonnie zu verhandeln.

Im Schlaf kuschelte sie sich an ihn, weich und duftend, und Eli stellte sich die quälende Frage, ob sie eins von Forbes Durrants Mädchen gewesen war und sich verkauft hatte. Ihre Beteuerungen, sie habe nichts anderes getan als zu tanzen, konnte er einfach nicht glauben, obwohl Gott sein Zeuge war, daß alles in ihm danach drängte, es zu tun.

Den Tränen, die er schon abgewischt hatte, folgten andere, und schließlich hielt er es nicht länger aus, stand leise auf und zog sich an. Lange blieb er vor dem Bett stehen und betrachtete Bonnie, was seiner verwundeten Seele noch größere Verletzungen zufügte. Im silbernen Mondschein, der den Raum erhellte, prägte er sich ihren Anblick ein, ihren schlanken Körper, ihre schimmernde glatte Haut, ihr langes Haar und ihre dichten Wimpern, die ihre alabasternen Wangen beschatteten. Die innere Unruhe, die ihn dabei erfaßte, war schlimmer als alles andere, was er je zuvor erfahren hatte.

Aber nein — er durfte nicht vergessen, wer Bonnie war und was sie darstellte! Sie hatte sich ihm hingegeben, wie sie es bei jedem anderen Mann getan hätte, der ihren Preis bezahlen konnte. Ihre leidenschaftliche Hingabe war Übungssache und gehörte zu ihrem Metier, genau wie ihre Lustschreie, ihr sanftes Flehen und ihre besondere Art, ihn zu befriedigen. Während ihrer Ehe hatte sie das nie getan, und er hatte es auch nie von ihr verlangt. Wo hatte sie es also gelernt?

Die Antwort auf diese Frage erschütterte Eli McKutchen bis auf den Grund seiner Seele. Entschlossen zog er einen ansehnlichen Geldschein aus seiner Börse, legte ihn auf Bonnies Nachttisch und schlich sich aus dem Zimmer.

Bonnie erwachte ganz allmählich und streckte ihre Glieder wie eine zufriedene Katze. Sie spürte, daß Eli nicht mehr im Bett war, aber das beunruhigte sie nicht, denn er war schon immer ein Frühaufsteher gewesen.

Die gewohnten morgendlichen Geräusche kamen aus der Küche – Katie mußte also auch schon aufgestanden sein. Bonnie richtete sich im Bett auf, gähnte und lächelte, als die Katie unten singen hörte. Dann ging die Tür auf, und Rose Marie wackelte auf ihren kurzen Beinchen in den Raum, kletterte auf das Bett und schmiegte sich in Bonnies Arme.

In den nächsten kostbaren Minuten war Bonnie McKutchen unsagbar glücklich. Während der Nacht war sie von dem einzigen Mann, dem alle ihre Gefühle galten, bis an den Rand des Wahnsinns geliebt worden, und jetzt, im hellen Sonnenschein, konnte sie den Luxus genießen, mit ihrem Töchterchen zu spielen. Oh, es war so leicht, zuversichtlich zu sein, wenn das Leben vor Liebe überschäumte und so gefährlich einfach war.

Der Duft frischaufgebrühten Kaffees drang in den Raum, und Bonnie stand auf und zog ihren Morgenmantel an. Sie lächelte, während sie den Gürtel band, aber ihr Lächeln verblaßte, als sie den Geldschein auf ihrem Nachttisch erblickte.

Zuerst begriff sie die Bedeutung des Geldes nicht. Eli war immer ein großzügiger Mann gewesen, zumindest, was die Finanzen betraf, und hatte oft Geld für Bonnie zurückgelassen, bevor er das Haus verließ, um seinen Geschäften nachzugehen. Aber nun kam es ihr irgendwie merkwürdig vor, und sie ließ sich mit hängenden Schultern auf die Bettkante sinken. Nach einer Weile nahm sie den Geldschein und faltete ihn auseinander. Fünfzig Dollar.

Von Übelkeit erfaßt, schloß sie die Augen. Eli war nicht mehr der großzügige Ehemann, der seiner verwöhnten Frau Geld hinlegte, damit sie sich einen neuen Hut oder andere Nichtigkeiten kaufen konnte. Die harte Wahrheit war, daß Eli jetzt ein Fremder war und die fünfzig Dollar nur als Bezahlung für erwiesene Dienste gelten konnten.

Der Geldschein flatterte unbeachtet auf den Boden. Bonnie stand auf, durchquerte den Raum und schloß die Tür. Tränen strömten über ihre Wangen, als sie sich anzog und ihr Haar aufsteckte, aber sie gab keinen Ton von sich, und als sie mit Rose zu Katie in die Küche ging, waren auch ihre Tränen versiegt.

Während des Frühstücks, bei dem sie außer Kaffee nichts zu sich nahm, ignorierte sie Katies besorgte Blicke und versteckte Fragen. Dann kehrte sie in ihr Schlafzimmer zurück und hob den Fünfzig-Dollar-Schein auf, der noch immer auf dem Boden lag.

Ihre erste Pflicht an diesem Morgen war, ihn seinem rechtmäßigen Besitzer zurückzugeben.

»Laß das Geschirr stehen«, sagte sie zu Katie. »Darum kümmere ich mich später. Es wäre mir lieber, wenn du den Laden öffnen würdest.«

Zum Glück stellte Katie keine Fragen. »Das mache ich. Nehmen Sie sich ruhig Zeit, wenn Sie etwas zu erledigen haben.«

»Danke«, sagte Bonnie knapp und verließ die Küche und das Haus. Auf der Straße befanden sich mehr Menschen als gewöhnlich, fiel ihr auf, aber sie dachte nicht weiter darüber nach, als sie zu Genoas Haus ging.

Ohne sich des Wegs bewußt zu sein, durchquerte sie die Stadt, öffnete das Tor vor dem McKutchen-Haus und ging zum Eingang weiter. Eli stand auf der geräumigen Veranda, in eine Unterhaltung mit Seth Callahan vertieft und einen Teller in der Hand, aus dem er ab und zu etwas aß.

Seth sah Bonnie zuerst und grüßte sie höflich. »Guten Morgen, Mrs. McKutchen«, sagte er, denn seine Beziehung zu Bonnie war immer gut gewesen, wenn auch vielleicht ein bißchen förmlich.

»Mr. Callahan.« Bonnie nickte ihm zu, aber ihr Blick hatte sich bereits auf Eli und seinen Teller mit Corned Beef geheftet, und sie wunderte sich, daß er das Fleisch nicht versengte.

Obwohl Eli völlig ruhig und gelassen blieb, räusperte sich Seth umständlich und trat einen hastigen Rückzug an.

Bonnie raffte ihre Röcke, als sie die wenigen Stufen zur Veranda hinaufschritt. Mit ausdrucksloser Miene näherte sie sich Eli, blieb dicht vor ihm stehen und legte den Kopf zurück, um ihm ins Gesicht zu sehen.

Stur, weil er nichts als ein alter sturer Esel war, erwiderte er den Blick, aber ein harter Zug lag um sein Kinn, und seine Augen blitzten unheilverkündend.

»Guten Morgen«, sagte Bonnie freundlich. »Schmeckt dir dein Frühstück?«

Eli schaute auf das Corned Beef herab und schluckte sichtlich, obwohl er nicht einen Bissen angerührt hatte, seit Bonnie gekommen war.

Mit einer anmutigen Bewegung hob sie die Hand und steckte die zusammengerollte Fünfzig-Dollar-Note mitten in das Fleisch. »Friß das, Mr. McKutchen – zusammen mit deinem Frühstück!«

Zum ersten Mal, seit Bonnie Eli kannte, fehlten ihm die Worte.

Sie lächelte ihn an, betrachtete lächelnd den Teller mit dem Fleisch und dem Fünfzig-Dollar-Schein, der daraus hervorschaute wie eine Kerze aus einem Geburtstagskuchen, und lächelnd stieß sie den Teller gegen Elis Brust. Dann wandte sie sich ab und marschierte hocherhobenen Kopfes die Stufen hinunter und die Einfahrt zurück. Der Teller fiel klirrend und etwas verspätet auf den Boden.

Gerade, als sie dachte, unbehelligt davongekommen zu sein, erschien Eli an ihrer Seite und hielt sie am Arm zurück. An seinem eleganten Leinenhemd klebten kleine Brocken Corned Beef.

»Laß mich los, du Grobian!« zischte Bonnie. Am Rand ihrer

Beherrschung angelangt, wußte sie, daß sie im nächsten Augenblick nicht mehr für ihre Handlungen verantwortlich sein würde.

Elis Druck um ihren Arm verstärkte sich, dann erschlaffte seine Hand und sank herab. Für einen Moment huschte so etwas wie leise Scham über sein Gesicht. »Habe ich zu wenig bezahlt, Engel?« erkundigte er sich in eisigem Ton. »Ich hatte eigentlich großzügig sein wollen.«

Das Blut stieg Bonnie so rasch zu Kopf, daß sie unmerklich schwankte. Eli packte ihr Handgelenk so hart, daß ihre Finger gefühllos wurden. »Wie gemein du bist«, flüsterte sie, nachdem sie ihn lange schweigend angestarrt hatte. »Wie unglaublich gemein von dir! Kein Wunder, daß deine Arbeiter dich hassen und Patch Town das ist, was es ist. Du tust mir leid, Eli McKutchen – weil du kein Herz besitzt.«

Diese Worte schienen ihn weit mehr zu verwunden als ein Schlag oder ein Tritt es je gekonnt hätten, und ganz langsam lösten sich seine Finger von Bonnies Handgelenk. Als sie sich abwandte, um zu gehen, rief er ihren Namen, aber sie blieb weder stehen, noch schaute sie sich um.

Eli hatte sich den schlimmsten Feind geschaffen, den man sich denken konnte: einen Menschen, der geliebt hatte und für diese Liebe gedemütigt worden war.

ZWEITER TEIL
DER RACHEENGEL

9

Bonnie war schon auf halbem Wege zu ihrem Laden, als ihr etwas auffiel, was ihr vorher entgangen war. Das Dröhnen der Mühle, die das Erz zerkleinerte, war verstummt, und aus den Schornsteinen über den Hüttenwerken kam kein Rauch.

Es war also geschehen. Die Gewerkschafter hatten ihr Ziel erreicht. Die Hüttenwerke waren geschlossen.

Bonnie biß sich auf die Lippen und ging weiter, so tief in Gedanken versunken, daß sie ihre Umgebung nicht wahrnahm. Ihre Gefühle hinsichtlich des Streiks waren gemischt, denn während die Klagen der Arbeiter berechtigt waren, besaßen nur wenige von ihnen die nötigen Mittel, um ohne ihre Arbeit auszukommen. Hunger und Unzufriedenheit würden die Folgen sein, und auch die Zustände in Patch Town konnten sich nur verschlimmern.

Rasch überquerte Bonnie die Straße und eilte zu ihrem Laden. Eine Gruppe von Männern und Frauen hatten sich vor dem Pompeii Theater versammelt. Die meisten von ihnen kannte Bonnie, aber es waren auch Fremde darunter.

Einer dieser Fremden, ein vierschrötiger Mann mit pockennarbigem Gesicht und dunklen Rändern unter wehmütig blickenden Augen, stand vor der Menschenmenge. Seine Stimme war laut genug, daß Bonnie verstehen konnte, was er sagte.

»Solch tragische Zwischenfälle wie gestern können nicht länger übersehen werden!« rief der Sprecher zornig. »Ein Mann ist tot. Er heißt Mike Farley!«

Als Bonnie unter den Zuschauern Webb Hutcheson entdeckte, einen Block und einen Stift in der Hand, ging sie zu ihm hinüber.

»Das ist ein Streik, nicht wahr?« fragte sie.

Webb kritzelte eifrig etwas nieder. »In gewisser Weise«, antwortete er. »Die Hälfte der Männer will weiterarbeiten.«

Ein Murmeln stieg aus der Menge auf, doch Bonnie achtete nur auf den Fremden mit den traurigen Augen.

»Eure Brüder haben beschlossen, daß es jetzt reicht«, setzte er seine Ansprache fort. »Die McKutchen Enterprises haben sich an den Früchten eurer Arbeit bereichert, Männer. Euer Blut und euer Schweiß haben die Besitzer reich gemacht, und was habt ihr? Nichts als eine erbärmliche Hütte! Ihr seid arm, bettelarm!«

»Aber wenigstens haben wir etwas zu essen!« rief ein Mann, den Bonnie nicht sehen konnte. »Oder hatten wir, bis diese blöde Gewerkschaftshysterie um sich griff!«

»Ich werde jedenfalls zu meiner Schicht antreten!« stimmte ein anderer Arbeiter zu. »Ich habe eine Familie zu ernähren.«

Einige Männer murmelten oder riefen beifällig Worte, während andere noch zögerten. Der einsame Fremde vor der Gruppe hob beide Hände und bat um Ruhe. »Es wird Streik geben. Er hat schon angefangen. Und falls jemand versucht, die Linien zu überqueren, wird es zu Gewalttätigkeiten kommen. Und Blutvergießen. Das alles läßt sich jedoch vermeiden, wenn wir zusammenhalten!«

Bonnie schloß die Augen. Sie hatte über andere Streiks an anderen Orten gelesen und wußte, daß auf beiden Seiten Männer sterben würden, falls man zu keiner Einigung gelangte.

Angst bemächtigte sich ihrer, aber da sie die Bürgermeisterin der Stadt war, hatte sie die Pflicht, für Ruhe zu sorgen. Entschlossen entfernte Bonnie sich von Webbs Seite, drängte sich durch die Menschenmenge und trat neben den Gewerkschafter auf den Stufen vor dem Pompeii Theater. Er stand auf einer Obstkiste, was ihn größer erscheinen ließ, aber Bonnie hatte dennoch das Gefühl, daß er um einiges kleiner war als sie.

»Würden Sie bitte herunterkommen«, bat sie ihn ruhig, und

die weiblichen Zuschauer, Menelda Sneeder unter ihnen, begannen hinter vorgehaltener Hand zu flüstern.

Verblüfft stieg der Redner von seiner Obstkiste, und Bonnie nahm völlig gelassen seinen Platz ein, obwohl sie innerlich vor Aufregung zitterte.

»Als eure Bürgermeisterin«, begann sie, »habe ich auch etwas zu sagen.«

Das darauffolgende Schweigen wurde bald vom leisen Wispern der Frauen und dem unterdrückten Gelächter der Männer unterbrochen.

»Ich versichere euch, daß meine Berufung in dieses Amt auf sehr ungewöhnliche Weise geschah . . .«

»So war es, Engel!« rief ihr einer ihrer ergebensten Tanzpartner zu. »Die Stadträte waren eines Abends sinnlos betrunken und wählten Sie als Nachfolgerin für den armen Hawley – und wenn auch bloß, um ihre Frauen zu verärgern!«

»Ich mache mir über die Art meiner Wahl nichts vor«, antwortete Bonnie mit klarer, wenn auch etwas zitternder Stimme. »Aber ich *bin* gewählt und für mein Amt vereidigt worden. Wenn ihr jetzt so freundlich wärt, mir Gehör zu schenken . . .«

»Frauen dürfen in diesem Staat nicht einmal wählen!« ließ sich eine mürrische Männerstimme vernehmen. »Sie sind gar nicht richtig unsere Bürgermeisterin, Bonnie, also kehren Sie in den Brass Eagle zurück – wo Sie hingehören!«

»Ich *bin* Bürgermeisterin«, beharrte Bonnie ärgerlich. »Und falls ihr keine außergewöhnliche Wahl einberuft, bleibe ich es bis November. Und jetzt laßt eure unpassenden Bemerkungen über den Brass Eagle und das nichtexistierende Frauenwahlrecht, und hört mir zu!«

»Bravo, Engel, gib es ihnen!« rief Jim Sneeder und handelte sich damit von Menelda einen harten Stoß in die Rippen ein.

Bonnie holte tief Atem, dann sagte sie: »Eure Beschwerden gegen die McKutchen-Werke sind gerechtfertigt, aber ihr müßt trotzdem vernünftig sein.« Wieder erhob sich Gemurmel in der Menge, und Bonnie wartete einen Moment ab. »Ein Streik bringt Gefahren mit sich, es könnte Verletzte oder sogar Tote geben. Frauen und Kinder werden hungern und vielleicht sogar ihr Heim verlieren. Warum wendet ihr euch nicht an Mr. McKutchen und versucht, mit ihm ein Abkommen zu treffen? Er hat seine Aufgaben vernachlässigt, das gebe ich zu, aber Eli ist ein vernünftiger, intelligenter Mann . . .«

»Sie müssen ja wissen, was für ein Mann er ist!« rief eine Frau in der ersten Reihe giftig. Ein Blick verriet Bonnie, daß es sich um Miss Willadeen Severs, die Schulleiterin handelte.

Bonnie verzichtete darauf, Miss Severs öffentlich an ihre längst überfällige Rechnung im Laden zu erinnern und beschloß ihre erste und vermutlich letzte Rede als Bürgermeisterin von Northridge mit den Worten: »Bitte laßt eure Entscheidung nicht von einigen wenigen Außenseitern beeinflussen! Setzt euch mit Mr. McKutchen zusammen und tragt ihm eure Beschwerden wie vernünftige Menschen vor! Warum Blutvergießen und Hunger riskieren, wenn es auch anders geht?«

Der Applaus begann bei Webb Hutcheson, und einige der Männer fielen ein. Die Frauen standen fast ausnahmslos mit versteinerten Gesichtern da. Sie haßten Bonnie, weil sie mit ihren Männern tanzte, die Stirn besaß, sich Bürgermeisterin zu nennen und ihnen zu Bewußtsein brachte, daß Frauen noch kein Wahlrecht besaßen. Was natürlich im ganzen Land so war, mit Ausnahme des Staates Wyoming, wo die Frauen inzwischen zur Urne schreiten durften. Allerdings war allen klar, daß die Männer in Wyoming den Frauen das Wahlrecht nur aus einem einzigen, völlig egoistischen Grund zugesprochen hatten: um ledige Frauen in ihre Städte, ihre Küchen und ihre Betten zu locken.

Bonnie stieg von der Obstkiste und machte sich auf den Weg zu ihrem Laden.

Dort saß Katie hinter der Theke und las, während ein langaufgeschossener junger Bursche den Boden fegte.

Bonnie starrte den Jungen verwundert an, bis sie sich daran erinnerte, daß Eli ihn geschickt hatte, damit er bei ihr arbeitete. Als ihr jetzt einfiel, daß sie ihren geschiedenen Mann nie nach dem Grund dafür gefragt hatte, errötete sie beschämt. »Wie heißt du?«

»Tuttle«, erwiderte der Junge strahlend. Ohne den ganzen

Schmutz sah er gar nicht so schlecht aus, obwohl er ziemlich mager war. »Tuttle P. O'Banyon, Madam.« Katie kicherte hinter ihrem Buch.

»Sie haben einen beeindruckenden Namen, Tuttle«, sagte Bonnie zu seiner Verteidigung, denn er war noch sehr jung, und sie wußte, wie es war, auf bessere Zeiten zu hoffen, wenn man in Patch Town lebte. »Hat Mr. McKutchen etwas über deinen Lohn gesagt? Mein Geschäft läuft nicht besonders gut, wie du vielleicht schon gesehen hast.«

Tuttle straffte die Schultern und strich über sein rotblondes Haar. »Mr. McKutchen sagte, ich würde trotzdem für seine Firma arbeiten, deshalb vermute ich, daß er meinen Lohn bezahlen wird.«

Bonnie wollte nichts mit Eli McKutchen zu tun haben, nicht einmal indirekt, aber sie brachte es nicht übers Herz, Tuttle P. O'Banyon fortzuschicken. Er schien sehr glücklich über seine neue Stellung, und falls er sie verlor, würde er bestimmt in den bevorstehenden Streik verwickelt. »Na schön«, meinte Bonnie. »Können Sie Schaufenster putzen, wenn Sie mit Fegen fertig sind? Und du, Katie, kannst mir bei der Buchführung helfen.«

Webb, der Bonnie gefolgt war, räusperte sich vernehmlich.

Bonnie hatte ihn bisher gar nicht bemerkt. Verlegen drehte sie sich zu ihm um. »Webb! Was . . .«

Er lächelte nachsichtig. »Heute nachmittag habe ich in der Redaktion zu tun, aber ich dachte, vielleicht würden Sie und Rose mich morgen nachmittag zu einem Picknick am Fluß begleiten?«

Bonnie lächelte gequält. Falls sie seine Einladung annahm – was sie sehr gern getan hätte – bestand die Gefahr, daß er es falsch auffaßte. Sie wußte, daß er ihr das Haus zeigen wollte, das er auf einem Grundstück am Flußufer baute und von dem er hoffte, daß sie es eines Tages mit ihm teilen würde. *Als seine Frau.* Ungeachtet dieser etwas störenden Tatsache jedoch liebte Bonnie Picknicks, und vielleicht ergab sich ja eine Gelegenheit dabei, ein ernstes Gespräch mit Webb zu führen und ihm ihren Standpunkt klarzumachen. »Gern«, stimmte sie freundlich zu.

Das freudige Aufleuchten in Webbs Augen deprimierte sie.

Warum konnte sie nicht diesen netten Mann lieben und seine Frau werden? Ganz bestimmt würde sie mit ihm glücklich werden! Und da Mr. Hutcheson als angesehener Bürger galt, war damit zu rechnen, daß die Damen der Stadt sie nach ihrer Heirat endlich anerkennen würden. Bonnie biß sich auf die Lippen und schaute Webb nach, als er den Laden verließ, um zu seiner Redaktion zu gehen. Warum konnte sie nicht diesen Mann lieben anstatt Eli, der nur Verachtung für sie hatte?

Am späten Nachmittag dröhnte Bonnie der Kopf von all den Zahlen, mit denen sie sich herumgeschlagen hatte, und tausend Sorgen bedrängten sie, als sie Rose Marie badete, fütterte und sie ins Bett brachte. Katie saß wie üblich am Küchentisch und las. Im Gegensatz zu anderen jungen Mädchen interessierte sie sich jedoch nicht für Romane oder Poesie, sondern las Abhandlungen über philosophische, wissenschaftliche, politische und religiöse Themen. Wie sie oft erklärte, war sie fest entschlossen, ›etwas aus sich zu machen‹.

Bonnie dachte an die ähnlich ehrgeizigen Pläne ihrer Jugend und wurde noch trauriger.

»Warum gehen Sie heute abend nicht ins Theater?« schlug Katie vor. »Sie kommen mir ein bißchen niedergeschlagen vor, wenn Sie mir die Bemerkung erlauben.«

Bonnie lächelte ganz unbewußt. Sie liebte das Theater, in New York, als sie so oft allein gewesen war, hatte es sich fast zu einer Art Besessenheit entwickelt. Aber im Moment hatte sie weder Zeit noch Geld dafür. »Das geht nicht, Katie. Es kommen harte Zeiten auf uns zu. Wenn die Probleme in den Hüttenwerken nicht bald eine Lösung finden, werden wir noch weniger Kunden haben als bisher, und jene, die uns Geld schulden, werden nichts bezahlen können.«

»Das tun sie sowieso nicht«, entgegnete Katie achselzuckend. »Gehen Sie ruhig ins Theater, Mrs. McKutchen. Heute tritt ein Zauberkünstler auf – ich kenne ihn, wir hatten oft Engagements am gleichen Ort wie er. Er ist sehr gut.«

Mit Sehnsucht dachte Bonnie an einen Abend im Theater. Ein bißchen Unterhaltung hätte ihr sicher gut getan. »Ich weiß nicht . . .«

»Du liebe Güte, es kostet doch nur zehn Cents Eintritt!« fiel Katie ihr ins Wort. »Die werden Sie doch wohl haben? Miss Genoa läßt uns schon nicht verhungern . . .«

Bonnie schüttelte den Kopf. »Wir dürfen Miss Genoa nicht zur Last fallen, Katie. Zumindest nicht Rose Marie und ich.«

»Jetzt habe ich Ihren Stolz verletzt, nicht wahr?« meinte Katie bestürzt. »Aber das war nicht meine Absicht, Mrs. McKutchen, wirklich nicht.«

»Ich weiß«, sagte Bonnie leise. Sie konnte die Musik aus dem Theater hören und fühlte sich davon wie magisch angezogen. »Ich würde mir so gern die Vorstellung ansehen.«

In dem Bewußtsein, daß sie heute nacht sowieso keinen Schlaf finden würde – wie sollte sie auch, in dem Zimmer, in dem Eli sie so zärtlich geliebt und dann als Hure abgestempelt hatte? – ging Bonnie hinunter und nahm sich eine Münze aus der Kasse. Sie richtete ihr Haar, strich ihr Kleid glatt und rief Katie zu: »Ich bin drüben, falls du mich brauchst!«

»Viel Vergnügen, Madam«, war Katies Antwort. »Und seien Sie vorsichtig auf dem Heimweg.«

Bonnie lächelte, als sie durch die Ladentür hinausging und sie sorgfältig hinter sich verschloß. Trotz ihrer Jugend – Katie war erst vierzehn – gab sie sich ausgesprochen mütterlich.

Das Programm hatte bereits begonnen, als Bonnie ihre Eintrittskarte erstand und sich einen Platz in den hinteren Reihen des Theaters suchte.

Alles in allem war es ein unterhaltsamer Abend, und für eine Weile gelang es Bonnie, ihre Sorgen zu vergessen. Aber als sie das Theater verließ und Genoas elegante Kutsche vor dem Laden parken sah, erfaßte sie Besorgnis, und sie beschleunigte ihren Schritt.

Ihre Schwägerin saß am Tisch und trank Tee. Sie hatte sich mit Katie unterhalten, die jedoch hastig aufstand, als sie Bonnie sah, und sich mit einem unsicheren Lächeln in ihr Zimmer zurückzog.

»Hast du je ein klügeres Kind gesehen als diese Katie?« sagte Bonnie, weil sie spürte, daß etwas in der Luft lag und sie so lange wie möglich die Augen davor verschließen wollte.

Genoas Blick verriet aufrichtige Zuneigung, aber auch ein gewisses Widerstreben. »Ich glaube, mich an jemanden erinnern zu können, der ähnlich frühreif war«, meinte sie lächelnd.

Während Bonnie sich innerlich auf schlechte Nachrichten einstellte, setzte sie sich an den Tisch und schenkte sich eine Tasse Tee ein. Genoa wirkte noch hagerer und sah noch blasser aus als sonst, und ein so später Besuch gehörte nicht zu ihren Angewohnheiten. »Bist du wegen Susan Farleys Baby gekommen?«

Tränen traten in Genoas blaue Augen. »Nein, Bonnie, Susan und ihrem Baby geht es gut. Ich bin wegen Eli hier.«

Bonnies Herz schien einen Schlag auszusetzen. »Ist ihm etwas zugestoßen?«

»Nein.« Genoa berührte Bonnies zitternde Hand. »Es geht ihm gut.« Sie schwieg einen Moment und fuhr dann leise fort: »Er will dir Rose Marie wegnehmen. Er sagte ganz schreckliche Dinge, und er hat den armen Mr. Callahan gezwungen, Papiere aufzusetzen, in denen er dich als . . . in denen er behauptet, du würdest einen schlechten Einfluß auf deine Tochter ausüben.«

Einen schlechten Einfluß. Bonnie vermutete, daß Eli einen beträchtlich stärkeren Ausdruck verwendet hatte, aber sie war zu besorgt, um Anstoß daran zu nehmen. »Er muß mich wirklich hassen«, sagte sie tonlos. »Mein Gott – mir mein Kind zu nehmen!«

»Mr. Callahan und ich haben versucht, ihn zur Vernunft zu bringen«, sagte Genoa schnell. »Aber Eli wollte nichts davon hören.«

Wie eine Schlafwandlerin stand Bonnie auf und kehrte Genoa den Rücken zu. »Nicht mein Kind. Eli kann mir mein Kind nicht nehmen.«

Genoa schwieg, denn zu sagen gab es nichts. Nach einer Weile erhob sie sich, trat hinter Bonnie und legte mitfühlend eine Hand auf ihre Schulter. Kurz darauf ging sie, ohne ein Wort des Abschieds zu äußern. Bonnie schlief sehr schlecht in dieser Nacht, ein Alptraum nach dem anderen quälte sie. Manchmal erwachte sie und überlegte, wie sie verhindern konnte, daß Eli ihr Rose nahm. Aber sie wußte, daß sie keine

Chance besaß, falls er beschließen sollte, die Angelegenheit vor Gericht zu bringen.

Am frühen Morgen erschien Webb mit Pferd, Buggy und Picknickkorb, um sie abzuholen. »Du lieber Himmel!« sagte er, als er sie erblickte. »Sie sehen aus, als hätten Sie einen Monat nicht mehr geschlafen! Was ist denn los, Bonnie?«

Sie konnte es ihm nicht erklären, jedenfalls nicht sofort. Später, wenn sie den neugierigen Augen der Stadt entronnen waren, würde sich vielleicht eine Gelegenheit dazu ergeben. So schüttelte sie nur den Kopf und ließ sich von Webb in den Buggy helfen. Er reichte ihr Rose Marie behutsam an, stieg dann auch ein und nahm die Zügel in die Hand.

Sie waren schon am Flußufer, um die kleine Fähre zu besteigen, die den Columbia River überquerte, als Bonnie endlich etwas sagte. »Der Fluß scheint Hochwasser zu führen.«

»Es besteht keine Gefahr«, versicherte ihr Webb, als das robuste Gefährt, das von vier Pferden gezogen wurde, am Ufer anlegte.

Nachdem Webb den Wagen geschickt auf die Planken gefahren hatte, begrüßte er lächelnd den alten Fährmann.

Hem Fenwick hielt die neueste Ausgabe der *Northridge News* in der Hand und schwenkte sie, wie um seine Worte damit zu unterstreichen: »Mit diesem Leitartikel werden Sie einigen Leuten auf die Zehen treten, Webb.« Er nickte Bonnie höflich zu, als er das Gatter schloß und seinem Helfer auf der anderen Flußseite bedeutete, die Pferde anziehen zu lassen.

»Und wie sieht es mit *Ihren* Zehen aus, Hem?« fragte Webb schmunzelnd.

»Kein Problem«, erwiderte Hem. »Aber die Gewerkschafter werden jetzt wohl alle schreiend auf einem Bein herumhopsen!«

Auf der Überfahrt klatschte das graugrüne Wasser an die Bordwände der Fähre und spritzte auf das Deck, aber da weder Hem noch Webb besorgt erschienen, versuchte auch Bonnie, sich keine Sorge anmerken zu lassen.

»An Mut fehlt es Ihnen offensichtlich nicht, Mr. Hutcheson«, stellte Hem freundlich fest. »Das kann man wirklich nicht behaupten.«

Webb, der ein leises Unbehagen zu empfinden schien, ignorierte Hems Worte und drehte sich lächelnd zu Rose Marie um. Das kleine Mädchen jauchzte freudig, als er sie unter dem Kinn kitzelte.

»Sie scheinen weder vor der Gewerkschaft noch vor Eli McKutchen Angst zu haben!« fuhr Hem beeindruckt fort.

Webb erblaßte, ein Muskel zuckte an seinem Kinn. »Warum sollte ich mich vor Eli McKutchen fürchten?« fragte er gefährlich ruhig.

Hem, der weder ein Held noch ein Dummkopf war, spuckte über die Reling und sagte heiter: »Weil jeder weiß, daß der Engel seine Frau ist, Webb!«

In Bonnie stieg eine solche Wut auf, daß ihr ganz übel davon wurde. Sie haßte es, wenn jemand sie ›der Engel‹ nannte, aber noch unangenehmer war ihr, als Elis Frau bezeichnet zu werden. Doch es gelang ihr, ihre Wut zu zügeln. »Reden Sie nicht von mir, als wäre ich nicht anwesend, Hem«, sagte sie kalt. »Und Eli McKutchens Frau bin ich schon lange nicht mehr!«

Hem grinste, aber das verblaßte schnell, als er den warnenden Blick in Webbs Augen sah. Rasch wandte er sich ab und begann sich mit einer Reihe völlig unnötiger Signale an die andere Uferseite zu beschäftigen.

»Tut mir leid«, sagte Webb und berührte schüchtern Bonnies Hand.

Sie zog sie nicht zurück. »Mir auch, Webb. Mir auch.«

Es war eine Erleichterung für sie, als die Fähre endlich anlegte und Webb seinen Einspänner auf festes Land lenkte. Die Straße war uneben und holprig, aber Webb kannte die Strecke zu seinem Grundstück und führte das Pferd geschickt in Richtung Norden. Bonnie wußte, daß er in seiner Freizeit Mauern hochgezogen und Fußböden gelegt hatte. Sie nahm an, daß das Haus jetzt fertig war und bereit für den Einzug einer Frau.

»Kopf hoch!« sagte Webb, als er Bonnies wehmütigen Blick sah, und im gleichen Augenblick kam das Haus in Sicht. Auf einer Anhöhe über dem Fluß erbaut, schimmerte es weiß im Sonnenschein.

»O wie schön, Webb!« flüsterte Bonnie beeindruckt.

Der Stolz, der sich auf seinen Zügen abzeichnete, beschämte sie fast. Er trieb das Tier zu einer schnelleren Gangart an, und kurz darauf bogen sie in den schmalen Pfad ein, der als Einfahrt diente.

Das Haus hatte grünbemalte Jalousien, und auf der Veranda stand eine breite Schaukel, auf der man abends sitzen und auf den Fluß hinunterschauen konnte. Northridge war auf der anderen Seite des Flusses deutlich zu erkennen.

Bonnies Kehle war wie zugeschnürt vor Verzweiflung. »Sie haben gute Arbeit geleistet, Webb«, sagte sie gepreßt.

Er nahm Rose Marie auf die Arme und war Bonnie beim Aussteigen behilflich. Ohne ihre Hand loszulassen, führte er sie um das Haus herum und an einem Erkerfenster vorbei, von dem man einen herrlichen Ausblick auf den zukünftigen Garten haben mußte.

Einen wilden Augenblick lang dachte Bonnie, wie schön es sein müßte, hier zu leben. Eine stille Freude erfüllte sie bei der Vorstellung, in diesem Garten Blumen und Gemüse anzupflanzen, Tomaten, Karotten und Erbsen einzukochen und Vorräte für den langen, kalten Winter anzulegen.

Einige Träume, dachte sie traurig, sind so wunderschön, daß wir sie am liebsten festhalten würden, obwohl wir wissen, daß sie nicht für uns bestimmt sind.

»Möchten Sie das Haus von innen sehen?« fragte Webb.

Bonnie nickte. »Natürlich.«

Sie nahmen Rose Marie an der Hand, bevor sie die Stufen zur hinteren Veranda hinaufgingen und eine geräumige Küche betraten. Der Raum war noch nicht gestrichen und der Boden noch nicht mit Linoleum ausgelegt, aber eine Vielzahl von Schränken stand darin, und auch ein Herd war schon vorhanden. Er war noch größer als der Herd in Genoas Küche und mit einer langen Wärmeplatte versehen. In einer Ecke neben dem Herd stand ein hübscher Bronzekasten, der offensichtlich für Brennholz vorgesehen war.

Es roch angenehm nach frischem Holz, und Bonnie konnte sich gut vorstellen, hier Brot zu backen, Geschirr abzuwaschen und frischen Kaffee für ihren müden Ehemann aufzubrühen . . .

Was sie jedoch am meisten beeindruckte, waren die Wasserhähne über der Spüle. »Webb . . . Sie haben ja fließendes Wasser eingebaut!«

Er nickte stolz. »Der Brunnen befindet sich hinter dem Haus.«

Er führte sie in ein Eßzimmer, zu dem das Erkerfenster gehörte, das Bonnie schon von draußen bewundert hatte, und dann in ein großes, sehr helles Wohnzimmer mit Blick auf Northridge und den Fluß. Der Kamin aus roten Backsteinen schien nur zum Schmuck des Raums zu dienen, denn den Lüftungsklappen im Boden nach zu urteilen, mußte das Haus eine Zentralheizung besitzen.

Angrenzend ans Wohnzimmer befand sich eine Bibliothek mit hohen Bücherregalen und großen Fenstern, die die Sonnenstrahlen hereinließen. In der Ferne waren die schneebedeckten Gipfel der Cascade Mountains zu erkennen.

»Hier könnte ich arbeiten«, sagte Webb schüchtern. »Und wenn jemand lesen oder nähen möchte . . .«

Bonnie wandte den Blick ab.

Im ersten Stock befanden sich vier Schlafzimmer, dessen größtes mit einem Kamin und eingebauten Bücherschränken ausgestattet war. Und als wäre das alles noch nicht paradiesisch genug, verfügte das Haus auch noch über ein Badezimmer, das mit einer modernen Toilette mit Wasserspülung, heißem und kaltem Wasser und einer großen Badewanne versehen war.

»Wir könnten hier sehr glücklich sein, Bonnie«, sagte Webb schüchtern.

Bonnies Überzeugung, daß man nie ohne Liebe heiraten sollte, begann zu schwanken. »Ich weiß.«

10

Schweigend saßen Webb und Bonnie auf einer Decke auf dem Boden, Rose Marie lag friedlich schlafend zwischen ihnen. Um nicht reden zu müssen, beschäftigte Bonnie sich mit dem Einsammeln der Überreste ihres Picknicks. Das benutzte Geschirr hatte sie in der Küche bereits abgewaschen.

Webb zwang sie, in ihrer rastlosen Aktivität innezuhalten, indem er mit einer Hand ihr Kinn umschloß. »Bonnie«, sagte er rauh. »Sehen Sie mich an.«

Bonnie hob den Blick und befahl sich wieder einmal, diesen sanften, gutaussehenden Mann zu lieben. Doch wieder schlug der Versuch fehl. Ihre Seele hungerte nach Eli McKutchen und nur nach ihm, ob es ihr nun paßte oder nicht.

»Sie lieben mich nicht«, stellte Webb ganz ohne Verbitterung und Groll fest.

Bonnie schüttelte unglücklich den Kopf. »Nicht so, wie eine Frau ihren Mann lieben sollte, Webb.«

Ein kurzes Schweigen entstand. »Sie lieben Eli also noch immer«, sagte Webb dann.

Bonnie nickte. »Gegen alle Vernunft.« Nach einer kurzen Pause fügte sie traurig hinzu: »Er haßt mich, Webb. Er will mir Rose Marie wegnehmen.«

Webb versteifte sich. »Hat er Ihnen das gesagt?«

»Nein. Genoa hat es mir erzählt.« Eine Träne rollte über Bonnies Wange. »Ich würde sterben ohne Rose. Sie ist alles, was ich habe.«

Rose wimmerte im Schlaf, und Webb strich ihr beruhigend über das Haar. »Sie werden sie nicht verlieren, Bonnie. Das lasse ich nicht zu.«

»Was können Sie schon dagegen tun? Eli besitzt Macht, Geld und Einfluß . . .«

»Und er weiß, daß Rose Marie seine Tochter ist?«

Aus irgendeinem Grund überraschte Webbs Frage Bonnie. »Ja.«

»Angenommen, wir behaupten, sie wäre mein Kind? Angenommen, Sie würden mich heiraten und wir würden allen erzählen, sie sei meine Tochter?«

Bonnies Augen weiteten sich vor Erstaunen, obwohl sie diese Möglichkeit schon selbst bedacht hatte. »Das würden Sie tun? Sie würden Rose als Ihr eigenes Kind anerkennen? Sie würden mich heiraten, obwohl Sie wissen, daß ich Sie nicht liebe?« Webb hob die Schultern, aber trotz seines Lächelns stand tiefe Qual in seinen Augen. »Vielleicht würden Sie mich mit der Zeit lieben lernen, Bonnie. Es sind schon seltsamere Dinge geschehen.«

Betroffen senkte sie den Kopf. Unter den gegebenen Umständen erschien ihr Webb verlockend wie ein warmer Zufluchtsort, der Unterschlupf bei Sturm und Regen bot. Aber er war ein wunderbarer Mann und verdiente viel mehr, als Bonnie ihm geben konnte. »Es wäre Betrug an Ihnen, Webb. Wie würden Sie sich fühlen, wenn ich Eli nie vergessen könnte?«

»Ich bin bereit, das Risiko einzugehen, Bonnie. Heiraten Sie mich und lassen Sie sich beweisen, daß ich Sie glücklich machen kann!«

Aus einem Impuls heraus ergriff sie seine Hände und hielt sie fest. »Warum denken Sie nicht an sich selbst, Webb? Angenommen, *ich* könnte Sie nicht glücklich machen? Angenommen, Sie würden anfangen, mich zu hassen?«

»Ich könnte Sie nie hassen.«

»O doch, das könnten Sie!«

Ein kühler Wind kam vom Fluß her auf, der Bonnie frösteln ließ. Der Himmel hatte sich bewölkt, und der beginnende Regen beendete ihre Unterhaltung. Während Bonnie den Picknickkorb aufhob, trug Webb Rose Marie ins Haus.

Im Wohnzimmer warteten sie darauf, daß der Regen nachließ. Aber das war nicht der Fall. Es regnete immer heftiger.

»Falls Sie hier nicht die Nacht verbringen wollen«, sagte Webb, »sollten wir uns jetzt lieber auf den Weg machen.«

Unwillkürlich schaute Bonnie zur Zimmerdecke auf. Webbs Schlafzimmer befand sich direkt über ihnen, und obwohl sie allen Ernstes überlegte, ob sie diesen Mann heiraten sollte, hatte sie sich noch nie vorgestellt, wie es sein mochte, mit ihm zu schlafen. Wie hatte sie einen so wichtigen Punkt nur übersehen können? Als sie merkte, daß Webb sie ansah und ihre Gedanken erriet, errötete sie heiß.

»Wir wollen gehen«, sagte sie schnell.

»Verdammt«, murmelte Webb. In seiner Stimme klang gutmütige Enttäuschung mit. Er wickelte Rose in sein Jackett und ging zum Buggy voran.

Die Straße, falls man sie überhaupt so nennen konnte, bestand nur noch aus Schlamm und war durch die heftigen Regenfälle fast nicht mehr zu erkennen. Als sie die Fähre erreichten, spannten Hem und seine Helfer gerade die beiden Pferde aus, die auf dieser Seite des Flusses arbeiteten.

»Der Fluß ist zu sehr angestiegen, wir können ihn nicht mehr überqueren!« rief der alte Mann Bonnie und Webb zu. »Sie werden bis zum Morgen warten müssen.« Bonnie warf einen entsetzten Blick auf Webb und sah, daß er sich mehr als bereitwillig mit der Lage abzufinden schien. Er grinste sogar verstohlen.

»Hem Fenwick!« schrie Bonnie über das Wasserrauschen. »Sie setzen uns jetzt sofort über!«

»Nein, Madam!«

Webb schmunzelte zufrieden. Im Grunde waren doch alle Männer gleich! »Wir würden bei dem Versuch ertrinken, Bonnie!«

»Ist Ihnen klar, welches Gerede das auslösen wird, Webb?« gab Bonnie zu bedenken. Rose Marie, die ihre Verzweiflung zu spüren schien, begann zu weinen.

Webb nahm das Kind auf seinen Schoß und beruhigte es. »Das hat Ihnen doch früher auch nie etwas ausgemacht«, wandte er ein.

Hem grinste dreist. »Ich wäre für mein Leben gern dabei, wenn McKutchen davon hört!« sagte er lachend.

»Es würde unserer Geschichte Glaubwürdigkeit verleihen«, flüsterte Webb Bonnie beschwörend zu. »Wir könnten sagen, daß wir schon seit Monaten heimlich verheiratet sind und . . .«

»Webb!« unterbrach ihn Bonnie flehend.

Tröstend berührte er ihr Knie. »Beruhigen Sie sich, Bonnie, und seien Sie vernünftig. Ohne Fähre können wir den Fluß nicht überqueren.«

»Weiter flußabwärts gibt es eine Brücke«, begann Bonnie leise.

»Ja – zehn Meilen weiter«, bestätigte Webb, um dann bedauernd den Kopf zu schütteln. »Wir würden es nie bis dorthin schaffen. Es wird gleich dunkel, und selbst bei gutem Wetter wäre es ein sehr beschwerlicher Weg. Sie müßten selber wissen, wie schlecht die Straße ist. Denken Sie an Rose«, fügte er hinzu.

Seufzend gab Bonnie sich geschlagen.

Webb wendete den Buggy und schlug mit einem zufriedenen Lächeln die Richtung zu seinem Haus ein.

Eine Nacht der Überraschungen, dachte Forbes Durrant. Er hätte nie erwartet, McKutchen nach allem, was geschehen war, als Gast im Brass Eagle anzutreffen. Und doch saß er an der Theke und schluckte Whiskey, als wolle er damit ein Feuer in seinem Magen löschen. Aus eigener bitterer Erfahrung hätte Forbes ihm sagen können, daß Whiskey kein Heilmittel für das war, was ihn quälte. Doch aus welchem Grund hätte er diesem Mann entgegenkommen sollen? McKutchen sollte ruhig lernen, daß nichts ein Feuer löschen konnte, das ›der Engel!‹ angefacht hatte!

Die zweite Überraschung war, Earline Kalb im Saloon zu sehen. Selbst für eine Frau ihres etwas zweifelhaften Rufs war es ganz undenkbar, ein derartiges Etablissement ohne männliche Begleitung zu betreten.

Forbes musterte sie abschätzend, als sie näherkam. Sie war ein recht ansehnliches Frauenzimmer. Zum ersten Mal, seit er sie kannte, fragte er sich, wie es sein mochte, sie im Bett zu haben.

»Hallo, Earline!«

»Guten Abend, Forbes«, erwiderte sie höflich.

Nachdem er McKutchens Glas aufgefüllt hatte, kehrte Forbes zu der Frau zurück, die alle Blicke auf sich zog. »Was kann ich für Sie tun, Earline?« erkundigte er sich freundlich.

»Ich suche Bonnie McKutchen.«

Das Stimmengewirr im Saloon verstummte. Aus dem Winkel seines noch immer geschwollenen Auges sah Forbes, wie Eli sich versteifte und sein Glas absetzte.

»Der Engel arbeitet nicht mehr hier.«

»Sie ist kein Engel!« entgegnete Earline giftig. »Das wissen Sie so gut wie ich!«

Forbes zuckte die Schultern.

»Und Webb Hutcheson? War er heute abend hier?«

Ein rascher Blick in McKutchens Richtung verriet Forbes, daß Eli lauschte. Sehr intensiv sogar. »Tut mir leid. Webb gehört nicht zu meinen Stammkunden. Ich weiß nicht, wo er ist.«

»Mag sein«, räumte Earline ein. »Aber wo sich der Engel aufhält, war Ihnen bisher stets bekannt, und Sie wußten auch immer, was sie gerade macht, Forbes. Also versuchen Sie nicht, es abzustreiten.«

»Ich streite gar nichts ab.«

»Pa hat Webb und Mrs. McKutchen heute morgen über den Fluß gesetzt«, warf der junge Walt Fenwick ein, der an den Billardtischen stand. »Vermutlich sitzen sie jetzt wegen des Regens dort drüben fest. Aber keine Sorge – Webb hat sich dort ein feines Haus gebaut, und sie werden es warm und trocken haben.«

Forbes schloß die Augen. Als er sie wieder öffnete, sah er Earline eine Billardkugel aufheben und sie Walt an den Kopf werfen. Der Junge duckte sich und ergriff die Flucht, doch als er sich umwandte, stieß er mit Eli McKutchen zusammen.

Eli packte ihn am Rockkragen und schüttelte ihn. »Wo genau liegt dieses *feine Haus*?« herrschte er den Sohn des Fährmannes an.

Seufzend gab Forbes seinen Platz hinter der Theke auf. Ärger konnte er sich hier nicht erlauben. Seit er nicht mehr die Geschäfte der McKutchen Enterprises leitete, war der Saloon seine einzige Einkommensquelle.

Doch bevor er etwas unternehmen konnte, rettete Seth Callahan die Lage, indem er Eli mit einem strengen Blick maß und ruhig sagte: »Eli, das genügt.«

Eli ließ Walt los und stieß den Jungen auf einen der Billardtische. Forbes zuckte zusammen und dachte an den Preis für einen neuen Filzbelag.

»Wo ist es?« fragte Eli drohend und richtete seinen Blick auf Forbes.

Er schluckte. »Wo ist was?«

»Das Haus, du Narr. Hutchesons Haus!«

»Zwei Meilen nördlich der Bootsanlegestelle«, warf Earline hilfreich ein. »Aber bei diesem Regen werden Sie den Fluß nicht überqueren können!«

Darauf würde ich keine Wette abschließen, dachte Forbes bei sich, war jedoch bemüht, eine ernste Miene zu bewahren.

Donnergrollen erklang, als Eli McKutchen den Saloon verließ. Sein Anwalt warf einen Geldschein auf die Theke und eilte ihm rasch nach.

Dem Engel zuliebe hoffte Forbes, daß sich nicht irgendein Narr erbot, Eli ein Ruderboot zu leihen.

Das Haus hielt Sturm und Regen ab, und Webb hatte alle Lampen angezündet. Im Kamin brannte ein munteres Feuer, auf dem sie die Reste des Picknicks aufgewärmt hatten.

Rose schlief auf Webbs zusammengelegtem Rock, eine Decke aus dem Buggy hielt sie warm.

Nur Bonnie war zutiefst unglücklich. »Jetzt ist mein Ruf zerstört!« stöhnte sie. »Endgültig!«

Webb lachte leise. »Das ist doch lächerlich«, meinte er. »Der *Engel* macht sich Sorgen um seinen guten Ruf!«

»Ich habe schließlich auch meine Vorstellungen von Moral!«

Webb lächelte und gab Bonnie einen Kuß auf die Nasenspitze. »Sei ehrlich«, sagte er. Sie waren inzwischen zum ›Du‹ übergegangen. Es ist nicht das Gerede, was dir Sorgen bereitet, sondern das, was ich deiner Ansicht nach von dir erwarte.«

Bonnie errötete. »Und das wäre?«

Webb stieß einen tiefen und etwas übertriebenen Seufzer aus. »Nichts, was du mir nicht geben willst, Bonnie. Beruhige dich.«

Daß Webb sie nie zu etwas zwingen würde, wußte sie selbst, aber irgendwie brauchte sie jetzt etwas, worüber sie sich beunruhigen konnte. »Und wenn es nun tagelang regnet?« fragte sie mürrisch.

Webb nahm die neueste Ausgabe seiner Tageszeitung aus dem Picknickkorb und reichte sie Bonnie. »Dann baue ich dir eine Arche«, erwiderte er trocken. »Lies die Zeitung, Bonnie, während ich etwas suche, worauf wir schlafen können.«

Der Gedanke an Schlaf lag ihr fern, aber sie brauchte etwas, um sich abzulenken, und da kam ihr Webbs neuester Artikel über die Probleme in den Hüttenwerken gerade recht. Doch während sie ihn las, runzelte sie sorgenvoll die Stirn. Hem Fenwick hatte recht, als er meinte, einige Leute würden sich durch diesen Bericht auf die Zehen getreten fühlen.

Angesichts der sanften, gutmütigen Art, die Webb ihr gegenüber an den Tag legte, war sie immer wieder erstaunt über die offene, fast aggressive Art, in der er seine Artikel schrieb. Dieser hier stellte eine scharfe Verurteilung der Außenseiter dar, die aus reinem Eigennutz Probleme aufbauschten. Webb forderte in seinem Artikel die Bürger von Northridge auf, Eli McKutchen eine Chance zu geben, die bestehenden Zustände zu ändern. Und falls er ihren berechtigten Forderungen nach höheren Löhnen und besseren Arbeitsbedingungen nicht nachkommen sollte, bestand immer noch die Möglichkeit, einen Streik auszurufen.

Bonnie starrte gedankenvoll in das Feuer, als Webb mit einem Armvoll Arbeitskleidung zurückkam, die er vor dem Kamin ausbreitete, um eine Art Bett zu schaffen.

»Ich fürchte, mehr kann ich nicht tun«, sagte er entschuldigend. »Das nächste Mal, wenn ich herkomme, bringe ich Decken und Vorräte mit.«

Bonnie konnte nur an den Artikel denken. »Webb, Hem hat ganz recht. Die Gewerkschafter werden nicht erfreut über deinen Artikel sein.«

»Ich schreibe nicht, um ihnen eine Freude zu machen, Bonnie.«

Sie zog die Knie an und legte ihr Kinn darauf. »Offen gestanden überrascht es mich, daß du Elis Partei ergriffen hast. Sonst hast du immer Kritik an der Leitung der Hüttenwerke geäußert und einmal sogar eine Kampagne gegen Patch Town gestartet.«

Webb seufzte und zog – nach einem vorsichtigen Blick auf Bonnie – sein durchnäßtes Hemd aus. Erst da merkte sie, daß er vor Kälte zitterte. »Ich bin kein Freund von Eli McKutchen, Bonnie – er wußte Bescheid über Patch Town und die anderen Probleme hinsichtlich der Hüttenwerke und hat doch nie etwas unternommen.«

»Und dennoch verteidigst du ihn.« Bonnie hob einen Mantel von dem Kleiderstapel auf und legte ihn Webb um die Schultern.

»Ich verteidige McKutchen nicht«, beharrte Webb. »Ich versuche nur, noch mehr Ärger zu verhindern. Wenn er bereit ist, die herrschenden Zustände zu ändern, sollte die Stadt ihm die Chance dazu geben. Ich hoffe bloß, daß es noch nicht zu spät ist.«

Wieder ließ Bonnie das Kinn auf die Knie sinken und dachte an die Männer, die bereits in Streik getreten waren. Ein Frösteln lief über ihren Rücken. »In gewisser Weise mach' ich mir selbst Vorwürfe. Zumindest, was die Zustände in Patch Town betrifft.«

Webb schwieg gedankenvoll.

»Niemand weiß besser als ich, wie es ist, dort zu leben«, beharrte Bonnie. »Ich hätte Eli zu Veränderungen drängen sollen.«

»Du warst noch sehr jung, Bonnie. Glaubst du, er hätte auf dich gehört?«

Jetzt kamen ihr die Tränen, aber sie hielt sie tapfer zurück. »Es hat eine Zeit gegeben, in der ich sehr großen Einfluß auf ihn hatte. Eli liebte mich sehr. Bis . . .«

Webb berührte zärtlich Bonnies Hand. »Bis euer Kind starb?«

Bonnie schaute rasch zu Rose Marie hinüber, als wolle sie sich vergewissern, daß diesem Kind nichts zustoßen konnte. »Ja. Danach ging alles in die Brüche. Eli gibt mir die Schuld an Kileys Tod.«

Webb nickte. »Ich weiß.«

Selbst jetzt noch erfaßte Bonnie ein Zittern bei der Erinnerung an jene Zeit. »Ich dachte, es würde vorübergehen und daß er nur aus Trauer so handelte. Aber es wurde immer schlimmer, je mehr Zeit verging. Schließlich flüchtete Eli, und ich tat es auch.«

Webb warf einen bezeichnenden Blick auf Rose Marie. »Trotz allem muß es Augenblicke gegeben haben, in denen ihr euch wiedergefunden habt.«

Bei jedem anderen Mann hätte Bonnie sich geschämt, über derartige Dinge zu reden, aber nicht bei Webb. Er war ihr Freund und schien sie zu verstehen. »Eli zog am Tag nach dem Begräbnis aus und suchte sich eine Mätresse. Ich war völlig verzweifelt und wußte nicht, wie ich an ihn herankommen konnte . . .«

»Du brauchst es mir nicht zu erzählen, Bonnie.«

»Doch, ich muß mit jemandem darüber sprechen, Webb – ich muß es einfach!«

Webb legte seinen starken Arm um ihre Schultern und zog sie an sich. Bonnie spürte, wie schwer es ihm fiel, sich all das anzuhören, aber sie konnte jetzt nicht mehr schweigen.

»Kurz bevor Eli nach Kuba fuhr, rief ich ihn in seinem Club an. Ich bat ihn – o Webb, ich *flehte* ihn an! – nach Hause zu kommen. Ich dachte, wir könnten darüber reden . . .«

Webb wartete schweigend ab.

»Und dann . . . dann habe ich mich ihm praktisch an den Hals geworfen, Webb. Ich hatte solche Angst und war so verzweifelt . . .«

»Und er hat dich geliebt.«

Bonnie erschauerte. »Das ist eine sehr freundliche Bezeichnung dafür, Webb. So hatte ich Eli noch nie erlebt – er riß mir die Kleider vom Leib, als . . . als haßte er mich . . .«

Webb versteifte sich, und Bonnie spürte die kalte Wut, die in ihm aufstieg. »Hat er dir weh getan?«

»O ja. Aber nicht so, wie du denkst. Es war kein physischer Schmerz, Webb.« Es tat Bonnie in der Seele weh, sich jenen Nachmittag in dem eleganten Zimmer, in dem sie früher so glücklich mit ihrem Mann gewesen war, ins Gedächtnis zu rufen. Eli hatte sie benutzt, hatte sie von einem beschämend intensiven Höhepunkt zum nächsten getrieben und sie dann wieder verlassen. »Es war seine Verachtung, Webb . . . Er war so kalt. So unglaublich kalt.«

»Das ist vorbei, Bonnie«, sagte Webb tröstend. »Ich weiß, daß er dich verletzt hat, aber dieser Teil deines Lebens ist vorbei.«

Bonnie dachte an die vergangene Nacht, die sie mit Eli McKutchen verbracht hatte. Sie hatte alles vergessen, was er ihr je zugefügt hatte, und sich ihm mit einer Bereitwilligkeit hingegeben, die nur als Wollust bezeichnet werden konnte. Und morgens beim Erwachen hatte sie eine Fünfzig-Dollar-Note auf ihrem Nachttisch vorgefunden. Doch trotz allem war Bonnie sich nicht sicher, ob sie nicht auf Elis kleinsten Wink hin wieder zu ihm laufen würde – so verzehrend war ihr Verlangen nach ihm. So gefährlich.

11

Elis Hinterkopf dröhnte, das schwache Licht, das durch die Jalousien hereindrang, war eine Qual für seine Augen. Stöhnend zog er die Decke über sein Gesicht.

»Ich kann mich nicht entsinnen, so betrunken gewesen zu sein, um einen solchen Kater zu verdienen«, murmelte er.

»Du warst auch nicht betrunken«, antwortete Seth' Stimme vom Fußende des Bettes her. »Ich habe dich mit einer Flasche niedergeschlagen.«

Langsam ließ Eli die Decke sinken und richtete seinen Blick auf den Mann, der vorgab, sein Freund zu sein. *»Was?«*

»Du warst fest entschlossen, schwimmend den Columbia River zu überqueren. Irgendwie mußte ich dich schließlich davon abhalten.«

Eli verzog das Gesicht, als er seinen Hinterkopf berührte und eine Beule von der Größe eines Hühnereis berührte. »Du hättest versuchen können, mit mir zu reden«, stellte er anklagend fest.

»Da hätte ich genausogut mit einer Mauer reden können. Steh auf, Eli, und zieh dich an. Wir müssen noch einmal mit den Gewerkschaftsleuten sprechen.«

»Apropos Mauer!« entgegnete Eli seufzend und versuchte, sich aufzurichten. »Das haben wir doch gestern schon versucht.«

»Ja, und wir werden es noch einmal tun. Heute, morgen, übermorgen – und wenn es sein muß, jeden Tag.«

»Mit Reden erreichen wir nichts, Seth. Wir müssen handeln.«

»Und was schlägst du vor?«

»Diese armen Teufel in Patch Town müssen nach dem Sturm gestern nach bis zu den Knien im Wasser stehen. Schaff sie fort.«

Seth lachte humorlos. »Ach ja? Und wo soll ich sie unterbringen, Eli? Im Salon deiner Schwester vielleicht?«

Eli ignorierte Seth' Frage, so vernünftig sie auch klingen mochte. »Beschaff dir Bauholz und fang mit dem Bau der neuen Hütten an, über die wir gestern sprachen. Auf dem Stück Land am südlichen Ende der Stadt. Ich will Kanalisation und Badezimmer, und laß genügend Platz für Küchengärten und so weiter . . .«

»Soll ich Hilfe einstellen, oder erwartest du, daß ich das alles allein mache?«

Trotz seiner Kopfschmerzen und dem nagenden Bewußtsein, daß Bonnie die Nacht mit einem anderen Mann verbracht hatte, mußte Eli lachen. »Such dir Hilfe.«

Erst eine ganze Weile, nachdem Seth gegangen war, gelang es Eli, aufzustehen, sich zu waschen und sich anzuziehen. Doch all das dauerte unendlich lange, und als er endlich hinunterkam, war er ausgesprochen schlechter Laune.

Genoa, die in der Küche mit Susans Baby beschäftigt war, lächelte ihren Bruder an. »Du hast das Frühstück verpaßt.«

»Das überrascht mich nicht«, murmelte Eli und öffnete den Eisschrank. Er fand Milch und trank direkt aus der Flasche, weil er wußte, daß er seine Schwester damit ärgern konnte.

Erst in diesem Augenblick bemerkte er die kleine Person, die in eine dicke Decke gehüllt am Tisch saß. Genoa verdrehte vielsagend die Augen, als sie sich an die junge Frau wandte. »Sie müssen die Unhöflichkeit meines Bruders entschuldigen, Susan«, sagte sie. »Er hat die Manieren eines Warzenschweins.«

»Verdammt!« donnerte Eli und knallte die Eisschranktür zu. Zuerst ging Bonnie hin und verbrachte die Nacht mit diesem . . . diesem Schreiberling, dann schlug Seth ihn nieder, und nun stellte seine eigene Schwester ihn auf die gleiche gesellschaftliche Stufe wie ein Warzenschwein! »Zum Teufel mit euch allen!« brüllte er.

Die schmale Person am Tisch begann zu zittern.

»Keine Angst, Susan«, sagte Genoa freundlich. »Trink deinen Tee und hab keine Angst vor Eli. Er ist harmlos.«

»Harmlos!« schnaubte er und stürmte wütend aus der Küche und aus dem Haus. Sie würden schon sehen, wie *harmlos* er war, sobald er Bonnie und ihren Geliebten in die Finger bekam!

Fünf Minuten später saß Eli im Speisesaal des Union Hotels und bestellte sich ein Frühstück. Natürlich hatte er sich an einen Fenstertisch gesetzt, um einen guten Ausblick auf Bonnies Haus zu haben.

Eli hatte schon zwei Teller mit gebratenem Schinken und vier Eier verspeist, als endlich ein schlammbespritzter Buggy vor dem Laden hielt. Auf den Arm ihres Liebsten gestützt und Rose Marie auf dem Arm, stieg Bonnie aus. Müde lächelnd schüttelte sie den Kopf über irgend etwas, was Hutcheson gesagt hatte.

Eli warf einen Geldschein auf den Tisch und stürzte hinaus.

»Papa!« jauchzte Rose Marie und streckte beide Ärmchen nach ihm aus.

Sowohl Bonnie wie ihr Verehrer versteiften sich, aber während Bonnie zurückwich, drehte Hutcheson sich zu Eli um und schaute ihm offen und furchtlos in die Augen.

Rose Marie begann zu zappeln. »Papa!« kreischte sie wütend.

Ruhig schloß Bonnie ihren Laden auf und ging mit dem Kind hinein.

Hutchesons Kleider waren genauso zerknittert wie Bonnies, und sein Haar stand in alle Richtungen von seinem Kopf ab. Doch trotz allem strahlte er eine ruhige Würde aus, was sogar Eli grollend anerkannte.

»Ich glaube, es wird Zeit, daß wir miteinander reden«, sagte er.

»Nicht hier«, entgegnete Webb mit einem Blick auf die neugierigen Passanten. »Gehen wir lieber ins Hotel. Ich könnte eine Tasse Kaffee brauchen.«

Eli, der spürte, daß ein Muskel an seinem Kinn zuckte, nahm sich zusammen. »Wie Sie wünschen.«

»Wenn du nicht aufhörst, nach deinem Papa zu schreien, Rose Marie, werde ich dir den Po versohlen!« sagte Bonnie entnervt.

Katie, die ewige Friedensstifterin, bemühte sich rasch um Rose Maries Aufmerksamkeit. »Komm, Kleines, du bist doch solch ein liebes Mädchen! Niemand wird dir den Po versohlen.«

»Sie ist *solch* eine McKutchen!« meinte Bonnie gereizt. Ihr Haar war unordentlich und zerzaust, ihre Kleider zerknittert und am Saum verschmutzt, und am liebsten hätte sie jetzt ein Bad genommen und sich dann ausgeruht. Aber das war ein Luxus, den sie sich nicht erlauben konnte, solange Webb und Eli sich gegenüberstanden. Sie mußte zu ihnen zurück, bevor ein Unglück geschah.

Aber als sie den Laden wieder verließ, war die Straße leer und verlassen. Wo mochten diese beiden Esel hingegangen sein? Sie mußte sie unbedingt finden.

Tuttle O'Banyon fegte den Bürgersteig vor ihrem Laden. Aber Bonnie mußte ihn dreimal ansprechen, bevor er sich ihr zuwandte.

»Hast du Mr. Hutcheson und Mr. McKutchen gesehen, Tuttle?«

Der Junge errötete, sein Adamsapfel zuckte auf und nieder. Vermutlich hatte auch er schon gehört, daß Bonnie die Nacht mit Mr. Hutcheson verbracht hatte. Wahrscheinlich gab es nicht eine einzige Person in Northridge, die noch nicht Bescheid darüber wußte! »Ja, Madam.«

Fast hätte Bonnie mit ihrem Fuß aufgestampft. »Und wo?«

Tuttle deutete mit seiner knochigen Hand auf das Hotel und nahm seine Arbeit wieder auf.

Das Hotel in dem traurigen Zustand, in dem sich ihr Haar und ihre Kleider befanden, zu betreten, fiel Bonnie wahrhaftig nicht leicht, und sie tat es nur, weil ihr keine andere Wahl blieb.

Sie spürte die Blicke der Kellnerinnen und Gäste wie Nadeln in ihrem Rücken, als sie den geräumigen Speisesaal durchquerte. Webb und Eli saßen an einem Tisch am Fenster und starrten sich über dampfende Kaffeetassen wütend an.

Sie schienen Bonnie im selben Augenblick zu bemerken und

erhoben sich beide, obwohl Webbs Geste aufrichtiger wirkte als Elis, der aussah, als ob er jeden Augenblick explodieren müßte. Bonnie hätte sich am liebsten unter dem Teppich verkrochen, als sie den verächtlichen Blick sah, mit dem er ihr Kleid betrachtete.

»Wenn ihr eine Szene macht«, flüsterte sie drohend, als Webb ihr einen Stuhl heranzog, »bringe ich euch beide um. Habt ihr mich verstanden?«

»Aber ja«, erwiderte Eli und starrte auf seine Tasse herab.

»Wir werden diese Angelegenheit wie erwachsene Menschen behandeln. Ganz vernünftig«, sagte Webb hochtrabend.

»Träumer«, murmelte Eli.

»Ich habe Mr. McKutchen gerade von unserem Haus erzählt«, wandte Webb sich stolz an Bonnie.

»Unser Haus?« krächzte sie und hoffte nur, daß Webb nicht der Illusion erlag, sie hätten die Nacht mit Pläneschmieden verbracht.

»Ja, natürlich«, antwortete er strahlend. Er streckte die Hand nach Bonnie aus, zog sie unter Elis drohendem Blick jedoch rasch wieder zurück. »Bonnie und ich haben beschlossen, daß es besser ist, unsere wahre Beziehung nicht länger zu verheimlichen.«

Eli griff nach dem Buttermesser, und Bonnie drehte sich der Magen um, bis sie sah, daß er nur damit spielte. »Nach gestern nacht«, stellte er gefährlich ruhig fest, »kann es keinen Zweifel mehr über eure *wahre* Beziehung geben.«

Bonnie errötete. Sie war nicht leichtfertig zu dem Entschluß gelangt, Webb zu heiraten – sie hatten die ganze Nacht darüber gesprochen – doch Scham empfand sie darüber nicht. Angst ja. Sorge ja. Aber keine Scham. »Eli . . .«

Seine goldbraunen Augen wandten sich ihr zu. Eine unausgesprochene Drohung lag darin, aber auch tiefempfundene Qual. In diesem Moment hätte Bonnie die ganze Charade sofort beendet, wenn Webb ihr nicht zuvorgekommen wäre.

»Aus ganz bestimmten Gründen hielten Bonnie und ich es bisher für das Beste, unsere Ehe geheimzuhalten. Aber Tatsache ist, daß wir schon seit langer Zeit Mann und Frau sind.«

Nur Bonnie war fähig, Elis kalte Miene zu durchschauen. Er fühlte sich gedemütigt, zutiefst verletzt. »Wie lange schon?«

»Zwei Jahre«, sagte Webb. Bonnie hätte kein Wort herausgebracht, selbst wenn ihr Leben davon abgehangen hätte.

»Zwei Jahre«, wiederholte Eli seufzend und richtete langsam seinen Blick auf Bonnie. Sie sah ihm an, woran er dachte – an die Nacht, als er mit ihr geschlafen hatte. An ihre Leidenschaft und an seine eigene . . .

Nur der Gedanke an die Fünfzig-Dollar-Note, die er als Bezahlung zurückgelassen hatte, hielt Bonnie davon ab, ihm zuzuschreien, daß Webb ein Lügner war.

Elis Stuhl glitt geräuschlos über den dicken Teppich, und als er sich erhob, stand auch Webb auf.

»Zwei Jahre«, murmelte Eli zerstreut. Dann richtete er seinen Blick auf Webb, und die Luft schien plötzlich mit Elektrizität aufgeladen zu sein. »Armer, irregeleiteter Hund«, sagte er leise, bevor er sich abwandte und hinausging. Bonnie schlug beide Hände vors Gesicht und schluckte hart. Ihr war so schwindlig, daß sie befürchtete, ohnmächtig zu werden.

»Es gab keine andere Möglichkeit«, sagte Webb sanft.

Es dauerte lange, bis Bonnie sich zutraute, etwas zu sagen. »Geh, Webb. Geh jetzt bitte.«

»Laß mich dich wenigstens zum Laden begleiten . . .«

»Du hast genug getan. Wir haben beide genug getan. Geh nur – ich finde allein zu meinem Laden zurück.«

Widerstrebend ging Webb hinaus, und wenige Minuten später stand auch Bonnie auf und verließ das Hotel. Ohne irgend etwas wahrzunehmen, überquerte sie die Straße zu ihrem Haus, ging die Außentreppe hinauf und schloß sich in ihrem Schlafzimmer ein, wo sie sich weinend auf das Bett warf.

»Lächerlich!« schnaubte Genoa. »Wenn Webb und Bonnie verheiratet wären, hätte ich es gewußt. Die ganze Stadt hätte es gewußt.« Angesichts des Aufruhrs der Gefühle, der in ihm tobte, wirkte Eli nach außen hin bewundernswert ruhig. »Warum sollten sie in einer solchen Angelegenheit denn lügen?«

Genoas Antwort überraschte ihn. »Weil du sie dazu gezwungen hast. Und ich muß zugeben, daß es teilweise auch meine Schuld ist.«

»Wieso das?« fragte Eli verblüfft.

»Du wolltest ihr Rose Marie wegnehmen. Und Bonnie würde fast alles tun, um das zu verhindern.«

»Du hast es ihr erzählt?«

Genoa nickte. »Selbstverständlich. Bonnie ist meine liebste Freundin.«

»Und ich bin dein Bruder!«

Genoa schloß für einen Moment die Augen. »Ja, Eli, du bist mein Bruder, und ich liebe dich. Aber was du Bonnie antun wolltest, war so grausam, daß ich sie einfach warnen mußte!«

»Grausam? Bist du nie auf den Gedanken gekommen, daß ich vielleicht nur versuche, meine Tochter zu schützen?«

»Du wolltest Rose Marie nicht schützen, Eli – sei wenigstens ehrlich zu dir selbst, wenn du es mir gegenüber schon nicht bist. Du wolltest Bonnie weh tun, weil du ihr die Schuld an Kileys Tod gibst – und weil sie nicht auf dich gewartet hat, als du aus Kuba heimkamst.«

Eli senkte den Kopf. Genoa hatte recht. Er mochte seine kleine Tochter, doch um eine echte Beziehung zu ihr entwickelt zu haben, kannte er sie erst viel zu kurze Zeit. »Sie sagten, Hutcheson sei Rose Maries Vater«, flüsterte er unglücklich.

»Natürlich sagen sie das. Niemand würde ihnen glauben, daß sie all diese Zeit verheiratet waren, wenn sie etwas anderes behaupten würden.«

Eine schreckliche Vorstellung bemächtigte sich Elis. Bonnie mußte sehr allein und verängstigt gewesen sein, als sie vor zwei Jahren nach Northridge zurückkehrte. Vielleicht hatte sie bei Webb Hutcheson Trost gesucht. Vielleicht . . .

Genoa schüttelte den Kopf, als hätte sie Elis Gedanken erraten. »Du sturer Narr, du weißt genau, daß dieses Kind von dir ist! Rose Marie hat dein Haar, deine Augen und – leider – auch dein Temperament geerbt!«

Eli dachte daran, wie wütend Rose in Bonnies Armen gezappelt hatte, als sie draußen auf dem Bürgersteig nach ihrem Papa schrie. Ja, sie war seine Tochter. Er lächelte.

»Eli McKutchen«, fragte Genoa mißtrauisch, »was hast du vor?«

»Nichts«, antwortete Eli schmunzelnd. »Gar nichts.«

»Aber . . .«

»Ich habe zu arbeiten, Genoa. Ich muß gehen.« Grinsend steckte er die Hände in die Hosentaschen und merkte, daß es ihm besser ging – viel besser – als seit langer Zeit.

»Eli!«

Er blieb noch einmal stehen. »Du hast genug mit der jungen Witwe und ihrem Kind zu tun. Seth und ich ziehen ins Hotel um.«

»Ins Union Hotel! Was für ein Unsinn, Eli! Du bist doch hier zu Hause!«

Eli bückte sich und gab Genoa einen flüchtigen Kuß auf die Stirn. »Ich lasse unsere Sachen abholen«, sagte er.

Genoa wirkte bestürzt. »Falls ich dich verärgert habe, Eli . . .«

Lachend schüttelte er den Kopf. »Nein, nein, Genoa. Aber es wird Zeit, daß ich mein Leben in den Griff bekomme, und dazu muß ich im Mittelpunkt der Dinge stehen. In mehr als einer Hinsicht.«

»Du willst in Bonnies Nähe sein!« entgegnete Genoa verblüfft.

»Das gehört auch dazu«, erwiderte Eli, bevor er endgültig das Haus verließ.

Bei Sonnenuntergang reihte er sich in die Gruppe der Arbeiter ein, die an den Streikposten vorbeigingen, um ihre Schicht zu beginnen. Er war nicht anders gekleidet als diese Männer, und genau wie sie trug er ein Päckchen mit belegten Broten unter dem Arm.

Die Arbeit war noch viel härter, als Eli erwartet hatte, aber er stellte sich vor einem der Schmelzöfen auf und schaufelte Kohle in seinen glühendheißen Bauch, bis sein Hemd schweißnaß war und seine Muskeln schmerzten, als steckten tausend Nadeln darin.

Die anderen Männer musterten ihn argwöhnisch, und als die

Sirene die abendliche Pause anzeigte, platzten sie fast vor Neugier.

Das Sandwich in der rußgeschwärzten Hand, zwang Eli sich zum Essen. Er wußte, daß die Männer glaubten, er müsse jeden Augenblick zusammenbrechen, und fragte sich, ob sie nicht recht haben mochten.

Als die Schicht endete, zwölf Stunden nach ihrem Beginn, war Eli so erschöpft, daß er kaum laufen konnte. Irgendwie gelang es ihm, sein Hemd anzuziehen und an den Linien der Streikposten vorbeizugehen. Seth wartete draußen mit einem Buggy, aber Eli tat, als sähe er ihn nicht. Wenn die anderen Männer zu Fuß nach Hause gingen, konnte er es auch.

Halbblind vor Erschöpfung erreichte er das Hotel. Ohne sich die Zeit zu nehmen, sich zu waschen oder seine Kleider abzulegen, brach er auf dem Bett zusammen und sank augenblicklich in einen tiefen, traumlosen Schlaf.

Stunden später erwachte er von den stechenden Schmerzen in seinen Muskeln. Mühsam rappelte er sich auf und ließ sich ein Bad ein, das so heiß war, daß er in dem aufsteigenden Dampf die eigene Hand nicht sehen konnte. Aber für seine erschöpften Muskeln war es eine Wohltat.

Als er mit geschlossenen Augen in dem heißen Wasser lag, klopfte es an der Badezimmertür.

»Geh weg, Seth«, stöhnte Eli.

»Ich habe dir Cognac mitgebracht«, lockte Seth. »Importierten. Aus Frankreich. Ein großes Glas voll.«

Eli zögerte nur kurz. »Komm herein.«

Seth hielt die Augen diskret abgewandt, als er Eli den Cognacschwenker reichte. »Du bist wahnsinnig«, sagte er, aber nicht unfreundlich.

»Ich weiß«, erwiderte Eli nach einem genießerischen Schluck. »Wie lange habe ich noch, bevor ich in dieses Höllenloch zurück muß?«

Seth zog seine Taschenuhr. »Ungefähr zwei Stunden. Aber ob du zurück mußt oder nicht, ist Ansichtssache, Eli.«

»Natürlich muß ich!« beharrte Eli grimmig.

»Und warum?«

»Weil diese Männer mir nichts glauben werden, wenn ich ihnen nicht beweise, daß ich auch kann, was sie jeden verdammten Tag ihres Lebens tun, klar? Für sie bin ich nur Josiahs verwöhnter Enkel. Sie wissen, daß ich Geld habe und mir noch nie in meinem Leben die Hände schmutzig zu machen brauchte.«

Seth seufzte. »Ich glaube, ich verstehe, was du meinst.«

»Gut«, versetzte Eli scharf. »Das ist mir ein großer Trost, Seth. Aber jetzt verschwinde und laß mich in Würde sterben, ja?«

Als Seth fort war, trank Eli sein Glas aus und stieg widerstrebend aus der Wanne. Das Zimmermädchen wird mich verfluchen, wenn es den Schmutzrand in der Wanne sieht, dachte er, aber daran war eben nichts zu ändern.

Jeder einzelne seiner Muskeln pochte aus Protest, als Eli sich anzog, seine schmutzigen Stiefel überstreifte und hinunterging. Im Speisesaal aß er ein gebratenes Hähnchen und war rechtzeitig zum Beginn der Nachtschicht wieder im Werk.

Aber diese Nacht war noch viel schlimmer als die Nacht zuvor. Die Luft schien noch heißer zu sein, und jedes Heben der Schaufel mit der Kohle verursachte einen stechenden Schmerz in Elis Rücken, aber er arbeitete weiter, bis die Sirene erklang. Diesmal konnte er sich nicht zum Essen zwingen, obwohl er die Nahrung mindestens so nötig brauchte wie die kurze Erholung. Aber seine Kehle war bei jedem Versuch, etwas zu essen, wie zugeschnürt, und er wußte, daß ihm schlecht werden würde, falls es ihm gelang, etwas zu schlucken. Und das hätte alles zerstört, was er bisher erreicht hatte.

»Essen Sie lieber etwas, Mr. McKutchen«, riet der junge Mann, der am Schmelzofen neben seinem schuftete. »Der Körper hält keine zwölf Stunden Arbeit aus, wenn man ihm nichts gibt, was ihn am Brennen hält.«

Eli legte das Sandwich aus der Küche des Union Hotels in die Schachtel zurück. Sein Kollege sah aus wie ein schwarzer Meßdiener, so verschmutzt war er, aber Eli vermutete, daß es ihm nicht anders erging. »Wie heißen Sie?«

»Benjamin Rollins.«

»Wie lange arbeiten Sie schon hier?«

»Fast fünf Jahre, Sir«, antwortete Rollins stolz. »Ich war zehn, als ich hier anfing.«

»Zehn«, murmelte Eli betroffen. Mit zehn hatte er Modellschiffe gebaut und sie auf dem Teich hinter dem Haus seines Großvaters schwimmen lassen.

»Ja, Sir. Zuerst war ich Kesselwächter, aber ich wurde sehr schnell groß und kräftig, und da teilten sie mich für einen der Schmelzöfen ein, wo man doppelt soviel verdient.«

Zu müde, um die Unterhaltung fortzusetzen, nickte Eli nur. Er betrachtete seine rußgeschwärzten Hände, die voller Blasen waren, und lächelte wehmütig. Sein Großvater hatte immer gesagt, man dürfe von seinen Arbeitern nicht mehr verlangen, als man selbst zu schaffen imstande war.

»Einige von uns fragen sich, was Sie hier tun, Mr. McKutchen«, bemerkte Ben Rollins mit einem hungrigen Blick auf Elis Sandwich. »Reiche Männer wie Sie geben sich gewöhnlich nicht mit solchen Arbeiten ab.«

Eli bot dem Jungen das Sandwich an, aber dessen Bemerkung ignorierte er. Je mehr die Männer sich darüber wunderten, daß ausgerechnet ihr Arbeitgeber Kohle schaufelte, desto besser.

»Nun ja, wenn Sie es nicht essen . . .« Rollins riß Eli das Sandwich praktisch aus der Hand und verschlang es gierig.

Um sechs Uhr am nächsten Morgen, als Eli wieder Tageslicht erblickte, wartete zu seiner großen Überraschung Bonnie vor dem Tor. Sie sah entzückend aus in ihrem rosa und weiß gestreiften Kleid, und ihr Haar leuchtete rot in der Sonne auf. Fast hätte Eli sie in die Arme genommen, um sie zu ärgern. Oder zumindest redete er sich ein, daß das seine Motive waren.

»Bist du verrückt geworden?« flüsterte sie ihm zu, während sie sich bemühte, mit ihm Schritt zu halten. Jeder dieser lockeren, beschwingten Schritte kostete ihn eine quälende Überwindung, aber er wäre lieber gestorben, als sich etwas anmerken zu lassen. »Du kannst diese Arbeit nicht ewig weitermachen!«

»Wie schön, daß du dich um mich sorgst«, erwiderte er. »Weiß dein Mann, daß du hier bist?«

Bonnie biß sich auf die Lippen und senkte den Kopf, und Eli

wurde von einer überwältigenden Zärtlichkeit für sie erfaßt. Am liebsten hätte er sie geküßt, gleich hier, vor all den neugierigen Augen seiner Arbeiter.

»Eli . . .«

Ein wildes Triumphgefühl bemächtigte sich seiner, aber auch davon ließ er sich nichts anmerken. »Ja, Mrs. – Hutcheson?«

Bonnie blieb stehen, verschränkte die Arme vor der Brust und maß Eli mit einem ärgerlichen Blick. »Den Leuten neue Unterkünfte zu bauen, ist genug, Eli. Du hast auch in anderen Punkten nachgegeben, und ich finde, daß das reicht! Du brauchst keinen Selbstmord zu begehen, um dafür zu büßen, daß du Geld besitzt!«

»Ich will für überhaupt nichts büßen, Bonnie«, erwiderte Eli seufzend. »Aber das Wohl dieser Leute liegt mir am Herzen, und das möchte ich ihnen gern beweisen.«

»Sieh dich doch an! Du bist so erschöpft, daß du dich kaum noch auf den Beinen halten kannst, und schmutzig bist du auch! Findest du das vernünftig?« Sie holte tief Atem »Ich werde dir sagen, was es ist, Eli – es ist der reinste Wahnsinn!«

Eli war wieder weitergegangen, denn die Arbeiter starrten sie neugierig an, und seine Muskeln begann sich zu verkrampfen. »Ich finde wirklich, daß du hier nichts zu suchen hast«, meinte er. »Dein Erscheinen hier ist . . . unschicklich.«

»Ich pfeife auf . . . Es ist mir egal, ob es schicklich ist oder nicht. Jemand muß dir ein wenig Vernunft einbläuen, bevor du dich zu Tode schuftest!«

»Falls du um meine Sicherheit besorgt bist, Mrs. Hutcheson . . .«

»Hör auf, mich Mrs. Hutcheson zu nennen!«

»Aber so heißt du doch jetzt, nicht wahr?«

Ihre schönen Augen weiteten sich und begannen Funken zu sprühen. »Ja! Ja, so ist es, du . . . du Flegel!«

Die anderen Arbeiter waren ihnen weit voraus, aber einige von ihnen waren mutig genug, hin und wieder einen Blick zurück zu werfen. Deshalb bemühte Eli sich, seine Stimme gedämpft zu halten.

»In der Nacht, als wir uns liebten, hast du deinen Mann nicht erwähnt. Ist es dir schon zur Gewohnheit geworden, hinter seinem Rücken herumzuhuren, Bonnie?«

Sie blieb stehen und holte aus; ihre Hand traf Elis Gesicht und war schwarz vor Ruß, als sie sie zurückzog. Auch ihre Augen verdunkelten sich, während ihre Wangen rot wurden vor Zorn.

Eli unterdrückte ein Grinsen und ging weiter. Dabei schüttelte er den Kopf, als sei er zutiefst verwundert. »Wahrscheinlich bin ich bloß ein bißchen altmodisch. Mir würde es nämlich nicht gefallen, wenn meine Frau sich von anderen Männern baden ließe.«

Bonnie beeilte sich, ihn einzuholen. Sie war so wütend, daß sie sich kaum beherrschen konnte, aber leider gab es nichts, was sie entgegnen konnte, ohne einzugestehen, daß sie und Hutcheson ihre Heirat nur erfunden hatten. Und Eli schien es zu wissen und eine ungeheure Genugtuung darüber zu empfinden. Er bemühte sich jedoch, völlig harmlos zu erscheinen, obwohl er Bonnie am liebsten in die Büsche gezogen hätte, um sie leidenschaftlich zu lieben. »Führst du dich bei Webb eigentlich genauso auf wie bei mir?« fragte er.

»Wie bitte?« entgegnete Bonnie verblüfft. »Was soll das heißen?«

»Ach, das weißt du doch«, entgegnete er spöttisch. »Du wimmerst und . . .«

»Ich *wimmere* nicht!«

»O doch, das tust du. Und was du so alles von dir gibst . . .!«

Es schien fast unmöglich, aber Bonnie errötete noch heftiger. Ein erstickter Ton entrang sich ihrer Kehle, und sie raffte ihre Röcke und rannte, so schnell sie konnte, zum Laden zurück. Eli spöttisches Gelächter hallte ihr noch lange in den Ohren nach.

12

»Eli scheint nicht zu glauben, daß wir verheiratet sind«, sagte Bonnie ohne Einleitung, als sie Webb in ihrem Laden antraf.

»Guten Morgen, Bonnie.« Er sah sehr müde aus und lehnte an der Theke, als trügen seine Beine ihn nicht mehr.

Bonnie betrachtete ihre Hand, die rußgeschwärzt war von dem Schlag in Elis Gesicht, und runzelte die Stirn. Warum war sie so dumm gewesen, sich diesem Mann zu nähern? Sie hätte sich doch denken müssen, daß er nicht zur Vernunft zu bringen war. »Dieser sture, eigensinnige . . .«

Webb holte tief Luft und atmete geräuschvoll aus. »Bonnie.«

Sie seufzte und ließ die Schultern hängen. »Entschuldige. Wolltest du etwas?«

Webb richtete sich gerader auf, ein sanfter Vorwurf erschien in seinem Blick. »Ich möchte, daß du meine Frau wirst, Bonnie. Ich möchte, daß die Lüge Wahrheit wird.«

Webb zu heiraten war ihr zwei Tage zuvor noch wie eine großartige Idee erschienen, die perfekte Lösung all ihrer Probleme. Aber es gab Dinge, die sie in jener Nacht nicht bedacht hatte – ganz zu schweigen von der Faszination, die Eli noch immer auf sie ausübte. Und wenn er nun von neuem versuchte, sie zu verführen? Wäre sie dann fähig, sich ihm zu verweigern? Bei jedem anderen Mann hätte sie nicht daran gezweifelt, aber Eli McKutchen war eben nicht ›jeder andere Mann‹. Angenommen, sie heiratete Webb und betrog ihn dann mit Eli? Das würde Webb zutiefst erschüttern, wenn nicht gar zerstören.

Auch Rose Marie war zu bedenken. Wäre es nicht ungerecht, ihr einzureden, daß Webb ihr Vater war und nicht Eli, den sie als ihren Papa kannte? Bonnie hätte es nicht ertragen, ihre Tochter zu verlieren, aber belügen und täuschen wollte sie sie auch nicht.

»Ach, Webb . . . ich weiß nicht, was ich tun soll«, gestand sie, während sich Erinnerungen an jene Nacht, die sie mit Eli verbracht hatte, in ihr Bewußtsein drängten. Was würde Webb sagen, falls er etwas davon erfuhr? Ob er dann noch immer so begierig wäre, Bonnie McKutchen zu seiner Frau zu machen?

»Ich dachte, wir hätten längst beschlossen, was wir zu tun haben«, entgegnete Webb ruhig.

Bonnie zog die Jalousien an den Schaufenstern hoch und suchte einen Lappen, um den Ruß von ihren Händen abzuwischen. »Wir können nicht mit einer Lüge leben, Webb. Wir können Rose nicht sagen, du wärst ihr Vater. Das wäre nicht fair ihr gegenüber.«

»Ich wäre ihr ein guter Vater.«

Daran zweifelte Bonnie nicht. Und sie wußte auch, daß Rose Marie, falls sie bei Eli lebte, der Obhut von Kindermädchen und Erzieherinnen anvertraut werden würde, um dann irgendwann auf ein Internat geschickt zu werden, wie es bei reichen Leuten üblich war. »Ich weiß nicht, ob ich dir eine gute Frau sein könnte«, entgegnete Bonnie leise und in der Hoffnung, daß Webb sie auch ohne große Worte verstehen würde.

Aber er verstand sie nicht; wie sollte er auch? »Ich kann nicht ewig warten, Bonnie«, sagte er nur schroff, setzte seinen Hut auf und verließ den Laden.

Niedergeschlagen begann Bonnie sich mit ihrer Arbeit zu beschäftigen. Seit sie den Job im Brass Eagle verloren hatte, nahm sie so gut wie gar kein Geld ein. Viel länger würde sie den Laden nicht halten können. Bald würde sie Webb heiraten *müssen* – und sei es auch nur, um zu überleben.

Diese und ähnlich bedrückende Gedanken beschäftigten sie, als Seth Callahan hereinkam.

»Guten Morgen«, sagte er heiter.

Bonnie versteifte sich. »Ich bin nicht sicher, ob es ein *guter*

Morgen ist, Seth. Hat Eli Sie geschickt, um mir meine Tochter wegzunehmen?«

Seth schüttelte den Kopf. »Ich bin geschäftlich hier«, meinte er lächelnd. »Sie haben doch sicher schon gehört, daß Patch Town abgerissen werden soll?«

Ja, Bonnie hatte schon von den neuen Häusern erfahren, die am südlichen Ende der Stadt errichtet werden sollten. In einer Kleinstadt wie Northridge sprach sich alles sehr schnell herum. »Ja. Es wurde aber auch langsam Zeit, finden Sie nicht?«

Seth nahm seine Brille ab und begann die Gläser zu polieren. »Allerdings. Aber lieber spät als gar nicht, oder?«

»Richtig.«

»Ich bin gekommen, um eine Bestellung aufzugeben, Mrs. McKutchen. Ich brauche Farbe, Nägel, Werkzeug und Wasserrohre. Kurzum – mit Ausnahme des Bauholzes praktisch alles.«

Bonnie starrte ihn verwundert an. Sie war schon so an Mißerfolge gewöhnt, was ihren Laden betraf, daß sie nicht begriff, was Seth ihr sagte und was er ihr anbot.

»Haben Sie Kataloge?« fragte er. »Ich glaube nicht, daß Sie all das Material, das wir brauchen, auf Lager haben.«

Wortlos zog Bonnie einen Stapel Kataloge aus einem Fach unter der Theke.

Seth begann sie durchzublättern. »Würden Sie mir bitte einen Stift und ein Blatt Papier geben?« bat er zerstreut und begann dann eine Liste aufzustellen.

»Die neuen Häuser sollen fließendes Wasser und Toiletten bekommen?« fragte Bonnie verwundert, als sie sah, daß Seth ›Rohre‹ und ›Wasserhähne‹ notierte.

Der Anwalt schaute nicht einmal auf. »Selbstverständlich. Wir werden auch Stromleitungen verlegen, obwohl es sicher noch eine Weile dauern wird, bis in dieser abgelegenen Gegend Elektrizität verfügbar ist.«

Bonnie war erschüttert. »War das Ihre Idee oder Elis?«

»Die neuen Häuser zu errichten, war Elis Vorschlag«, erwiderte Seth, um dann augenzwinkernd hinzuzufügen: »Aber er hat mir keine Vorschriften gemacht, was den Kauf der notwendigen Materialien betrifft.«

Bonnie hätte Seth küssen mögen, weil er *sie* ausgesucht hatte, um diese umfangreiche Bestellung aufzugeben. Es war ihre erste wirkliche Chance, ein beträchtliches Geschäft zu machen. »Ich bin Ihnen sehr dankbar, Seth«, sagte sie leise. »Wirklich.«

»Natürlich werden Sie einen ansehnlichen Vorschuß benötigen«, sagte Seth, den Bonnies Dankbarkeit beschämte. »Ich glaube nicht, daß Ihre Lieferanten all diese Dinge auf Kredit liefern werden.«

Das ist erheblich untertrieben, dachte Bonnie wehmütig. Ihre Lieferanten wurden immer ungeduldiger, was bereits ausstehende Rechnungen betraf. Aber dann kam ihr ein Gedanke, der sie zu einem besorgten Stirnrunzeln veranlaßte. »Eli wird sehr ärgerlich darüber sein«, warnte sie.

»Eli ist nicht Ihr Feind, Mrs. McKutchen. Ich weiß, daß es manchmal so aussieht, aber in Wirklichkeit ist es, glaube ich, etwas ganz anderes, was er für Sie empfindet.«

Seth' Worte stimmten Bonnie merkwürdig froh, obwohl sie ihnen kein Gewicht beimaß. Denn schließlich wußte sie, daß Eli ihr nichts als Verachtung entgegenbrachte. Die Fünfzig-Dollar-Note, die er auf ihrem Nachttisch hatte liegenlassen, war der beste Beweis dafür. Und wenn er einmal nett zu ihr war – was selten genug vorkam – dann nur, weil er etwas von ihr wollte.

Ihr Schweigen schien Seth zu beunruhigen; wieder nahm er seine Brille ab und reinigte die Gläser. »Eli ist mehr als mein Arbeitgeber, Mrs. McKutchen«, begann er widerstrebend. »Er ist mein Freund. Und ich bin sehr besorgt um ihn.«

»Sie meinen, wegen seiner Arbeit in den Hüttenwerken?«

Seth winkte ab. »Nach einer Zeit der Gewöhnung wird Eli damit keine Probleme haben. Er besitzt die Kraft eines Bullen. Nein, es ist sein Gemütszustand, der mir Sorgen macht.«

»Sein Gemütszustand?«

»Er hat sich nie richtig mit dem Tod seines Sohnes abgefunden, Mrs. McKutchen. Er leidet heute noch genauso stark darunter wie an dem Tag, als der Junge starb, und das ist nicht gesund.«

Die Erwähnung von Kileys Tod schmerzte auch Bonnie, und oft beweinte sie ihn nachts, aber sie hatte Rose Marie, und das war ihr ein großer Trost. Den Eli leider nicht teilen konnte. »Eli hat keine Träne vergossen«, sagte sie leise. »Ich wußte, daß er litt, aber er hat nie geweint.«

»Ich weiß«, sagte Seth und schien wieder verlegen und voller Unbehagen. Vermutlich glaubte er, zuviel gesagt und seinen Freund verraten zu haben. »Mrs. McKutchen, ich würde die Kataloge gern mit ins Hotel nehmen. Es kann Tage dauern, bis ich die Bestellung endlich zusammenhabe.«

Bonnie war froh, von ihren traurigen Gedanken abgelenkt zu werden. »Wie könnte ich einem solchen guten Kunden etwas verweigern?« entgegnete sie lächelnd.

Seth nahm die Kataloge und legte sie dann wieder auf die Theke zurück. »Oh – fast hätte ich etwas vergessen. Miss Genoa bat mich, Ihnen dies zu geben.« Er zog einen hellblauen Umschlag aus seiner Rocktasche. »Sie gibt übernächsten Samstag eine Gartenparty und hofft sehr, Sie dort zu sehen.«

Eine Gartenparty. Typisch Genoa, eine Gesellschaft zu planen, während ihre gesamte Welt auf dem Kopf stand! Lächelnd nahm Bonnie den Umschlag entgegen und brach das elegante Wachssiegel.

»Ich wünsche Ihnen einen schönen Tag, Mrs. McKutchen«, sagte Seth höflich, als er die Ladentür öffnete, um zu gehen.

Bonnie schaute von Genoas Einladung auf. »Auf Wiedersehen, Seth. Und vielen, vielen Dank!«

Seth errötete. »Gern geschehen«, erwiderte er leise.

Den Rest des Tages ging Bonnie fröhlich ihrer Arbeit nach und machte sogar Pläne, den Laden zu vergrößern und ein Sortiment von Kleidern in ihr Angebot aufzunehmen. Vielleicht würden dann die Mitglieder des Freitagnachmittagsclubs, die sie bisher immer geschnitten hatten, der Versuchung nicht mehr widerstehen können, auch einmal ihren Laden zu betreten.

Während Bonnie summend die Regale abstaubte, wusch Tuttle die Schaufenster, und Katie ging mit Rose Marie an die frische Luft hinaus.

»Ein kluges Mädchen, diese Katie«, bemerkte Tuttle. »Sie geht nicht zur Schule und weiß doch mehr als die meisten Lehrer.«

Bonnie lächelte. »Sie liest eben sehr viel.«

»Sie liest *zuviel*«, entgegnete Tuttle, und diesmal klang es vorwurfsvoll. »Ein Wunder, daß sie noch nicht blind ist!«

Aha, dachte Bonnie. »Und du, Tuttle? Was möchtest du lernen?«

»Ach, ich weiß nicht, Madam. Aber ich wäre gern wie Mr. Hutcheson oder Mr. McKutchen – vielleicht sogar wie Forbes Durrant. Ich würde mir meinen Lebensunterhalt lieber mit Denken verdienen, anstatt Kohle zu schaufeln oder Bürgersteige zu fegen.«

Seine Worte stimmten Bonnie nachdenklich. »Warum fragst du Mr. Hutcheson nicht, ob er einen Lehrling braucht?« schlug sie vor. »Vielleicht wäre er ja bereit, dir sein Handwerk beizubringen.

Tuttles Gesicht hellte sich für einen Moment auf, um sich gleich darauf wieder zu verdüstern. »Ich kann nicht besonders gut lesen und schreiben. Wie sollte ich da jemals Artikel verfassen?«

Bonnie stieg von ihrer Leiter herab. »Im Zeitungswesen gibt es viel mehr zu tun als schreiben, Tuttle. Du könntest zum Beispiel das Drucken lernen. Und Katie und ich können dir Nachhilfeunterricht im Schreiben und Lesen geben.«

Ein leiser Hoffnungsschimmer erschien im Blick des Jungen. »Ein Journalist würde Miss Katie sicher gefallen . . .?«

Bonnie mußte sich sehr zusammennehmen, um nicht zu lächeln. »Wenn du Journalist werden willst, Tuttle, dann tu es, weil der Beruf dir Spaß macht, aber nicht, um einem Mädchen zu gefallen.«

»Könnte ich nicht jetzt gleich zu Mr. Hutcheson gehen? Bitte, Madam! Ich habe die Fenster gewaschen und . . .«

»Ja, Tuttle, geh nur. Du kannst Mr. Hutcheson dann gleich sagen, daß ich ihn gegen sechs Uhr zum Abendessen erwarte.«

Tuttle war schon an der Tür. »Ja, Madam. Und vielen Dank!«

Bonnie schaute ihm seufzend nach und hoffte, keine unerfüllbaren Hoffnungen in ihm geweckt zu haben.

Das nächste Mal, als die Ladenglocke klingelte, kam Earline

Kalb herein. Durch die Pension, die sie betrieb und in der sie nur männliche Gäste beherbergte, war sie in gesellschaftlicher Hinsicht nicht viel angesehener als die Tanzmädchen im Brass Eagle.

Earline hatte eine sehr gute Figur und dichtes kastanienbraunes Haar, ihre großen grünen Augen waren von langen schwarzen Wimpern umrahmt. Sie war noch jung und attraktiv, und Bonnie wunderte sich, daß sie nie geheiratet hatte.

»Womit kann ich Ihnen dienen?« fragte Bonnie. Selbst Earline, deren Ruf in der Stadt nicht gerade der beste war, hatte noch nie etwas bei ihr gekauft.

»Es wird überall in der Stadt erzählt, daß Sie und Webb Hutcheson heimlich verheiratet sind«, begann Earline und beugte sich mit solch drohender Miene vor, daß Bonnie erschrocken hinter die Theke zurückwich.

»Wenn es überall erzählt wird, ist es ja wohl kein Geheimnis mehr«, entgegnete Bonnie kalt, weil sie es als Unverschämtheit empfand, von dieser Frau in ihrem eigenen Laden angegriffen zu werden.

»Dann stimmt es also?« Earline zerrte ihre Handschuhe ab, als bereitete sie sich auf einen Faustkampf vor.

Bonnie wußte nicht, was sie antworten sollte. »Nun ja . . .«

»Wissen Sie, was über die Nacht erzählt wird, die Sie mit Webb auf der anderen Flußseite verbrachten?« Earline machte eine Pause und holte Atem. »Sie wollen mir meinen Mann wegnehmen, Bonnie McKutchen, und das gefällt mir gar nicht!«

»Wie kann Webb Ihr Mann sein, wenn er mit mir verheiratet ist?« entgegnete Bonnie, um nicht direkt behaupten zu müssen, Webb *sei* ihr Ehemann.

»Ich werde Ihnen sagen, wie er mein Mann sein kann!« zischte Earline. »Er schläft seit drei Jahren in meinem Bett, und das ist Grund genug für mich, zu behaupten, daß er mein Mann ist!«

Bonnie war sehr betroffen, obwohl ihr klar war, daß sie sich etwas Derartiges hätte denken können. Webb war ein gesunder junger Mann und hatte als solcher gewisse Bedürfnisse. Bedürfnisse, die Bonnie nie befriedigt hatte. »Oh«, sagte sie lahm.

»Sie dachten wohl, Sie wären alles, was Webb braucht? Nun, Engel, da irren Sie sich aber. Es mag sein, daß ganz Northridge glaubt, Sie und Webb wären verheiratet, aber ich bin davon überzeugt, daß es Eli McKutchen ist, der Ihnen unter die Röcke greift, und ich will jetzt die Wahrheit wissen. Sofort!«

Bonnie war so empört, daß ihr das Blut in die Wangen schoß. »Verlassen Sie sofort mein Geschäft, Sie ungezogenes Frauenzimmer, bevor ich Sie hinauswerfe!«

»Das dürfte nicht so einfach sein, Mrs. McKutchen, wenn man bedenkt, was für ein schwächliches kleines Ding Sie sind!«

Bonnie trat schon hinter der Theke hervor, aber da entdeckte sie Eli in der Eingangstür. Sein Grinsen bewies, daß er Earlines letzte Worte gehört haben mußte. Bonnie war so bestürzt, daß sie wie angewurzelt stehenblieb.

Earline hingegen blieb vollkommen gelassen. Sie nahm sich Zeit, um ihre Handschuhe anzuziehen, und Elis beeindruckende Gestalt zu mustern. Er trug die groben Sachen eines Arbeiters, sein Hemd stand fast bis zur Taille offen, und trotz allem gelang es ihm, die kühle Eleganz des New Yorkers auszustrahlen. »Wenn Sie des Hotels überdrüssig werden, Mr. McKutchen«, wandte Earline sich lächelnd an ihn, »sind Sie mir *sehr* willkommen in meiner Pension.« Mit einem letzten Blick auf Bonnie fügte sie hinzu: »Bei mir werden Sie alle Bequemlichkeiten finden. Ich weiß sehr gut, was ein Mann benötigt.«

Elis Grinsen war verblaßt, aber um seine Mundwinkel zuckte es, und seine Augen funkelten belustigt. »Ich werde mir Ihr Angebot durch den Kopf gehen lassen, Madam«, erwiderte er mit einem angedeuteten Kopfnicken.

Zufrieden schwebte Earline an ihm vorbei und aus der Tür.

»Du besitzt wirklich ein Talent, dir Feinde zu schaffen, Bonnie«, bemerkte Eli, als sie allein waren.

Bonnie preßte beide Hände an ihre glühenden Wangen. »Dieses widerliche Frauenzimmer! Sie hat es auf Webb abgesehen, das ist alles!«

Eli stellte seinen Sandwichkarton auf die Theke und schüttelte in gespielter Entrüstung den Kopf. »Anscheinend ist dein heimlicher Gatte genausowenig treu wie du.«

Bonnie ignorierte die Bemerkung, denn was hätte sie auch darauf erwidern sollen? »Falls du hier etwas zu erledigen hast, Eli«, sagte sie steif, »möchte ich wissen, was es ist. Solltest du hingegen nur gekommen sein, um mich zu ärgern . . .«

»Ich kam der Materialien wegen, die Seth bestellen will.«

O nein, dachte Bonnie und umklammerte ganz unbewußt den Rand der Theke. Jetzt würde er ihren Traum von einem besseren Geschäft beenden. »Ich verstehe«, sagte sie tonlos.

»Deiner plötzlichen Blässe und deinem Erschrecken nach zu urteilen, verstehst du *nicht*. Du scheinst zu erwarten, daß ich die Bestellung rückgängig mache.«

Bonnie schluckte. Wenn er das tat, war sie ruiniert. Auf Gnade zu hoffen, wagte sie nicht. Eli konnte sehr grausam sein, es war durchaus möglich, daß er es darauf anlegte, sie zu zerstören. »So ist es«, gestand sie leise.

»Nun, da irrst du dich, Mrs. Hutcheson. Die Bestellung bleibt bestehen – unter einer Bedingung.«

Bonnie stockte der Atem. Natürlich würde er ihr Bedingungen stellen. Sie hoffte nur, daß sie nicht zu schwer zu erfüllen waren.

»Du wirst meine Tochter nicht in diese Lügen einbeziehen, die du dir mit Hutcheson ausgedacht hast.«

»L-Lügen?«

Eli lachte bitter und schüttelte den Kopf. »Bei Gott, Bonnie, du bist wirklich hartnäckig! Du bist gar nicht mit Hutcheson verheiratet, und das weißt du so gut wie ich. Der Stadt kannst du erzählen, was du willst, aber wehe, du belügst Rose Marie über ihre Herkunft! Du würdest es den Rest deines Lebens bereuen, das kann ich dir versichern. Hast du mich verstanden, Bonnie?«

»Ich weiß nicht, wovon du redest!«

»Das weißt du ganz genau, du kleine Lügnerin! Es bereitet dir Vergnügen, mich in den Wahnsinn zu treiben – und am liebsten würde ich dich dafür übers Knie legen, gleich hier und jetzt!«

»Wage es nicht, mich anzufassen, Eli! Ich würde . . .«

Eli krempelte bereits seine Ärmel auf. »Was würdest du tun?« entgegnete er täuschend sanft.

»Ich würde dich beim Marshal anzeigen!«

»Und er würde mir vorwerfen, der Bürgermeisterin den Po versohlt zu haben. Eine ernste Anklage, für die es bestimmt noch keinen Präzedenzfall gibt. Rede keinen Unsinn, Bonnie.«

Während er sprach, kam Eli hinter die Theke, und er sah aus, als beabsichtigte er, seine Drohung wahrzumachen. Bonnie war empört und verängstigt. »Du warst noch nie dafür, eine Frau zu schlagen!« hielt sie ihm beunruhigt vor.

»Ich bin dagegen, daß man ihnen ein blaues Auge schlägt oder ihnen die Knochen bricht«, entgegnete er, während er noch immer auf sie zukam. »Aber ich halte es nicht für falsch, ihnen ab und zu einmal ihren süßen kleinen Po zu . . .«

»Eli! Bonnie!« Strahlend trat Genoa ein. »Wie schön, euch zusammen zu sehen! Es ist fast wie in alten Zeiten.«

Bonnie schloß die Augen und sprach ein stummes Dankgebet, und als sie wieder aufschaute, merkte sie an Elis Augen zwinkern, daß er sie nur geneckt hatte. Er nickte seiner Schwester zu, hob den Sandwichkarton auf und ging hinaus.

»Ihr seid so ein gutaussehendes Paar!« seufzte Genoa entzückt. »Schade, daß Eli so schnell gehen mußte.«

»Ja«, stimmte Bonnie mit einem erzwungenen Lächeln zu. »Er arbeitet jetzt in den Hüttenwerken.«

Genoas Fröhlichkeit verblaßte. »Ich weiß.«

»Hast du Zeit für eine Tasse Tee? Ich wollte gerade den Laden schließen.«

»Tut mir leid, Bonnie, aber ich bin in Eile. Wirst du zu meiner Party kommen?«

Diesmal war Bonnies Lächeln nicht erzwungen. »Selbstverständlich. Ich würde sie mir um nichts in der Welt entgehen lassen.«

»Großartig. Also, ich muß jetzt gehen . . . Oh, fast hätte ich vergessen, daß Katie und Rose Marie bei mir zu Hause sind. Würde es dich stören, wenn sie auch den Abend bei mir verbrächten?«

Bonnie schüttelte den Kopf. »Nein, aber laß sie bitte in der Kutsche nach Hause bringen. Ich möchte nicht, daß sie im

Dunkeln durch die Stadt laufen, bei all den Fremden, die jetzt hier sind.«

Genoa wirkte fast ein wenig beleidigt. »Aber Bonnie, natürlich würde ich sie nicht einem solchen Risiko aussetzen! Wie kommst du nur auf die Idee?«

»Entschuldige. Ich glaube, ich kann gar nicht mehr klar denken. Ich habe einen sehr anstrengenden Tag gehabt.«

»Armes Kind. Du arbeitest zuviel«, sagte Genoa mitfühlend, bevor sie sich verabschiedete.

Bonnie schloß den Laden ab und ging hinauf, um das Abendessen zuzubereiten. Im Grunde war es gut, daß Rose Marie und Katie nicht da waren, denn es war an der Zeit, daß sie ein ernstes Wort mit Webb sprach und ihm ihren Standpunkt klarmachte.

Um Punkt sechs klopfte es an der Tür, und Webb trat ein. Er wirkte müde und ein bißchen gehetzt. Sein Lächeln war erzwungen, als er sagte: »Laß uns im Hotel essen, Bonnie. Du hast den ganzen Tag gearbeitet, da solltest du nicht auch noch kochen.«

Zum tausendsten Mal, seit sie Webb kannte, wünschte Bonnie, so vernünftig zu sein, sich in diesen Mann zu verlieben. Wie viele andere Männer waren so fürsorglich und lieb? Grollend dachte sie an Eli, der sie wie ein Kind übers Knie hatte legen wollen . . .

»Das ist eine wundervolle Idee, Webb«, antwortete sie. Erst als sie schon auf der Treppe waren, fiel ihr Tuttle ein, den sie zu Webb in die Redaktion geschickt hatte. »War der junge O'Banyon heute nachmittag bei dir?«

Webb lächelte und nahm Bonnies Arm, um ihr die Treppe hinunterzuhelfen. »Ja, ich habe ihn eingestellt. Ich brauchte schon lange eine Hilfe.«

Bonnie war erfreut. Alles in allem war es doch kein schlechter Tag gewesen. Tuttle hatte eine Arbeit, die ihm Spaß bereitete, und ihr Geschäft würde durch Seth' umfangreiche Bestellung nun endlich einen wirtschaftlichen Aufschwung nehmen.

Webb war sehr blaß und schaute sich andauernd beunruhigt um, als sie im Restaurant saßen, und Bonnie fragte ihn schließlich, was ihn bedrückte.

»Du und Hem, ihr hattet recht hinsichtlich der Zeitungsartikel. Ich habe Drohungen erhalten, Bonnie.«

Bonnies Augen weiteten sich. »Drohungen?«

»Briefe«, gestand Webb. »Natürlich anonym. Ich fürchte nicht um mich selbst, Bonnie, aber einige dieser Leute bedrohten dich. Sie verlangen, daß ich eine Richtigstellung veröffentliche.«

»Das wirst du doch hoffentlich nicht tun?«

Webb betrachtete Bonnie besorgt, und sie dachte, wie schwer es sein würde, ihm klarzumachen, daß sie ihn nicht heiraten konnte. »Nein, das könnte ich nicht, Bonnie. McKutchen tut alles, was er kann, um die herrschenden Zustände zu verbessern, und das wollte ich in der nächsten Ausgabe der Zeitung noch einmal betonen. Aber bevor dir etwas zustößt . . .«

»Mir wird nichts geschehen, Webb. Ich passe schon auf mich auf.«

»Trotzdem frage ich mich, ob ihr – du und Rose – draußen in meinem Haus sicher sein würdet. Ich glaube, es ist besser, wenn wir die Hochzeit noch ein paar Wochen aufschieben – nur bis sich die Lage beruhigt hat. Bis die neuen Unterkünfte gebaut sind und der Streik beendet ist.«

Innerlich seufzte Bonnie vor Erleichterung. Es bestand jetzt keine Notwendigkeit mehr, Webb zu verletzen, sie konnte die Zerstörung seiner Hoffnungen noch ein wenig aufschieben. »Earline Kalb hat mich heute aufgesucht«, berichtete sie mit einem verschmitzten Lächeln.

Webb ließ vor Schreck fast seine Kaffeetasse fallen.

13

Forbes schenkte Brandy für sich und für McKutchen ein. Ein leichter Regen schlug gegen die Fenster, und der Fluß stieg stetig an. Einen flüchtigen Moment lang wünschte Forbes, den Brass Eagle Saloon auf einem höhergelegenen Grundstück errichtet zu haben.

Er reichte McKutchen sein Glas und nahm hinter seinem Schreibtisch Platz. Was mochte Eli von ihm wollen? Eine Frau? Auskünfte über Bonnie? Was? Er wartete schweigend ab.

McKutchens Hände waren schwielig und gerötet, und er trug die grobe Kleidung der Hüttenwerksarbeiter. Doch trotz allem strahlte er eine nicht zu ignorierende Autorität aus. »Ich brauche Ihre Hilfe, Durrant«, sagte er nach einem kurzen Schweigen.

Forbes lächelte in sich hinein, als er sich abwartend zurücklehnte. »In welcher Weise?« erkundigte er sich bescheiden.

Der Blick, den McKutchen ihm zuwarf, war scharf genug, um jemanden an die Wand zu nageln. »Ich möchte, daß Sie wieder die Leitung der Werke übernehmen.«

Dir ist die Arbeit wohl zu hart, dachte Forbes, hütete sich jedoch, es auszusprechen. Sein Schweigen war vielsagend genug.

McKutchen stürzte den Brandy hinunter und stellte das Glas auf Forbes' Schreibtisch. »Nun? Werden Sie mein Angebot annehmen?«

Forbes tat, als überlegte er. Tatsächlich jedoch brauchte er das Einkommen aus dieser Stellung dringend. Was er mit dem Saloon verdiente, reichte für ein bequemes Leben, aber er hatte sich viel höhere Ziele gesteckt, und dafür brauchte er Kapital. »Wieso haben Sie Ihre Meinung geändert?« entgegnete er ausweichend. »Ich hatte den Eindruck, daß Sie mit meinen Methoden, die Firma zu leiten, nicht einverstanden waren.«

»Ja und nein, aber Seth hat keine Zeit, sich darum zu kümmern, und ich auch nicht. Es könnte Monate dauern, bis ich einen geeigneten Kandidaten für den Posten finde. Deshalb bin ich bereit, Ihnen eine zweite Chance zu geben – und ein höheres Gehalt.«

Forbes gab sich keine Mühe, seine Empörung zu verbergen. »Warum sollte ich Ihnen helfen, McKutchen, wenn Sie ohnehin vorhaben, mich durch jemand anderen zu ersetzen?«

Josiah McKutchens Enkel lächelte. »Ich werde Sie nicht ersetzen, wenn Sie gute Arbeit leisten, Durrant. Ich werde Ihnen über die Schulter sehen und Seth ebenfalls. Bedenken Sie, daß es ein äußerst großzügiges Angebot ist – angesichts der *Unstimmigkeiten*, die Seth in Ihren Abrechnungen entdeckt hat. Einige davon waren eindeutig genug, um sie ins Gefängnis zu bringen.«

Gefängnis. Forbes schluckte. Er sah viel zu gut aus, um in einem Gefängnis zu landen.

McKutchen spreizte die Hände. »Ich bin bereit, vergangene Unterschlagungen zu übersehen, Durrant. Wir können einen neuen Anfang machen.«

Das Angebot war tatsächlich äußerst großzügig. »Was soll ich Ihrer Meinung nach als erstes unternehmen?«

»Berufen Sie eine Versammlung ein. Stellen Sie klar, daß jeder Arbeiter willkommen ist, ob er sich nun im Streik befindet oder seine Arbeit tut. In der Zwischenzeit möchte ich, daß Sie neue Verträge drucken lassen, in denen festgelegt wird, daß es von nun an drei statt zwei Schichten geben wird. Jeder Mann wird acht Stunden arbeiten anstatt zwölf, und das für den gleichen Lohn, den er jetzt bezieht.«

Forbes starrte ihn betroffen an. »Das ist finanzieller Selbstmord!«

McKutchen erhob sich. »Das glaube ich nicht, Durrant. Die Gewinne, die wir in den letzten fünf Jahren erzielt haben, waren enorm. Wir können es uns leisten, den Männern etwas zurückzugeben. Was die Werke nicht überleben würden, wäre ein anhaltender Streik.«

Insgeheim war Forbes der Ansicht, daß McKutchen zu große Konzessionen machte. Immerhin hätte man Chinesen einstellen können, um die streikenden Arbeiter zu ersetzen, und noch größere Gewinne damit erzielen können. Aber natürlich kam es ihm nicht zu, McKutchens Entscheidungen in Frage zu stellen. »Wie Sie wünschen«, stimmte er kopfschüttelnd zu.

McKutchen blieb noch einmal stehen. »Die Frau, die vor kurzem abends in den Saloon kam – ich glaube, sie führt eine Pension . . .«

»Earline?«

»Ja. Was hat sie mit Hutcheson zu tun?«

Forbes zuckte die Schultern. »Sie ist seine Wirtin und vermutlich auch seine Geliebte.«

»Ich bin erstaunt, daß Bonnie bereit ist, so etwas zu übersehen, wenn man bedenkt, daß sie behauptet, mit Hutcheson verheiratet zu sein.«

Forbes lachte. »Ich habe auch schon davon gehört, aber der Engel ist nicht mit Hutcheson verheiratet und es auch nie gewesen. Webb hätte seiner Frau nie gestattet, als Tanzmädchen in einem Saloon zu arbeiten. Dessen können Sie ganz sicher sein.«

»Verstehe«, erwiderte Eli mit einem verstohlenen Lächeln auf den Lippen. Dann öffnete er die Tür und ging.

Das regnerische Wetter hätte Bonnies Stimmung sehr beeinträchtigt, wenn nicht all diese Seiten mit Bestellungen gewesen wären, die Seth ihr gebracht hatte. Selbst wenn sie längst fällige Rechnungen und Frachtkosten abzog, würde ihr eigener Verdienst noch immer sehr ansehnlich sein. Um Zeit zu sparen, beschloß sie, nach Spokane zu fahren und selbst mit ihren Lieferanten zu reden, anstatt die Bestellungen der Post anzuvertrauen. Sie würde noch heute fahren und sagte das Seth auch.

Er nickte nur zerstreut. »Ich habe mich bemüht, alles aufzuschreiben, was wir brauchen«, sagte er, während Bonnie die Listen überflog. »Im Laufe der Zeit werden wir allerdings noch dieses oder jenes mehr benötigen. Das können wir dann doch sicher nachbestellen?«

Bonnie legte die Papiere nieder und bemühte sich, ganz ruhig zu bleiben, obwohl sie innerlich vor Erregung zitterte. »Selbstverständlich. Ich frage mich nur eins – woher werden Sie die Arbeiter für den Bau der Hütten nehmen?«

»Einige von ihnen werden Fremde sein«, antwortete Seth zuversichtlich. »Aber da Mr. McKutchen die Arbeitszeiten von zwölf auf acht Stunden verkürzt hat, gibt es sicher den einen oder anderen Mann, der sich in diesen vier freien Stunden gern etwas dazuverdienen würde.«

Bonnie war ganz sicher, daß das der Fall sein würde, und hoffte, daß einige der Familien auf diese Weise endlich ihre Rechnungen begleichen konnten. Vielleicht würde ihr Geschäft auch in dieser Hinsicht einen Aufschwung nehmen. »Das ist eine wunderbare Idee, Seth«, sagte sie.

»Ja, wahrscheinlich«, entgegnete Seth. »Ich nehme an, daß Sie am Sonntag nachmittag an der öffentlichen Versammlung im Pompeii Theater teilnehmen werden?«

»Öffentliche Versammlung?«

»Mr. McKutchen hat das Theater für diesen Zweck gemietet.«

Bonnie straffte die Schultern. »Natürlich komme ich. Immerhin bin ich die Bürgermeisterin dieser Stadt.«

Seth errötete; es war fast so, als hätte Bonnie ihm ein intimes und etwas peinliches Geständnis gemacht. »Ja, sicher . . . Auf Wiedersehen, Mrs. McKutchen.«

»Bis bald, Mr. Callahan.«

Kaum war Seth fort, schloß Bonnie den Laden ab und rief Katie.

»Ja, Madam?«

»Ich fahre geschäftlich nach Spokane. Es wäre mir lieb, wenn du mit Rose Marie bei Genoa bleiben würdest, bis ich wiederkomme.«

Katie war sehr gern zu Besuch in Genoas stattlichem Haus und strahlte. »Wie lange werden Sie bleiben, Madam?«

»Höchstens zwei, drei Tage. Am Sonntag bin ich wieder hier.«

Sie ging mit Katie hinauf, um zu packen und zu überlegen, wieviel Geld sie in Spokane brauchen würde. Seth hatte ihr zwar einen ansehnlichen Scheck überreicht, aber den mußte sie unangetastet an ihre Lieferanten weitergeben.

In der Kasse im Laden fand sie genau sieben Dollar und vierzehn Cent – alles, was sie auf dieser Welt an Geld besaß. Aber davon ließ Bonnie sich nicht einschüchtern. Es war ihre erste große Chance, ein Geschäft zu machen, und wenn es sein mußte, war sie bereit, zu hungern und am Bahnhof zu übernachten, bevor sie sich eine solche Gelegenheit entgehen ließ.

Doch wie üblich hatte Genoa vorgesorgt. Sie erschien mit ihrer Kutsche, um Bonnie zum Bahnhof zu fahren, und als sie ausstieg, drückte sie ihr eine Zwanzig-Dollar-Note in die Hand.

Bonnie begann zu protestieren, aber Genoa wollte nichts davon hören. »Du kannst es mir zurückzahlen, wenn du reich und erfolgreich bist«, meinte sie lächelnd und schob ihre Schwägerin die Stufen in den Passagierwaggon hinauf.

Tränen der Dankbarkeit trübten Bonnies Blick, und so bemerkte sie den einzigen Fahrgast, der außer ihr noch im Abteil war, erst, als sie Northridge längst hinter sich gelassen hatten.

Er verbarg sich hinter der neuesten Ausgabe der *Northridge News*, aber Bonnie erkannte ihn sofort. Diese kräftigen gebräunten Hände mit den goldblonden Härchen hätte sie überall erkannt.

»Verfolgst du mich?« fragte sie, als der Schaffner die Fahrscheine eingesammelt und das Abteil verlassen hatte.

Langsam ließ Eli die Zeitung sinken und lächelte Bonnie an. »Woher hätte ich denn wissen sollen, daß du in diesem Zug bist?«

»Genoa wird es dir gesagt haben!«

Wieder lächelte Eli und klappte die Zeitung zu. »Du schmeichelst dir, Bonnie. Ich habe geschäftlich in Spokane zu tun. Es geht um Dinge, die nicht das geringste mit dir zu tun haben.«

Sinnlos, mit diesem Mann zu streiten. Bonnie wandte den Kopf ab und zwang sich, die vorüberziehende Landschaft zu betrachten. Der Regen hatte ein wenig nachgelassen, aber der Fluß führte noch mehr Wasser mit als zuvor und wirkte noch viel gefährlicher. Um sich von Eli abzulenken, dachte Bonnie an die Einwohner von Patch Town, denen das Wasser buchstäblich bis an die Knie stehen mußte. Aber auch Webbs Redaktion lag ziemlich tief und war nicht ungefährdet, falls der Fluß noch weiter stieg.

Bonnie erschauerte ganz unwillkürlich, und genau in diesem Augenblick ließ Eli sich an ihrer Seite nieder. Sie drehte sich nicht zu ihm um, auch nicht, als er ihren Namen nannte. Vielleicht würde er sie in Ruhe lassen, wenn sie ihn ignorierte.

Ein langes Schweigen entstand, dann seufzte Eli. »Ich habe gelogen«, sagte er.

Bonnie war so verblüfft über sein Geständnis, daß sie ihn ansah. »Was?«

»Ich habe in Spokane nichts zu erledigen.«

Zuerst wußte sie nicht, wie sie sich verhalten sollte. Aber seine Worte lösten ein angenehmes Kribbeln in ihr aus, und ihr Magen krampfte sich erwartungsvoll zusammen. »Also hat Genoa dir Bescheid gesagt.«

»Nein. Du hast es Seth gesagt und er mir.«

Bonnie konnte keinen Zorn auf Seth empfinden, nicht nachdem er ihr Geschäft vor dem sicheren Ruin bewahrt hatte. Sie biß sich auf die Lippen und schlug die Augen nieder. »Zerstör es mir nicht, Eli. Ich bitte dich.«

»Ich will dir überhaupt nichts zerstören. Ich suchte nur eine Gelegenheit, in aller Ruhe mit dir zu reden, ohne Seth, Genoa oder Webb Hutcheson in der Nähe. Ah, und natürlich Forbes! Weißt du eigentlich, daß er fast immer weiß, wo du bist und was du tust?«

Bonnie dachte an eine Nacht, in der sie in ihrer Küche ein Bad genommen hatte, und errötete. Weder Forbes noch irgendein anderer durfte je etwas davon erfahren! »Forbes und ich sind zusammen aufgewachsen«, sagte sie. »Andere Jungen sammelten Spinnen oder spielten Murmeln, aber Forbes vertrieb sich seine Zeit auf andere Weise. Indem er mich beobachtete.«

»Das kann man ihm nicht verdenken«, murmelte Eli. »Allerdings sollte man meinen, daß er inzwischen andere Interessen hat.«

Bonnie lächelte nachsichtig. »Ja«, stimmte sie zu. »Aber Forbes war schon immer unberechenbar.«

Etwas in Bonnies Lächeln oder in ihrem Ton mußte Eli gestört haben, denn er sagte stirnrunzelnd: »Weißt du was? Ich glaube, dieser Bastard will dich für sich selber haben.«

»Das mag früher so gewesen sein, aber inzwischen hat er eingesehen, daß es uns nicht bestimmt ist, zusammen zu sein.«

»Anders als bei dir und Webb, willst du wohl sagen.«

Bonnie spürte, wie sie errötete. »Eins sage ich dir, Eli McKutchen: Wenn du jetzt wieder mit diesem Thema anfängst, steige ich an der nächsten Station aus!«

»Du bist gar nicht mit Hutcheson verheiratet, nicht wahr, Bonnie?« beharrte Eli, aber es lag nicht die Spur einer Beleidigung in seinem Ton, höchstens eine gewisse Verwundbarkeit.

Bonnie seufzte. Sie war nie eine gute Lügnerin gewesen. »Nein. Ich bin nicht mit Webb verheiratet.«

Elis erleichtertes Grinsen fand sie ausgesprochen ärgerlich.

»Aber das heißt nicht, daß ich Webb *nicht* heiraten werde«, versicherte sie rasch. »Er hat um meine Hand angehalten, und ich habe ja gesagt.«

»Warum?«

»Warum?« wiederholte Bonnie entrüstet. »Weil Webb Hutcheson ein netter, anständiger Mann ist. Er könnte mir und Rose Marie ein schönes Heim bieten.«

Rose Marie zu erwähnen war ein Fehler gewesen. Ein zorniges Funkeln erschien in Elis goldbraunen Augen. »Du liebst ihn nicht«, stellte er fest.

»Woher willst du das wissen?« versetzte Bonnie kühl. So ein eingebildeter Esel! Glaubte Eli etwa, er sei der einzige Mann, den sie je lieben könnte? Er hatte natürlich recht, falls er das dachte, aber sie würde es niemals zugeben. Niemals. »Es ist doch möglich, daß Webb und mich eine große Leidenschaft verbindet.«

Eli verschränkte die Arme und runzelte die Stirn. »Eine große Leidenschaft«, murmelte er.

Bonnie begann sich für das Thema zu erwärmen. Sie wurde immer rücksichtsloser. »Du hast mich vor kurzem gefragt, ob ich mich bei Webb genauso ›aufführe‹ wie bei dir. So ist es, Eli. Ich wimmere nicht nur, ich heule vor Lust!«

Hinter ihnen räusperte sich der Schaffner. Bonnie war zutiefst beschämt, denn sie hatte nicht damit gerechnet, daß jemand sie hören konnte. Warum konnte sie nicht endlich lernen, ihre vorlaute Zunge im Zaum zu halten?

Eli lachte leise und schüttelte den Kopf über Bonnies Talent, sich in peinliche Situationen zu bringen.

»Nächste Haltestelle Colville«, sagte der Schaffner, den Bonnie als Ehemann einer der Damen aus dem Freitagnachmittagsclub erkannte. Er brauchte Bonnies unbedachte Worte nur seiner Frau zu erzählen, und dann hatte morgen die ganze Stadt etwas zu lachen!

Auch Eli lachte innerlich, das wußte Bonnie, aber sie wagte es nicht, ihn anzusehen. »Ich hasse dich!« zischte sie, als sie und Eli wieder allein im Abteil waren.

»Das wird sich zeigen.«

Bonnie schaute sich nach dem Schaffner um, aber er war nirgendwo zu sehen. »Was ich gesagt habe, stimmt!« beharrte sie. »Webb macht mich ganz verrückt vor Leidenschaft!«

Eli erhob sich, um hinauszugehen, aber sein Gesicht verriet weder Zorn noch Eifersucht. Nur die selbstzufriedene Überzeugung, daß Bonnie log. Was natürlich stimmte.

Er blieb mehrere Minuten lang verschwunden, und Bonnie hoffte schon, daß er beschlossen hatte, im Führerhaus mitzufahren. Aber dann kam er zurück, ein verdächtiges Funkeln in den hellen Augen.

Er setzte sich neben Bonnie, legte beide Hände um ihr Gesicht und zwang sie, ihn anzusehen. »So, mein Engel, jetzt werden wir sehen, wer dich verrückt macht vor Leidenschaft!«

Seine Lippen näherten sich ihrem Mund, und obwohl Bonnies erster Gedanke war, sich zu wehren, war sie zu keiner

Bewegung fähig. Ein Erschauern erfaßte ihren Körper, und das Kleid erschien ihr plötzlich zu eng über der Brust.

»Das kannst du nicht ... Der Schaffner ... Wir werden gleich in Colville sein ...«

Eli lachte, er war ihr so nahe, daß sein warmer Atem ihre Lippen streifte. »Colville erreichen wir erst in einer halben Stunde«, entgegnete er, und den Schaffner habe ich bestochen. Er wird uns nicht stören.«

Während Elis Lippen ihren Mund in Besitz nahmen, schloß seine Hand sich um eine ihrer Brüste. Bonnies Brustspitzen richteten sich auf, und als sie es merkte, versteifte sie sich. Aber es gab kein Entkommen mehr. Sie stieß ein leises Wimmern aus unter Elis erfahrenem Kuß, der ihren Widerstand rasch zum Erliegen brachte. Er fuhr fort, sie zu streicheln und zu küssen, bis sie es nicht nur zuließ, sondern seine Zärtlichkeiten erwiderte.

Irgendwann löste er seine Lippen von ihrem Mund, knöpfte mit geschickten Fingern ihr Kleid auf und schob seine Hand hinein. Gleichzeitig schob er seine andere Hand unter ihren Rock.

Bonnie zitterte. Und wenn der Schaffner kommt? fragte sie sich bestürzt. Oder wenn der Zug unerwartet anhält? Ich kann es nicht geschehen lassen, nicht hier in einem Zugabteil und bei hellem Tageslicht! Das waren die Einwände, die Bonnies Verstand hervorbrachte, aber ihr Körper sprach eine andere Sprache, sehnte sich ganz verzweifelt nach den köstlichen Zuwendungen, die nur Eli zu schenken verstand.

»Oh«, stöhnte sie, als sie spürte, wie die Bänder ihrer langen Spitzenunterhose unter dem Druck von Elis Fingern nachgaben. »O nein ...«

»O doch«, sagte Eli, den Mund dicht an ihren Lippen. Seine Hand glitt in ihr Höschen und begab sich auf die Suche nach ihrer empfindsamsten Stelle. »Ich werde dich haben, Bonnie. Hier. Und jetzt.«

»Du kannst nicht ... du darfst nicht ... ooohh ...«

Eli lachte leise und setzte die süße Tortur erbarmungslos fort. Bonnie versuchte, stur sitzenzubleiben, aber ihre Hüften hoben sich wie von selbst und zuckten hilflos unter Elis sinnlichen Liebkosungen. »Wir sind ganz allein, Bonnie. Nur du und ich und unsere . . . verrückte Leidenschaft.«

Bonnie entzog ihm aufstöhnend ihren Mund. Seine Finger, die sie auf die intimste Weise streichelten, trieben sie an den Rand des Wahnsinns. »Eli, hör bitte auf. Es tut mir leid, was ich über Webb sagte . . . wirklich . . .«

»Zu spät«, murmelte Eli, senkte den Kopf und schloß seine Lippen um eine ihrer steil aufgerichteten Brustspitzen.

Bonnie schlug die Hand vor den Mund, um einen Aufschrei zu ersticken, und spreizte ganz unbewußt die Schenkel. Sie befand sich wie in einem Fieberrausch, als Eli sie zu sich herumdrehte und sie auf seinen Schoß zog. Gelassen, als wäre dies völlig alltäglich in einem Zug, öffnete er seine Hose.

Seine warme Männlichkeit zu sehen und zu spüren, war mehr, als Bonnie ertragen konnte. Mit einem kehligen Aufschrei nahm sie Eli in sich auf.

Jetzt gab auch er ein leises Stöhnen von sich, ließ den Kopf zurücksinken und schloß die Augen. Sie sah, wie die kräftigen Muskelstränge an seinem Hals hervortraten und konnte nichts anderes mehr denken, als wie sehr sie diesen Mann liebte.

Mehrere Minuten lang bewegten sie sich in einem harmonischen Rhythmus, den Bonnie als unglaublich erregend empfand – bis der Zug plötzlich zu rattern und zu schwanken begann. Die unerwartete Bewegung löste einen sofortigen und gleichzeitigen Höhepunkt bei beiden aus. Für Bonnie war der Gipfel ihrer Ekstase fast brutal in seiner Intensität, und die Wellen der Lust, die sie durchzuckten, setzten sich durch ihren ganzen Körper fort.

Kaum war ihr Verlangen befriedigt, wollte sie sich beschämt von Eli lösen. Aber er hielt sie zurück und schaute ihr mit einem Blick in die Augen, dem sie sich nicht entziehen konnte.

»Bleib«, sagte er rauh. »Bitte bleib.«

Seine Hände lösten sich von Bonnies Hüften und glitten zu ihrem Mieder. Sie hielt den Atem an, als er es herabzog und sanft ihre nackten Brüste streichelte.

»Der Schaffner!« mahnte sie ihn mit zitternder Stimme.

»Keine Angst. Bonnie. Er würde dieses Abteil nicht einmal dann betreten, wenn es in Flammen aufginge!«

Bonnie dachte, daß eher sie in Flammen aufgehen würde als das Abteil; die prickelnde Hitze begann von neuem in ihr aufzusteigen, als Eli ihre Brüste streichelte, küßte und liebkoste. Sein Glied, noch immer tief in ihr, begann sich zu bewegen.

»Beug dich zurück, Bonnie. Ich möchte deine Brüste küssen.«

Längst über den Punkt hinaus, wo Anstand ihr noch etwas bedeutet hätte, tat sie, was Eli von ihr verlangte. Und während seine Lippen die zarten Knospen ihrer Brüste verwöhnten, spürte sie, wie er wieder groß und stark in ihr wurde und Gefühle in ihr anfachte, die schließlich zu einem noch intensiveren Höhepunkt führten als dem ersten.

Auch Eli näherte sich dem Gipfel seiner Ekstase und war deshalb für einen Augenblick machtlos, was Bonnie schamlos ausnutzte, um ihn für die süßen Qualen, denen er sie ausgesetzt hatte, büßen zu lassen.

Sie öffnete sein Hemd und ließ ihre Finger über das seidige Haar auf seiner Brust gleiten, beugte den Kopf und nahm eine seiner empfindsamen Brustspitzen zwischen ihre Lippen. Aufstöhnend warf Eli den Kopf zurück und überließ sich mit geschlossenen Augen der Ekstase, die ihn erfaßte. Ein Erschauern ging durch seinen Körper, als sich seine Leidenschaft entlud, aber er hörte nicht auf, Bonnies Brüste zu liebkosen, bis der Sturm in ihm abebbte und er wieder ruhiger zu atmen begann.

Zu glücklich über ihren Sieg, um Scham darüber zu empfinden, löste Bonnie sich von Eli, knöpfte ihr Kleid zu und richtete notdürftig ihre zerrissene Unterhose. Mit ein wenig Glück würden die Bändchen halten, bis sie Gelegenheit bekam, sich umzuziehen.

Eli saß keuchend auf seinem Platz, anscheinend unfähig, sich zu rühren. Bonnie versetzte ihm einen liebevollen Klaps und knöpfte seine Hose zu. Sie hatte es so oft getan vor ihrer Scheidung und an noch viel unpassenderen Orten als diesem Eisenbahnwaggon. Eli hatte ihr kurz nach ihrer Heirat gesagt, daß er sie nehmen würde, wann immer und wo es ihn nach ihr verlangte, und obwohl sie nie dabei ertappt worden waren, war oft ein Risiko dabei gewesen. Aber gerade das hatte ihre Leidenschaft gesteigert. Wenigstens das, dachte Bonnie mit einem wehmütigen Lächeln, hat sich noch nicht geändert. Mit geschlossenen Augen fragte sie sich, ob sie bereute, was zwischen ihnen vorgefallen war, und stellte fest, daß es nicht so war. Sie hoffte nur, daß Eli mit einer spöttischen oder verletzenden Bemerkung nicht alles zerstörte. Aber dann fühlte sie, wie seine Hand sanft ihr Kinn umschloß und ihr Gesicht zu sich herumdrehte.

»Bleib in Spokane bei mir, Bonnie«, bat er rauh. »Wenn Hutcheson dich für den Rest seines Lebens haben soll, kannst du mir wenigstens diese wenigen Tage mit dir schenken.«

Tiefe Trauer erfaßte Bonnie bei seinen Worten und der Resignation, die sich darin verriet. War es möglich, daß sie Eli wirklich noch etwas bedeutete, wie Seth ihr vor einigen Tagen zu verstehen gegeben hatte? War es möglich, daß er sie trotz seines Grolls noch immer liebte?

Nein, auf ein solches Wunder durfte sie nicht hoffen. Die Enttäuschung, wenn sie herausfand, daß sie sich irrte, wäre unerträglich gewesen. Sie hatte guten Grund, zu glauben, daß Eli sie nur benutzte, und keinen Anlaß zu der Vermutung, daß er ihr nur Gutes wollte. Und doch konnte sie seinen Zärtlichkeiten nicht widerstehen! Was gerade vorgefallen war, war der beste Beweis dafür.

Und es reichte ihr noch lange nicht – ihre Seele und ihr Körper verlangten nach Elis Liebe.

»Ich lasse mich nicht als Hure bezeichnen oder für meine Liebe bezahlen, Eli«, warnte sie. »Und ich will nicht von dir verspottet werden, wenn es vorbei ist und wir wieder in Northridge sind.«

Eli hob wie zum Schwur die rechte Hand. »Du hast mein Wort darauf, Bonnie. Sobald wir wieder in Northridge sind, wird es sein, als sei dies alles nicht geschehen.«

Bonnie war nicht sicher, ob es das war, was sie wollte – schon die Vorstellung betrübte sie zutiefst. Aber sie nickte stumm und erklärte sich damit einverstanden, Elis Bett zu teilen, während sie in Spokane war, weil sie wußte, daß sie ohnehin nichts anderes tun würde. Auf diese Weise konnte sie sich wenigstens einreden, es freiwillig getan zu haben.

14

Das Hotel, das Eli gewählt hatte, war ein prächtiges Gebäude mit einem weitläufigen Foyer, das mit hohen Zimmerpflanzen und sehr geschmackvollen Ledermöbeln ausgestattet war. Schwere Kristalleuchter, mit elektrischem Strom betrieben, funkelten an den ungewöhnlich hohen Decken und verströmten ihr Licht auf kostbare Orientteppiche und elegant gekleidete Gäste, die auf ihnen dahinschritten.

Bonnie stockte der Atem vor Überraschung; seit ihrer Rückkehr nach Northridge hatte sie vergessen, daß solcher Luxus überhaupt existierte. Und irgendwie fühlte sie sich völlig fehl am Platze in dieser Umgebung. Sie hatte kein Recht, hier zu sein. Sie war nicht mehr Elis Frau, weder vor den Augen Gottes noch vor dem Gesetz. Und doch hatte sie diesem Mann gestattet, sie in einem Eisenbahnabteil zu lieben und sie dann in dieses Hotel zu bringen! Was war nur los mit ihr? Was war aus ihren Prinzipien geworden, aus ihren Idealen und aus ihrer Moral?

Bonnie wollte gerade das Hotel verlassen und sich ein Zimmer suchen, das sie selbst bezahlen konnte, als Eli wieder an ihrer Seite erschien und ihren Arm nahm. Der Blick in seinen goldbraunen Augen verriet sowohl Belustigung wie auch liebevolles Verständnis.

Und vor diesem Blick gab sie sich geschlagen, denn all den Dokumenten zum Trotz, die sie unterzeichnet hatte, und all ihren Träumen, die gestorben waren, fühlte sie sich noch immer mit diesem Mann verheiratet.

»Schwörst du, daß du niemals darüber reden wirst?« fragte sie mit bebender Stimme, weil ein Teil von ihr schon in Gedanken bei all den wundervollen Dingen war, die sie erwarteten.

Eli zog eine Augenbraue hoch. »Solange du es geheimhalten möchtest, Bonnie, bleibt es unter uns. Aber jetzt laß uns hinaufgehen, um uns umzuziehen. Dann werden wir ein gutes Restaurant aufsuchen. Ich falle um vor Hunger.«

Bonnies Seufzer klang so unglaublich erleichtert, daß Eli lachen mußte. »Dachtest du, ich würde dich aufs Bett werfen und mich an dir vergreifen, kaum daß wir unsere Suite betreten haben?«

Er war vor dem Aufzug stehengeblieben, den Bonnie mißtrauisch betrachtete. Sie haßte diese Apparate, ihr wurde schwindlig in den Kabinen. »Nein«, erwiderte sie betont gleichmütig und hoffte, daß der livrierte Aufzugführer das beängstigende Ding zu bedienen verstand. »Nein, das dachte ich nicht.«

Eli grinste nur und ersparte sich eine Antwort, bis sie den obersten Stock erreicht hatten und vor der Tür zu ihrer Suite standen. »Wir können natürlich auch hier oben essen, falls es dir lieber ist«, meinte er dann gedehnt.

Bonnie verzog das Gesicht, weil sie es haßte, wenn er sie neckte, obwohl sie auch einen seltsamen Trost daraus bezog. »Ich glaube nicht, daß wir es wagen können, ein elegantes Lokal aufzusuchen«, gab sie zu. »Dafür habe ich keine passende Garderobe.«

»Als bescheidene Ladenbesitzerin aus Northridge«, fügte Eli hinzu, während er die Tür aufschloß und zurücktrat, um Bonnie den Vortritt zu lassen.

Hocherhobenen Kopfes trat sie ein, aber die schlichte Schönheit des Raums beeindruckte sie so, daß sie alles andere vergaß. Die letzten Sonnenstrahlen fielen durch das große Fenster und sammelten sich auf einem blauen Orientteppich vor einem Kamin aus hellem Marmor, den zwei cremefarbene Sofas flankierten.

Natürlich verfügte die Suite auch über ein Badezimmer mit einer geräumigen Wanne aus grauem Marmor und einem ganz in Burgunderrot und Hellrosa gehaltenen Schlafzimmer. Das

Bettgestell war aus poliertem Messing, und die Laken – Bonnie zog die dunkelrote Bettdecke ein wenig zurück, um nachzusehen – sahen aus wie reine Seide und fühlten sich auch so an. Von einer plötzlichen Scheu erfaßt wie eine junge Braut, errötete Bonnie und kehrte hastig ins Wohnzimmer zurück.

Eli hatte gerade den Pagen fortgeschickt, der ihr Gepäck heraufgebracht hatte. Er grinste, als er Bonnies gerötete Wangen sah. »Erfüllen die Räume deine Erwartungen, meine Liebe?«

»Es ist alles sehr hübsch«, erwiderte sie leise.

»Bonnie.« Eli legte zärtlich seine Hand auf ihren Oberarm. »Entspann dich bitte – ich habe vorhin nur Spaß gemacht, als ich sagte, daß ich mich ›an dir vergreifen‹ würde. Ich werde dich überhaupt nicht anrühren, wenn du es nicht willst.«

»Warum hast du dir dann die Mühe gemacht, mir hierher zu folgen?« fragte Bonnie gereizt, aber ihr Ärger richtet sich nicht nur gegen Eli, sondern auch gegen sich selbst. »Warum hast du mich in . . . einem Eisenbahnabteil geliebt und mich überredet, mit dir in dieses Hotel zu kommen?«

Eli küßte sie lachend auf die Nasenspitze. »*Ich* habe dich geliebt? Glaubst du allen Ernstes, ich sei ganz allein verantwortlich für das, was in jenem Zug geschah?«

Bonnie wußte, daß die Schuld daran nicht ihn allein traf, obwohl er natürlich damit angefangen hatte. »Ich begreife noch immer nicht, wie wir so etwas tun konnten«, murmelte sie, um einer direkten Antwort auf seine Frage auszuweichen.

»Es war doch recht harmlos im Vergleich zu damals, als wir . . .«

Bonnie preßte eine behandschuhte Hand auf Elis Mund, um ihn zum Schweigen zu bringen. Aber selbst durch die Handschuhe drang die Wärme seiner Lippen zu ihr vor und löste ein lustvolles Kribbeln in ihr aus. So rasch, wie sie die Hand ausgestreckt hatte, zog sie sie wieder zurück. »Es ist unfair, Sir, mich an meine vergangenen Sünden zu erinnern«, sagte sie, nur halb im Scherz. Zur Vorsicht trat sie einen Schritt zurück, um sich aus Elis Reichweite zu begeben. »Ich habe großen Hunger«, fügte sie hinzu. »Sollten wir jetzt nicht lieber etwas essen gehen?«

Sie speisten in einer nur von Kerzenlicht erhellten Ecke des Hotelrestaurants. Und trotz Bonnies Bemühen, es nicht soweit kommen zu lassen, war die Atmosphäre zwischen ihnen sehr intim.

»Fast wie in alten Zeiten«, stellte Eli lächelnd fest. »Manchmal wünschte ich, wir könnten jene Zeit zurückholen, als wir frisch verheiratet waren und alles noch in bester Ordnung war.«

»Das ist nicht möglich«, sagte Bonnie flach und wünschte plötzlich, sich nie auf diese verrückte, skandalöse Geschichte eingelassen zu haben. Irgendwann würde sie für ihre Sünden in der Hölle büßen, und das, obwohl sie sich solche Mühe gab, ein guter Mensch zu sein.

Aber sich zu benehmen, war ihr in Eli McKutchens Nähe noch nie gelungen. Er hatte sich die unglaublichsten Freiheiten bei ihr herausgenommen, und zu ihrer Schande mußte sie sich eingestehen, daß sie es sehr genossen hatte. Zum Beispiel damals, als er sie in ihrer Loge in der Oper mit seinen erotischen Zärtlichkeiten zu einem überwältigenden Höhepunkt getrieben hatte, nur mit seinen Berührungen und seinen Worten, die niemand außer ihr hören konnte . . .

Die Erinnerung daran genügte, um Bonnie erröten zu lassen.

Eli lächelte, schwieg und tat, als beschäftigte ihn nichts anderes als sein Steak.

Bonnie hingegen hatte Mühe, auch nur einen Bissen von ihrer Forelle hinunterzubringen. Eine beunruhigende Verzweiflung erfüllte sie, die sie eigenartigerweise jedoch nicht als unangenehm empfand.

»Würdest du gern ins Theater gehen?« fragte Eli, als sie ihre Mahlzeit beendet hatten und das Geschirr abgeräumt worden war. »Es ist noch früh.«

Bonnie sehnte sich danach, allein mit ihrem Mann zu sein, obwohl sie sich im stillen Vorwürfe machte, seinem Charme so leichtfertig zu erliegen. Kein Wunder, daß er ihr in jener Nacht fünfzig Dollar hinterlassen hatte! Vielleicht verdiente sie nichts anderes, genauso wie sie die Qual und die Reue verdiente, die sich ihrer bemächtigen würde, sobald die Tage in Spokane vorbei waren. »Ich muß morgen meine Lieferanten aufsuchen«, sagte sie mit geistesabwesender Miene. »Vielleicht wäre es besser, wenn wir früh schlafen gingen.«

Es war Eli hoch anzurechnen, daß er nichts dazu sagte; er war großzügig genug, Bonnie in dem Glauben zu belassen, daß der Abend keine Überraschungen mehr für sie bereithielt. Aber im Grunde wußte sie natürlich, daß sie sich etwas vormachte, und er vermutlich auch.

Schweigend ließen sie sich vom Lift ins oberste Stockwerk tragen und achteten nicht auf den alten Fahrstuhlführer, der wußte, daß diese beiden Fremden einander liebten, und sich freute, daß doch noch so etwas wie Romantik auf dieser Welt existierte.

Auf dem Weg zu ihrer Suite hatte Bonnie das Gefühl, zu schweben, und war deshalb völlig verblüfft über Elis nächste Worte. »Ich könnte ein bißchen frische Luft gebrauchen«, sagte er. »Mach es dir inzwischen bequem, Bonnie, und versuch, dich ein wenig zu entspannen.«

Entspannen? Wußte er denn nicht, wie erregt sie war, wie sehr sie sich nach ihm sehnte? Großer Gott – wenn es ihm jetzt eingefallen wäre, sie gleich hier auf dem Wohnzimmerboden zu lieben, sie hätte sich bestimmt nicht widersetzt! »Du bist doch nicht böse?« fragte sie bestürzt.

Zärtlich berührte er mit dem Zeigefinger ihre Nase. »Nein, natürlich nicht. Ich möchte mir nur Zeit nehmen, um diese Nacht in vollen Zügen auszukosten, Bonnie.«

Ein wohliges Erschauern erfaßte ihren müden Körper. Ihre Knie zitterten noch von der verrückten Episode in dem Zug, und doch begehrte sie Eli schon wieder von neuem! Aber gut, wenn er diese Nacht auskosten wollte, würde sie es auch tun, denn vielleicht würde es die letzte Liebesnacht in ihrem ganzen Leben sein. Rein instinktiv wußte sie, daß es niemals einem anderen Mann gelingen würde, die Leidenschaften in ihr zu erwecken, die Eli so mühelos in ihr hervorzurufen verstand.

Obwohl sie ihn am liebsten gleich hier und jetzt verführt hätte, wandte Bonnie sich ab und ging ins Badezimmer.

Sie schloß und verriegelte die Tür und ließ heißes Wasser in die beeindruckende Wanne laufen. O ja, du bist ein Musterbeispiel für Haltung und Benehmen, sagte sie sich. Niemand, der sie in dieser luxuriösen Wanne ihr Bad genießen gesehen hätte, wäre je auf die Idee gekommen, daß quälende Selbstzweifel an ihr nagen könnten.

Als das Wasser allmählich abkühlte, wickelte sie sich in ein großes Hotelbadetuch – ihren Morgenrock hatte sie nicht mitgebracht – und schlüpfte ins angrenzende Schlafzimmer.

Hätte sie gewußt, daß Eli schon da war, auf dem Bettrand saß und seine Manschettenknöpfe ablegte, wäre sie sicher noch eine Weile im Bad geblieben, um Mut zu sammeln.

Als sie die Flasche Champagner auf dem Nachttisch sah, begann sie zu zittern.

»Wi-wie war dein Spaziergang?« fragte sie, im vollen Bewußtsein ihres triefendnassen Haars und daß sie unter dem flauschigen Tuch nackt war.

Eli lächelte nur und legte seine Manschettenknöpfe weg.

Bonnie schluckte und zog das Handtuch noch fester um ihren Körper. Ihr war kalt, sie begann zu frösteln.

»Komm ins Bett, bevor du dir den Tod holst«, forderte Eli sie auf und erinnerte sich und Bonnie damit an Kileys Lungenentzündung und seinen tragischen Tod. Ein Ausdruck tiefer Trauer huschte für einen Moment über seine Züge. Aber dann lächelte er und sorgte dafür, daß Bonnie sich ins Bett legte.

Mit dem Handtuch, das er ihr vorher abgenommen hatte, frottierte er ihr Haar, bis sie das Gefühl hatte, daß es ihr vom Kopf abstehen mußte wie die Mähne eines Löwen.

Endlich legte er das Tuch beiseite und stand auf, um den Champagner einzuschenken. Das erste Glas reichte er Bonnie, dann füllte er ein zweites und prostete ihr zu. »Auf uns, mein Liebling. Möge dies eine Nacht sein, die wir nie vergessen werden.«

Bonnie zweifelte nicht daran, daß es eine unvergeßliche Nacht für sie werden und sie immer wieder daran zurückdenken würde in den schlaflosen, traurigen Nächten, die sie in Zukunft erwarteten. Ihre Kehle war wie zugeschnürt, als sie Eli zuprostete, und ihre Augen brannten, als sie das Glas hob, einen tiefen Schluck daraus nahm und es beiseite stellte.

Schamlos beobachtete sie, wie Eli sich auszog und einige der Lampen löschte. Durch das Fenster über dem Bett fielen silberne Mondstrahlen herein. Zum ersten Mal an diesem Tag bemächtigte sich Bonnie ein Gefühl tiefer Zufriedenheit; zum Teufel mit Northridge, dem Freitagnachmittagsclub und den allgemeinen Anstandsregeln. Heute abend war sie Eli McKutchens Frau und besaß ein Recht auf seine sinnlichen Liebkosungen und die leidenschaftliche Vereinigung mit ihm, die darauf folgen würde.

Sie wehrte sich nicht, als Eli ihre Hand ergriff und sie veranlaßte, sich aufzurichten. Sie erhob auch keine Einwände, als er mit beiden Händen ihre Taille umfaßte und sie zum Bettrand zog, wo er sich dann vor sie auf den Boden kniete.

Bonnie erschauerte vor Erwartung und unverhohlener Begierde, als er seine Hand langsam über ihre Hüfte gleiten ließ, über ihren Po und ihren Rücken, und dabei mehr Verehrung und Bewunderung in seine Berührung legte als Besitzergreifen. Die zarten Knospen an Bonnies Brüsten richteten sich mit alarmierendem Eifer auf und spannten sich fast schmerzhaft an, als Eli ihnen keine Beachtung schenkte und statt dessen seine Hand zwischen ihre Schenkel gleiten ließ und die Stelle berührte, wo Bonnies süße Qual am größten war.

Doch irgendwann berührte er auch ihre Brüste, allerdings so federleicht, daß Bonnie nicht sicher war, sich die Liebkosung nicht nur eingebildet zu haben. Aufstöhnend krümmte sie den Rücken und warf den Kopf zurück, um sich rückhaltlos dem Strom von sinnlichen, überaus erregenden Gefühlen zu überlassen, die nur Eli in ihr auszulösen verstand.

Als sie sich dem Höhepunkt ihrer Ekstase näherte, verschränkte sie wimmernd die Hände in Elis Haar, schrie auf und versteifte sich, und noch immer ließ er nicht locker in seinen Bemühungen, ihr Lust zu verschaffen. Das süße Zittern tief in ihrem Innersten steigerte sich, bis es in seiner Intensität fast unerträglich war. Sie hielt beide Hände in Elis Haar verschränkt und zog ihn unerbittlich an sich.

Er lachte zärtlich und drang mit einer schnellen, heftigen Bewegung in sie ein. Langsam und nur von ihrem Instinkt geführt, begann sie sich unter ihm zu bewegen, aber dennoch war er es, der die Führung übernahm. Sein gleichmäßiger, aber unglaublich erregender Rhythmus löste eine Sturzwelle von Gefühlen in ihr aus, die sie zu verschlingen drohten und sie veranlaßten, ihre Beine um Elis Hüften zu legen und sich mit einem heiseren Aufschrei an ihm festzuklammern wie eine Ertrinkende. Auch Eli rief mit rauher Stimme ihren Namen, und als er auf dem Höhepunkt seiner eigenen Lust erschauerte, stieß Bonnie einen Schrei des Triumphes aus. Im gleichen Augenblick begann auch ihr eigener Körper unter dem Ansturm ihrer Gefühle zu erbeben.

Als der Sturm ein wenig nachgelassen hatte, sank Eli schweratmend an Bonnies Seite, sein Kopf ruhte auf ihrer Brust, ein Bein hatte er über ihre Schenkel gelegt.

»Das«, murmelte sie erschöpft, »kostet fünfzig Dollar.«

Eli lachte und versetzte ihr einen zärtlichen Klaps auf den Po. Minuten später erwachte seine beeindruckende Männlichkeit zu neuem Leben, und er schien entschlossen, jede Minute verlorener Liebesfreuden in einer einzigen Nacht nachzuholen.

Er wusch Bonnie und sich mit einem Tuch, das er mit Champagner angefeuchtet hatte, und verteilte Tropfen des prickelnden Getränks auf ihren Brüsten. Seine Methode, sie wieder zu entfernen, versetzte Bonnie in einen sinnlichen Rausch, der ihr jegliches Bewußtsein dafür raubte, wo sie sich befand und was sie machte.

Bonnie erwachte schon früh am nächsten Morgen und löste sich vorsichtig aus Elis Armen. Der Gedanke an die Nacht trieb ihr das Blut in die Wangen, und sie hatte das Gefühl, ein Bad zu brauchen. Um Eli nicht zu wecken, ließ sie das Wasser sehr vorsichtig ein. Sie hatte einiges zu tun an diesem Morgen und wußte, daß nichts davon erledigt werden würde, sollte er erwachen und auf die Idee kommen, sie noch einmal zu lieben.

Sie saß schon in der Wanne, als sich die Tür öffnete und Eli hereinkam, nackt wie am Tag seiner Geburt, und zu ihr in die Wanne stieg.

Bonnie spürte, wie ihr das Blut in die Wangen stieg. »Rühr mich nicht an, Eli!« zischte sie. »Ich habe heute zu tun!«

»Und ob!« entgegnete er in vielsagendem Ton, schloß die Arme um Bonnies Taille und zog sie sanft auf seinen Schoß.

»Ich meine es ernst, Eli . . .« zeterte sie empört und stieß ihre Hände gegen seine breiten Schultern. Aber als er ihr mit einem Kuß den Mund verschloß, legten ihre Hände sich wie von selbst um seinen Nacken und verschränkten sich in seinem weizenblonden Haar.

Den Morgen verbrachte Bonnie bei ihren Lieferanten, und als sie alles erledigt hatte, kaufte sie Mitbringsel für Katie, Genoa und Rose Marie.

Es war schon später Nachmittag, als sie in die Suite zurückkehrte und sie leer vorfand. Gähnend vor Müdigkeit und Erschöpfung, war Bonnie gar nicht unglücklich darüber, allein zu sein. Sie zog sich bis auf ihre Pantalettes und ihr seidenes Unterhemdchen aus und legte sich aufs Bett, um einen Mittagsschlaf zu halten.

Irgendwann spürte sie einen kühlen Luftzug auf der Brust und rollte sich im Halbschlaf auf den Rücken. »Hm«, murmelte sie, als warme Hände sanft über ihre vollen Brüste glitten und ihre zarten Knospen liebkosten. Ein wunderschöner Traum und so herrlich erotisch . . .

Sie glaubte sogar zu spüren, wie Hände an den Bändern ihrer langen Unterhosen nestelten, ganz sanft und vorsichtig. Ganz in diesem wundervollen Traum aufgehend, stöhnte Bonnie genießerisch und streckte die Hände über ihren Kopf.

Als sie festgehalten wurde von einer starken, männlichen Hand, schlug Bonnie die Augen auf.

Eine zauberhafte Art, geweckt zu werden, dachte Bonnie. Ihre Brustspitzen richteten sich unter Elis sinnlichen Liebkosungen auf, ihre Hüften bogen sich ihm einladend entgegen, ihre Hände schlossen sich verlangend um seine Schultern . . .

Nach einem erfrischenden Bad saß Bonnie im Salon und erwartete den Zimmerservice, der das Essen bringen sollte. Sie war froh, als der Page, der diskret vermieden hatte, sie anzusehen, wieder fort war, denn Eli sang lautstark im Bad und verspritzte soviel Wasser aus der Wanne, daß es mit Sicherheit schon durch die Decke in den Raum darunter drang.

Elis ungehemmte Fröhlichkeit löste eine unerklärliche Trauer in Bonnie aus, und sie merkte plötzlich, daß sie vor Nervosität an ihrem Fingernagel kaute.

Um sich abzulenken, ging sie zu dem kleinen Wagen, auf dem das Essen serviert war, und hob die Deckel von den Gerichten. Roastbeef, gedünstetes Gemüse und Kartoffelpüree ... Plötzlich war Bonnie unerträglich hungrig.

»Eli!« rief sie, um fair zu sein. »Das Essen ist da!« Dann nahm sie sich einen Teller und füllte ihn mit einer Portion, die zu einem Hüttenwerksarbeiter gepaßt hätte, aber nicht zu einer Dame.

Sie hatte schon fast alles aufgegessen, als Eli in einem königsblauen Bademantel aus dem Bad kam. Nach einem spöttischen Blick auf die spärlichen Reste auf den Silberplatten bediente er sich davon und setzte sich Bonnie gegenüber auf die zweite Couch.

»Was hast du zum Dessert bestellt?« erkundigte er sich mit einem Blick auf die einzige Platte, von der Bonnie nicht den Deckel abgenommen hatte.

Gleichgültig zuckte sie mit den Schultern. Sie war satt.

Eli zog eine Augenbraue hoch. »Angesichts der Tatsache, daß du fast alles allein aufgegessen hast, könntest du wenigstens so freundlich sein, nachzusehen, was es als Dessert gibt. Als Mann lebt man schließlich nicht von der Liebe allein.«

Bonnie stand errötend auf, um Elis Wunsch nachzukommen. Aber unter dem silbernen Deckel verbarg sich nichts, was Elis Hunger hätte stillen können; nur ein kleines Holzkästchen mit der Zeichnung eines wunderschönen Renaissanceengels.

Unter den lachenden Augen ihres Geliebten öffnete Bonnie den Kasten und hob den Deckel.

Leise Musik ertönte aus der Spieldose, und Bonnies Augen

wurden ganz groß vor Überraschung. In New York hatte sie viele schöne Dinge besessen – alles Geschenke von diesem Mann – aber sie hatte sie alle zurückgelassen, als sie nach Northridge zurückgekehrt war, und seitdem nichts dergleichen mehr gesehen. Sie war so gerührt, daß ihr die Tränen kamen, aber dann kam ihr ein Gedanke, der sie davor bewahrte, sich komplett vor Eli zum Narren zu machen.

»Ist das die Bezahlung für die Nacht? Anstatt einer Fünfzig-Dollar-Note?« fragte sie. O Gott, sie würde sterben, wenn er das bestätigte! Einfach tot umfallen und sterben.

Aber der Ausdruck, der in Elis Augen erschien, zeugte von Wut und nicht von Spott. »Es ist ein Geschenk«, sagte er, und der harte Ton seiner Stimme zerstörte den Zauber der sanften Melodie, die aus der Spieldose drang.

Eigenartigerweise zog Bonnie keinen Trost aus seinen Worten, sondern empfand sie eher wie einen Schlag ins Gesicht. Aber da sie sich nicht von der Spieldose trennen wollte, klappte sie sie zu und ging mit ihr ins Schlafzimmer.

Sie schloß die Tür hinter sich ab, aber das war kein Hindernis für Eli, er kam durch die Badezimmertür herein. Er zog sich aus, und Bonnie tat es schließlich auch und legte sich neben ihn ins Bett.

Sie liebten sich in jener Nacht mit einer Wildheit, die es nie zuvor zwischen ihnen gegeben hatte, aber ihre Vereinigung war mehr eine Art Machtkampf als eine Feier menschlicher Leidenschaften, und aus diesem Grund empfand Bonnie es als Sünde. Die Erinnerung an jene fieberhaften Zärtlichkeiten, die sie beide bis zur Besinnungslosigkeit erschöpften, sollte sie noch lange quälen in den schwierigen Zeiten, die auf sie zukamen.

15

Der Speisesaal des Hotels summte von Stimmen, ein Dutzend Gäste nahmen außer Bonnie und Eli dort ihr Frühstück ein. Und dennoch fühlte Bonnie sich sehr, sehr einsam.

Auch Eli schien nicht zum Reden aufgelegt, eine lange Zeit herrschte Schweigen zwischen ihnen, und dann sagte er ganz unvermittelt: »Heirate Hutcheson nicht, Bonnie. Du würdest nicht glücklich mit ihm werden.«

Irgend etwas hielt sie davon ab, einzugestehen, daß sie gar nicht die Absicht hatte, Hutcheson zu heiraten. »Ich weiß nicht«, erwiderte sie nachdenklich. »Ich glaube, Webb gehört zu den Männern, die eine Frau sehr glücklich machen können. Er ist solide und zuverlässig, ganz zu schweigen von seinem guten Aussehen.«

Eli schien zu erblassen, aber dann kroch eine ärgerliche Röte in seine Wangen. »Und was willst du damit sagen?«

»Das ist nicht schwer zu erraten«, entgegnete Bonnie rasch. »Ich glaube, daß er mir immer treu sein würde, selbst wenn sich eine Tragödie innerhalb der Familie ereignen sollte. Er würde sich nicht von seinem persönlichen Schmerz zu anderen Frauen treiben lassen. Und er würde bestimmt nie in irgendeinen lächerlichen Krieg ziehen und mich mit meinem Schmerz allein lassen.«

Ihre Worte trafen Eli, aber er bewahrte Haltung. »Hutcheson würde dir so treu sein wie ein Schoßhündchen«, entgegnete er kühl. »Aber erwarte bloß nicht die Leidenschaft von ihm, die uns verbindet, Bonnie – denn die kann er dir nicht geben.«

»Woher willst du das wissen?«

»Ich weiß es einfach. Ich kenne die menschliche Natur, Bonnie, und ich kenne dich. Du brauchst Aufregung und Leidenschaft. Hutcheson ist ein anständiger Kerl, aber er wird nie versuchen, dir Lust zu verschaffen, weil er nie auf den Gedanken käme, daß du das brauchst. Für die Frauen von Männern wie Webb sind sexuelle Beziehungen nichts als Pflichtübungen, und ihre Männer wollen es auch gar nicht anders haben.« Eli brach ab und seufzte schwer. »Verdammt, du würdest glücklicher mit Durrant sein als mit diesem Schreiberling!«

Alles hatte Grenzen. Bonnie nahm ihre Handtasche und stand auf. »Ich will kein Wort mehr hören!« zischte sie und hob ihren Koffer auf. Doch Eli ergriff ihr Handgelenk und zog sie auf den Stuhl neben sich. Der Koffer rutschte ihr aus der Hand. »Verdammt, Bonnie, vergiß endlich deinen Groll über das, was ich dir angetan habe, und hör mir zu!«

»Ich will aber nichts mehr hören!« fuhr sie ihn an und verschränkte zornig die Arme über der Brust. »Du hast nichts anderes getan, als den Mann zu beleidigen, den ich . . .«

»Den Mann, den du liebst, Bonnie? Den Mann, mit dem du den Rest deines Lebens verbringen willst? Du wünschst dir Sicherheit und Achtung, aber du bezahlst dafür einen verdammt hohen Preis, das kannst du mir glauben! Deine Seele wird dabei verkümmern, Bonnie!«

Sie zitterte am ganzen Körper. Aus irgendeinem Grund brachte sie es nicht über sich, ihre Zweifel Eli gegenüber zuzugeben. Sie konnte ihm nicht sagen, daß sie Webb eigentlich gar nicht heiraten wollte, obwohl dieses Eingeständnis alles vereinfacht hätte. »Laß mich los!« flüsterte sie.

Elis Finger lösten sich langsam von ihrem Handgelenk. »Hutcheson ist ein netter Mann, Bonnie. Aber er ist tödlich langweilig und wird von dir erwarten, daß du kein anderes Interesse an den sexuellen Beziehungen zu ihm zeigst als die Hoffnung, ein Kind zu empfangen. Und er wird empört sein, wenn er merkt, daß es anders ist.«

»Webb ist ein leidenschaftlicher Liebhaber!« entgegnete Bonnie hitzig. »Warum wäre Earline Kalb wohl eifersüchtig auf mich, wenn er ihre Bedürfnisse nicht befriedigen würde?«

»Weil Earline in seinen Augen eine Hure ist, Bonnie. Von ihr erwartet er nichts anderes. Aber du siehst ja, daß er nicht sie heiraten will, sondern dich. Sie benutzt er nur.«

Bonnie stand wieder auf und nahm ihren Koffer in die Hand, und diesmal versuchte Eli nicht, sie zurückzuhalten. »Ich fahre jetzt nach Northridge zurück«, sagte sie. »Ich wäre dir dankbar, wenn du bis morgen warten würdest. Ich möchte nicht, daß die Leute uns mit demselben Zug ankommen sehen.«

Eli nickte grimmig. »Na schön. Schließlich möchten wir ja nicht, daß Hutcheson erfährt, was seine Frau getrieben hat, während er in seiner Redaktion schuftete. Er wäre nämlich sehr schockiert, Bonnie.«

Zu erschüttert, um wütend zu sein, schluckte sie nur beschämt. »Du würdest es ihm doch nie erzählen, oder? Ich meine, du hast mir doch fest versprochen . . .«

»Ich habe dir mein Wort gegeben, Bonnie, und das halte ich. Ich werde niemandem verraten, daß wir zusammen gewesen sind, aber bei einigen Leuten ist anzunehmen, daß sie erraten werden, was zwischen uns vorgefallen ist.« Eli stand auf und legte einen Geldschein auf den Tisch. Dann nahm er Bonnie den Koffer aus der Hand. »Das mindeste, was ich für dich tun kann ist, dich zum Bahnhof zu begleiten.«

Von einem Gefühl größter Einsamkeit und Verlassenheit beherrscht, stand Bonnie auf dem Bahnsteig und schaute dem einlaufenden Zug entgegen. Mit Schrecken dachte sie an den bevorstehenden Abschied von Eli, als er sich plötzlich vorbeugte und mit der Zungenspitze ihr rechtes Ohr berührte. »Wir sehen uns in Northridge«, flüsterte er ihr zu.

Bonnie wußte, was er damit meinte, und ein köstliches Erschauern durchzuckte ihren Körper, bevor sie sich abwandte und den Zug bestieg. Er war so überfüllt, daß sie Schwierigkeiten hatte, einen Platz zu finden, aber das beunruhigte sie nicht, weil sie sicher war, daß die meisten anderen Fahrgäste in Colville aussteigen würden.

Doch als der Zug dort hielt, stieg kein einziger der wüst aussehenden Männer in ihrem Abteil aus. Das fand Bonnie so erstaunlich, daß sie zum ersten Mal ihre anderen Sorgen vergaß und sich Gedanken über diese Männer machte.

Sie kamen ihr ziemlich ungebildet vor, fluchten in einem fort, während sie Karten spielten, und erfüllten das Abteil mit dem stinkenden Rauch billiger Zigarren. Aber eigenartigerweise wirkten sie so gar nicht wie Sägemühlenarbeiter oder Leute, die Seth für die Bauarbeiter an den neuen Hütten herbestellt haben mochte. Es war ihre Kleidung, die sie anders erscheinen ließ: sie trugen billige, schlechtsitzende Anzüge und runde schwarze Hüte. Es waren Männer aus der Stadt, zweifelsohne, und sie mußten auf dem Weg nach Northridge sein.

Was hatten solche Männer in einer solchen kleinen Stadt zu suchen?«

Erschrocken griff Bonnie sich mit einer Hand an die Kehle, als ihr die Antwort zu Bewußtsein kam. Diese Männer waren von der Gewerkschaft. Sie waren professionelle Aufwiegler und Störenfriede.

Einer von ihnen schlenderte auf den freien Platz neben Bonnie zu, als plötzlich eine zierliche blonde Frau das Abteil betrat und sich aufatmend neben Bonnie auf den Sitz fallen ließ.

Auch Bonnie stieß einen erleichterten Seufzer aus. »Hallo«, sagte sie erfreut.

Wunderschöne dunkle Augen erwiderten freundlich ihren Blick. »Fast hätte ich den Zug verpaßt«, sagte die Fremde atemlos.

Bonnie dachte an den großen, schlecht riechenden Mann, der auf sie zugekommen war, und erschauerte. »Gut, daß Sie ihn noch erreicht haben«, antwortete sie, als der Zug sich wieder in Bewegung setzte.

»Ich bin Lizbeth Simmons«, stellte sich die junge Blondine vor. Sie mußte ungefähr in Bonnies Alter sein und trug einen grauen Flanellrock und eine gestärkte weiße Bluse. Ihr helles Haar umrahmte in weichen Wellen ihr Gesicht. »Wer sind Sie?« fragte sie, und ihre schönen Augen weiteten sich vor Neugier.

Bonnie dachte traurig, daß diese Frau eine gute Freundin

abgeben würde, wer immer sie auch sein mochte. Aber wenn sie erst einmal in Northridge war und der Freitagnachmittagsclub sie unter seine Fittiche nahm, würde sie bald nichts mehr von Bonnie McKutchen wissen wollen.

Widerstrebend nannte sie ihren Namen und erwähnte auch, daß sie Northridges einzigen Kolonialwarenladen führte.

»Bewundernswert – eine Frau, die ihr eigenes Geschäft führt!« entgegnete Lizbeth entzückt. »Ich bin Lehrerin, was bedeutet, daß ich mich – in finanzieller Hinsicht zumindest – kaum über Wasser halten kann. Aber mein Beruf befriedigt mich doch sehr, weil ich immerhin das Gefühl habe, etwas weitergeben zu können.«

Bonnie hatte nicht gewußt, daß eine neue Lehrerin für die winzige Schule in Northridge eingestellt worden war, und war daher sehr überrascht, vor allem, weil die Ferien vor der Tür standen. »Darf ich fragen, wer Sie eingestellt hat?«

Lizbeth lächelte warm. »Natürlich. Eine Miss Genoa McKutchen – sie müßte eigentlich sogar eine Verwandte von Ihnen sein!«

»Das ist sie auch. Sie ist meine Schwägerin.«

Für einen Moment runzelte Lizbeth verwirrt die Stirn, aber dann lächelte sie wieder. »Ich soll im Sommer Unterricht für Erwachsene geben. Mrs. McKutchen schrieb, es gäbe noch sehr viele Analphabeten in Northridge. Im Herbst will sie eine eigene Schule für die Kinder der Hüttenwerksarbeiter eröffnen. Sie scheint zu glauben, daß sie im gegenwärtigen Schulsystem zu kurz kommen.«

Bonnie war über alle Maßen begeistert, obwohl es sie ein wenig verärgerte, daß Genoa ihr nichts von ihren ehrgeizigen Plänen verraten hatte. »Das ist eine gute Idee«, erwiderte sie aufrichtig. »Die Kinder aus Patch Town sind immer wie zweitklassige Bürger von den ... reicheren Bewohnern der Stadt behandelt worden.«

»Von jenen, die nicht in den Hüttenwerken arbeiten, meinen Sie?«

Bonnie schüttelte den Kopf. »Praktisch jeder ist in der einen oder anderen Weise von den Werken abhängig, aber trotzdem besteht natürlich eine gewisse Hierarchie. Einige der Büroangestellten und Werksleiter besitzen eigene Häuser.« Eine alte Verbitterung ließ Bonnies Lippen schmal werden und verriet sich im zornigen Funkeln ihrer Augen. »Sie schauen auf jene, die in Patch Town leben, herab.«

»Patch Town? Miss McKutchen hat in ihren Briefen nichts von einem solchen Ort erwähnt . . .«

»Es ist kein Ort, auf den man stolz sein könnte, und erst recht nicht als Mitglied des McKutchen-Clans«, entgegnete Bonnie seufzend. Sie war plötzlich sehr entmutigt und kam sich wie eine komplette Außenseiterin vor. Northridge und seine Bewohner waren auf einmal wieder sehr real, während Spokane nur noch ein Traum zu sein schien, ein schöner Traum. »Der Gerechtigkeit halber«, fügte sie hinzu, »muß allerdings gesagt werden, daß die McKutchens sich große Mühe geben, vergangene Fehler zu berichtigen.«

Der Mann auf dem Platz vor ihnen – auch er trug einen runden schwarzen Hut und einen schäbigen braunen Anzug – drehte sich um und starrte Bonnie angriffslustig an.

Obwohl sie den Blick des häßlichen, pockennarbigen Mannes herausfordernd erwiderte, fühlte Bonnie sich bedroht. Als er sich wieder abwandte, sagte sie mit bewußt lauter Stimme zu Lizbeth: »Northridges Probleme werden sich auf gerechte Weise lösen, vorausgesetzt natürlich, daß die Einmischungen von außen aufhören.«

Der Gewerksschaftsmann versteifte sich, drehte sich jedoch nicht wieder zu Bonnie um. Dennoch war ihr das unheilvolle Schweigen, das sich plötzlich im Abteil ausbreitete, deutlich bewußt. »Ich sage ständig Dinge, die mich in Schwierigkeiten bringen«, vertraute sie Lizbeth flüsternd an.

Lizbeth lachte. »Oh, dafür sind Sie aber wenigstens ehrlich, und das gefällt mir. Ist es nicht ein Glück, daß wir uns begegnet sind? Ich glaube, wenn ich Sie nicht im Abteil gesehen hätte, wäre ich wohl ausgestiegen. Sie wirkten auf mich wie ein ruhiger Hafen in einer sturmgepeitschten See.« Sie rümpfte ihre hübsche kleine Nase und sagte: »Dieser Geruch! Mein Gott, das ist aber wirklich unerträglich, finden Sie nicht?«

»Ja, irgendwie stinkt es hier«, antwortete Bonnie laut und stellte befriedigt fest, daß die Ohren und der Nacken des Mannes vor ihr sich heftig röteten.

Für den Rest der Reise plauderten Bonnie und ihre neugewonnene Freundin über Mode, die Vor- und Nachteile des Lebens in einer Kleinstadt wie Northridge und Miss Genoas bewundernswerte Initiative, den Arbeiterkindern eine solide Ausbildung zu ermöglichen.

Es war eine traurige Erleichterung für Bonnie, in Northridge einzutreffen und sich von Lizbeth Simmons zu trennen, um ihr normales Leben wieder aufzunehmen. Keine eleganten Hotels mehr, keine ausgefallenen Restaurantmenüs und keine Ekstase mehr in Eli McKutchens Armen.

Erfreulich an ihrer Rückkehr war eigentlich nur der Gedanke an das Wiedersehen mit Rose Marie, denn Bonnie hatte ihre Tochter sehr vermißt. Es würde sicher auch nett sein, mit Genoa zu plaudern und in aller Ruhe eine Tasse Tee mit Katie zu trinken, die ihr sicher genauestens berichten würde, was sich während ihrer Abwesenheit in Northridge zugetragen hatte.

Die Atmosphäre in der Stadt war gespannt, das spürte Bonnie, kaum daß sie den Zug verlassen hatte. Der Fluß führte ungewöhnlich viel Wasser mit sich, und der Himmel war von einem bedrohlichen dunklen Grau. Bonnies Schuhsohlen versanken im Schlamm, als sie den Bahnsteig verließ. Samuel, der Sohn von Genoas Koch, wartete mit der Kutsche, um Lizbeth abzuholen, aber Bonnie ging lieber zu Fuß. Sie brauchte Zeit, um ihre Gedanken und Gefühle zu sammeln und sie an die richtigen Stellen zu verbannen.

»Könntest du Rose Marie und Katie so bald wie möglich heimfahren?« bat Bonnie Samuel, nachdem sie sein Angebot, sie nach Hause zu bringen, höflich abgelehnt hatte.

Samuel, ein hübscher junger Bursche, der eines Tages ein gutaussehender Mann sein würde, nickte zustimmend. »Ja, Madam. Gern.«

Grinste er dabei verstohlen, oder bildete sie sich das nur ein?

Bonnie kam zu keinem Schluß, und eigentlich kümmerte es sie auch nicht. Es war mit Klatsch zu rechnen, da sie und Eli im selben Zug die Stadt verlassen hatten, aber dagegen ließ sich ohnehin nichts tun.

Als Bonnie sich auf dem Weg zu ihrem Laden einmal besorgt nach dem wild dahinbrausenden Fluß umdrehte, entdeckte sie Webb Hutchesons Buggy auf der Straße. Eine Minute später hielt er neben ihr.

Obwohl sie es vermied, ihm direkt ins Gesicht zu schauen, entging ihr nicht die stille Wut, die ihn beherrschte. Also hatte auch er schon erfahren, daß sie mit Eli zusammen nach Spokane gefahren war. Gott wußte, was er sich sonst noch zusammenreimte, aber was immer es auch sein mochte, schlimmer als die Wahrheit war es sicher nicht! Bonnies Kehle war plötzlich wie zugeschnürt, und aus lauter Verlegenheit wechselte sie die Reisetasche von einer Hand in die andere.

»Hallo, Webb«, gelang es ihr schließlich zu sagen.

»Steig ein«, war seine Antwort. Mehr nicht.

Bonnie fühlte sich so schuldbewußt, daß sie Webb sein rüdes Benehmen verzieh und wortlos in den Buggy stieg.

Während der kurzen Fahrt zu ihrem Laden sprach er kein Wort, aber er folgte Bonnie die Treppe hinauf und blieb hinter ihr stehen, als sie in ihrer Tasche nach dem Schlüssel kramte.

In der dunklen Küche roch es nach Leere und Einsamkeit, und Bonnie öffnete rasch das Fenster, um frische Luft hereinzulassen. Am Kratzen von Stuhlbeinen auf dem Fußboden merkte sie, daß Webb sich am Küchentisch niedergelassen hatte. Er hatte also vor zu bleiben.

Sie schloß für einen Moment die Augen und begann dann altes Zeitungspapier in den Küchenherd zu stopfen. Als das Feuer brannte, setzte sie Teewasser auf – all das, ohne einen einzigen Blick in Webbs Richtung zu werfen.

»Du hättest mir wenigstens sagen können, daß du verreisen wolltest«, sagte er schließlich leise, als ihm klar war, daß Bonnie nicht von sich aus die Initiative ergreifen und sprechen würde.

Sie nahm die gelbe Teekanne aus dem Regal und gab Teeblätter hinein; auch das, ohne Webb anzusehen. »Ich bin nicht mit dir verheiratet, Webb«, sagte sie freundlich und gelassen. »Ich brauche weder vor dir noch vor irgend jemand anderem Rechenschaft über meine Handlungen abzulegen.«

»Verdammt!« rief Webb und schlug so hart auf die Tischplatte, daß Bonnie zusammenzuckte und fast die Teekanne fallengelassen hätte. »Alle Klatschbasen in der Stadt zerreißen sich den Mund darüber, daß du mit McKutchen durchgebrannt bist . . .«

Langsam drehte Bonnie sich um und schaute Webb in die wütenden blauen Augen. »Wage es nicht, mir Vorhaltungen zu machen, Webb. Was ich tue, geht niemanden etwas an und dich auch nicht.«

Webb errötete, aber die weiße Linie um seine Lippen verriet, daß er noch immer sehr zornig war. »Mein Gott, Bonnie – natürlich geht es mich etwas an, ob du . . . ob du dich McKutchen hingegeben hast!«

Bonnie war mindestens so aufgebracht wie Webb, aber sie bemühte sich, ganz ruhig zu bleiben, obwohl sie ihm am liebsten die Teekanne auf dem Kopf zerschmettert hätte. »Ob ich mich Eli hingegeben habe?« wiederholte sie freundlich. »So wie du dich Earline Kalb hingibst, Webb? Oder meintest du vielleicht etwas anderes?«

»Verdammt noch mal, Bonnie!« schrie Webb und sprang so ruckartig auf, daß sein Stuhl umkippte. »Ich bin ein Mann, und das ändert alles!«

»Tatsächlich?« entgegnete Bonnie täuschend ruhig.

Webb hob seinen Stuhl auf und ließ sich wieder darauf nieder. »Ich weiß, daß es unfair klingt«, gab er großzügigerweise zu.

Bonnie wandte sich ab und stellte die Teekanne klirrend auf die Anrichte. »Nur weil es unfair *ist*«, entgegnete sie kalt.

Webbs Stimme klang plötzlich heiser und gebrochen. »Also warst du mit McKutchen zusammen?«

»Das habe ich nicht gesagt«, erwiderte Bonnie, obwohl sie ihm am liebsten die Wahrheit gesagt hätte, weil es das Beste für ihn gewesen wäre.

Irgendwann kochte das Wasser, der Tee war aufgebrüht, und Bonnie setzte sich zu einem sehr schweigsamen Webb an den

Tisch. Nicht ein einziges Wort war in den letzten Minuten zwischen ihnen gefallen.

Da sie es nicht fertigbrachte, Webb die Wahrheit zu sagen, vermied Bonnie das Thema Eli und tat, als wäre es nie aufgekommen. »Es waren sehr viele Gewerkschafter im Zug, Webb«, sagte sie, als sie sich der Drohungen entsann, die ihr Freund erhalten hatte. »Eine grobe Meute, kann ich nur sagen.«

»Ich habe sie gesehen«, erwiderte Webb seufzend und starrte auf seinen Tee, den er bisher nicht angerührt hatte. Aber vermutlich brauchte er jetzt etwas Stärkeres als Orange Pekoe. »Halt dich von ihnen fern, so gut es geht, Bonnie«, warnte er.

Sie richtete sich ein bißchen gerader auf. »Ich werde mich nicht in meinem Haus verkriechen, nur weil eine Horde Grobiane die Stadt terrorisiert.«

Webbs blaue Augen blitzten zornig, als er sie auf Bonnie richtete. »Wie kann man so verdammt eigensinnig sein? Manchmal würde ich dich am liebsten übers Knie legen.«

Bonnie hätte nicht überraschter sein können, wenn Webb sie mit einem Schimpfwort beleidigt hätte. Es lag kein Humor in seinem Blick, er meinte es völlig ernst. »Der Himmel möge dir beistehen, falls du es je versuchen solltest!«

Webb schob seinen Stuhl zurück und verschränkte die Arme vor der Brust. »Ich brauche keine himmlische Unterstützung, Bonnie. Das schaffe ich schon ganz allein!«

Vielleicht wäre alles anders gekommen, wenn Bonnie jetzt nicht die Beherrschung verloren und Webb offen herausgefordert hätte. »Faß mich nur an, Webb Hutcheson, dann kratze ich dir die Augen aus!« Sein Gesichtsausdruck verriet, daß sie ihn zu weit getrieben hatte. Sie öffnete den Mund, um sich zu entschuldigen, aber es war zu spät. Webb packte sie am Arm und schleuderte sie über seine Knie. Natürlich wehrte sie sich wie verrückt, aber Webb hielt sie unerbittlich fest.

»Webb!« schrie Bonnie entsetzt und in einem verzweifelten Versuch, ihn zur Vernunft zu bringen. Sie spürte schon seine Hand über ihrem Po, obwohl sie nichts als den Fußboden sehen konnte. »Webb, hör auf! Das kannst du doch nicht tun!«

»Ich weiß«, erwiderte er resigniert. »Aber das ist mir egal.«

In diesem Augenblick – dem Himmel sei Dank! – erschienen Katie und Rose Marie in der Küchentür. »Mr. Hutcheson!« rief Katie entsetzt. »Lassen Sie Mrs. McKutchen sofort los!«

Webb seufzte und ließ Bonnie frei, die sich sofort auf die andere Seite der Küche zurückzog und sich zitternd an die Spüle lehnte. Ihre Augen blitzten vor Empörung.

»Ich gehe jetzt«, erklärte Webb in merkwürdig geistesabwesendem Ton und mit zerstreuter Miene.

»Das ist wohl auch das Beste«, entgegnete Bonnie kalt.

Als sich die Tür hinter ihm schloß, drehte sie sich zu Katie um, die kalkweiß vor Entsetzen war.

»Ich möchte kein Wort mehr über diesen Zwischenfall hören, Katie, solange ich lebe nicht. Ist das klar? Es ist nichts geschehen.«

Katie schluckte verwirrt. »Ja, Madam«, sagte sie leise.

Bonnie ging hocherhobenen Kopfes hinaus, um ihren Koffer auszupacken. Die Spieldose, die Eli ihr geschenkt hatte, lag – in einen Unterrock gewickelt – ganz oben auf den Sachen. Bonnie packte sie als erstes aus und ließ zärtlich ihren Finger über den gemalten Engel gleiten.

»Wie schön, Madam«, sagte Katie, die unbemerkt hereingekommen war. »Ein Engel – und er hat das gleiche dunkle Haar wie sie!«

Bonnie versteifte sich. Ein Engel. Natürlich. Sie hatte eine boshafte Bemerkung von Eli erwartet, und dann war ihr fast entgangen, womit er sie beleidigte! Aber da war sie, die diskrete und doch so eindeutige Erinnerung an ihre Tage – oder besser gesagt, Nächte – als tanzender *Engel*.

Um nicht ihrem ersten Impuls, die Spieldose an die Wand zu werfen, nachzugeben, stellte sie sie vorsichtig beiseite und holte die Puppe, die sie für Rose Marie gekauft hatte, und das Eau de Cologne für Katie aus dem Koffer.

Beide Mädchen waren entzückt über ihre Geschenke, und es fiel kein Wort mehr über Webbs Entgleisung.

Zum Schluß war es dann auch nicht Katie, sondern Rose Marie, die Bonnies beschämendes Geheimnis verriet. Es geschah am nächsten Tag schon, keine fünfzehn Minuten, nachdem der Zug aus Spokane in Northridge eingetroffen war.

16

Es war ein kalter Nachmittag, und dicke schwarze Regenwolken verdüsterten den Himmel. Aus diesem Grund hatte Bonnie ein Feuer in dem gußeisernen Ofen im Laden angezündet, und es brannten mehrere Petroleumlampen. Während Katie las und Rose Marie mit ihrer neuen Puppe spielte, war Bonnie im Hinterzimmer damit beschäftigt, Platz zu schaffen für die Waren, die Seth bestellt hatte. Auf das leise Klingeln der Ladenglocke hin strich sie ihr Haar glatt und ihre Röcke und ging hinaus, um den Kunden zu bedienen.

»Der ›Kunde‹ war Eli, und er betrachtete Rose mit einem solch mißbilligenden Gesichtsausdruck, daß Bonnie ihre Aufmerksamkeit augenblicklich ihrer Tochter zuwandte.

Rose Marie versohlte ihrer Puppe gnadenlos den Po.

Eli richtete seinen Blick anklagend auf Bonnie, die vor Verlegenheit errötet war. »Schlägst du meine Tochter?« fragte er leise, aber in einem Ton, der äußerst bedrohlich klang.

Bevor Bonnie etwas erwidern konnte, klappte Katie geräuschvoll ihr Buch zu. »Natürlich nicht! Rose Marie ahmt nur nach, was sie gestern gesehen hat. Nicht wahr, meine Kleine?«

Rose Marie, die das Interesse an ihrer Puppe verloren hatte, richtete sich auf ihre kurzen Beinchen auf und ging zu Eli, der sie auf den Arm nahm. Das Kind lächelte er an und drückte es an sich, aber Bonnie maß er mit einem Blick, der sie erschauern ließ.

»Geh nach oben, Katie«, sagte sie schnell.

Das junge Mädchen ging nach einem letzten trotzigen Blick auf Eli wortlos hinaus.

»Was genau *hat* Rose denn gesehen?« fragte Eli kühl.

Bonnie biß sich auf die Lippen. Ihr war klar, daß sie ihm den Vorfall nicht verschweigen konnte, wenn sie ein schreckliches Mißverständnis verhindern wollte. »Webb verlor gestern die Beherrschung . . . und . . .«

Eli erblaßte. »Was? Bei Gott, wenn er Hand an meine Tochter gelegt hat, dann . . .« Er brach ab, weil ihm ein anderer Gedanke kam. »Moment mal! Es war gar nicht Rose, die Hutcheson geschlagen hat, nicht wahr? Er hat dich geschlagen, Bonnie!«

»Webb hat *niemanden* geschlagen«, zischte Bonnie und errötete bis über beide Ohren. »Katie kam gerade rechtzeitig herein, um ihn davon abzuhalten. Und du brauchst gar nicht so selbstgerecht zu tun, Eli, denn du bist auch nicht besser als er! Vor ein paar Tagen hast du mir doch noch genau dasselbe angedroht!«

»Willst du Hutcheson etwa verteidigen?«

Bonnie schüttelte den Kopf. »Selbstverständlich nicht. Ich würde es ihm niemals verzeihen, wenn ich nicht wüßte, daß er nicht ernsthaft vorhatte, mir weh zu tun.«

Ein belustigtes Funkeln erschien in Elis braunen Augen, obwohl seine Miene ernst blieb. »Nein? Wollte er das wirklich nicht?«

Bonnie wandte den Blick ab. »Na ja, vielleicht schon.«

Kurzes Schweigen, dann lachte Eli. »Was hast du getan, um den armen Teufel so weit zu treiben, daß er die Beherrschung verlor?«

Bonnie straffte die Schultern und schaute Eli trotzig an. »Er war wütend, weil er gehört hatte, was über dich und mich geredet wird. Außerdem befahl er mir, mich von den Gewerkschaftern fernzuhalten, die gestern in meinem Zug waren, und daraufhin habe ich ihm klargemacht, daß er nicht über mich zu bestimmen hat!«

Eli nickte seufzend. »In gewisser Weise kann ich Hutcheson sogar verstehen, obwohl ich ihm andererseits am liebsten den

Hals umdrehen würde. Auf jeden Fall werde ich ihm sagen, daß er ein toter Mann ist, falls er so etwas noch einmal versuchen sollte.«

Es klang so ernst, daß es Bonnie schauderte. »Du bist ein Heuchler, Eli. Du hättest an Webbs Stelle nichts anderes getan.«

Eli schüttelte den Kopf. »Du wirst deine Beziehung zu ihm gar nicht abbrechen, was? Du willst ihn nur eine Weile leiden lassen, um ihm dann gnädig zu verzeihen.«

»*Dir* hatte ich auch verziehen«, entgegnete Bonnie steif.

Aber das konnte Eli nicht besänftigen. »Sehr großzügig von dir. Aber ich bin nicht gekommen, um über Hutcheson zu reden. Ich wollte dir sagen, daß ich aus dem Hotel ausziehe und in der nächsten Zeit bei Earline leben werde.«

Bei Earline Kalb? Fast hätte Bonnie vor Wut mit dem Fuß aufgestampft und Eli angeschrien. Aber es gelang ihr, diese Gefühle zu verbergen und kühl zu entgegnen: »Wc du lebst, ist deine Sache.«

»Richtig«, erwiderte Eli schmunzelnd. »Aber für den Fall, daß du mich einmal meiner Tochter wegen brauchen solltest, mußt du wissen, wo du mich finden kannst.« Er tippte sich an den Hut, küßte Rose zum Abschied und verließ den Laden.

Bonnie war zutiefst empört, und das Schlimmste war, daß sie kein Recht besaß, diese Gefühle zu äußern. Was sie jedoch am meisten ärgerte, war die Tatsache, daß es sie nicht im geringsten störte, daß Webb bei Earline wohnte – ja, nicht einmal, daß sie seine Geliebte war. Doch falls *Eli* sich mit dieser Frau einließ . . .

Rose Marie schaute verwundert auf, als Bonnie dem Gurkenfaß einen harten Tritt versetzte.

»Sieh zu, daß du dich nie verliebst!« warnte Bonnie düster ihre Tochter.

Als Bonnie gerade den Laden schließen wollte, erschien Webb und überreichte ihr mit beschämter Miene einen Veilchenstrauß. Sein Mantel und sein Haar waren tropfnaß vom Regen draußen.

Bonnie ließ ihn kopfschüttelnd ein und stellte die Blumen in eine Vase.

»Es tut mir leid, Bonnie«, murmelte Webb, während er seinen nassen Mantel auszog. »Kannst du mir verzeihen?«

»Ich sollte es eigentlich nicht«, entgegnete Bonnie, aber ein Engel an ihrer Schulter ermahnte sie, daß sie Webb absichtlich gereizt hatte und ihm gegenüber nie ehrlich gewesen war, was ihre Gefühle für Eli betraf. »Aber ich verzeihe dir, wenn du bereit bist, mein Verhalten zu entschuldigen.«

Der arme Webb war so erleichtert, daß Bonnie fast die Tränen kamen. Wieviel einfacher wäre alles gewesen, wenn er ärgerlich geworden wäre und ihr gesagt hätte, daß er sie nie wiedersehen wollte! Aber was war schon einfach in Bonnies Leben?

Als eine Art Friedensangebot schenkte sie Webb eine Tasse Kaffee ein. »Glaubst du, der Regen wird je aufhören?« fragte sie, in einem Versuch, Konversation zu machen.

Webb zuckte die Schultern. »Ich habe schon überlegt, ob ich meine Druckerpresse nicht an einen höher gelegenen Ort bringen sollte.«

Bonnie dachte an Patch Town, das bei Überschwemmungen ganz besonders gefährdet war, und erschauerte. »Du kannst sie herbringen, Webb. Im Lager ist Platz genug.«

»Ich werde es mir überlegen«, erwiderte Webb und nieste heftig. Der arme Mann hatte sich bereits erkältet; er zitterte, und seine Zähne klapperten. »Es wäre mein Ruin, wenn meinen Maschinen etwas zustoßen würde!«

Bonnie dachte an die streitlustigen Gewerkschaftsleute aus dem Zug und beschloß, das Thema – so unangenehm es auch war – noch einmal anzusprechen. »Hast du noch weitere Drohungen erhalten, Webb? Bezüglich deiner Artikel, meine ich?«

»Nein«, antwortete er, vermied es jedoch, sie dabei anzusehen.

»Aber der Streik geht weiter.«

Webb rückte näher an den warmen Ofen heran. »Die Hälfte der Männer sind dabei. Die Gewerkschaftsführer haben ihnen gesagt, die neuen Häuser und kürzeren Arbeitszeiten wären nur ein Trick von McKutchen, um sie wieder zum Arbeiten zu bringen. Sie behaupten, Eli wolle sie nur daran hindern, sich zu organisieren, und würde wieder zu seinen alten Gepflogenheiten zurückkehren, sobald er sich die Gewerkschaft vom Hals geschaffen hätte.«

»Wie können sie so etwas glauben? Es ist Eli ernst, Webb! Ich weiß es, weil ich die Bestellungen für einen großen Teil des Baumaterials entgegengenommen habe.«

Er zitterte so stark vor Kälte, daß Bonnie Katie nach oben schickte und eine Decke holen ließ. »Einige der Männer glauben nicht an die neuen Häuser, Bonnie. Sie befürchten, daß Eli sie auf die Straße setzen wird, wenn sie den Streik abbrechen.«

»Diese Männer, die im Zug waren, bereiten mit große Sorgen«, bemerkte Bonnie.

»Ich bin erstaunt, daß noch keiner von ihnen hier war«, erwiderte Webb. »Sie wohnen alle nebenan im Hotel.«

»Ich bin froh, wenn ich keinen dieser Kerle bedienen muß!«

In diesem Augenblick betrat eine Frau den Laden. Als sie ihre Kapuze zurückwarf und den Regen von ihrem Umhang schüttelte, erkannte Bonnie Lizbeth Simmons.

»Hoffentlich haben Sie ein heißes Getränk für mich!« sagte sie munter. »Das ist ja ein furchtbares Wetter!«

Bonnie lächelte, denn Webb hatte sich erhoben, um Miss Simmons in aller Form zu begrüßen.

Nachdem sie ihre beiden Freunde einander vorgestellt hatte, bot Bonnie Lizbeth eine Tasse Kaffee an und schob ihr einen Stuhl an den Ofen heran.

»Ich habe eine Einkaufsliste aufgestellt«, erklärte Lizbeth. »Passen Sie nur auf, daß ich die Sachen nachher nicht vergesse.«

Also hat der Freitagnachmittagsclub Miss Simmons noch nicht über mich aufgeklärt, dachte Bonnie wehmütig. »Wohnen Sie bei Genoa?«

Lizbeth schien die Wärme des Ofens und Webbs bewundernde Blicke zu genießen. »Ja. Es gefällt mir dort sehr gut.«

Ganz unvermittelt spürte Bonnie Eifersucht in sich erwachen.

Lizbeth war eine sehr attraktive Frau und völlig ungebunden... Wie würde Eli reagieren, wenn er sie kennenlernte?

Plötzlich war Bonnie gar nicht mehr so sicher, daß sie diese hübsche, fröhliche junge Dame zur Freundin haben wollte.

Als Lizbeth ihren Kaffee getrunken hatte, holte sie ihre Einkaufsliste hervor.

Bonnie zögerte. »Ich nehme an, Sie haben noch nichts von den... Damen aus der Stadt gehört?«

Lizbeth lächelte strahlend. »O doch – jedenfalls indirekt. Ich habe mehrere Einladungen zum Tee erhalten.« Das Lächeln verblaßte und wich einem mitleidigen Blick. »Genoa sagte mir, wie sie Sie behandeln, Bonnie, und ich glaube deshalb nicht, daß ich sie kennenlernen möchte. Wie lächerlich, seine Lebensmittel aus Colville kommen zu lassen, anstatt sie in Ihrem Laden einzukaufen!«

Bonnie war verblüfft und empfand einen Moment lang so etwas wie Hoffnung. Aber es hatte schon vor Lizbeth Neuankömmlinge gegeben, von denen einige ihr recht freundlich begegnet waren, um dann schließlich doch dem Druck der Damen aus dem Club nachzugeben. »Wissen Sie, daß ich Tänzerin im Brass Eagle Saloon war?«

Aus dem Augenwinkel sah sie, wie Webb sich versteifte und bis unter die Haarwurzeln errötete.

Doch Lizbeth schien völlig unbeeindruckt. »Natürlich, das hat Genoa mir auch gesagt. Aber zeigen Sie mir doch noch einmal die Liste – habe ich vergessen, Haarnadeln und Tinte aufzuschreiben?«

Bonnie reichte ihr die Liste und begann die Artikel zusammenzusuchen, an die sie sich erinnerte. Lizbeth half ihr dabei. »Sie sollten diese alten Hexen mit ihren eigenen Waffen schlagen«, bemerkte sie vergnügt, als Bonnie die Rechnung erstellte.

Da sie wußte, daß Lizbeth die Mitglieder des Freitagnachmittagsclubs meinte, runzelte sie die Stirn. »Wie könnte ich das?«

»Haben Sie ein Blatt Papier und etwas bunte Kreide?« erkundigte sich Lizbeth schmunzelnd.

Bonnie riß ein großes Stück von der Papierrolle ab und fand einen Stummel blaue Kreide.

Während Lizbeth sich über das Papier beugte und Buchstaben darauf malte, bemühte Bonnie sich, ihre Neugierde zu beherrschen und setzte sich zu Webb an den Herd.

Als Lizbeth ihre Arbeit beendet hatte, drehte sie sich um und hielt das Papier in die Höhe, damit Bonnie es lesen konnte. *Mitgliedern des Freitagnachmittagsclubs ist das Betreten dieses Lokals untersagt* verkündete das Schild in großen Lettern.

Webb grinste verstehend, aber Bonnie war verblüfft, starrte das Schild an und fragte sich, welchen Sinn es haben sollte, Leuten, die ihr Lokal ohnehin mieden, den Zutritt zu verbieten.

Doch Lizbeth brachte das Schild im Schaufenster unter und ging hinaus, um ihr Werk zu betrachten. Als sie wieder hereinkam, lächelte sie zufrieden.

»Ja, das wird sie ärgern!« erklärte sie strahlend. »Diese verbiesterten alten Weiber!«

Bonnie begriff noch immer nichts. »Ich verstehe nicht, was . . .«

Lizbeth legte ihren Umhang um und setzte die Kapuze auf. »Warten Sie ab, Bonnie. Warten sie nur ab.« Damit verabschiedete sich die Lehrerin und tauchte wieder im grauen Nieselregen unter.

Es war schon spät, und Bonnie wollte den Laden schließen. »Möchtest du nicht mit uns essen?« lud sie Webb ein. »Katie kocht sehr gut, und heute gibt es Hühnerfrikassee mit Reis.«

»Ich möchte nicht stören . . .«

Bonnie bückte sich, um Rose aufzuheben, die auf ihrer Decke eingeschlafen war. »Stören? Ich dachte, wir wären Freunde? Außerdem scheinst du dir eine Erkältung geholt zu haben, und deshalb möchte ich dich nicht ohne etwas Warmes im Magen in den Regen und in die Kälte zurückschicken.«

Webb stand zögernd auf. »Earline wird schon etwas vorbereitet haben . . .« begann er, aber als er Bonnies Blick sah, verstummte er.

»Aber bitte, Webb«, sagte sie kühl, »riskiere ruhig eine Lungenentzündung – aber laß Earline nicht mit dem Essen sitzen!«

Erstaunlicherweise hellte Webbs Miene sich bei ihren Worten auf. »Bist du eifersüchtig, Bonnie?«

Verärgert wandte sie sich ab. Natürlich war sie eifersüchtig, aber nicht auf *seine* Beziehung zu Earline. Es war Eli, um den sie sich Sorgen machte. »Entweder nimmst du meine Einladung an, oder du lehnst sie ab, Webb«, rief sie ihm zu, als sie Rose Marie zur Treppe trug. »Mir ist es gleichgültig. So oder so.«

Natürlich blieb er.

Das Hühnerfrikassee war köstlich, und alle ließen es sich schmecken, außer Rose Marie, die auf ihrem Stühlchen eingeschlafen war.

Nach dem Essen entschuldigte Bonnie sich, um ihre Tochter ins Bett zu bringen. Als sie in die Küche zurückkehrte, hatte Katie Spülwasser aufgesetzt, und Webb räumte den Tisch ab.

Gerührt blieb Bonnie in der Tür stehen und betrachtete das friedliche Bild, das sich ihr bot. Trotz des Zwischenfalls vom Tag zuvor war ihr bewußt, daß es keinen sanfteren und freundlicheren Menschen auf Erden gab als Webb – weshalb es vernünftig gewesen wäre, ihn zu heiraten. Aber wenn es um Liebe ging, kannte Bonnie leider keine Vernunft.

Nachdem Katie sich auf ihr Zimmer zurückgezogen hatte, schenkte Bonnie für sich und Webb Kaffee ein. Eine einzelne Lampe erhellte den Raum und vermittelte ihm eine solche gemütliche Atmosphäre, daß Bonnie ganz traurig wurde.

Seufzend drehte Webb die Tasse in den Händen. »Was ich gestern abend getan habe, hat alles zwischen uns verändert, Bonnie«, sagte er bedrückt.

Es wäre ein Leichtes gewesen, den Bruch ihrer inoffiziellen Verlobung damit zu rechtfertigen – aber dafür mochte Bonnie Webb zu sehr. »Ich bin nicht sicher, ob wir je zusammen gepaßt haben, Webb«, sagte sie ganz offen.

»Was nur heißen soll, daß du mich nicht heiraten wirst!« entgegnete Webb schroff und nieste so heftig, daß Bonnie erschrak.

»Mein Gott! Du hast dich ja ganz schrecklich erkältet!«

»Ich will nicht über meine Erkältung reden!« knurrte Webb durch sein Taschentuch. »Wirst du mich nun heiraten oder nicht?«

»Ich bin erstaunt, daß du mich noch willst – nach all dem

Gerede über meine Fahrt nach Spokane.« Bonnie versuchte, den Mut zu finden, ehrlich zu Webb zu sein, selbst wenn sie ihn dazu verletzen mußte. Aber wenigstens gab sie ihm so Gelegenheit, sich eine andere Frau zu suchen, die besser zu ihm paßte.

Webb stopfte sein Taschentuch in die Hosentasche. »Wundere dich nicht«, sagte er und schaute ihr ganz offen in die Augen. »Ich würde dich sogar haben wollen, wenn ich dich in McKutchens Bett erwischt hätte!«

Sag es ihm! schrie Bonnies Gewissen. Sag es ihm endlich!

Aber sie konnte sich nicht dazu überwinden. »Das ist ja furchtbar, Webb! Du bist so ein netter Mann, auf den jede Frau stolz wäre, und deshalb solltest du auch ein bißchen mehr Stolz besitzen!«

»Wenn es um dich geht, Bonnie«, sagte er ernst, »kenne ich keinen Stolz. Ich würde vor dir kriechen, wenn es sein müßte.«

Bonnie erstickte fast, so aufgeregt schlug ihr Herz. »Sag das nicht!« flüsterte sie. »Das bin ich nicht wert – das ist niemand wert!«

Webb war aufgestanden und zog seinen feuchten Mantel an. »Ich liebe dich«, sagte er, küßte Bonnie auf die Stirn und ging hinaus.

Bonnie legte das Gesicht auf die Hände und hielt mühsam die Tränen zurück. Wie ironisch das Schicksal war! Einerseits wünschte sie, Webb Hutcheson lieben zu können, und andererseits hoffte und betete sie, daß er eine andere finden würde . . .

17

Obwohl die meisten Stadtbewohner bereits eine zweistündige Predigt in der Presbyterianischen Kirche oder eine ähnlich lange Messe im St. Jude's durchgestanden hatten, war das Pompeii Theater am Sonntagnachmittag bis auf den letzten Platz gefüllt. Niemand wollte sich entgehen lassen, was Eli McKutchen zu sagen hatte. Auch die Vertreter der Gewerkschaft waren vollzählig erschienen und besetzten die hinteren Reihen oder standen in den Gängen herum.

Als Bürgermeisterin von Northridge beharrte Bonnie auf dem Vorrecht, mit Eli, Seth und Forbes auf der Bühne zu sitzen.

Die Frauen im Publikum musterten sie mit unverhohlener Feindseligkeit, aber das kümmerte Bonnie heute nicht. Indem sie ihr Amt als Bürgermeisterin wahrnahm, wollte sie sich nur eine Gelegenheit zum Reden sichern.

Eli trat als erster an das hastig errichtete Rednerpult. Nicht die geringste Spur von Unsicherheit oder Selbstzweifeln verrieten sich in seiner Stimme und in seiner Haltung. Er sprach davon, daß jede Familie ein solides neues Haus erhalten sollte und daß die tägliche Arbeitszeit von zwölf auf acht Stunden verringert werden würde. Jeder Mann, so sagte er, besäße dann das Recht, sein Haus zu kaufen, um auf diese Weise für sein Alter vorzusorgen. Diese letzte Ankündigung rief ein aufgeregtes Flüstern in der Menge hervor, denn eine derartige Absicherung hatte es für Männer, die sich ihr Brot im Schweiße ihres Angesichts verdienten, noch nie gegeben.

Einer der Gewerkschaftsfunktionäre – es war der mürrisch aussehende Mann, der vor drei Tagen schon einmal zu den Leuten gesprochen hatte – unterbrach Eli mit der Frage: »Was wird geschehen, Mr. McKutchen, wenn Sie die Gewerkschaft aus Northridge vertrieben haben? Werden Sie die Männer, die an dem Streik teilnahmen, bestrafen und ihnen die angekündigten Konzessionen streichen?«

Wieder entstand Unruhe in der Menge. Viele der Arbeiter befürchteten genau das, was der Gewerkschafter gerade ausgesprochen hatte.

Eli hob die Stimme, um sich Gehör zu verschaffen. »Ich habe nichts gegen Gewerkschaften, Mr. Denning. Es steht den Männern frei, sich zu organisieren, wenn sie das möchten, aber ich werde nicht die Löhne erhöhen, um die Beiträge zu finanzieren. Ich glaube, daß die neuen Häuser und die verkürzten Arbeitszeiten für den Moment als Zugeständnisse ausreichen.«

Genoa, die in der dritten Reihe saß, stand auf und hielt ihren Blick auf Seth Callahan gerichtet, als bezöge sie nur durch ihn den nötigen Mut zum Reden. Lizbeth, die neben Genoa gesessen hatte, erhob sich mit ihr.

»Als Eigentümerin beträchtlicher Anteile der McKutchen Enterprises möchte ich noch ein weiteres Zugeständnis machen«, erklärte Genoa mit klarer, wenn auch etwas zitternder Stimme. »Wir werden eine Schule eröffnen, die ausschließlich für die Arbeiter und ihre Kinder bestimmt sein wird.«

»Für die *Arbeiter,* Miss McKutchen?« wandte Denning spöttisch ein, weil er Genoas Unsicherheit spürte, vor so vielen Menschen zu sprechen, und seinen Vorteil daraus ziehen wollte.

Genoa straffte die mageren Schultern, und in diesem Moment bewunderte Bonnie sie mehr denn je. »Einige von Ihnen«, fuhr Genoa fort und ließ ihren Blick über die Gesichter schweifen, die neugierig zu ihr hinüberstarrten, »sind nicht des Lesens und des Schreibens mächtig. Miss Simmons und ich sind bereit, Sie zu unterrichten.«

Einige der Frauen aus Patch Town sahen noch viel verblüffter aus als ihre Männer. Bestimmt hätten sie gern gefragt, ob die neue Schule auch ihnen zugänglich sein würde, aber keine von ihnen schien den Mut dazu aufzubringen. Also sprach Bonnie ihre Gedanken aus.

»Was ist mit den Frauen der Arbeiter, Miss McKutchen? Werden sie auch zum Unterricht zugelassen?«

Genoa nickte. »Selbstverständlich«, sagte sie entschieden, um sich dann mit einem Seufzer der Erleichterung wieder auf ihrem Platz niederzulassen.

Aufgeregtes Murmeln erhob sich in der Menge. Die wohlhabenderen Damen aus der Stadt, die natürlich alle eine Schule besucht hatten, zeigten ganz unverhohlen ihre Mißbilligung.

Forbes stand auf und trat neben Eli. »Was wollt ihr eigentlich sonst noch, Männer?« rief er gereizt. »Die McKutchen Enterprises sind bereit, euch wieder arbeiten zu lassen, obwohl ihr gestreikt habt; sie wird euch neue Häuser geben und die Möglichkeit, sie zu besitzen – und ihr werdet sogar eine eigene Schule haben!«

Einer der Männer stand auf. »Wissen Sie, was uns Kopfzerbrechen bereitet, Durrant? Die Tatsache, daß Sie wieder die Werke leiten!«

Zustimmende Rufe wurden in der Menge laut.

»Mr. Durrant wird die Werke leiten, das ist wahr«, mischte Eli sich beschwichtigend ein. »Aber nur unter meiner Aufsicht oder der von Mr. Callahan. Mr. Durrant wird über jeden seiner Schritte Rechenschaft ablegen müssen.«

»Woher sollen wir wissen, daß Sie nicht genauso sind wie er, Mr. McKutchen?« beharrte der Arbeiter. »Entschuldigen Sie, daß ich es sage – aber früher haben Sie sich auch nicht um uns gekümmert.«

Bonnie richtete ihren Blick auf Eli wie alle anderen der Anwesenden. In gewisser Weise hatte der Zwischenrufer recht, und die Tatsache, daß die McKutchen Enterprises sehr viel mehr umfaßten als die Hüttenwerke, konnte nicht als Entschuldigung für Elis Vernachlässigung der Northridger Arbeiter gelten.

Eli straffte die breiten Schultern. »Es stimmt, ich habe euch vernachlässigt. Das gebe ich zu, ich werde auch nicht versuchen, Ausreden dafür vorzubringen. Ich kann euch nur versprechen, daß ich beabsichtige, für einige Zeit in Northridge zu bleiben, und ich gebe mein Wort, daß ich Sie nicht vergessen werde, wenn ich nicht mehr hier bin.«

»Was ist Ihr Wort wert, Mr. McKutchen?« wandte Mr. Denning ein. »Diese Männer haben allen Grund zu glauben, daß Sie sich in Zukunft genausowenig um ihre Interessen bemühen werden, wie Sie es in der Vergangenheit getan haben. Sie brauchen eine Gewerkschaft!«

Die Fremden in den schäbigen Anzügen klatschten, und einige der Hüttenwerksarbeiter stimmten in den Applaus mit ein.

Eli wartete, bis der Lärm verstummte. »Ich wiederhole noch einmal, Mr. Denning, daß ich diese Männer nicht davon abhalten werde, Ihrer Gewerkschaft beizutreten. Was mich betrifft, steht es Ihnen frei, so viele Mitglieder zu gewinnen, wie Sie wollen.«

Nun kam Webb plötzlich durch den Gang und baute sich vor der Bühne auf. »Begreift ihr Männer wirklich nicht, daß eure Rechte den Gewerkschaftern völlig schnuppe sind?« rief er gereizt. »Sie wollen doch nichts anderes, als ihre Taschen mit euren Beiträgen zu füllen! Was könnt ihr noch verlangen nach all den Zugeständnissen, die Mr. McKutchen schon gemacht hat? Euch selbst und euren Familien zuliebe solltet ihr an die Arbeit zurückkehren, solange es noch möglich ist!«

Bonnie verspürte Angst, als sie die Gesichter der Schlägertypen sah, die Mr. Denning angeheuert hatte. Sie schienen Webb noch mehr zu hassen als Eli.

Die Worte ›solange es noch möglich ist‹ verursachten einen neuen Aufruhr.

Eli hob beschwichtigend die Hände, aber bevor er etwas sagen konnte, verkündete Mr. Denning triumphierend: »Die McKutchen Enterprises stellen euch also ein Ultimatum! Das heißt, daß die Männer, die mitstreiken, nur soundsoviel Zeit haben werden, an ihre Arbeitsplätze zurückzukehren!«

»Die Werke arbeiten nur mit halber Kraft«, gab Eli offen zu. »Die Streikenden haben zweiundsiebzig Stunden Zeit, um ihre Arbeit wieder aufzunehmen. Jene, die es nicht tun, werden dann ersetzt.«

Seine Worte ließen die Frauen der Arbeiter erblassen, während ihre Männer entschieden beunruhigt wirkten. Mr. Denning hingegen und seine Männer waren empört.

»Zweiundsiebzig Stunden«, wiederholte Eli, bevor er das Rednerpult verließ und an seinen Platz zurückkehrte.

»Ich möchte wissen, was Bonnie McKutchen auf der Bühne zu suchen hat!« erklang eine gereizte Frauenstimme aus dem Publikum.

Bonnie wünschte sich nun, sich zu Genoa und Lizbeth gesetzt zu haben, aber dafür war es jetzt zu spät. Mit zitternden Knien, doch äußerlich beherrscht erhob sie sich und trat ans Rednerpult.

»Ich lebe wie Sie alle in dieser Stadt«, begann sie, »und ich bin Ihre rechtmäßig eingesetzte Bürgermeisterin. Daß dieses Amt mir nicht viel Autorität über Sie vermittelt, ist mir klar, aber ich betrachte es als meine Pflicht . . .«

»Pflicht!« schrie eine andere Frau dazwischen. »Hört euch den Engel an, wie er von Pflicht redet!«

Alle lachten, und Bonnie errötete vor Verlegenheit, aber einschüchtern ließ sie sich nicht. Es war ihr ein Trost, daß Eli an ihre Seite getreten war.

»Laßt eure Sticheleien sein und hört mir zu!« schrie Bonnie jetzt von gerechtem Zorn erfaßt. »Es geht hier nicht darum, was ihr von mir denkt. Das Thema dieser Zusammenkunft ist euer eigenes Wohl und das eurer Familien. Seid doch endlich einmal so vernünftig, über Mr. McKutchens Angebot nachzudenken! Oder seid ihr so verblendet von all diesem Gewerkschaftsunsinn, daß ihr gar nicht mehr annehmen wollt, was ihr euch schon so lange wünscht?«

Sie machte eine Pause, um Atem zu holen. Eli anzusehen, wagte sie nicht, aber sie merkte, daß Webb ihr bewundernde Blicke zuwarf. »Glaubt ihr etwa, diese professionellen Aufrührer kümmerte es auch nur im geringsten, was aus euch wird? Sie wollen nur euer Geld! Wenn ihnen euer Wohl am Herzen läge, würden Sie euch dann jetzt nicht sagen, daß Mr. McKutchens Vorschlag mehr als fair ist? Ihr seid doch vernünftige Leute – denkt doch selbst mal nach!«

Würdevoll wandte Bonnie sich ab und kehrte zu ihrem Platz

zwischen Forbes und Seth zurück. Forbes nahm ihre Hand und drückte sie anerkennend.

Wie auf ein unsichtbares Signal hin löste sich die Versammlung auf, und alle außer Eli und Bonnie verließen den Saal.

Bonnie bleib einfach sitzen. Sie war plötzlich unendlich müde.

»Bonnie?«

Obwohl Elis Stimme sehr sanft klang, schaute sie nicht auf, und selbst als er sich vor sie hinhockte und ihre Hände nahm, brachte sie nicht die Kraft auf, ihn anzusehen.

»Ich habe mich lächerlich gemacht«, sagte sie.

»Das ist nicht wahr. Ganz im Gegenteil.«

Eine Träne rollte über ihre Wange, sie versuchte nicht einmal, sie fortzuwischen. Aber sie entzog Eli ihre Hände und verschränkte sie im Schoß. »Warum mache ich mir dauernd etwas vor?« murmelte sie. »Ich bin gar nicht wirklich die Bürgermeisterin dieser Stadt, und deshalb hatte ich auch kein Recht, etwas zu sagen.«

»Das stimmt nicht, Bonnie. Du hast dich bemüht, diesen Menschen etwas klarzumachen, und das war richtig so.«

»Ja, vielleicht ... Aber als ich noch Gelegenheit hatte, Einfluß auf dich zu nehmen, damit du etwas an ihrer Lage änderst, habe ich gar nichts für diese Leute getan!«

Eli legte seine Hand um Bonnies Kinn und strich mit dem Daumen ihre Träne fort. »Auch ich habe Fehler gemacht, die ich bereue, Bonnie. Aber die Vergangenheit läßt sich nicht ungeschehen machen. Sie ist vorbei.«

Seine Worte waren eine schmerzhafte Niederlage für Bonnie, denn sie wußte, daß er jetzt über ihre Ehe sprach, und die Möglichkeit, daß sie je wieder zusammenfanden, von vornherein ausschloß. Obwohl Bonnie überzeugt gewesen war, sich damit abgefunden zu haben, merkte sie jetzt, daß sie sich nur etwas vorgemacht hatte und verzweifelte fast angesichts dieser neuen zerstörten Hoffnung, von deren Existenz sie bisher nicht einmal etwas geahnt hatte.

»Es gibt so viele traurige Dinge auf der Welt«, sagte sie, stand auf und verließ die Bühne und den Saal.

Der Montag war genauso grau und deprimierend wie der Sonntag, und Bonnie verkroch sich in ihrem Laden wie ein verwundetes Tier in seiner Höhle.

Trotz des schlechten Wetters waren eine Menge Leute auf der Straße unterwegs, und viele blieben vor dem Laden stehen, um das Schild zu betrachten, das Lizbeth ins Schaufenster gestellt hatte.

Es war früher Nachmittag, als Mrs. Sylvester Kirk, inoffizielle Vorsitzende des Freitagnachmittagsclubs zur Verbesserung der Gemeinde, mit einer kleinen Abordnung eintraf.

»Ich möchte wissen, was dieses alberne Schild zu bedeuten hat!« erklärte sie mit vor Entrüstung bebenden Nasenflügeln.

Bonnies Stimmung besserte sich fast augenblicklich. »Das Schild?« wiederholte sie mit einem höflichen Lächeln. »Ach so – Sie meinen das Schild im Schaufenster!«

»Ja, das meine ich«, entgegnete Mrs. Kirk gereizt. »Darf ich fragen, ob ich richtig verstanden habe, was es aussagen soll? Ist es tatsächlich Ihre Absicht, die Mitglieder unseres angesehenen Clubs vom Einkauf in Ihrem Laden auszuschließen?«

Plötzlich ging Bonnie ein Licht auf. *Das* also hatte Lizbeth mit ihrem Schild bezweckt! Es war ja so einfach. Warum war sie nicht selbst schon auf die Idee gekommen?

»Unverschämtes Frauenzimmer!« zischte ein Mitglied des Clubs.

Mrs. Kirk hob eine Hand wie ein General, der seine Truppen zur Ordnung ruft. »Sie haben also beschlossen, die Mitglieder unserer nützlichen Vereinigung zu diskriminieren?«

Bonnie lächelte freundlich. »Ich diskriminiere niemanden. Ich verbiete Ihren Mitgliedern nur, in meinem Laden einzukaufen.«

»Also, das ist doch . . .!« zischte eine von Mrs. Kirks kattunbekleideten Mitstreiterinnen. »Eine Frechheit!«

»Natürlich ist es fraglich, ob Ihre Organisation die Bezeichnung ›nützlich‹ verdient«, entgegnete Bonnie in Erinnerung an die am Vortag erlittene Demütigung im Pompeii Theater. »Soweit ich bisher feststellen konnte, hat Ihr Club *zur Verbesse-*

rung der Gemeinde bisher nichts anderes getan, als sich zum Tee zu treffen und den neuesten Klatsch auszutauschen.«

Mrs. Kirk errötete heftig. »Das ist nicht wahr. Wie haben viel getan, um diese Stadt zu verschönern.«

»Nennen Sie mir ein Beispiel«, forderte Bonnie sie heraus.

»Wir haben einmal einen Kuchenbazar veranstaltet«, entgegnete Menelda Sneeder mit einem wütenden Blick auf Bonnie. »Der Erlös daraus ist für neue Einbände der Gesangbücher verwendet worden.«

»Tatsächlich? Nun ja, der liebe Gott hat sich sicher darüber gefreut, selbst wenn es in dieser Stadt noch immer Kinder gibt, die abends hungrig zu Bett gehen.«

»Ich lasse mich aus keinem Geschäft dieser Stadt verbannen!« donnerte Mrs. Kirk, für die das Thema Gesangbücher und hungernde Kinder erledigt schien.

»Außer aus meinem«, entgegnete Bonnie gelassen.

Mrs. Kirk marschierte zu den Regalen auf der anderen Seite des Raums und nahm eine große Dose Körperpuder heraus. Dann – Bonnie hätte schwören können, daß der Fußboden erzitterte – stampfte die ehrenwerte Vorsitzende des Clubs zur Theke zurück. »Ich bestehe darauf, diesen Puder zu kaufen!« sagte sie herausfordernd.

Ihre korsettverschnürte Brigade folgte ihrem Beispiel. Sie wollten Haarnadeln kaufen, Reis oder Kaffeebohnen und ließen sich nicht abweisen. Es war ihr gutes Recht, in diesem Laden einzukaufen – sie waren freie amerikanische Bürger!

Bonnie kassierte mit unbewegter Miene das Geld für die verkauften Waren, aber als die Frauen gegangen waren, begann sie durch ihren Laden zu wirbeln wie eine Ballerina. Lizbeths kluger Trick hatte gewirkt!

An diesem Abend ließ der Regen nach, das Unwetter zog weiter. Für den Rest der Woche war Bonnie sehr beschäftigt, denn jeder Zug brachte neue Lieferungen von Farbe, Nägeln, Rohren und Balken.

Im Verlauf von Elis Zweiundsiebzig-Stunden-Ultimatum kehrte auch der letzte am Streik beteiligte Arbeiter an seinen Arbeitsplatz zurück. Obwohl damit noch längst nicht alle Probleme bereinigt waren, war doch eine Atmosphäre neuerwachter Hoffnung in der Stadt zu spüren.

Und Bonnie konnte sich kaum retten vor Kunden. Der Boykott ihres Geschäfts war ganz offensichtlich aufgehoben. Zwar blieben die Mitglieder des Damenclubs unfreundlich wie immer, wenn sie ihre Einkäufe tätigten, aber sie bezahlten bar, und das reichte Bonnie.

Am Freitag kam Eli, um noch mehr Baumaterial zu bestellen. Er trug Arbeitskleidung und war sehr schmutzig, denn obwohl er nicht mehr in den Werken arbeitete, half er beim Bau der Hütten mit.

Zum ersten Mal in ihrem Leben war Bonnie finanziell unabhängig, und so schloß sie an diesem Tag etwas früher, um eine Schneiderin aufzusuchen. Sie sollte das einzige Kleid, das ihr aus New Yorker Zeiten geblieben war, für Genoas Gartenparty umändern.

Beim Verlassen des kleinen Geschäfts begegnete sie Tuttle O'Banyon, der ihr stolz die neueste Ausgabe der *Northridge News* überreichte. »Mr. Hutcheson hat gesagt, ich sollte sie Ihnen bringen«, sagte er, als Bonnie die Titelseite überflog. »Niemand hat die Zeitung bisher gelesen.«

Trotz des warmen Wetters erfaßte ein Frösteln Bonnie, als sie las, was Webb geschrieben hatte.

In seinem Leitartikel beglückwünschte er die Arbeiter zu ihrer weisen Entscheidung, den Streik abzubrechen, und verteufelte Mr. Denning und seine Männer als ›geldgierige Außenseiter‹. In einem kleineren Artikel bezeichnete er Bonnie als Northridges einzige und rechtmäßige Bürgermeisterin, die sich furchtlos und tapfer für die Rechte ihrer Gemeindemitglieder einsetzte . . .

Bei ihrer Rückkehr in den Laden teilte Katie ihr begeistert mit, daß sie alle bei Miss McKutchen zum Abendessen eingeladen waren. Genoa habe eine Ankündigung zu machen, die nicht bis zur Gartenparty, die am nächsten Tag stattfand, warten konnte.

Verwundert fragte Bonnie sich, ob diese Ankündigung etwas mit den Blicken zu tun haben mochte, die Genoa Seth während der Versammlung am Sonntag beständig zugeworfen hatte.

War es möglich, daß Miss McKutchen beabsichtigte, Callahan zu heiraten?

Bonnie lächelte, als sie sich und Rose für den Abend umzog. Genoa hatte ihnen ihre Kutsche geschickt und stand, als sie eintrafen, schon wartend auf der Veranda.

Sie nahm Bonnie Rose Marie ab und verkündete strahlend: »Stell dir vor, Bonnie, ich habe mir ein Telefon gekauft! Mr. Callahan bringt es mir gerade an!«

Ein bißchen enttäuscht runzelte Bonnie die Stirn. War das die Ankündigung, die keinen Aufschub duldete? »Ein Telefon? Aber Genoa, es sind noch gar keine Leitungen vorhanden?«

»Na und?« winkte Genoa lachend ab. »Wenn sie verlegt werden, bin ich eben schon bereit!«

Über die weitläufige Veranda betraten sie das Haus. Genoa ging voran. Bonnie, die sich über ihr beständiges Strahlen wunderte, hielt es vor Neugier kaum noch aus. »Was führst du eigentlich im Schilde, Genoa?« fragte sie streng.

Genoa erwiderte nichts und schaute nur lächelnd auf den armen Seth Callahan herab, der von Werkzeug und Kabeln umgeben auf dem Boden der Eingangshalle kniete und etwas vor sich hinmurmelte. Irgendwie sah auch er ganz wie ein verliebter Mann aus.

Bonnie stieß ihre Schwägerin sehr undamenhaft in die Rippen. »Du tust absichtlich so geheimnisvoll!« beschuldigte sie sie. »Gib es ruhig zu!«

Genoa lachte, weigerte sich jedoch, mehr zu verraten und sagte nur: »Ja, ich gebe es zu.«

Im Wohnzimmer saßen Susan Farley und Lizbeth bei Tee und Kuchen. Susan, die sich allmählich von der schweren Geburt erholte, aber noch immer sehr um ihren Gatten trauerte, lächelte Bonnie zu.

»Ich werde meine Rechnung bei Ihnen begleichen, sobald ich dazu in der Lage bin«, sagte sie.

Bonnie legte ihren Umhang ab und setzte sich zu Susan auf das Sofa. »Machen Sie sich darüber keine Sorgen. Im Augenblick geht es nur darum, daß Sie wieder gesund und kräftig werden.«

»Susan will sich eine Stellung als Haushälterin suchen, wenn es ihr besser geht«, warf Lizbeth ein.

Susan nickte. »Ich wünschte, ich wäre als junges Mädchen auf eine Sekretärinnenschule gegangen. Meine Schwester hat es getan und arbeitet heute in einem Büro.«

»Sie würden also nicht gern im Haushalt arbeiten?« fragte Bonnie, aber eigentlich nur, um Konversation zu machen. Außer Genoa gab es keinen Menschen in Northridge, der Personal beschäftigte, und Genoa war ihrer tüchtigen Martha treu. Aus diesem Grund bestand wenig Hoffnung für Susan, eine Stellung als Haushälterin zu finden.

»Es würde mich nicht stören«, meinte Susan, und als ihr Blick auf die Tür fiel, hellte ihr Gesicht sich auf. »Vor allem, wenn es eine Stellung bei einem feinen Herrn wäre ...«

Bonnie folgte Susans Blick und errötete, als sie Eli eintreten sah. Er sah jung und attraktiv aus in seinem eleganten Nachmittagsanzug, und Bonnie dachte, nur über meine Leiche, Susan Farley. In Gedanken machte sie sich eine Notiz, Susan bei der morgigen Gartenparty Webb Hutcheson und allen anderen heiratsfähigen jungen Männern vorzustellen, die sie auftreiben konnte.

Doch Elis Aufmerksamkeit galt nur Rose Marie, die sich jauchzend in seine Arme warf. Die Liebe zu dem kleinen Mädchen, die sich auf seinem Gesicht verriet, rührte Bonnie und verwirrte sie. Je mehr Eli seiner Tochter näherkam, desto mehr Gefahr bestand, daß er wieder versuchen würde, sie ihr abzunehmen.

Als er mit Rose Marie aus dem Haus und in den Garten ging, folgte Bonnie ihm. Sich selbst gegenüber entschuldigte sie ihr Verhalten damit, ihre Rechte als Mutter schützen zu wollen.

Am Teich holte sie Eli und ihre Tochter ein. Die beiden standen am Steg und bewunderten die beiden schwanenförmigen Boote – extravagante Spielzeuge, die Genoa und Eli als Kinder von ihrem Großvater erhalten hatten.

»Fahren! Fahren!« rief Rose Marie und zeigte mit ihrer plumpen kleinen Hand auf die Boote.

Eli lachte. Ohne Bonnie, die sich im Hintergrund hielt, zu

beachten, trug er Rose über den Steg. »Heute wird nicht gefahren«, sagte er. »Deine Tante erwartet uns gleich zum Essen.« Er schaute in eins der Boote und heuchelte Überraschung. »Ja, was ist das denn?«

Rose folgte seinem Blick und begann vor Aufregung zu zappeln. »Puppe!« kreischte sie. »Puppe!« Eli bückte sich und hob eine Puppe aus dem Boot. Sie war fast so groß wie Rose Marie selbst, hatte goldene Korkenzieherlocken und blaue Augen, die sich schlossen, wenn man sie auf den Rücken legte. Ihr rosa Seidenkleid war mit glitzernden Silberborten besetzt.

Rose war außer sich vor Freude, als Eli sie auf dem grasbewachsenen Ufer absetzte und ihr die schöne Puppe überreichte.

»Du verwöhnst sie«, bemerkte Bonnie in einem Ton, der ihre ganze Angst verriet.

»Es ist wenig genug, was ich für meine Tochter tun kann«, erwiderte Eli flach.

Bonnie war den Tränen nahe, bemühte sich jedoch zu lächeln. »Sie ist ganz wild nach Puppen. Wo hast du diese besonders hübsche hier gefunden?«

»In Spokane«, erwiderte Eli mit einem zärtlichen Blick, der Bonnie an ihre schöne Zeit in dieser Stadt erinnern sollte. »Ich hatte schließlich einen ganzen Tag Zeit, danach zu suchen«, fügte er in vielsagendem Ton hinzu.

Bonnies Kehle war wie zugeschnürt. »Wie gefällt es dir bei Earline?« fragte sie und hätte sich dann am liebsten dafür getreten. Warum noch mehr Qualen heraufbeschwören?

»Nicht schlecht«, sagte Eli. »Das Essen ist gut, und sogar mit Hutcheson bin ich bisher einigermaßen ausgekommen.«

»Warum sollte es auch anders sein? Webb ist ein netter Mann, und er unterstützt deine Haltung gegenüber der Gewerkschaft.«

Eli schwieg, und als Bonnie den Blick zu ihm erhob, sah sie ihre eigene Trauer in seinen Augen widergespiegelt.

18

»Hoffentlich regnet es morgen nicht«, sagte Genoa zu Bonnie, als sie ihr eine weitere Papierlaterne zum Aufhängen anreichte.

Bonnie befestigte sie an einem Ast und stieg mit einem wehmütigen Lächeln von der Leiter. Genoa hatte alle ihre Gäste beschäftigt; Susan und Lizbeth bauten das Kricketspiel auf, während Eli und Seth Gartenmöbel auf dem Rasen verteilten.

»Ich würde mir keine Sorgen machen, Genoa«, sagte Bonnie beruhigend. »Das Abendrot ist der beste Beweis, daß morgen schönes Wetter herrschen wird.«

Genoa schaute mit einer gewissen Skepsis zum blutroten Abendhimmel auf. »Trotzdem, Bonnie ... Der Fluß führt ganz ungewöhnlich viel Wasser mit, selbst für diese Jahreszeit.«

Der Fluß, vermutete Bonnie, war die heimliche Sorge aller Bewohner dieser Stadt. Falls das sonnige Wetter anhielt, den Schnee des letzten Winters in den kanadischen Bergen schmolz und es zu weiteren starken Regenfällen kam ...

Aber rasch schüttelte sie das inzwischen schon vertraute Gefühl drohenden Unheils ab. »Laß uns an etwas Angenehmeres denken«, forderte sie Genoa auf. »Du gibst morgen eine Party, und ich glaube, sie wird großartig sein.«

Genoa schien immer noch beunruhigt, obwohl ein Blick in Seth' Richtung ihr ein zaghaftes Lächeln entlockte. Zu Bonnie jedoch sagte sie: »Ich habe ein ganz merkwürdiges Gefühl.«

»Wie meinst du das?« fragte Bonnie, die eine weitere Laterne aufhängte, zerstreut.

Genoa seufzte. »›Eßt, trinkt und seid fröhlich‹«, zitierte sie, »›denn morgen werden wir alle sterben.‹«

Bonnie hielt mitten in der Bewegung inne und starrte ihre Freundin betroffen an. »Mein Gott, Genoa, wie kommst du denn auf so etwas? Ist dir nicht gut?«

Doch Genoa reichte ihr nur stumm eine weitere Laterne an.

Nach einem ausgedehnten Dinner ging Bonnie in den ersten Stock hinauf, um Rose Marie zu holen.

Es war ihr nicht aufgefallen, daß Eli den Salon verlassen hatte, aber als sie das Zimmer betrat, in dem Rose Marie schlief, stand er vor ihrem Bett und betrachtete nachdenklich seine Tochter.

»Weck sie nicht auf«, warnte er, als Bonnie das Kind aufheben wollte.

»Wir müssen nach Hause«, flüsterte sie.

Eli drehte sich langsam zu Bonnie um und schaute sie traurig an. »Wo ist das, Bonnie? Wo genau ist ›zu Hause‹?«

Bonnie trat ans Fenster und schob die Gardine beiseite. Der Fluß war in der Dunkelheit nicht zu erkennen, aber Bonnie spürte seine Anwesenheit und seinen Zorn. »Manchmal glaube ich, daß wir in diesem Leben gar kein wirkliches Zuhause haben«, erwiderte sie seufzend. »Wir schwirren wie Motten in der Welt herum, aber ich glaube, richtig zu Hause sind wir erst, wenn wir zu Gott zurückgekehrt sind.«

»Du bist heute abend aber in sehr nachdenklicher Stimmung«, entgegnete Eli ruhig. »Hast du irgendein Problem?«

Ich habe nur Probleme, wollte Bonnie sagen, aber statt dessen wechselte sie das Thema. »War das nicht dein Zimmer, als du ein kleiner Junge warst?«

Eli schaute sich um. »Ja. Erinnerst du dich nicht, Bonnie? Wir haben unsere Hochzeitsnacht in diesem Raum verbracht.«

Und ob Bonnie sich erinnerte! Sie war noch unberührt gewesen, und Eli hatte sie mit soviel Zärtlichkeit und Einfühlungsvermögen in die Liebe eingeführt, daß sie ihre Furcht sehr schnell überwunden hatte. »Du warst sehr lieb zu mir«, sagte sie leise.

»Ich war verliebt«, erwiderte er, als erklärte das alles. Und so war es vermutlich auch.

Bonnie lächelte. »Ich war so erstaunt, daß du mich überhaupt bemerkt hast«, sagte sie in geistesabwesendem Ton. »Ganz zu schweigen davon, daß du dich in mich verliebt hast.«

Es schien nur natürlich, daß Eli zu ihr kam und sanft ihre Oberarme umfaßte. »Dich zu sehen und dich zu lieben, Bonnie, war eins. Ich bin sicher, daß Webb und Durrant mir rechtgeben würden.«

Angesichts ihrer Schwäche im Hinblick auf Eli glaubte Bonnie, eine gewisse gefühlsmäßige Distanz schaffen zu müssen. Sonst wäre es nur allzu leicht gewesen, seinem Zauber zu verfallen. »Ist dir aufgefallen, wie Genoa Seth ansieht? Ist es nur Wunschdenken von mir, oder ist sie wirklich in den Mann verliebt?«

Elis Hände glitten über ihre nackten Arme. »Seth und Genoa standen sich einst sehr nahe«, sagte er. »Sie waren sogar verlobt.«

Es war kühl im Zimmer, und dennoch fühlte Bonnie eine fiebrige Hitze in sich aufsteigen, als Eli nicht aufhörte, ihre Arme zu liebkosen. »Verlobt? Und warum haben sie nicht geheiratet?«

»Weil mein Großvater die Verbindung nicht billigte. Er schickte Genoa nach Europa, um den Dingen Zeit zu geben, sich abzukühlen, und wie immer erreichte er, was er wollte.«

Bonnie hatte Josiah McKutchen sehr geschätzt und ihn immer als großherzigen Wohltäter angesehen, aber jetzt stieg ein leiser Groll gegen ihn in ihr auf. Wie anders hätte Genoas Leben ohne die Einmischung des alten Mannes verlaufen können! »Ich hatte irgendwie den Eindruck, als wollte Genoa heute etwas Wichtiges verkünden.«

Eli lächelte, er wußte genau, was er Bonnie mit seinen Liebkosungen und vielsagenden Blicken antat. »So? Bleib heute nacht bei mir, Bonnie.«

»In diesem Haus, bei all diesen Menschen? Du mußt den Verstand verloren haben!«

Er bückte sich und küßte sie ganz sanft auf die Lippen, und wieder hatte Bonnie keine Kraft, sich von ihm zurückzuziehen.

»Es gibt viele Schlafzimmer in diesem Haus, Bonnie«, murmelte er. »Eins ist unten, sehr weit entfernt von den anderen . . .«

»Nein!« erwiderte Bonnie, obwohl ihr Körper und ihre Seele ja schrien.

Mit einer Hand umfaßte Eli ihre Taille und zog sie an sich, während seine andere Hand ihre volle Brust umschloß. »Na schön, aber ich muß dich warnen: Komm morgen nicht zu der Party, wenn du nicht willst, daß ich mit dir hineingehe und dich – sehr langsam und sehr ausgiebig – liebe . . .«

»Das würdest du nicht wagen!« zischte Bonnie, obwohl ihre Lippen schon prickelten in Erwartung seines Kusses.

»O doch, und das weißt du ganz genau«, erwiderte er und küßte sie auf eine Weise, die ihr einen verwirrenden Vorgeschmack auf die morgigen Freuden vermittelte. Es kostete Bonnie ihre ganze Kraft, sich auf den Beinen zu halten, und sie war völlig außer Atem, als der Kuß endete.

Es wurde allmählich dunkler im Raum, nur ein fahler Mond erhellte noch die Finsternis. Eli öffnete Bonnies Kleid und löste die Schleifen, die ihr *chemisette* zusammenhielten. Sanft entblößte er in der kühlen Nachtluft ihre Brüste und berührte die rosigen Spitzen, die sich mit alarmierendem Eifer aufrichteten.

Bonnie brachte kein Wort des Protests über die Lippen. Es war einfach alles zu schön und zu natürlich.

»Ich glaube, das würde ich morgen tun . . . und das«, flüsterte er und senkte die Lippen auf eine ihrer zarten Brustspitzen. »Und das«, fügte er hinzu, während sein warmer Atem Bonnies Haut fächelte.

Als er sich auch ihrer anderen Brust zuwandte, schwindelte es Bonnie vor Verlangen, und die Leute unten waren vergessen. Selbst an Rose Marie dachte sie nicht mehr.

Aber Eli schon. Zufrieden zog er ihr Mieder zurecht und knöpfte ihr Kleid zu.

»Morgen«, sagte er in verschwörerischem Ton.

Bonnie war vollkommen verwirrt und hochrot im Gesicht. Sie konnte nur sprachlos zu Eli aufschauen.

»Es sei denn«, fuhr er mit heiserer Stimme fort, »du würdest doch lieber heute nacht bei mir bleiben?«

»O nein!« sagte Bonnie wütend, weil es sie empörte, daß Eli sie so mühelos in Erregung zu versetzen vermochte, um ihr dann Befriedigung zu schenken oder sie ihr zu verweigern, ganz wie es ihm beliebte. Er war genauso überheblich wie sein Großvater! »Nicht heute nacht und auch morgen nicht!«

Eli lachte nur und wandte sich ab, um Rose Marie und ihre neue Puppe auf die Arme zu nehmen. Hätte er nicht das Kind gehalten, hätte Bonnie vielleicht die Porzellanschüssel von der Waschkommode auf seinem Kopf zerschmettert.

»Ich meinte, was ich sagte, Eli!« wisperte sie zornig, als sie über den Korridor zur Treppe gingen. »Ich werde morgen zu dieser Party kommen – nichts auf der Welt könnte mich davon abhalten –, aber du wirst mich nicht anrühren!«

»Wir werden sehen, Darling«, entgegnete er lächelnd.

Um seiner Frechheit die Krone aufzusetzen, bestand er auch noch darauf, sie nach Hause zu begleiten. Bonnie war froh, daß Katie bei ihnen war, denn die schlummernde Rose Marie wäre kein ausreichender Schutz vor ihm gewesen.

»Du kannst jetzt gehen!« sagte sie, als er ihr vor der Haustür das Kind überreichte. »Du hast für heute genug getan.«

Nach einer angedeuteten Verbeugung kehrte Eli zur wartenden Kutsche zurück.

Verdammter Kerl, dachte Bonnie in dem sinnlosen Versuch, ihre schwelende Leidenschaft in Ärger zu ersticken. »Ich werde ihn morgen nicht auf einen Meter an mich heranlassen«, schwor sie ihrem Spiegelbild im Schlafzimmer. Aber das Gesicht, das sie aus dem Spiegel anschaute, verriet wenig Überzeugung.

Ärgerlich blies Bonnie die Lampe aus und zog sich im Dunkeln aus. Ihre Brüste waren unangenehm schwer, und in ihrem Körper breitete sich ein vertrautes Prickeln aus.

»Verdammt! Verdammt!« flüsterte sie in hilflosem Zorn, als sie die Bettdecke zurückschlug und zwischen die Laken kroch.

Bonnie schlief sehr schlecht in dieser Nacht.

Das schöne Wetter hielt an, und als Bonnie mit Rose Marie und Katie Genoas Haus erreichte, parkten schon eine große Anzahl von Kutschen und Buggys in der Einfahrt.

»Miss McKutchen scheint ganz Northridge eingeladen zu haben«, bemerkte Katie, als sie um das Haus herum in den Garten gingen.

Die Lampions und bunten Papiergirlanden verliehen dem gepflegten Rasen ein festliches Aussehen. Überall standen kleine Grüppchen von Gästen beisammen, einige der Damen in den eleganten Kleidern der ›besseren‹ Gesellschaft von Northridge, andere in den schlichten Kattunröcken, die die Bewohnerinnen von Patch Town kennzeichneten. Bonnie war froh, mit dem geblümten Sommerkleid, das ihr aus New Yorker Zeiten geblieben war, einen Mittelweg gefunden zu haben.

Für die Kinder war ein Clown engagiert worden, und Katie nahm Rose Marie mit, um sich seine Kunststücke anzusehen.

Genoa sah richtig hübsch aus in ihrem hellblauen Spitzenkleid. Ihr weizenblondes Haar war sorgfältig frisiert, und sie hatte sogar einen Hauch Lippenrot aufgelegt. »Ich freue mich, daß du da bist, Bonnie«, begrüßte sie ihre Schwägerin. »Ich dachte schon, du würdest nicht kommen.«

Bonnie hatte tatsächlich daran gedacht, zu Hause zu bleiben, angesichts dessen, was Eli ihr am Abend zuvor gesagt hatte. Aber es fanden zu selten Parties wie diese statt, um sie sich entgehen zu lassen, und wenn sie nicht gekommen wäre, hätte Eli sie bestimmt in ihrem Laden aufgesucht.

Genoa nahm ihren Arm und zog sie mit. »Komm und begrüße Mr. Callahan«, forderte sie Bonnie mit seltsam atemloser Stimme auf.

Auf den etwas verwunderten Blick hin, den ihre Schwägerin ihr zuwarf, fügte Genoa rasch hinzu: »Ich muß ihn ablenken!

Dieses lose Frauenzimmer Eva Fisher flirtet mit ihm, seit sie hier erschienen ist!«

»Wenn du Eva Fisher für ein loses Frauenzimmer hältst, warum hast du sie dann eingeladen?« entgegnete Bonnie sachlich.

»Psst!« warnte Genoa, während sie sich zwischen die Witwe Fisher und Mr. Callahan drängte und Bonnie mit sich zog. »Seth, findest du nicht auch, daß Bonnie heute ganz entzückend aussieht?«

Das amüsierte Funkeln von Seth's blauen Augen hinter seinen Brillengläsern verriet, daß er Genoas Strategie durchschaut hatte. Trotzdem begrüßte er Bonnie in aller Förmlichkeit und ging sogar so weit, ihre Hand zu küssen. Genoa entführte Eva Fisher an einen der Büfettische, und Bonnie fragte sich zum wiederholten Male, welcher Natur Genoas versprochene Ankündigung sein mochte.

»Es ist schön, so beliebt zu sein«, bemerkte Seth scherzhaft.

Bonnie lächelte, aber ihre Worte klangen bitter ernst. »Nehmen Sie es nicht auf die leichte Schulter, Seth. Genoa ist eine wunderbare Frau, und es wäre grausam, mit ihren Gefühlen zu spielen.«

Seth errötete noch mehr und wirkte plötzlich wie ein Hahn, der die Federn spreizt. Männer, dachte Bonnie gereizt. Dieser Schuft ist stolz darauf, daß ihn jemand für fähig hält, einer alten Jungfer den Kopf zu verdrehen. »Sie dürfen überzeugt sein, Mrs. McKutchen«, sagte er schließlich rauh, »daß ich Ihre Schwägerin sehr verehre.«

In diesem Augenblick entdeckte Bonnie Earline Kalb auf dem Kricketplatz. Und dicht hinter ihr stand Eli und zeigte ihr auf eine aufreizende Art und Weise, wie man den Schläger hielt! Doch plötzlich schien er Bonnies Blick zu spüren, drehte sich zu ihr um und besaß die Frechheit, ihr auch noch zuzuzwinkern!

Hochmütig wandte Bonnie sich ab und machte sich auf die Suche nach Webb Hutcheson. Als sie ihn nicht finden konnte, ging sie seufzend zu den Kindern, die sich noch immer an den Vorführungen des Clowns erfreuten.

Aber auch das wurde ihr schließlich langweilig, und als sie sich umdrehte, stieß sie mit Eli zusammen, der dicht hinter ihr stand.

»Wie wäre es mit einer Kricketstunde?« fragte er schmunzelnd.

»Ich weiß selbst, wie man Kricket spielt«, entgegnete sie herablassend. »Warum sollte ich Unterricht bei dir nehmen?«

Eli lächelte, aber Bonnie wußte, daß er tief in seinem Innersten nicht glücklicher war als sie. Aber was konnte sie schon tun, um ihm zu helfen?

Das Schweigen dehnte sich aus, und Elis Lächeln verblaßte. »Bonnie, was ich gestern nacht gesagt habe . . .«

»Ja?«

Eli senkte für einen Moment den Kopf, als schämte er sich. »Ich meine immer das Falsche zu tun und zu sagen, wenn es dich betrifft«, gestand er schließlich. »Ich vergesse, daß du nicht mehr meine Frau bist und ich mich dementsprechend zu verhalten habe.«

Bonnie verstand, was Eli sagte. Rein verstandesmäßig wußte sie, daß ihre Ehe beendet war. Aber ihr Körper und ihre Seele schienen sich damit nicht abfinden zu wollen und fühlten sich noch immer an ihn gebunden. Ein Satz aus der Bibel kam ihr in den Sinn: ›Was Gott verbunden hat . . .‹

Bevor sie jedoch etwas erwidern konnte, durchbrach Tuttle O'Banyon den unsichtbaren Kreis, der sie umgab, und stieß atemlos hervor: »Madam – Mr. McKutchen – jemand muß mir helfen . . .«

Eli packte den jungen Mann an den Schultern und schüttelte ihn sanft. »Beruhige dich, mein Junge, und sag uns, was passiert ist.«

»Jemand hat Mr. Hutcheson bewußtlos geschlagen! Ich weiß nicht, ob er noch lebt!«

Bonnies Knie wurden weich und drohten unter ihr nachzugeben. »Um Gottes willen . . .«

»Wo ist er?« fragte Eli rasch.

»In der Redaktion!« rief Tuttle. »Die Druckerpressen sind umgestürzt, sie liegen auf dem Boden und . . .«

Eli hatte genug gehört; er rannte schon auf das Haus zu, wo die Pferde und Buggies bereitstanden, und Bonnie eilte ihm nach. Als sie die Einfahrt erreichte, hatte ihr früherer Mann schon einen grauen Wallach ausgespannt und ihm Zaumzeug angelegt.

»Du willst sicher mitkommen«, sagte er und reichte Bonnie eine Hand.

Sie ließ sich von ihm auf das Pferd ziehen und legte ihm die Arme um die Taille. Unter dem zweifachen Gewicht tänzelte der Wallach nervös und legte ärgerlich die Ohren an.

»Halt dich fest!« befahl Eli, bevor er das Tier zu einem Galopp antrieb.

Bonnie war nie eine gute Reiterin gewesen, aber über der Angst um Webb vergaß sie ihre Furcht vor Pferden. Nur Webb rechtzeitig zu erreichen, war jetzt wichtig. Sie dachte an sein Haus und an den so liebevoll angelegten Garten. O Gott, flehte sie stumm, laß Webb leben, damit er heiraten und eine Familie haben kann! Er wünscht sie sich doch so sehr!

Das Pferd kam abrupt zum Stehen, Eli saß ab und hob Bonnie herunter.

Die Tür zu Webbs Redaktion stand weit offen. »Hutcheson?« rief Eli, als er hineinstürmte.

Bonnie folgte ihm, nachdem sie an der Tür stehengeblieben und tief Atem geholt hatte. Ein entsetzliches Chaos herrschte in dem großen Raum. Die Druckerpressen lagen tatsächlich umgestürzt auf dem Boden, Tinte befleckte die Wände wie Blut, und Eli kniete neben Webb, der reglos auf dem Boden lag.

»Ist er tot?« zwang Bonnie sich zu fragen, obwohl ihre Kehle vor Entsetzen wie zugeschnürt war.

Eli schüttelte den Kopf. »Er lebt – aber nicht sehr.«

Tuttle mußte auch noch andere von Genoas Gästen benachrichtigt haben, denn jetzt hielten Kutschen vor dem Haus, und Bonnie hörte laute Männerstimmen. Sie verließ den Eingang und kniete ebenfalls neben Webb nieder.

Sein Gesicht war blutüberströmt und so zerschlagen, daß er kaum noch zu erkennen war. Seine Kleider befanden sich in einem ähnlich schlimmen Zustand, seine Haut war bleich wie Wachs.

Weinend strich Bonnie ihm das Haar aus der Stirn. »Webb? Webb – ich bin's, Bonnie ... Kannst du mich hören?«

Webb stöhnte und bewegte sich ein wenig, aber er öffnete nicht die Augen.

In diesem Augenblick stürzten die Männer von der Party herein, allen voran Doktor Cowan, und Eli richtete sich auf und trat beiseite, um dem Arzt Platz zu machen.

Bonnie blieb, wo sie war, sie merkte kaum, was um sie herum vorging. In Gedanken war sie bei Webbs Träumen und seinen Hoffnungen und fragte sich zerstreut, ob sie diesen Mann nicht vielleicht doch liebte.

Doc Cowan, ein älterer, aber sehr tüchtiger Arzt, kauerte sich neben Webb, um ihn zu untersuchen. Sehr behutsam ließ er seine Hände über Webbs Rippen gleiten und prüfte, ob er Arm- oder Beinbrüche davongetragen hatte.

»Wie schlimm ist es?« wollte einer der anderen Männer wissen.

»So schlimm, daß wir ihn verlieren werden, wenn wir nicht sehr vorsichtig sind«, antwortete der Doktor. Bei seinen nächsten Worten schaute er Bonnie an. »Er wird intensive Pflege brauchen.«

»Bringen Sie ihn zu mir«, sagte sie, ihre Stimme kaum mehr als ein heiseres Krächzen.

»Soviel ich weiß, lebt Webb bei Earline Kalb«, wandte der Arzt freundlich ein.

»Ich will nicht, daß er dort hingebracht wird.« Bonnie richtete sich auf und sah, daß ihr Kleid – das letzte, das ihr von all ihren schönen Dingen aus New York geblieben war – mit Webbs Blut befleckt war. Es war unwiderruflich zerstört – und vielleicht war es ja ganz richtig so. Dieser Teil ihres Lebens war endgültig vorbei. Sie hatte die Augen vor dieser Tatsache verschließen wollen, indem sie mit Eli McKutchen kokettierte, aber die harte Wahrheit war, daß sie gar nicht mehr in seine Welt gehörte. Vielleicht war es nie der Fall gewesen. »Bringt Webb zu mir!«

Sie wandte sich zum Gehen, aber in der frischen Luft mußte sie sich einen Moment am hölzernen Geländer des Bürgersteigs festhalten, aus Angst, ohnmächtig zu werden.

»Bonnie.«

Es war Eli, und er stand neben ihr, aber sie konnte sich nicht dazu überwinden, ihn anzuschauen. »Es ist wegen dir«, sagte sie heiser. »Es konnte nur geschehen, weil du die Situation hier so lange vernachlässigt hast. Wenn Webb nicht deine Partei ergriffen hätte . . .«

»Bitte nicht, Bonnie.« Elis Stimme klang gebrochen.

»Hilf ihnen, Eli. Hilf ihnen, Webb nach Hause zu bringen«, sagte sie hart.

Eli zögerte noch einen Moment und kehrte dann zur Redaktion zurück. Irgendwie gelang es Bonnie, ihren Laden noch vor dem Arzt und den Männern zu erreichen. Sie wartete schon, als sie Webb auf einer behelfsmäßigen Trage hereintrugen.

Durch den stillen Laden brachten sie den Verletzten in den ersten Stock in Bonnies Wohnung. Sie führte die Männer in ihr Schlafzimmer und bedeutete ihnen, Webb auf ihr Bett zu legen. Dabei schaute sie die Männer, und ganz besonders Eli, so herausfordernd an, daß keiner einen Kommentar abzugeben wagte.

Als Bonnie vorsichtig eine Decke über Webb breitete, stöhnte er leise und bewegte sich unruhig.

»Sagen Sie mir, was ich für ihn tun kann«, wandte sie sich an den Arzt.

»Als erstes, junge Frau, werden Sie jetzt hinausgehen, damit ich Webbs Brustkasten bandagieren und mich um seine anderen Verletzungen kümmern kann«, erwiderte der Arzt. »Eli, Sie können bleiben und mir helfen.«

»Ich möchte auch helfen!« protestierte Bonnie.

Doc Cowan bedachte sie mit einem strengen Blick. »Was Sie wollen, interessiert mich nicht. Verschwinden Sie!«

»Aber . . .«

»Sofort!« knurrte der Doktor.

Errötend ging Bonnie hinaus und in die Küche hinunter, um Wasser zum Kochen aufzusetzen. Dabei murmelte sie Verwünschungen, die selbst in Patch Town als unakzeptabel gegolten hätten. Doch dann meldete sich ihr Gewissen, und sie dachte, daß das alles nicht geschehen wäre, wenn sie Webb geheiratet hätte, anstatt sich mit Eli zu vergnügen.

Bei der Erinnerung an die in Elis Bett erlebten Freuden errötete sie vor Scham. Vielleicht war die Strafe für ihre Sünden der Tod. Webbs Tod.

19

Der Regen begann irgendwann in der Nacht, hämmerte auf die Dächer von Northridge und knisterte wie Feuer auf dem stürmisch dahinschießenden Wasser des Columbia River.

Anfangs schenkte Bonnie, die neben ihrem bewußtlosen Patienten Wache hielt, dem Unwetter keine Beachtung. Die Tasse Tee, die Katie ihr vor langer Zeit gebracht hatte, ruhte kalt und unangetastet in ihrer Hand.

Sie erschrak ein wenig, als Katie ihr die Tasse abnahm und sagte: »Mein Gott, Madam, hören Sie den Regen? Es ist ein Wolkenbruch, der sogar Noah in Angst und Schrecken versetzen würde.« Fragend schaute Bonnie auf. »Katie?«

Zärtlich berührte das junge Mädchen Bonnies Stirn. »Wer sonst?« entgegnete sie in ungewöhnlich besorgtem Ton.

Dann ging sie hinaus und kehrte kurz darauf mit einer frischen Tasse Tee zurück. »Diesmal sollten Sie ihn aber trinken!« sagte sie und drückte Bonnie die Tasse in die Hand.

Bonnie trank einen Schluck, ohne den Blick von Webbs blassem, zerschlagenem Gesicht abzuwenden. »Sieh nur, was wir ihm angetan haben«, flüsterte sie.

»Wir, Madam?« Katie zog sich einen Stuhl heran und setzte sich neben Bonnie. »Es waren die Gewerkschaftsleute, wenn Sie mich fragen. Die ganze Stadt denkt so.«

Bonnie hätte es nicht ertragen, Erklärungen abzugeben, sie wollte nicht einmal darüber nachdenken. »Geh zu Bett, Katie. Es muß schon spät sein.«

»So ist es«, bestätigte Katie, aber sie rührte sich nicht. »Trinken Sie noch etwas Tee.«

Gehorsam hob Bonnie die Tasse an die Lippen und trank. »Es regnet«, bemerkte sie zerstreut.

»Und ob! Alle Männer aus Northridge sind unten am Fluß und stapeln Sandsäcke.«

Das riß Bonnie endlich aus ihrer Versunkenheit. »Was?«

»Patch Town wird weggeschwemmt, wenn es ihnen nicht gelingt, den Fluß einzudämmen. Und Mr. Hutchesons Büro wird auch davon betroffen sein.«

Bonnies Herz begann in ihrer Brust zu hämmern, und die Tasse zitterte in ihrer Hand. Rasch setzte sie sie auf den Nachttisch, stand auf und trat ans Fenster. Aber in der Finsternis draußen war nichts zu sehen.

Das Heulen des Sturms hingegen war unheimlich, er brüllte wie ein Raubtier, und der Regen trommelte gegen die Fenster und Hauswände, als würden sie aus unzähligen Gewehrläufen beschossen.

»Sandsäcke werden den Fluß nicht aufhalten können«, sagte Bonnie zu Katie.

»Aber die Männer müssen es wenigstens versuchen, oder?« entgegnete Katie geduldig. »Sogar die Gewerkschafter helfen!«

»Woher weißt du das alles?« fragte Bonnie mißtrauisch. »Du warst doch nicht etwa am Fluß?«

»Mr. Callahan war eben hier. Er hat es mir erzählt.«

»Seth? Was wollte er denn?«

Katie zuckte die Schultern. »Ich nehme an, daß Mr. McKutchen ihn geschickt hat, um zu sehen, ob bei uns alles in Ordnung ist, obwohl er sich nur nach Rose erkundigt hat.«

Bonnie richtete sich auf. Sie konnte sich vorstellen, wie Eli Sandsäcke am Flußufer stapelte und glaubte ihn, Seth zuschreien zu hören, er solle dafür sorgen, daß seine Tochter sicher war.

Die Wiege war nicht im Zimmer, stellte Bonnie plötzlich mit Entsetzen fest. »Rose Marie . . .«

»Sie ist in meinem Zimmer, Madam«, sagte Katie rasch.

»Erinnern Sie sich denn nicht, daß wir ihr Bettchen umgestellt haben, als Miss Genoa uns nach Hause brachte?«

Bonnie erinnerte sich an nichts dergleichen, was sie als äußerst beunruhigend empfand. Für einen Moment schlug sie entsetzt die Hände vors Gesicht.

»Lassen Sie mich eine Weile bei Mr. Hutcheson wachen, Madam«, sagte Katie sanft. »Sie sollten sich ein wenig hinlegen.«

»Ich möchte Rose sehen«, verlangte Bonnie und ging in das angrenzende Zimmer, wo sie lange vor der Wiege ihrer Tochter stehenblieb. Dann fiel ihr Blick auf Katies Bett, weich und warm, und ohne lange zu überlegen, schlüpfte sie zwischen die Decken.

Als sie erwachte, war es früher Morgen. Die Nacht war dem Tag gewichen, aber der Regen war geblieben und schlug mit ungebrochener Kraft gegen die soliden Häuser von Northridge.

Bonnie schaute kurz nach Rose Marie und trat ans Fenster. Die ganze Welt war in dunkles Grau getaucht, kaum zu sehen in dem Wolkenbruch, und auf den Straßen stand gut ein Meter fünfzig hoch das Wasser.

Von starkem Schuldbewußtsein erfaßt, erinnerte sich Bonnie plötzlich an Webb und lief, noch in ihrem Kleid von gestern, ins angrenzende Zimmer.

Webb atmete ganz ruhig, und Katie schlief in dem Sessel, in dem Bonnie während der Nacht gewacht hatte. Um das Mädchen nicht zu wecken, nahm sie leise frische Kleider aus dem Schrank und ging ins Nebenzimmer, um sich umzuziehen. Dann kehrte sie in ihr eigenes zurück, bürstete ihr hoffnungslos zerzaustes Haar und steckte es zu einem losen Knoten auf.

»Katie«, flüsterte sie und schüttelte ihre Freundin sanft. »Katie!«

»Ja, Madam?« fragte das Mädchen verschlafen.

»Ich möchte, daß du dich um Rose und Mr. Hutcheson kümmerst, während ich ausgehe. Ich werde nicht lange bleiben.«

»Ausgehen?« Katies blaue Augen weiteten sich verblüfft. »Aber Madam, bei diesem Wetter können Sie doch nicht . . .«

»Was ich nicht kann, ist hier herumzusitzen und auf Nachrichten zu warten«, unterbrach Bonnie sie brüsk. »Tu, was ich sage.«

Katie warf einen besorgten Blick aufs Fenster. »Bitte, Madam, tun Sie es nicht!« flehte sie. »Man kann ertrinken bei einem solchen Unwetter!«

»Du bist hier sicher, Katie.«

»Um mich mache ich mir auch keine Sorgen!«

Bonnie beachtete das Mädchen nicht weiter und ging hinunter, um sich ein Paar Gummistiefel aus dem Regal zu nehmen. Mindestens zehn Zentimeter Wasser standen schon auf dem Fußboden, und der Regen drang noch immer durch die Ritzen unter der Tür ein.

Schaudernd fragte Bonnie sich, ob Katie und Rose hier wirklich sicher waren, obwohl der Laden auf einer Anhöhe lag.

Sie legte ihren Umhang um und setzte die Kapuze auf. Dann, nach einem tiefen Atemzug, der ihr Mut vermitteln sollte, öffnete sie die Tür und trat in das Unwetter hinaus.

Der Regen kam so heftig herunter, daß er Bonnie blendete und sie sich nur vorwärts bewegen konnte, indem sie sich an den Häuserwänden entlangtastete.

Als sie um eine Straßenecke bog, stieß sie vor Entsetzen einen schrillen Schrei aus und hielt sich an einer Straßenlaterne fest. Der Fluß hatte Patch Town vollkommen überschwemmt, und nur der oberste Stock des Brass Eagle Saloon war noch zu sehen. Durch den dichten Regenschleier konnte sie erkennen, daß eine Menge Leute sich auf das Dach von Forbes' Etablissement gerettet hatten. Webbs Redaktion und der Bahnhof standen völlig unter Wasser. Der wütende Fluß war sogar so hoch gestiegen, daß Männer Ruderboote von Earline Kalbs Veranda zu Wasser ließen.

Innerhalb weniger Minuten war Bonnie bis auf die Haut durchnäßt, aber sie ging weiter, denn sie mußte wissen, wer vermißt wurde und wer sich in Sicherheit befand. Obwohl sie es sich selbst nicht eingestand, wollte sie sich überzeugen, daß Eli McKutchen bei der zweiten Gruppe war und nicht in der ersten.

Durch den peitschenden Sturm und Regen schaffte sie es bis

zur Veranda von Earlines Pension. Die Frau war da, würdigte Bonnie jedoch kaum eines Blickes, weil sie die Leute auf dem Dach des Saloons beobachtete und die Boote, die ihre Retter trugen. In einem der Boote entdeckte Bonnie Eli, der so schnell er konnte, die Ruder schwang.

Eine von Bonnies schlimmsten Befürchtungen hatte sich als unnötig erwiesen. Ihre Erleichterung darüber war so groß, daß sie sich für einen Moment kraftlos an die Wand von Earlines Haus lehnte.

»Wie viele sind verloren?« schrie sie, um über den tobenden Sturm gehört zu werden. Hier, in der Nähe des Flusses, war der Lärm noch größer.

Earline drehte sich um, ihr Gesicht halb verborgen unter der weiten Kapuze ihres leuchtendroten Umhangs. »Nicht so viele, wie wir befürchtet hatten«, rief sie Bonnie zu. »Die meisten sind hier oder drüben bei Miss Genoa McKutchen.« Eine winzige Pause, dann: »Wie geht es Webb?«

Bonnie schämte sich, ihn alleingelassen zu haben, schüttelte das Gefühl jedoch schnell ab. »Er ist schwer verletzt«, antwortete sie, »aber ich glaube, er kommt durch.«

»Ist das Mädchen bei ihm?« fragte Earline streng.

Bonnie nickte und richtete ihren Blick wieder auf das Boot, das Eli ruderte. Inzwischen hatte er den Saloon erreicht und stand mit einem Fuß auf seinem Dach und mit dem anderen im Boot. Forbes war ebenfalls dort und half den anderen Flüchtlingen in die Boote, bevor er ausglitt und über das schräge Dach in den tosenden Fluß rutschte.

Bonnie hielt entsetzt den Atem an, aber da packte Eli Forbes' Hand und zog ihn zu sich ins Boot.

»Ich dachte schon, er würde bis Grand Coulee mitgerissen werden«, bemerkte Earline, die näher an Bonnie herangetreten war.

Bonnie erwiderte nichts und beobachtete fasziniert, wie die Boote näher und näher kamen. Der Fluß brauste direkt unter ihren Füßen dahin, nur wenige Zentimeter unter Earlines Veranda.

Und dann stieß Earline mit der Schulter ganz unvermittelt

gegen die von Bonnies, als die Frau mithalf, eins der Ruderboote heranzuziehen, und Bonnies Gummistiefel glitten auf dem nassen Boden aus.

Eine Sekunde später fühlte sie das eiskalte Flußwasser über ihrem Kopf zusammenschlagen.

Beim Auftauchen verlor sie die Stiefel, und es gelang ihr nur, einen einzigen schrillen Schrei auszustoßen, bevor die aufgewühlten Fluten sie von neuem in die Tiefe zogen. Beim nächsten Auftauchen spuckte sie Wasser und schrie um Hilfe, aber dann sah sie einen Baumstamm auf sich zutreiben.

Verzweifelt streckte sie die Hände danach aus und spürte, wie die rauhe Rinde die Haut an ihren Armen aufscheuerte, als sie ihn mit aller Kraft umklammerte. Zu verängstigt, um zu beten, hielt Bonnie sich an dem Stück Holz fest und blinzelte das Wasser fort, das ihre Augen blendete. Doch der Stamm drehte sich und wirbelte im Wasser herum, als versuchte er, Bonnie abzuschütteln.

Sie mußte schon mindestens eine Meile flußabwärts getrieben sein, als auf der anderen Seite des Stamms ein Kopf auftauchte. Sie stieß einen gellenden Schrei aus, aber dann kam ihr zu Bewußtsein, daß dieser Kopf zu einem Körper gehören mußte, denn das Gesicht lächelte sie an.

»Halt dich fest, Bonnie!« schrie Eli ihr zu, während er mit einem starken Arm den Stamm umklammerte und mit dem anderen das packte, was er zuerst zu fassen bekam: Bonnies langes Haar.

Sie hatte gar nicht gemerkt, daß sie untertauchte, bis Eli ihren Kopf wieder über Wasser riß. Sie war zu benommen, um Schmerz zu spüren, und der Baumstamm drehte sich wieder wie wild. Eli zog sie hinauf, bis sie mit dem Bauch auf der rauhen Oberfläche lag, und dort hielt er sie fest. All das schmutzige Flußwasser, das Bonnie geschluckt hatte, bahnte sich jetzt einen Weg, und sie erbrach sich, während der Stamm sich von neuem drehte.

Bonnie war nicht mehr in der Lage, sich aus eigener Kraft festzuhalten; nur Elis starke Hand hielt sie davon ab, in den Fluten unterzugehen. Die Angst, die Kälte und die schwindelerregenden Drehungen des Stammes besiegten ihren Widerstand, und sie verlor das Bewußtsein.

Minuten – oder Stunden oder Tage später – erwachte sie durch einen heftigen Stoß aus ihrer Ohnmacht. Sie zitterte so heftig, daß ihre Zähne klapperten, und starrte Eli an und fragte: »Sind wir tot?«

Er warf den Kopf zurück und lachte schallend.

»War die Frage *so* unvernünftig?« schrie Bonnie wütend. Und dann schaute sie sich um und stellte fest, daß der Stamm auf Grund gelaufen war – was den heftigen Stoß erklärte, der sie aus ihrer Ohnmacht geweckt hatte. In greifbarer Nähe befanden sich die starken Äste eines großen Baumes.

Sie streckte die Hände danach aus und zog sich auf das schlammbedeckte Ufer. Eli watete an Land und ließ sich mit einem erleichterten Seufzer neben sie ins nasse Gras fallen.

Der Regen schien nicht nachlassen zu wollen, und Bonnie schätzte, daß sie meilenweit von Northridge entfernt waren. Die Umgebung jedenfalls war ihr unbekannt.

Als Eli wieder zu Atem gekommen war, richtete er sich auf und reichte Bonnie die Hand. »Komm!« rief er ihr durch den trommelnden Regen zu. »Wir müssen einen Unterschlupf suchen!«

Häuser oder Scheunen waren nirgendwo zu sehen, und die schmächtigen Kiefern und Pinien hätten keinen ausreichenden Schutz geboten. Doch indem sie tapfer der Verzweiflung widerstand, die sie zu überwältigen drohte, hielt sie Elis Hand umklammert und stolperte ihm nach, so gut es ging.

Sie waren etwa eine Meile vom Fluß entfernt, als sie auf einen umgestürzten Pferdekarren stießen. Mit großer Mühe und viel Kraftaufwand zerrten sie ihn vor einen Baumstumpf und schufen so eine Art Dach.

Ungeachtet ihrer nassen Kleider krochen sie darunter und schmiegten sich aneinander, um sich gegenseitig Wärme zu vermitteln. Schon bald darauf sanken beide in einen erschöpften Schlaf.

Bonnie erwachte als erste; es war das helle Licht, das durch die Ritzen im Wagendach drang, was sie geweckt hatte. Sonnenschein! Mit einem Begeisterungsschrei löste Bonnie sich aus Elis schützender Umarmung und kroch ins helle Tageslicht hinaus.

Die Sonne prallte auf die durchweichte Erde, und ohne lange zu überlegen, zog Bonnie ihre Kleider aus, um jauchzend vor Freude wie eine Wilde im tiefsten Dschungel durch das Gras zu tanzen.

Elis anerkennendes Lachen brachte sie augenblicklich zur Besinnung, und sie starrte ihn betroffen an. Die Mitglieder des Freitagnachmittagsclubs hätten nicht schockierter über ihre Handlungsweise sein können als sie selbst. Sie wollte etwas sagen, wollte ihm erklären, daß sie nur Wärme gesucht hatte, aber kein Wort kam über ihre Lippen.

Eli kroch unter dem Wagendach hervor, das ihnen während der Nacht Schutz geboten hatte, und fröstelte in seinen feuchten Kleidern. »Ich glaube, du hattest die richtige Idee«, meinte er, während er schon sein Hemd ablegte und seine Stiefel auszog. Als er seine Hose aufknöpfte, wandte Bonnie sich verlegen ab.

Ein raschelndes Geräusch veranlaßte sie jedoch, sich wieder umzudrehen, aber es war nur Eli, der ihre nassen Sachen über einem Busch zum Trocknen aufhängte.

Bonnie errötete. »Gib mir meine Sachen zurück!« verlangte sie.

Eli war nackt wie Adam vor dem Sündenfall und schaute Bonnie belustigt an. »Erst wenn sie trocken sind«, sagte er. »Ist es nicht herrlich in der Sonne?«

Bonnie bedeckte schamhaft ihre Brüste und hob ein Bein, um noch mehr von ihrem Körper zu verbergen. Doch diese merkwürdige Haltung ließ sie das Gleichgewicht verlieren, und sie purzelte ins feuchte, sonnenwarme Gras. Sofort war Eli bei ihr und kniete neben ihr nieder.

»D-danke, daß du mi-mich gerettet und den Baumstamm gebracht hast, um mich daran festzuhalten«, stammelte Bonnie, um überhaupt etwas zu sagen. Oder vielleicht auch, um das Unvermeidliche hinauszuzögern.

Eli lachte und ließ seine Hand streichelnd über ihren nackten Arm und ihre bebenden Brüste gleiten. »Ich wollte dich nicht verlieren«, sagte er, »und den Stamm habe ich nicht gebracht. Er trieb vorbei, und fast hätte er mich am Kopf getroffen.«

»Oh«, sagte Bonnie. Das Gras war weich und warm unter ihrem nackten Körper, der auf Elis Liebkosungen mit alarmierender Eile zu reagieren begann. Langsam ließ sie sich zurücksinken und schaute sehnsüchtig zu ihm auf.

»Manchmal«, flüsterte er, »kann ich es fast nicht ertragen. Du bist so schön . . .«

Seine Hand glitt zwischen Bonnies Schenkel, und sie stieß einen leisen Schrei aus, als seine Finger ihre empfindsamste Stelle fanden.

»Oh . . .« stöhnte sie entzückt, als er sie so geschickt zu reizen begann, daß ihre Schenkel sich ganz unbewußt öffneten.

»Wir leben noch«, bemerkte Eli in einem Ton schroffer Verwunderung.

Bonnie krümmte lustvoll den Rücken. »Das stimmt«, flüsterte sie, während eine Woge der Lust ihren Körper erschütterte.

Unendlich sanft liebkoste Eli sie dort, wo die süße Qual am größten war. »Und was sollen wir jetzt tun – nachdem wir uns einig sind, daß wir noch leben, meine ich?«

Ein leises Wimmern stieg in Bonnies Kehle auf, verlangend bog sie ihm die Hüften entgegen. »Oh . . . ich weiß nicht . . . vielleicht sollten wir . . .«

»Ja?« Wie konnte er so gelassen sein, wenn Bonnie sich vor seinen Augen vor Sehnsucht verzehrte?

»Wir sollten feiern!« stieß sie hervor.

Eli beugte sich vor, und als Bonnie seine warmen Lippen auf ihren Brüsten spürte, überwältigte sie eine Woge sinnlicher Empfindungen, die sie mit süßer Schwäche erfüllten und ihren Puls zum Rasen brachten. »Feiern?« murmelte Eli, als begriffe er nicht, was sie meinte.

Bonnie stieß einen ungeduldigen Schrei aus. »Du dummer Mann!« rief sie und schüttelte seine nackten Schultern. »Du sollst mich lieben! Bitte, Eli . . . ich möchte geliebt werden!«

Zum ersten Mal in seinem Leben erfüllte Eli ihren Wunsch, ohne sie vorher mit seinen exquisiten Zärtlichkeiten an den

Rand des Wahnsinns zu treiben. Er schob sich zwischen ihre Schenkel und drang mit einer heftigen Bewegung, die sie vor Lust aufstöhnen ließ, in sie ein. Ganz Hingabe und Sehnsucht, bog Bonnie sich ihm entgegen, damit er noch tiefer in sie eindringen konnte. Aber da hielt er mitten in der Bewegung inne und schaute ihr in die Augen.

»Ich liebe dich, Bonnie«, sagte er eindringlich.

Bonnie hörte es kaum, so groß war ihr Verlangen. Ihr Körper, dem Tode gerade entronnen, war fest entschlossen, das Leben zu bestätigen. Sie schlang ihre Beine um Elis Hüften und zwang ihn, seine Bewegungen wieder aufzunehmen.

Eli stöhnte, als ihre Vereinigung noch intensiver wurde, warf den Kopf in den Nacken und schloß lustvoll die Augen. Langsam, so langsam, daß Bonnie vor Erregung erschauerte, zog er sich aus ihr zurück, und ebenso aufreizend langsam drang er wieder in sie ein. Bonnies ganzer Körper bebte, und jede seiner rhythmischen Bewegungen trugen sie höher und höher zum Gipfel der Lust.

Und plötzlich war ihr, als stiege sie zu unbekannten Sphären auf, wo es nur Sonne gab und goldenes Licht, dessen Wärme sie in Wellen durchströmte. Als Eli im gleichen Moment einen heiseren Schrei ausstieß, wußte sie, daß auch er den Höhepunkt seiner Ekstase erreicht hatte.

Eng aneinandergeschmiegt schliefen sie unter dem Dach des alten Karrens ein und erwachten am späten Nachmittag. Beide waren hungrig, aber der Hunger ihrer Seelen überwog den Hunger ihrer Mägen, und so liebten sie sich von neuem.

Als die Lust verebbte und der Sturm ihrer Gefühle nachließ, schliefen sie wieder ein, und als Bonnie erwachte, war es dunkel, und sie war allein. Sie richtete sich so abrupt auf, daß sie mit dem Kopf ans Wagendach stieß und einen Schmerzensschrei ausstieß.

Irgendwo von draußen hörte sie Elis Lachen und das Prasseln eines Lagerfeuers. Ihre Kleider lagen sauber gefaltet neben ihr.

»Ich rieche Essen!« rief sie anklagend, nachdem sie sich angezogen hatte und auf den Knien aus ihrem Unterschlupf kroch.

Tatsächlich grillte Eli ein Hühnchen über dem Lagerfeuer.

»Wo . . . wie . . .« Bonnie war plötzlich so ausgehungert nach etwas zu essen, wie sie es vorher nach Elis Umarmungen gewesen war.

»Es muß irgendwo hier in der Nähe eine Farm geben«, sagte Eli schmunzelnd. Er war vollständig angekleidet und hockte neben dem Feuer. »Ich sah das Huhn plötzlich durch die Felder wandern, und da habe ich es . . .«

»Sag es nicht!« fiel Bonnie ihm ins Wort. »Wie hast du dieses wunderbare Feuer ohne Streichhölzer in Gang gekriegt?«

Eli schüttelte den Kopf. »Oh, du Ungläubige. Ich habe zwei Stöckchen aneinandergerieben.«

»Aber das macht doch niemand so, oder?«

»Vielleicht war noch ein Funke von unserer leidenschaftlichen Umarmung übrig.«

Bonnie war froh, daß es dunkel war und Eli nicht ihr Erröten sah. Doch einen Moment später ersetzte Sorge ihre Verlegenheit. »Rose!« sagte sie erschrocken.

Eli legte tröstend den Arm um ihre Schultern. »Keine Angst, Bonnie. Katie und Genoa werden sich um sie kümmern.«

»Aber sie müssen doch denken, wir wären tot!«

»Dann wird unsere Rückkehr eine angenehme Überraschung für sie sein!«

Das Huhn auf dem Feuer verströmte einen ganz köstlichen Duft. Bonnie konnte sich nicht entsinnen, je so hungrig gewesen zu sein, nicht einmal früher in Patch Town. »Ja, ich glaube, es ist sinnlos, uns zu sorgen«, sagte sie.

»Richtig.« Geschickt löste Eli das gegrillte Fleisch vom Spieß und trennte ein großes Stück für Bonnie ab. »Morgen machen wir uns auf den Heimweg.«

20

Mit einem langen Blick auf den umgestürzten Wagen sagte Eli schmunzelnd: »Ich werde diesen Ort vermissen.«

Bonnie, die müde, hungrig und schmutzig war, versuchte ihre Hand aus seiner zu befreien. Doch er hielt sie fest und zog sie mit sich die steile Anhöhe hinter ihrem Lagerplatz hinauf.

Ein überwältigendes Schuldbewußtsein erfüllte sie. Rose rief ganz bestimmt nach ihr, und Genoa und Katie waren sicher schon mit Begräbnisvorbereitungen beschäftigt. Webb lag schmerzgepeinigt auf seinem Lager oder war vielleicht längst tot.

Und was hatte Bonnie derweil getan? Sich rückhaltslos und lustvoll dem Mann hingegeben, von dem sie sich geschworen hatte, nie wieder etwas mit ihm zu tun haben zu wollen. Sie spürte, wie ihr das Blut in die Wangen schoß, als sie an die erotischen Stunden mit ihm dachte, die sie auf schamlose Weise ausgekostet hatte.

Endlich erreichten sie die Hügelkuppe, und Bonnie starrte fassungslos auf den Anblick, der sich ihr bot. Nur ein Steinwurf von ihnen entfernt stand ein kleines Bauernhaus!

Unbändige Wut erfaßte Bonnie, als ihr eine Erkenntnis nach der anderen dämmerte. Eli hatte von Anfang an über diese Farm Bescheid gewußt. Hier hatte er das Huhn besorgt und vermutlich auch die Streichhölzer für das Lagerfeuer, während er Bonnie in dem Glauben belassen hatte, sie seien meilenweit von jeglicher Zivilisation entfernt. »Du Biest!« zischte sie ihn wütend an, als ein kräftiger Mann ihnen vom Scheunentor aus zuwinkte.

»Morgen!« rief der Farmer, und Bonnie sah eine schlanke, grauhaarige Frau aus dem Haus kommen. »Treten Sie ein und frühstücken Sie mit uns!«

Die Hausherrin schien nicht sehr begeistert über die Vorstellung, zwei Fremde an ihrem Tisch zu haben, sagte jedoch nichts.

Kurze Zeit darauf hatten sie sich gewaschen und saßen zwischen Mr. und Mrs. Ezra Kinder an deren bescheidenem Tisch. Bonnie war so ausgehungert, daß sie einen großen Teller mit Schinken, Eiern und Bratkartoffeln leerte.

Mrs. Kinder, eine unscheinbare Frau mit wimpernlosen Augen und schmalen Lippen ließ während des Essens ihre Hand auf einer abgegriffenen Bibel liegen, als hoffte sie damit zu verhindern, daß sich die Sünde in ihrem Haus ausbreitete.

»Das Letzte, was ich hörte, war, daß der Bahnhof in Northridge vier Meter unter Wasser steht«, berichtete Ezra kauend.

Eli schien nicht im mindesten verlegen, obwohl sein Haar zerzaust und seine Kleidung steif und zerknittert war. Er hätte auch in einem feinen Anzug bei Delmonico speisen können, so wie er sich verhielt. »Wie weit ist Colville von hier entfernt? Dort könnten wir vielleicht Pferde mieten.«

Bonnie verzweifelte bei dem Gedanken, vierzig Meilen auf einem Pferderücken zurückzulegen. Lieber Himmel, war es denn nicht genug, daß sie beinahe ertrunken wäre, daß sie gezwungen gewesen war, auf der bloßen Erde zu übernachten und zudem auch noch verführt zu werden? Mußte sie jetzt auch noch nach Northridge zurück*reiten?*

»Colville liegt nur drei Meilen von hier«, erklärte Ezra. »Ich würde Ihnen ja meinen Wagen borgen, aber da ich nur den einen besitze, kann ich leider nicht darauf verzichten.« Er seufzte. »Es muß schlimm aussehen in Northridge. Allerdings scheint das Wasser allmählich zu sinken. Aber die Straßen werden alle zerstört sein und viele Häuser sicher auch.«

»Wie sieht es mit den Telegrafenmasten aus?« fragte Bonnie,

die begierig war, Genoa und Katie mitzuteilen, daß sie und Eli noch am Leben waren.

Ezra maß sie mit einem solch neugierigen Blick, daß sie mißtrauisch wurde und Eli anschaute, der es jedoch vermied, sie anzusehen.

»Ich dachte, Sie wüßten, daß die Leitungen in Ordnung sind«, antwortete der Farmer. »Mr. McKutchen hat mich doch gestern eine Nachricht an seine Schwester senden lassen. Ich habe auch schon eine Antwort erhalten.« Ezra schaute sich suchend in der Küche um. »Wo ist das Telegramm, Amanda?«

Amanda – ein hübscher Name für eine solch mürrische und streng dreinblickende Frau, dachte Bonnie – zog ein gelbes Blatt aus ihrer Bibel und schob es Eli zu. Aber er tat, als sähe er es nicht, und so hob Bonnie das Telegramm auf und las die Nachricht, während sie Eli unter dem Tisch einen harten Tritt versetzte.

Dem Himmel sei Dank, stand in dem Telegramm. *Rose und Katie sind bei mir in Sicherheit. Webb wird gepflegt. Kommt bald nach Hause. Genoa.*

»Es hätte mich sehr beruhigt, etwas von diesem Telegramm zu wissen!« sagte Bonnie, ohne Rücksicht auf die beiden Kinder, die sie verwundert anstarrten. »Eli McKutchen – wie konntest du nur?«

Amanda öffnete ihre Bibel und begann lautlos zu lesen.

Eli zuckte nur die Schultern, und das machte Bonnie so wütend, daß sie ihn am liebsten geohrfeigt hätte. Doch sie beschränkte sich darauf, aufzuspringen und nach einem brüsken: »Vielen Dank für das Essen!« hinauszulaufen.

Obwohl sie erwartet hatte, daß Eli ihr folgen würde, war sie schon eine Meile in Richtung Colville gelaufen, als Eli sie einholte. »Ezra hätte uns hingebracht, wenn du gewartet hättest«, bemerkte Eli so gelassen, als hätte er sie nicht belogen und betrogen.

Bonnie ging stur weiter. »Mit zwei Stöckchen Feuer anzünden – ha!«

Eli lachte. »Hättest du lieber in der Scheune der Kinders geschlafen, Bonnie? Im Haus hätten sie uns nicht übernachten lassen. Mrs. Kinder weiß, daß wir nicht verheiratet sind. Für sie sind wir Sünder.«

»Das sind wir auch!« schrie Bonnie und ging noch schneller. »Wir werden beide in der Hölle schmoren!«

»Ich glaube nicht an die Hölle«, entgegnete Eli ruhig, »und du auch nicht.«

Mitten auf dem Pfad blieb Bonnie stehen, mit blitzenden Augen und zornig verschränkten Armen. Sie wußte, daß ihr Haar von dem unfreiwilligen Bad im Columbia River verfilzt und höchstwahrscheinlich mit Zweigen und Blättern durchsetzt war. Ihr Gesicht war mit ziemlicher Sicherheit genauso schmutzig, wie es sich anfühlte, und ihre Kleider waren ruiniert. Ihr bester Umhang war verloren, und an ihre Schuhe wollte sie nicht einmal denken. »Woher willst du wissen, woran ich glaube, Eli? Du hast dir niemals die Mühe gemacht, mich danach zu fragen.«

Auch seine Kleider sahen schrecklich aus. Wer würde ihre phantastische Geschichte schon glauben, falls sie je den Weg nach Colville fanden? »Na schön, Bonnie«, sagte er seufzend. »Woran glaubst du?«

Bonnie war außer sich vor Zorn. Jetzt, wo er sie endlich fragte, fiel ihr keine Antwort ein, verdammt! Sie drehte sich ganz unvermittelt um und stürmte weiter.

Es dauerte nicht lange, da war Eli wieder neben ihr. »Wir sollten zurückgehen«, sagte er.

»Warum?«

»Weil Colville dort drüben liegt«, antwortete er und zeigte in die entgegengesetzte Richtung.

Wieder hätte Bonnie ihn fast getreten. »Das hättest du mir auch sagen können, bevor ich in diesen schrecklichen Schuhen so weit gelaufen bin!« schrie sie empört.

Er runzelte die Stirn. »Tun dir die Füße weh?«

»Ja!«

Eli beugte sich leicht vor, legte seinen Arm um Bonnies Taille und warf sie wie einen Sack Mehl über seine Schulter. Als der erste Schock verflogen war, begann sie seinen Rücken mit ihren Fäusten zu bearbeiten.

»Laß mich sofort herunter!«

Eli seufzte und stellte sie wieder auf die Füße.

»Ich wollte dir nur helfen«, erklärte er im Tonfall eines Märtyrers.

Es war später Morgen, als sie Colville erreichten, und sie hatten das große Glück, noch zwei Fahrkarten für den Zug nach Northridge zu bekommen. »Erinnere mich daran, daß ich Genoa danke. Sie hat das Geld für die Fahrkarten telegrafisch überwiesen.«

Bonnies Erleichterung war so groß, daß sie ihren Ärger für einen Moment vergaß. »Gott segne sie!«

»Wir haben noch zwei Stunden Zeit«, erklärte Eli. »Möchtest du, daß wir uns ein Zimmer in dem Hotel dort drüben nehmen, damit du baden kannst?«

»Hat Genoa auch dafür Geld geschickt?«

»Meine Schwester ist eine praktisch denkende Frau. Sie wird sich vorstellen können, wie wir aussehen nach unserem unfreiwilligen Abenteuer.«

Bonnie versuchte, ernst zu bleiben, aber es gelang ihr nicht. Das würde die richtige Geschichte sein, um sie ihren Enkelkindern zu erzählen – vorausgesetzt natürlich, sie ließ die Episode auf der sonnigen Wiese aus! Ihr Lächeln verblaßte. »Werden wir getrennte Zimmer nehmen?«

Eli nahm ihren Arm und führte sie zum Hotel. »Hast du dich entschlossen, tugendhaft zu sein?«

»Ja«, erwiderte Bonnie trotzig.

»Gut.« Sie passierten gerade ein Warenhaus, und Eli blieb abrupt stehen. »Komm, laß uns etwas Sauberes zum Anziehen kaufen.«

»Ohne Geld?« fragte Bonnie, obwohl sie für ihr Leben gern ihre Kleider gewechselt hätte.

Eli grinste nur. »Der Name McKutchen ist wie ein Zauberwort«, sagte er und hatte natürlich recht. Der Ladeninhaber war nur zu gern bereit, ihm einen beträchtlichen Kredit einzuräumen.

Später, nachdem Bonnie ein ausgedehntes Bad genommen und ihre neue Unterwäsche angezogen hatte, legte sie sich erschöpft auf das Bett in ihrem Zimmer und schlief fast sofort ein.

Eine sanfte Hand auf ihrer Schulter weckte sie. »Es wird Zeit, unseren Zug zu besteigen, Bonnie«, sagte eine vertraute Stimme.

Blinzelnd richtete sie sich auf. Eli stand in seinen neuen Kleidern vor ihr und lächelte freundlich auf sie herab.

Um zu verhindern, was meist geschah, wenn sie mit diesem Mann allein war, schnappte Bonnie sich ihr Kleid und streifte es blitzschnell über. Eli erlaubte sie nur, die Knöpfe am Rücken zu schließen.

»Beeil dich«, sagte er, als er damit fertig war. »Wir haben nur noch fünfzehn Minuten Zeit.«

»Fünfzehn Minuten!« Bonnie war entsetzt. »Das schaffe ich nie!«

Eli lächelte vielsagend, als sie hastig ihr Haar aufsteckte. »Ich hätte nichts dagegen, wenn wir den Zug verpassen würden.«

»Aber ich!« rief Bonnie. »Rose muß Todesängste ausstehen, und Webb . . .«

Der Name fiel wie eine Bombe. Eli seufzte. »Ja«, sagte er. »Da ist ja auch noch Webb.«

Bonnies Hände zitterten, als sie die Nadeln in ihren Knoten steckte. »Er ist ein feiner Mann, Eli.«

Eli hätte viel darauf erwidern können, unter anderem, daß es nicht Webb gewesen war, von dem sie sich vor knapp vierundzwanzig Stunden noch so leidenschaftlich hatte lieben lassen, aber er seufzte nur.

»Ich glaube, wir gehen jetzt besser«, sagte Bonnie.

Sie saßen schon im Zug, als Eli endlich wieder sprach. »An jenem Tag in deinem Laden . . .« begann er nachdenklich und starrte aus dem Fenster auf die vorübergleitende Landschaft.

Bonnie wußte genau, welchen Tag er meinte. »Als du mich schlagen wolltest?«

»Das war nur ein Bluff, Bonnie. Ich hätte es nie getan.«

Das hatte Bonnie sich damals auch gedacht, ließ es sich jedoch nicht anmerken. »So, so.«

Da wandte sich Eli vom Fenster ab und richtete seinen Blick

auf Bonnie. »Stört es dich nicht, daß Hutcheson dich schlagen würde, ungeachtet der Gründe, die er dafür haben mag?«

Vielleicht war es das warme Gefühl für Eli, das nach ihren Umarmungen verblieben war, oder die Freude darüber, sich auf dem Weg nach Hause zu befinden, was Bonnie zu ihrer aufrichtigen Antwort veranlaßte. »Es ändert alles«, sagte sie. »Ich habe Webb zwar verziehen, weil ich weiß, daß ich ihn in gewisser Weise dazu getrieben habe – aber sein Verhalten war trotzdem falsch. Aus dem einfachen Grund, daß er stärker ist als ich und diese Kraft ausgenutzt hat.«

»Ja, das scheint mir ein unfairer Vorteil zu sein.«

Bonnie biß sich auf die Lippen. »Aber ich habe ihn . . .«

»Ich weiß, ich weiß. Du hast damit angefangen«, fiel Eli ihr gereizt ins Wort.

Der Zug ließ einen schrillen Pfiff ertönen und fuhr in Northridge ein. »Was hättest du denn getan?« fragte Bonnie leise.

Eli lachte. »Ich glaube nicht, daß ich ihn geohrfeigt hätte. Ich ziehe in solchen Situationen immer einen rechten Haken vor.«

»Das meinte ich nicht!« entgegnete Bonnie verärgert. »Ich wollte wissen, was du an Hutchesons Stelle getan hättest.«

Aus dem Augenwinkel sah sie, daß Eli nicht mehr belustigt war.

»Um ganz ehrlich zu sein«, gab er nach einer Weile zu, »weiß ich es selber nicht. Natürlich würde ich jetzt gern behaupten, ich hätte versucht, unsere Probleme auf galante Weise zu lösen, aber das entspräche vielleicht nicht der Wahrheit.«

Bonnie seufzte. »Es ist eigentlich auch gar nicht wichtig, was du getan hättest, oder?«

»Nein, vermutlich nicht«, antwortete Eli, und dann schwiegen beide, jeder in seine eigenen Gedanken versunken.

Als der Zug hielt, stiegen Eli und Bonnie schweigend aus. Eine dicke Schlammschicht bedeckte den Boden, in der Bonnie bis zu den Knöcheln versank. Sie wollte gerade eine Verwünschung von sich geben, als Genoas heitere Stimme erklang.

»Eli! Bonnie! Hier!«

Bonnie war zutiefst erleichtert, als sie die Kutsche ihrer Freundin unter den wartenden Wagen erblickte.

Eli nahm Bonnies Hand und zog sie schmunzelnd aus dem Schlamm. As sie beim nächsten Schritt wieder darin versank, hob er sie auf die Arme und trug sie zu Genoas Kutsche.

Bonnie schämte sich – jetzt hatte die Bevölkerung von Northridge noch einiges mehr zu klatschen –, aber sie war zu froh, ihre Schwägerin zu sehen, um zu protestieren. Eli hob sie in die Kutsche, küßte seine Schwester, die vor Rührung ganz feuchte Augen hatte, und stieg zum Kutscher auf den Bock.

Genoa, die Bonnie gegenübersaß, klatschte in die Hände. »Du mußt mir alles über euer großartiges Abenteuer erzählen!« rief sie aufgeregt.

Großartig war es nicht, wollte Bonnie widersprechen, aber dann dachte sie an die Gefühle, die sie in Elis Armen empfunden hatte, und schwieg. In gewisser Weise war es tatsächlich ein wunderbares Erlebnis gewesen. Ruhig erzählte Bonnie, wie sie auf Earlines Veranda ausgeglitten – sie wollte gar nicht darüber nachdenken, ob sie wirklich gefallen war oder ob die Frau sie gestoßen hatte – und vom Fluß mitgerissen worden war. Auch daß Eli sie gerettet hatte, berichtete sie Genoa, aber sie verschwieg ihr von der Nacht unter dem umgestürzten Pferdewagen. Statt dessen beließ sie ihre Schwägerin in dem Glauben, daß sie bei den Kinders übernachtet hatten.

»Ich habe mich um Katie und Rose gekümmert«, sagte Genoa. »Und Susan Farley hat Webb gepflegt. Ich hoffte, es stört dich nicht, daß sie bei dir gewohnt hat, Bonnie – wir konnten ihn nicht bewegen, und es gab so viele, die eine Unterkunft und Pflege brauchten.«

»Wie viele sind vermißt, Genoa?« fragte Bonnie leise. »Kennt man die genauen Zahlen schon?«

»Mein Mr. Callahan und der Marshal haben Suchaktionen ins Leben gerufen. Sie haben sieben Leichen gefunden.« Genoa machte eine Pause und senkte den Kopf. »Neun Menschen werden noch vermißt. Bis Elis Telegramm eintraf, dachten wir, es wären elf . . .« Genoa zog ein Taschentuch heraus und tupfte damit über ihre Augen. »Ach, Bonnie, ich hatte solche Angst! Ich dachte, ihr wärt verloren und die arme Rose hätte keine Eltern mehr . . .«

Bonnie drückte Genoas Hand. »Es tut mir leid, daß du dich um uns sorgen mußtest.«

Genoa steckte das Taschentuch wieder ein. »Es ist soviel zu tun, Bonnie . . . Soviel. Northridge liegt in Trümmern.«

»Ist das Wasser wenigstens zurückgegangen?«

Genoa seufzte. »Nicht ganz, aber ich glaube, das Schlimmste ist vorbei.«

Als sie am Bauplatz der neuen Häuser vorbeikamen, lehnte Bonnie sich aus dem Fenster. Bisher waren nur die äußeren Strukturen zu erkennen, die jedoch erstaunlich groß wirkten. Überall standen Zelte, und unzählige Arbeiter schwärmten lachend und schwatzend auf dem Platz herum.

Wie zäh die Menschen doch sind! dachte Bonnie und fühlte ihren eigenen Mut wachsen. »Woher haben sie bloß die vielen Zelte?«

Genoa lächelte. »Unsere guten Nachbarn im Norden, die Kanadier, haben sie geschickt. Als sie von der Flutkatastrophe hörten, schickten sie Wagen mit Zelten und Lebensmitteln.«

Die Kutsche schleppte sich weiter durch den aufgeweichten Boden, und irgendwann tauchten die ersten Häuser von Northridge auf. Die Stadt lag tatsächlich in Trümmern, wie Genoa gesagt hatte. Webbs Redaktionsgebäude und Patch Town existierten nicht mehr, und um Forbes' Saloon und den Bahnhof herum stand das Wasser noch immer mindestens einen Meter hoch. Von der Fähre und ihrer Anlegestelle war nichts mehr zu erkennen.

»Forbes ist am Erdboden zerstört«, bemerkte Genoa mit einem belustigten Augenzwinkern, das so gar nicht zu ihrer Bemerkung paßte. »Er scheint seine gesamte Kraft zum Weitermachen jetzt nur noch aus unserer Lizbeth zu beziehen.«

Trotz der allgemeinen Zerstörung, die Bonnie sehr bedrückte, fand sie den Gedanken, daß Forbes sich in eine Lehrerin verliebt haben könnte, ausgesprochen amüsant. »Und wie denkt sie darüber?«

Genoa zuckte die schmalen Schultern. »Wer weiß? Forbes ist ein gutaussehender Mann.«

»Und ein Wüstling«, entgegnete Bonnie schmunzelnd.

»Ja, aber man sagt, Männer dieses Kalibers gäben die besten Ehemänner ab. Vorausgesetzt natürlich, sie lassen sich bekehren.«

»Das kann ich mir bei Forbes nicht vorstellen.«

Genoa lachte. »Ich auch nicht. Aber Liebe wirkt angeblich Wunder.«

Bonnie dachte plötzlich an Seth, den Genoa vorhin noch als *ihren* Mr. Callahan bezeichnet hatte. »Vielleicht«, stimmte sie nachdenklich zu. »Ja. Vielleicht ist es tatsächlich so.«

Genoa verzichtete auf eine Antwort.

Die folgenden Tage waren anstrengend für Bonnie und für alle anderen Bewohner der von der Flutkatastrophe heimgesuchten Stadt.

Als das Wasser zurückging, schickte die Eisenbahngesellschaft Arbeiter, um die Schienen in Ordnung zu bringen und den Bahnhof vom Schlamm zu reinigen. Und dann dauerte es nicht lange, bis Ladungen und Ladungen von Waren bei Bonnie eintrafen. Ihr blieb kaum Zeit, sie einzuräumen, so schnell verkaufte sie alles.

Webb besetzte noch immer ihr Bett und erwies sich allmählich als äußerst anstrengender Patient: ständig schrie er nach diesem oder jenem. Zum Glück brauchte Bonnie sich während der Öffnungszeiten des Ladens nicht um ihn kümmern, das machte Susan Farley, die junge Witwe, die jeden Tag kam, um nach ihm zu sehen. Ihre Geduld überraschte und erstaunte Bonnie.

Susans Baby gedieh ganz prächtig, und es war Katie, die seine Windeln wechselte und das Kind zu seiner Mutter brachte, wenn es gefüttert werden mußte. Rose schien fasziniert von diesem kleinen Wesen und beanspruchte sehr wenig Aufmerksamkeit für sich selbst.

Die Arbeit in den Hüttenwerken verlief ohne weitere Zwischenfälle, und die Häuser südlich der Stadt wuchsen und verfügten bereits über Dächer, Fenster und Treppen. Forbes Durrant eröffnete wieder seinen Saloon und den Tanzsaal, noch bevor die Fußböden trocken waren – sehr zu Lizbeth Simmons Ärger, wie in der Stadt gemunkelt wurde.

Bonnie war viel zu beschäftigt, um sich für irgendwelche Gerüchte oder Klatsch zu interessieren. Es ging ihr allmählich auf die Nerven, auf dem Sofa in ihrem Wohnzimmer zu schlafen, Webb die Kissen aufzuschütteln und sich seine endlosen Klagen anzuhören. Eigentlich war sie jetzt sehr froh, ihn nicht geheiratet zu haben.

»Ich bin ruiniert«, meinte er eines Abends theatralisch, als sie über die Folgen der Überschwemmung sprachen.

Bonnie schob ihm einen Löffel Medizin in den Mund. »Unsinn. Wenn Forbes neu anfangen kann, kannst du es auch.«

Webb wirkte hilflos wie ein kleiner Junge, für einen Moment tat er Bonnie sogar leid. Aber das war vorbei, als er Bonnie mit einem vorwurfsvollen Blick bedachte und sagte: »Susan versteht wenigstens, was es bedeutet, alles zu verlieren, Bonnie.«

Susan, Susan, Susan! dachte Bonnie. Ich bin es leid, ständig den Namen *Susan* zu hören. »Und *ich* begreife das natürlich nicht – das wolltest du doch damit sagen?«

»Meine Druckerpressen sind zerstört!« brüllte Webb. »Mein ganzes verdammtes Redaktionsgebäude existiert nicht mehr! Forbes hat wenigstens noch Mauern und Fußböden, mit denen er etwas anfangen kann!«

»Psst! Du wirst noch Rose und Katie wecken!«

Webb ergriff die Hand. »Entschuldige bitte, Bonnie. Du warst so gut zu mir, hast mir sogar dein Bett überlassen, und zum Dank schreie ich dich jetzt an.«

Zum Zeichen, daß sie ihm verziehen hatte, lächelte Bonnie, aber sie entzog ihm ihre Hand. »Gute Nacht, Webb«, sagte sie, blies die Lampe aus und verließ den Raum.

DRITTER TEIL
DER BETÖRTE ENGEL

21

»Du scheinst ja endlich doch Erfolg mit dem Geschäft zu haben«, bemerkte eine tiefe Männerstimme, als Bonnie gerade ein Paar neue Stiefel ins Regal einräumte.

Die Leiter schwankte, als sie langsam herunterstieg. Wegen des warmen Juniwetters hatte sie die Ladentür offen gelassen, und so war Forbes Durrant unbemerkt hereingekommen.

»Endlich?« wiederholte sie und strich ihr rosa und grau gestreiftes Kattunkleid glatt. »Soll das ein Kompliment sein oder eine Beleidigung, Forbes? Bei dir kann man ja nie wissen.«

Er lehnte sich grinsend an die Ladentür. Wie üblich war er sehr elegant und dandyhaft gekleidet. »Ich versichere dir, daß es ein Kompliment sein sollte, in aller Aufrichtigkeit. Niemand könnte sich mehr über deinen Erfolg freuen als ich, mein Engel.«

Trotz des warmen Tages lief ein Frösteln über Bonnies Rücken. Eine merkwürdige Atmosphäre hing in der Luft, die noch unangenehmer war als der Gestank des Pferdemists, der von der Straße hereindrang. Es roch nach ... Ärger.

Bonnie verbarg ihre Besorgnis hinter einem Lächeln. »Was kann ich für dich tun?« fragte sie.

Forbes lächelte und musterte Bonnie mit der gleichen dreisten Bewunderung, die er ihr gegenüber immer an den Tag legte. »Du wirst dich sicher entsinnen, daß dein Vater Northridge vor ein paar Jahren sehr überstürzt verlassen hat, nicht wahr?«

Diesmal bemühte sich Bonnie gar nicht erst, ihr Unbehagen

zu verbergen. Wenn Forbes wirklich etwas Wichtiges über ihren Vater wußte, warum hatte er es dann nicht schon früher erwähnt? »Ich höre, Forbes«, sagte sie ruhig.

»Du weißt, daß ich dieses Geschäft damals für die McKutchen Enterprise geleitet habe?«

Bonnie errötete vor Ärger bei der Erinnerung daran. »Ja.«

»Komischerweise hast du mich nie gefragt, warum«, fuhr Forbes gelassen fort. »Du nahmst ganz schlicht und einfach an, dein einst geliebter Eli hätte mir befohlen, den Laden wieder in das Firmenvermögen aufzunehmen.«

»Das stimmt nicht ganz«, entgegnete Bonnie falsch, »Eli behauptete, nichts davon gewußt zu haben, und das glaube ich ihm.«

»Wie sollte es auch anders sein!«

»Willst du damit sagen, daß er lügt?«

Forbes hob den Deckel eines Bonbonglases und nahm sich eins heraus. »Weit gefehlt, mein Engel. Eli wußte wirklich nichts.«

»Worauf willst du dann hinaus?«

Forbes seufzte und kaute genüßlich sein Bonbon. Eine kleine Ewigkeit schien zu vergehen, bevor er sagte: »Dein Vater schuldete mir Geld, Bonnie. Eine beträchtliche Summe. Als er vor seinen Schulden davonlief, habe ich den Laden übernommen, um wenigstens etwas von meinem Geld wieder hereinzuholen.«

Bonnies Kehle war wie zugeschnürt, eine seltsame Übelkeit stieg von ihrem Magen auf. »Wieso sollte mein Vater dir Geld geschuldet haben?«

Forbes hob die Schultern. »Ich erwähne solch unangenehme Angelegenheit nur äußerst ungern und erst recht nicht vor einer Dame«, bemerkte er mit höflichem Spott. »Aber Schulden sind Schulden, Bonnie. Jack Fitzpatrick trank sehr viel und liebte es, sich mit Frauen zu umgeben. Auch dem Spiel war er nicht abgeneigt. Nachdem du mit deinem frischgebackenen Ehemann nach New York abgereist warst, begann er Schulden in meinem Saloon zu machen. Aus reiner Gutmütigkeit verließ ich mich darauf, daß dein lieber Papa seinen Verpflichtungen nachkommen würde wie ein Gentleman.«

»Aus reiner Gutmütigkeit?« wiederholte Bonnie. »Das glaubst du doch wohl selber nicht, Forbes! Du hast meinem Vater Kredit gegeben, weil eine Verbindung mit der McKutchen-Familie bestand!«

Wieder zuckte Forbes die Schultern. Er genießt das alles sehr, dachte Bonnie ärgerlich und hätte ihm am liebsten die Registrierkasse über den Kopf geschlagen. Aber leider war die Kasse viel zu schwer.

»Wie du meinst, Engel«, entgegnete der Saloonbesitzer seufzend. »Auf jeden Fall habe ich etwas von meinem Geld zurückerobert, indem ich diesen Laden übernahm. Der größte Teil der Schuld steht allerdings noch aus.«

»Du kannst mich nicht für die Schulden meines Vaters zur Verantwortung ziehen!« Bonnie merkte, daß sie schrie, und bemühte sich, die Stimme zu dämpfen. »Und woher soll ich wissen, daß du nicht lügst?« fuhr sie etwas leiser fort.

Forbes nahm sich ein weiteres Bonbon, bevor er sich zu einer Antwort bequemte. »Hm«, meinte er kauend, »ich glaube, ich habe die Schuldscheine dabei. Von deinem Vater unterzeichnet.« Er griff in seine Westentasche und präsentierte mit großartiger Gebärde ein Päckchen gefalteter Papiere.

Bonnie nahm sie mit zitternder Stimme entgegen. »Ich habe die Grundbucheintragung und die Besitzurkunde für diesen Laden«, sagte sie, nachdem sie die Dokumente überflogen und die Unterschrift ihres Vaters als echt erkannt hatte. »Er ist schuldenfrei.«

»Aber eigentlich ist er doch auf Jack Fitzpatricks Namen eingetragen?« Die Antwort darauf konnte Bonnie sich ersparen. Die Röte auf ihren Wangen war zu verräterisch.

»Aha, das hatte ich mir doch gedacht«, sagte Forbes und legte einen Penny für die Bonbons auf die Theke. »Und dir wird bestimmt auch nicht entgangen sein, daß dieses Lokal in den Schuldscheinen als Sicherheit für alle Schulden gilt, die Jack Fitzpatrick im Brass Eagle Saloon machte?«

»Warum hast du bis jetzt gewartet, um mir das alles zu erzählen?« entgegnete Bonnie gereizt.

»Aus zwei Gründen. Erstens, weil du bisher nicht das Geld

hattest, die Schulden zu bezahlen. Und zweitens, weil dieses Lokal bis jetzt nicht genug Ertrag einbrachte, um eine Übernahme zu rechtfertigen.«

Bonnies Entrüstung war groß, aber ihre Beherrschung noch größer. »Hast du keine Angst, dieser Angelegenheit wegen deine Stellung als Leiter der Hüttenwerke zu verlieren, Forbes?«

»Du überraschst mich, Engel!« entgegnete er lachend. »Eins hat mit dem anderen nichts zu tun. Wenn du natürlich noch mit Eli verheiratet wärst, hätte ich mich in dieser Angelegenheit längst an ihn gewandt.«

Die Erwähnung von Elis Namen erhöhte Bonnies Niedergeschlagenheit nur noch. Seit ihrer Rückkehr nach Northridge nach der Überschwemmung ging er ihr aus dem Weg. Er wohnte noch immer in der Pension auf dem Hügel, und es wurde gemunkelte, daß er Webbs Platz in Earlines Herzen eingenommen hatte. Ganz zu schweigen von seinem Platz in ihrem Bett . . .

»Ich will nicht, daß Eli etwas davon erfährt!«

Forbes zog die Brauen hoch. Er hätte dringend eine Rasur benötigt, aber irgendwie war der dunkle Flaum auf seinen Wangen gar nicht so unattraktiv. »Gehe ich recht in der Annahme, daß dein geschiedener Mann nie sehr begeistert von deinem Vater war, Engel?«

»Hör auf, mich Engel zu nennen. Und ja – du hast recht!« Und jetzt geh zum Teufel, Forbes! fügte sie im stillen hinzu.

Doch Durrant nahm sich Zeit, seinen Triumph zu genießen und blätterte in den Schuldscheinen, während er den Betrag ausrechnete, den Bonnie ihm noch schuldete. »Auf eine runde Summe gebracht, Bonnie, bist du mir fünftausend Dollar schuldig«, stellte er schließlich heiter fest.

Bonnie schloß für einen Moment die Augen und sah in Gedanken die Zahlen auf ihrem Konto dahinschweben, bis nichts mehr übrig war. Als sie Forbes wieder anschaute, lächelte er noch immer. »Du scheinst das alles zu genießen!« warf sie ihm vor.

»So ist es, Bonnie. Ich genieße es. Sogar sehr.«

»Warum?«

»Weil ich dich so lange und so hoffnungslos geliebt habe ... seit du ein kleines Mädchen warst.«

Bonnie konnte sich nicht dazu überwinden, ihn anzuschauen. »Und das ist deine Rache.«

»Wohl kaum. Es ist Geschäft. Meine Rache war, dich zu meiner Musik im Brass Eagle tanzen zu lassen.« Nach einer kurzen Pause fuhr er lächelnd fort: »So, Engel – jetzt sag mir, ob du mir das Geld geben wirst oder den Laden.«

Bonnie schluckte. »Das Geld. Ich gehe heute nachmittag zur Bank und lasse einen Scheck ausstellen.«

»Gut«, meinte Forbes, nahm sich noch zwei Bonbons aus dem Glas, legte einen weiteren Penny auf die Theke und ging hinaus.

Als er fort war, schlug Bonnie verzweifelt die Hände vors Gesicht. Ihr gesamtes Kapital würde nun in Durrants Taschen verschwinden. Durch ihre Finger sah sie die zwei Pennies auf der Theke liegen. Wenigstens die hatte er ihr gelassen.

Um ein Uhr mittags bat Bonnie Katie, sich um den Laden zu kümmern und trat den traurigen Weg zur Bank an.

Mr. Swenderborg, der Bankdirektor, hielt ihr einen demütigenden Vortrag, als sie ihn bat, den Scheck über ihr gesamtes Barvermögen auszustellen, aber Bonnie ließ sich davon nicht einschüchtern. Als sie die Bank verließ, befand sich der Scheck in ihrer Handtasche.

Langsam ging sie den Hügel hinunter, an Earlines Pension vorbei. Als sie an ihre Erlebnisse während der Überschwemmung dachte, erfaßte sie ein Frösteln.

»Ist dir kalt?« fragte eine Männerstimme.

Bonnie drehte sich um und entdeckte Eli, der sich weit aus einem der Fenster lehnte. Ob das Earlines Zimmer war? Bonnie ertappte sich dabei, daß sie ihm wünschte, hinauszufallen und sich den sturen, eigensinnigen Hals zu brechen. »An einem solchen Tag?« entgegnete sie kühl.

»Ist der Laden zu?« fragte Eli stirnrunzelnd und schaute doch tatsächlich auf seine Taschenuhr. »Es ist doch erst Mittag!«

Bonnie hätte ihn am liebsten geohrfeigt. »Einige von uns können es sich nicht leisten, den ganzen Tag im Bett zu liegen und zu faulenzen«, entgegnete sie. »Aber um deine Frage zu beantworten – nein, der Laden ist offen. Katie kümmert sich darum, während ich Forbes einen Besuch abstatte.«

Zu Bonnies maßloser Befriedigung stieß Eli sich den Kopf am Fensterahmen und murmelte eine Verwünschung.

»Was hast du mit diesem Wüstling zu schaffen?« erkundigte er sich gereizt.

»Ich werde ihn bitten, mir meinen Job wiederzugeben«, antwortete Bonnie. »Weißt du, ich vermisse das abendliche Tanzen.« Kaum war es ausgesprochen, setzte der ›Engel‹ seinen Weg fort.

»Bonnie!« schrie Eli ihr nach. »Komm zurück, verdammt!«

Doch sie beschleunigte ihre Schritte nur.

Die von der Überschwemmung stark beschädigten Billardtische wurden durch neue ersetzt, stellte Bonnie fest, als sie den Saloon betrat. Mit meinem Geld vermutlich, dachte sie ärgerlich.

Forbes beaufsichtigte die Arbeiter, die schnaufend und mit geröteten Gesichtern die schweren Billardtische hereintrugen.

»Du bringst mein Geld«, sagte er schmunzelnd, als er Bonnie sah.

Sie haßte es, ihr schwerverdientes Geld fortzugeben, und haßte deshalb in diesem Augenblick auch Forbes. Und ihren verantwortungslosen Vater. »Du bekommst keinen Penny von mir, bis du mir nicht die Schuldscheine übergeben hast«, antwortete sie. »Außerdem will ich eine schriftliche Bestätigung von dir, daß keine weiteren Schulden vorhanden sind.«

Forbes bot ihr galant den Arm. »Sollten wir das nicht in meinem Büro besprechen?«

Bonnie schob trotzig das Kinn vor, aber sie nahm Forbes' Arm und ließ sich von ihm die Treppe hinauf in sein Büro führen. Im ersten Stock waren keine Überschwemmungschäden mehr festzustellen. Forbes war ein Mann, der seinen persönlichen Komfort liebte, und er schien dafür gesorgt zu haben, daß hier zuerst Ordnung geschaffen wurde.

Hinter den Türen, an denen sie vorbeigingen, war Gelächter zu vernehmen; anscheinend machte der Brass Eagle Saloon auch noch mit anderen Dingen Geschäfte als mit Tanz, Glücksspiel und Alkoholausschank.

»Die menschlichen Begierden verblüffen mich stets aufs neue«, bemerkte Forbes spöttisch, als er die Tür zu seinem Büro öffnete.

»Und füllen deine Taschen«, versetzte Bonnie kühl. »Man erzählt sich übrigens, daß du dich mit Lizbeth Simmons ... verstehst«, bemerkte sie anzüglich, weil sie auf diese kleine Rache nicht verzichten wollte. »Aber natürlich glaube ich kein Wort davon.«

Zu ihrem Erstaunen errötete Forbes und drehte Bonnie den Rücken zu, um seine Verlegenheit zu verbergen. »Und warum glaubst du es nicht?«

Bonnie seufzte theatralisch. »Eine Lehrerin besitzt ein gewisses Ansehen in der Gemeinde. Deshalb kann ich mir nicht vorstellen, daß Lizbeth sich mit einem ... einem ...«

Forbes war feuerrot geworden und gab sich keine Mühe mehr, es zu verbergen. Seine braunen Augen blitzten zornig, und Bonnie sah, daß seine Hände zitterten. »Mit einem *was?*« herrschte er sie an.

Bonnie hätte nicht entzückter sein können. Es war fast die fünftausend Dollar wert. Forbes' seine legendäre Beherrschung verlieren zu sehen. »Nun ja, ich meine, daß sie sich mit einem Saloonbesitzer einläßt«, entgegnete sie heiter. »Oder einem Zuhälter, wenn man so will.«

»Ich bin kein Zuhälter!« brüllte Forbes empört.

Bonnie gab vor, erstaunt zu sein und trat einen Schritt zurück. »Wie würdest du es denn bezeichnen, Forbes? Werden die Frauen hinter diesen Türen –«, sie deutete auf den Korridor – »etwa nicht dafür bezahlt, daß sie ... sich mit Männern abgeben?«

Zum ersten Mal erlebte sie Forbes sprachlos. Er ließ sich auf einen Sessel fallen und starrte Bonnie an, als würde er sie am liebsten am Galgen oder auf dem Scheiterhaufen sehen.

Bonnie öffnete ihre Handtasche und nahm den Scheck heraus. »Die Schuldscheine«, verlangte sie. »Und eine schriftliche Bestätigung, daß damit alle Schulden beglichen sind.«

Forbes lehnte sich zurück und strich sich über das glattrasierte Kinn. Obwohl der Scheck in greifbarer Nähe lag, nahm er ihn nicht an sich. »Lizbeth würde mich bestimmt nicht heiraten«, stellte er nachdenklich fest, und Bonnie war so verblüfft, daß sie fast so etwas wie Mitleid für ihn empfand.

Aber das verging ihr schnell. »Nein, wahrscheinlich nicht«, stimmte sie zu. »Welche anständige Frau würde schon einen Zuhälter heiraten wollen?«

Forbes maß Bonnie mit einem wütenden Blick. »Mein Gott, was sind wir in den letzten Wochen selbstgerecht geworden! Darf ich dich daran erinnern, Mrs. McKutchen, daß du früher die größte Attraktion warst, die dieser Saloon zu bieten hatte?«

»Ich habe nur getanzt?«

»O ja, du hat *nur* getanzt. Mit jedem Mann, der den Preis dafür bezahlte.«

Bonnie errötete. Und wenn sie hundert Jahre alt wurde, würde man ihr wohl nie ersparen, sie an ihre Vergangenheit als Tänzerin zu erinnern! »Ich brauchte Geld, Forbes.«

Er verzog den Mund, aber das Lächeln erreichte nicht seine Augen. »Und du brauchst es immer noch, nicht wahr?« Jetzt grinste er ganz offen. »Ich werde dir einen Vorschlag machen, Engel. Wenn du in den Saloon zurückkehrst und wieder als Tänzerin für mich arbeitest, bin ich bereit, dir die Schulden deines Vaters zu erlassen.«

Von kalter Wut erfaßt, schleuderte sie Forbes den Scheck ins Gesicht. »Das würde ich nie tun, selbst wenn ich damit zehntausend Dollar sparen könnte, hunderttausend oder eine Million!« sagte sie und hoffte, diese stolzen Worte nie bereuen zu müssen.

Forbes zog die Schuldscheine aus der Schublade. »Du hast dich klar genug ausgedrückt, Engel.« Seufzend begann er etwas auf ein Blatt Papier zu schreiben.

Fünf Minuten später verließ Bonnie den Brass Eagle Saloon um fünftausend Dollar ärmer, jedoch mit ungebrochenem Stolz und Forbes' schriftlicher Erklärung, daß die Schulden ihres Vaters beglichen waren.

In ihrem Laden wartete Eli. Er tat zwar so, als schaute er sich ein Buch mit Partituren an, aber davon ließ Bonnie sich nicht täuschen. Eli war völlig unmusikalisch und besaß auch kein Instrument.

»Was willst du?« fragte sie, während sie den Strohhut abnahm und ihn auf die Theke warf. Aber er flog darüber und landete auf dem Fußboden.

Mit großen, erschrockenen Augen hob Katie Rose auf und verschwand in Richtung Treppe.

»Begrüßt du alle deine Kunden so?« entgegnete Eli schmunzelnd.

Bonnie nahm ihre weiße Schürze vom Haken an der Wand und band sie um. »Verschwendest du immer ganze Tage in deinem Schlafzimmer?« konterte sie.

Eigenartigerweise ärgerte es sie weit mehr, daß Eli bei Earline wohnte, als fünftausend Dollar für die Schulden ihres Vaters bezahlt zu haben.

In diesem Augenblick brüllte Webb oben irgend etwas, und das Geräusch laufender Füße – vermutlich Susans – erklang.

»Apropos ganze Tage im Schlafzimmer verschwenden«, bemerkte Eli, und obwohl er lächelte, blickten seine Augen ärgerlich. »Was macht Hutcheson eigentlich?«

»Es geht ihm schon viel besser«, antwortete Bonnie und bückte sich, um ihr Lächeln zu verbergen. So ist das also, dachte sie. Eli wohnte bei Earline und löst soviel Klatsch aus, wie er kann, weil er auf Webb eifersüchtig ist!

»Es wird viel über dich und Hutcheson geredet, Bonnie. Das meiste davon gefällt mir gar nicht.«

Das kann ich mir vorstellen, dachte Bonnie und bemühte sich, ernst zu bleiben, als sie Eli anschaute. »Das ist nichts Neues«, erwiderte sie gelassen. »Die Leute haben von Anfang an über mich und Webb geredet.«

Das schien Eli nicht zu besänftigen. »Ist er noch in deinem Zimmer?«

»Natürlich. Wo denn sonst? Das einzige andere Bett gehört

Katie, und er ist viel zu groß und kräftig, um auf meinem altersschwachen Sofa zu schlafen.«

Die sanfte Betonung, die Bonnie auf ›groß und kräftig‹ gelegt hatte, war Eli nicht entgangen. Sein Gesicht rötete sich, er sah so aus, als würde er gleich explodieren. Aber es gelang ihm, seine Stimme unter Kontrolle zu halten. »Ich glaube, ich schaue mal nach Hutcheson. Nur um zu sehen, wie es ihm geht – falls du nichts dagegen hast, natürlich nur.«

»Warum sollte ich, Eli?« entgegnete Bonnie lächelnd. »Ein kranker Mann braucht alle Aufheiterung, die er bekommen kann.«

Als Eli hinaufgegangen war, kam Tuttle herein. Seit Webbs Redaktion zerstört war, half der Junge mit, die neuen Arbeiterunterkünfte zu errichten. Die Betätigung an der frischen Luft bekam ihm gut, er war viel kräftiger geworden und wirkte nun fast schon wie ein erwachsener Mann.

»Guten Tag, Madam«, grüßte er höflich. »Es ist Zeit für meine Lesestunde.«

Bonnie, die wieder an die verlorenen fünftausend Dollar dachte, war nicht imstande, sich ein Lächeln abzuringen. »Katie ist oben«, antwortete sie brüsk.

Tuttle schien verletzt; seit Wochen saß er Abend für Abend mit Katie am Küchentisch und ließ sich in Rechtschreibung, Grammatik und Lesen unterrichten. Der Eifer, den er dabei bewies, war bewundernswert, und Bonnie schämte sich, so unfreundlich gewesen zu sei. Als sie ihm zulächelte, hellte sich seine Miene augenblicklich auf.

Kurz darauf kam Eli die Treppe hinunter, Rose Marie und ihre lebensgroße Puppe auf dem Arm. »Dieses Haus ist ein Zirkus«, erklärte er.

Seine Ansichten interessierten Bonnie nicht, zumindest nicht in diesem Augenblick. »Wohin willst du mit meiner Tochter?«

»Rose Marie ist auch *meine* Tochter«, entgegnete er sachlich. »Mit deiner gnädigen Erlaubnis würde ich gern den Abend mit ihr verbringen.«

Eine schreckliche Vorstellung bedrängte Bonnie plötzlich. Eli hatte doch wohl nicht vor, Rose in Earline Kalbs Pension zu bringen! »Du wirst meine ... unser Kind doch nicht in das Haus dieser ... dieser Person mitnehmen!«

»Was hast du denn auf einmal gegen Genoa?« entgegnete Eli verblüfft.

»Du weißt sehr gut, daß ich nicht Genoa meinte. Ich sprach von deiner Geliebten!«

»Meiner *was?«*

»Ich möchte mich nicht weiter darüber auslassen in Gegenwart eines unschuldigen Kindes«, erwiderte Bonnie würdevoll.

Eli verdrehte die Augen. »Bei anderen Dingen scheint es dich ja auch nicht zu stören, sie in Rose Maries Gegenwart zu tun. Also erklär mir jetzt bitte, was du meinst.«

Seine Eifersucht erschien ihr plötzlich gar nicht mehr so amüsant. Wenn er nun behauptete, Bonnie sei nicht imstande, die richtige Umgebung für Rose Marie zu schaffen, und deshalb müsse er ihr das Kind nehmen? »Ich schlafe auf dem Sofa«, sagte sie lahm. »Ich wollte dich vorhin nur ärgern – der Gerüchte wegen, die über dich und Earline Kalb im Umlauf sind.«

»So? Was reden die Leute denn über uns?« fragte Eli spöttisch.

Als Bonnie nichts erwiderte – aus purem Eigensinn – lachte er. »Ich bringe Rose nach dem Abendessen zurück«, sagte er und verließ mit ihr den Laden. In hilflosem Zorn starrte Bonnie ihm nach.

Doch Sekunden später kehrte er zurück. »Würdest du uns gern begleiten?« fragte er, als sei ihm der Gedanke eben erst gekommen.

Bonnie überlegte nicht lange. Sie war müde, hatte Forbes Durrant praktisch ihr gesamtes Kapital gegeben und fühlte sich nicht in der Lage, einen weiteren Abend in diesem Irrenhaus zu verbringen. Rasch holte sie ihr Umhängetuch, rief Katie zu, daß sie ausging, und schloß den Laden ab.

So neben Eli, der ihre Tochter auf einer Schulter trug, daherzugehen, vermittelte ihr ein gutes Gefühl. Es war fast so, als wären sie doch eine richtige Familie.

Aber das waren sie natürlich nicht. Sie waren geschieden,

und Kileys tragischer Tod stand auch heute noch wie eine Barriere zwischen ihnen. Der Gedanke an den kleinen Jungen, der jetzt bei ihnen hätte sein sollen, stimmte sie wieder traurig.

»Was hast du, Bonnie?« fragte Eli, als sie sich Genoas stattlichem Haus näherten. »Du siehst aus, als würdest du gleich weinen.«

Die Sirene im Hüttenwerk erklang, und ihr schriller Ton trug noch zu Bonnies einsamer Stimmung bei. Sie konnte Elis Frage nicht ehrlich beantworten, denn das hätte Wunden aufgerissen, die noch nicht ganz verheilt waren. »Ich bin nur müde«, sagte sie, was zum Teil sogar stimmte.

Elis nächste Worte kamen für sie sehr unerwartet und wurden in einem solch schüchternen Ton vorgebracht, wie sie ihn nie von ihm erwartet hätte. »Ich würde dir gern einmal die neuen Häuser zeigen. Sie sind fast fertig.«

Als Bonnie den Blick zu Eli erhob, bemerkte sie eine ganz uncharakteristische Verwundbarkeit an ihm. Es schien ihm wirklich etwas zu bedeuten, daß sie diese Häuser sah, und das war erstaunlich angesichts der Aufmerksamkeit, die er in letzter Zeit angeblich Earline Kalb entgegenbrachte. »Gern, Eli«, sagte Bonnie leise.

Genoa empfing sie schon an der Tür und nahm Rose Marie auf den Arm, die ihre geliebte Tante jauchzend begrüßte.

»Die Gewerkschaftsfunktionäre sind wieder in der Stadt«, vertraute Eli Bonnie leise an, als Genoa mit Rose in den Garten ging.

Bonnie blieb betroffen stehen. Seit Mr. Denning und seine Leute nach der Überschwemmung abgereist waren, hatte sie nicht mehr an sie gedacht. »Das wußte ich nicht«, antwortete sie. »Glaubst du, daß es wieder Ärger geben wird?«

»Die Möglichkeit besteht immer, Bonnie.«

»Es ärgert mich maßlos, daß diese Schufte straflos davongekommen sind, nachdem sie Webb halbtot geschlagen hatten! Der Marshal hat ihn immer wieder zu dem Überfall befragt, aber Webb kann sich beim besten Willen nicht entsinnen, wie seine Angreifer aussahen.«

Eli nahm Bonnies Hand und fragte sanft: »Könnten wir ausnahmsweise einmal nicht über Hutcheson sprechen, Bonnie? Bitte.«

Sie nickte lächelnd. Es tat so gut, Elis warme Hand zu spüren.

Zu ihrer Verblüffung beugte er den Kopf und küßte sie. »Ob du es mir glaubst oder nicht, Bonnie«, sagte er dann, »aber die Gerüchte entbehren jeder Grundlage.«

Bonnie wußte, daß er von sich und Earline Kalb sprach. »Das ist gut«, sagte sie. »Sehr gut.«

Eli nahm wieder ihre Hand, und gemeinsam betraten sie Genoas Haus. Und für einen Augenblick lang schien es fast, als sei alles in bester Ordnung zwischen ihnen.

22

Das Pony stand im Garten hinter Genoas Haus und zupfte munter an ihrem gepflegten englischen Rasen. Das schöne Tier bot einen prächtigen Anblick mit dem schmucken Sattel und dem aus weichem Leder gearbeiteten Zaumzeug. Als Rose sich ihm staunend näherte, ihre kleine Hand fest in Elis, hob das Pony den schokoladenbraunen Kopf und wieherte.

Eli nahm seine Tochter auf den Arm und trug sie näher zu dem Pferd. Als Rose vorsichtig die helle Mähne berührte, stieß die kleine Stute ihre Nase gegen die Hand des Mädchens und schüttelte dann so heftig den Kopf, daß die Trense klirrte.

Rose klatschte jauchzend in die Hände. »Meins!« rief sie.

Behutsam setzte Eli sie in den Sattel. Entzücken und Angst malten sich auf Rose Maries Zügen ab, als sie sich am Sattelhorn festklammerte.

Eli nahm die Zügel und begann das Pony in einem immer weiteren Kreis herumzuführen. Er schien mindestens so begeistert zu sein wie Rose.

Bonnie, Genoa und eine merkwürdig bedrückt wirkende Lizbeth schauten zu; Bonnie mit sehr gemischten Gefühlen. Rose schien das hübsche Tier auf Anhieb zu lieben, aber Pferde bargen Gefahren in sich, die man nicht vergessen durfte. Manchmal traten sie nach Menschen, warfen sie ab oder gingen mit ihnen durch. Bonnies eigene Angst vor Pferden veranlaßte sie, voller Sorge auf Rose zuzugehen.

Doch Genoa hielt sie zurück. »Rose Marie wird nichts geschehen, Bonnie.«

Sie nickte seufzend. Eli hielt die Zügel, und das Pony machte einen sehr gefügigen Eindruck. Was konnte Rose schon zustoßen, solange ihr Vater in der Nähe war? »Ich glaube, ich würde jetzt gern eine Tasse Tee trinken«, sagte Bonnie ergeben.

Genoa lächelte. Sie kamen alle gerade vom Essen, aber man mußte ja nicht hungrig sein, um Tee zu trinken. »Ist *Cocoa* nicht eine wundervolle Überraschung?« bemerkte sie mit einem letzten Blick auf das Pony, bevor sie ins Haus voranging.

Im Saloon war es angenehm kühl. Während Genoa in die Küche eilte, um Martha zu bitten, den Tee aufzubrühen, machten Bonnie und Lizbeth es sich in den weichen Sesseln bequem.

Da Bonnie mit ihren eigenen Sorgen beschäftigt war, zu denen jetzt noch das Pony hinzugekommen war, fiel ihr Lizbeths Schweigen anfangs nicht auf. Aber irgendwann merkte sie, daß die junge Lehrerin ganz ungewöhnlich steif dasaß und sehr blaß war.

»Was hast du, Lizbeth?« fragte Bonnie erschrocken. »Du siehst so bedrückt aus.« Als Lizbeth den Kopf hob und Bonnie anschaute, lag eine seltsame Mischung aus Verzweiflung und Trotz in ihrem Blick. »Es ist wegen Forbes«, sagte sie. »Wußtest du, daß er noch immer wie besessen von dir ist?«

Bonnie hatte für diesen Tag genug von Forbes Durrant, aber wenn das Thema so wichtig für ihre Freundin war, mußte sie mit ihr darüber sprechen. »Das ist Unsinn, Lizbeth«, sagte sie fest. »Ich bin nicht deine Rivalin.«

»O doch, das bist du!« widersprach Lizbeth, allerdings nicht unfreundlich. »Aber ich glaube, es macht sowieso nichts aus. Ich könnte nie einen Mann wie Forbes heiraten.«

»Der Ansicht bin ich auch«, entgegnete Bonnie aus einer Prüderie heraus, die völlig uncharakteristisch für sie war. Sie fragte sich, ob die ständige Kritikbereitschaft der Damen des Freitagnachmittagsclubs auf sie abgefärbt haben mochte, seitdem sie regelmäßig bei ihr einkauften.

Genoas Haushälterin kam herein und brachte den Tee. »Miss

McKutchen ist in den Stall gegangen«, berichtete Martha. »Sie läßt Sie bitten, sie zu entschuldigen.«

Bonnie nickte lächelnd und fragte sich, was ihre Schwägerin in den *Stall* getrieben haben mochte, aber dann sah sie das Elend in Lizbeths hübschem Gesicht. »Mein Gott, du scheinst ja wirklich etwas für Forbes übrigzuhaben!« sagte sie bestürzt.

Frustriert hieb Lizbeth mit der Faust auf die Sessellehne. Ihre blassen Wangen röteten sich vor Zorn. »Ja – aber ich konnte mich nie damit abfinden, daß er . . . auf diese Weise sein Geld verdient. »Plötzlich erschien eine deutliche Anklage in ihrem Blick. »Außerdem liebt er *dich!«*

»Das ist nicht wahr«, beharrte Bonnie, weil sie nicht wußte, was sie sonst hätte sagen sollen.

»Weißt du, wie viele Tränen er über deine Ehe mit Eli McKutchen vergossen hat?«

Bonnie konnte sich bei Forbes nicht vorstellen, daß er über irgend etwas Tränen vergoß, wenn überhaupt, dann finanzielle Angelegenheiten. »Das kann ich fast nicht glauben, Lizbeth. Aber wenn er dir so etwas anvertraut hat, beweist es doch höchstens das Vertrauen, das er in dich setzt. Und wie ich Forbes kenne, vertraut er nur einem Menschen, den er sehr liebt.«

Ein Hoffnungsschimmer leuchtete in Lizbeths blauen Augen auf, aber bevor sie etwas erwidern konnte, kam Genoa zurück. Ihre Kleider waren mit Spinnweben und Strohhalmen bedeckt, und ihre Augen strahlten vor Glück. Hätte Bonnie es nicht besser gewußt, wäre ihr vielleicht der Verdacht gekommen, Genoa hätte den Stall zu einem romantischen Stelldichein aufgesucht. Insgeheim nahm sie sich jedoch vor, auch bei Seth nach Spinnweben und Stroh Ausschau zu halten.

»Ich habe ihn gefunden!« rief Genoa.

»Wen?« entgegnete Bonnie irritiert.

»Den Ponywagen natürlich. Großvater hatte ihn mir geschenkt, als ich nur ein bißchen älter war als Rose.« Genoa machte eine Pause und klopfte das Stroh von ihrem eleganten schwarzen Rock. »Es war nicht einfach, den Wagen von den Ställen in den Garten zu ziehen, aber ich habe es geschafft!«

Bonnie und Lizbeth wechselten einen amüsierten Blick.

»Du bist genauso schlimm wie dein Bruder, wenn es darum geht, Rose Marie zu verwöhnen«, sagte Bonnie.

»Pah!« schnaubte Genoa nur, als sie sich setzte.

Lizbeth ersparte Bonnie eine Antwort, indem sie nicht ganz wahrheitsgemäß behauptete, mit ihr über eine Bestellung für Schulbücher und anderes Lehrmaterial gesprochen zu haben. »Du kannst uns diese Dinge doch sicher besorgen, Bonnie?«

»Wir können den Unterricht für die Erwachsenen auf keinen Fall hier fortsetzen«, wandte Genoa seufzend ein. »Das Beste wird sein, wenn wir auch gleich Baumaterial für das neue Schulgebäude bestellen. Mr. Callahan hat uns freundlicherweise schon das Holz besorgt. Alles andere müßtest du beschaffen, Bonnie. Ich habe schon eine Liste angefertigt. Könntest du die Sachen gleich bestellen?«

»Am Montag«, antwortete Bonnie, froh, daß sich das Schicksal nun wieder zu ihren Gunsten wendete. Vielleicht bedeutete Forbes' Angriff auf ihr Konto nun doch nicht ihren kompletten finanziellen Zusammenbruch. »Danke, Genoa«, sagte sie aufrichtig und fügte dann, um Konversation zu machen, hinzu: »Wo steckt Seth eigentlich? Ich habe ihn heute noch nicht gesehen.«

Verblüffenderweise begann Lizbeth auf diese harmlose Frage hin zu weinen, sprang auf und stürzte fluchtartig aus dem Zimmer.

»Du lieber Himmel!« sagte Bonnie und erhob sich, um ihrer Freundin zu folgen.

»Laß sie, Bonnie«, riet Genoa sanft. »Es gibt jetzt nichts, womit du sie aufheitern könntest.«

Widerstrebend setzte Bonnie sich wieder.

»Um deine Frage zu beantworten«, nahm Genoa den Faden wieder auf, als sei nichts gewesen, »Mr. Callahan ist im kleinen Wohnzimmer und arbeitet.« Sie machte eine kurze Pause. »Der Club hat ihn zu seinem Präsidenten und zum Intendanten des Pompeii Theaters ernannt. Da Seth der Ansicht ist, daß das Theater sehr heruntergekommen ist, beabsichtigt er, einige größere Renovierungen vornehmen zu lassen. Dazu wird er Farbe und andere Materialien brauchen, die er natürlich bei dir bestellen wird.«

Bonnie vermochte ihre Freude nicht zu verbergen. »Ihr beide habt soviel für mich getan!« sagte sie strahlend. »Ich weiß gar nicht, wie ich euch das jemals danken kann.«

Genoa wurde ernst und beugte sich mit verschwörerischer Miene vor. »Welcher Art sind deine Gefühle für Webb Hutcheson, Bonnie?«

»Schäm dich, Genoa!« entgegnete Bonnie scharf. »Ich dachte, es sei unter deinem Niveau, auf Klatsch zu hören!«

»Nun, dann hast du dich getäuscht. Die ganze Angelegenheit ist schrecklich verwickelt, muß ich dir leider sagen. Die Leute behaupten, du ... du hättest eine Affäre mit Webb. Und ich brauche dir ja wohl nicht zu sagen, was über Eli und Earline Kalb erzählt wird.«

»Ich weiß Bescheid«, murmelte Bonnie und dachte voller Zorn an jenen Tag, als sie Eli beobachtet hatte, wie er Earline Kalb auf sehr intime Weise das Kricketspielen beigebracht hatte ...

»Mich kannst du nicht täuschen, Bonnie«, sagte Genoa lächelnd. »Sag mir, wen du wirklich liebst, Eli oder Webb?«

Bonnie schaute sich rasch zu den offenen Verandatüren um, die auf den Garten hinausgingen. Sie wollte auf keinen Fall belauscht werden. »Warum sollte ich es nicht zugeben, Genoa«, sagte sie gedämpft. »Ich liebe immer noch Eli genauso wie früher.«

Genoa überraschte sie, indem sie aufsprang und mit beunruhigter Miene durch das Zimmer zu wandern begann. Bonnie war fast ein wenig verletzt darüber, denn sie hatte erwartet, daß ihre frühere Schwägerin und liebste Freundin sich über ihr Geständnis freuen würde.

»Willst du denn nicht, daß ich Eli liebe?« fragte sie kleinlaut.

Genoa setzte sich wieder zu ihr. »Natürlich, Bonnie, aber du weißt doch, wie verdammt stolz er ist. Du schadest deiner Sache nur, wenn du Webb Hutcheson im Haus behältst.«

»Webb war schwer verletzt«, gab Bonnie zu bedenken. »Ich fühlte mich ihm ... verpflichtet.«

»Der arme Kerl glaubt, du würdest ihn heiraten, nicht wahr? Ach, Bonnie, was hast du dir bloß dabei gedacht, mit einem anständigen Mann wie ihm zu kokettieren?«

»Das habe ich nie getan!« fuhr Bonnie auf.

»Nein?« meinte Genoa. »Du hast ihm aber auch nie die Wahrheit gesagt, oder?«

»Ich konnte es nicht, Genoa. Er hatte dieses schöne Haus gebaut, und dann wurde er so schwer verletzt . . .«

»Ausreden«, fiel Genoa ihr scharf ins Wort. »Denk an Webbs Stolz, Bonnie. Und an Elis.«

Bonnie war beleidigt und straffte die Schultern. »Und was ist mit meinem Stolz, Genoa? Glaubst du, es macht mir Spaß, jede Nacht wachzuliegen und mich zu fragen, ob Eli und Earline zusammen sind?«

»Was ist dir wichtiger?« entgegnete Genoa hart. »Dein Stolz oder dein Glück?«

Bonnie öffnete den Mund und schloß ihn wieder.

»Aus bitterer Erfahrung kann ich dir versichern, daß Stolz nichts als eine schreckliche Falle ist«, sagte Genoa dann plötzlich sehr niedergeschlagen. »Ich könnte heute Kinder haben, wenn mein dummer Stolz nicht gewesen wäre. Ich könnte mit Mr. Callahan verheiratet sein.«

Bonnies Zuneigung zu ihrer Freundin ging sehr tief. Sie kniete sich vor Genoas Sessel und nahm ihre schmalen Hände. »Stolz? Ich dachte, dein Großvater hätte die Heirat verhindert?«

Zwei Tränen tropften von Genoas Kinn auf Bonnies Hand. »Mr. Callahan verlangte von mir, daß ich mich Großvater gegenüber behaupte, aber ich hatte Angst davor. Ach, Bonnie, dieser alte Mann konnte die ganze Welt zum Schwanken bringen, wenn er wollte, und ich habe mich nie so bei ihm durchsetzen können wie Eli. Ich fuhr nach Europa, wie Großvater es verlangte, aber ich habe niemals aufgehört, an meinen Seth zu denken. Keine Sekunde lang. Ich hätte zu ihm gehen können, als mein Schiff in New York anlegte, ich hätte ihn um Verzeihung bitten können . . . Aber ich war eine McKutchen und zu stolz dazu. Ich wollte, daß Seth zu mir kam.«

Bonnie umarmte Genoa. »Aber jetzt ist er hier, in Northridge«, mahnte sie ihre Freundin sanft. »Das Schicksal hat euch eine zweite Chance gegeben.«

Genoa löste sich aus Bonnies Armen und lachte und weinte zugleich, als sie sagte: »Was für eine Herde dummer Schafe wir doch sind, du, Lizbeth und ich! Ich versuche, wieder jung zu sein, du fühlst dich zwischen zwei Männern hin- und hergerissen, und die arme Lizbeth kann oben nicht mehr von unten unterscheiden, weil sie so verrückt nach Forbes ist!«

Bonnie wollte gerade einwenden, daß sie sich keineswegs ›zwischen zwei Männern hin- und hergerissen‹ fühlte und daß sie nur Eli liebte. Aber da sah sie ihn hereinkommen und lächelte ihm und ihrer müden Tochter zu.

»Ich glaube, Rose hat für heute genug Aufregungen gehabt«, sagte sie. »Wir sollten jetzt nach Hause gehen.«

Genoa stand auf und zog sich diskret zurück.

»Ich möchte, daß du bleibst«, entgegnete Eli freimütig.

»Das ist ja lächerlich«, erwiderte Bonnie, stand auf und strich ihren Rock glatt. »Außerdem wäre es nicht schicklich.«

Sie streckte die Arme nach Rose aus, aber Eli gab sie nicht her. »Glaubst du nicht, wir hätten dieses Spiel jetzt lange genug gespielt, Bonnie?« fragte er gereizt.

Sie schluckte. »Welches Spiel?«

»Das weißt du sehr gut. Wir sollten zusammen sein und unserer Tochter und uns ein Heim schaffen!«

Seine Worte verblüfften Bonnie so sehr, daß ihr schwindlig wurde und sie sich wieder setzen mußte. Hoffnung und Erschrecken kämpften in ihr, sie war nicht fähig, auch nur ein Wort über die Lippen zu bringen.

Eli trug Rose Marie zu einem Sofa beim Fenster und breitete eine warme Decke über sie. Das Kind gähnte und schloß die Augen, und Bonnie war erschüttert über die Zärtlichkeit, die in ihr aufstieg, als sie Eli beobachtete.

Endlich kam er zu ihr zurück und setzte sich ihr gegenüber. Stumm nahm er Bonnies Hand und schaute ihr in die Augen. »Ich brauche dich«, sagte er schließlich leise.

Bonnie spürte, wie ihr das Blut in die Wangen stieg. »So wie in Spokane?« entgegnete sie hölzern. »So wie nach der Flut?«

»Ja«, antwortete Eli mit verblüffender Aufrichtigkeit.

Aber Bonnie wollte mehr, unendlich viel mehr. Eli sollte sie lieben, sie respektieren und – endlich! – sein Leben mit ihr teilen. »Dafür hast du Earline Kalb!« versetzte sie aus lauter Qual und Enttäuschung und wollte sich abwenden. Aber Eli umfaßte ihr Kinn und zwang sie, ihn anzusehen. »Ich habe nichts mit Earline zu tun, Bonnie. Das habe ich dir schon einmal gesagt.«

Bonnie mußte sich zwingen, nicht zu weinen. »Warum sollte ich dir glauben? Du hast mich in New York betrogen, als du noch mein Mann warst. Warum solltest du mir jetzt auf einmal treu sein?«

Eli senkte für einen Moment den Kopf, und als er sprach, klang seine Stimme schroff. »Früher oder später werden wir über New York sprechen müssen, vermute ich. Warum also nicht jetzt?«

Bonnie entzog ihm ihre Hand, weil sie es jetzt nicht ertragen hätte, über Kileys Tod und Elis Reaktion darauf zu sprechen. »Ich möchte lieber nach Hause gehen, falls es dich nicht stört.«

»Und ob es mich stört!« Seine goldbraunen Augen schauten sie unverwandt an, und Bonnie fühlte sich wie hypnotisiert unter seinem Blick. »Du wirst bleiben, bis wir alles durchgesprochen haben.«

»Falls du mir etwas von deinen Mätressen erzählen willst, Eli, kannst du es dir sparen. Ich will nichts davon hören.«

Eli seufzte. »Ich streite nicht ab, daß es andere Frauen gegeben hat, Bonnie.«

Zum ersten Mal kam Bonnie zu Bewußtsein, daß sie sich genau das wünschte – daß er einfach alles abstreiten würde. Sie schloß die Augen und gab sich die größte Mühe, nicht zu weinen. »Natürlich nicht.«

»Bonnie, sieh mich an.«

Sie tat es, schwieg jedoch verbissen.

»Diese Frauen . . . ich habe sie nie geliebt . . .«

»Sie haben dir nichts bedeutet.« Bonnie kam sich wie eine

Marionette vor, die ein unsichtbarer Puppenspieler lenkte. »Sagen das untreue Ehemänner nicht immer?«

»In meinem Fall ist es zufällig die Wahrheit.«

»Es ist mir inzwischen egal, Eli«, log Bonnie. »So oder so – es ist mir völlig gleichgültig!«

»Das hättest du gerne, Bonnie, das gestehe ich dir sogar zu. Aber du weißt, daß ich dir nicht gleichgültig bin, und du mir auch nicht.«

»Nein!« erwiderte Bonnie verzweifelt. Sie hatte einfach nicht die Kraft, über Kiley und all diese anderen Frauen zu sprechen.

»Doch, Bonnie«, beharrte Eli. »Bitte, hilf mir.«

Bonnie dachte daran, wie sie den leblosen kleinen Kiley in ihren Armen gehalten hatte, erinnerte sich an das Begräbnis und an ihre Verzweiflung. Und ausgerechnet in jenen schrecklichen Momenten, als sie Eli mehr als je zuvor gebraucht hatte, war er fortgegangen und hatte sie im Stich gelassen. »Ich habe dich auch einmal um etwas gebeten«, sagte sie. »Aber du hast dich abgewandt. Du hast mich verlassen.«

»Ich versuche ja, mich dafür zu entschuldigen, Bonnie!«

»Entschuldigungen!« rief sie verächtlich, sprang auf und trat hinter ihren Sessel, um eine Barriere zwischen sich und dem einzigen Menschen auf der Welt zu schaffen, der die Macht besaß, sie zu verletzen. »Glaubst du, mit Entschuldigungen könntest du wiedergutmachen, was du angerichtet hast, Eli? Glaubst du, ein ›Es tut mir leid‹ könnte mich besänftigen? Ich bin nicht Rose – mich kannst du mit Geschenken und schönen Worten nicht gewinnen!«

Auf der anderen Seite des Raums begann Rose zu weinen und »Mama!« zu rufen.

Bonnie ging zu ihr und nahm sie auf den Arm. »Beruhige dich, mein Liebling«, redete sie ihr zu.

»Mama ist ja da. Wir gehen jetzt nach Hause – wo wir hingehören.«

Eli stieß einen Seufzer aus und fuhr sich mit der Hand durchs Haar. »Ich werde es nur noch einmal sagen, Bonnie. Du bleibst hier, bis wir uns ausgesprochen haben.«

»Du kannst ja mal versuchen, mich aufzuhalten!«

»Wir wissen beide, daß ich es kann, und wenn es sein muß, werde ich es auch tun, Bonnie. Das schwöre ich.«

Wie eine Schlafwandlerin kehrte Bonnie zum Fenster zurück und legte Rose auf das Sofa. Dann deckte sie sie so zärtlich zu, wie Eli es zuvor getan hatte. »Schlaf jetzt, Liebes«, sagte sie und küßte die Kleine auf die Stirn. »Mama bleibt hier bei dir. Und ich verspreche dir, daß du keine lauten Worte mehr hören wirst.«

Rose gähnte und schloß die Augen, aber es dauerte noch eine ganze Weile, bis Bonnie die Kraft fand, sich zu Eli umzudrehen.

Und erst da merkte sie, daß er mit dem Rücken zu ihr vor dem Kamin stand. Seine kräftigen Hände umklammerten den Sims, seine Fingerknöchel traten weiß unter der Haut hervor. Jemand hatte die Terrassentüren geschlossen und auch jene Tür, die auf den Korridor hinausführte.

Es war ein heller, luftiger Raum, und trotzdem hatte Bonnie das Gefühl, in einem Sarg eingeschlossen zu sein. »Du hättest vorher mit mir sprechen sollen, bevor du das Pony für Rose Marie gekauft hast«, sagte sie, aus dem verzweifelten Wunsch heraus, die Themen zu umgehen, die Eli mit ihr besprechen wollte.

Er drehte sich nicht zu ihr um. »Unser Sohn ist tot«, sagte er mit einer Stimme, die ganz sanft klang, in der aber dennoch Trauer mitklang.

Bonnie umklammerte haltsuchend eine Sessellehne. »Eli, bitte!«

Ganz unvermittelt wirbelte er herum, sein Gesicht verzerrt von einem Schmerz, den er schon viel zu lange mit sich herumtrug. »Kiley ist tot«, wiederholte er so langsam und betont, daß Bonnie das Gefühl hatte, von jedem seiner Worte gesteinigt zu werden.

Sie schloß die Augen, aber die Tränen waren nicht mehr aufzuhalten. »Ich bitte dich, mir das zu ersparen, Eli. Nicht schon wieder. Ich habe genug getrauert.«

»Mag sein – aber ich nicht!« entgegnete er, und obwohl er Rose zuliebe leise sprach, hörten sich seine Worte wie ein gequälter Aufschrei an. »Ich nicht!«

Bonnie schwankte und riß entsetzt die Augen auf, als Eli sie am Arm packte und zu den Terrassentüren zog. Er öffnete eine und stieß Bonnie hinaus in den Garten, aber es dauerte sehr lange, bis er die Tür wieder schloß und sich zu Bonnie umdrehte.

Ein merkwürdig geistesabwesender Blick lag in seinen Augen, er schien seine frühere Frau gar nicht zu sehen. »Gott im Himmel«, flüsterte er heiser, »nichts hat mir je so weh getan, wie meinen Sohn sterben zu sehen und nichts tun zu können, um ihm zu helfen!«

Bonnies Knie versagten ihr den Dienst, sie sank auf eine Marmorbank und starrte auf Genoas gepflegte Rosenstöcke. Doch statt der Rosen sah sie sich – in New York, wie sie nach dem Besuch ihres Lieblingstheaters, noch ganz erfüllt von der gelungenen Aufführung einer berühmten Komödie, nach Hause kam.

Die Haushälterin, Mrs. Perkins, war ihr auf der Treppe begegnet, und Bonnie hatte sofort gespürt, daß etwas Schreckliches geschehen war. Sie war an Emma Perkins vorbei die Treppe hinaufgestürmt, an dem Zimmer vorbeigelaufen, das sie mit Eli teilte, und ins Kinderzimmer gestürzt.

Eli hatte dort im Schaukelstuhl gesessen, das Baby im Arm, und sich geschaukelt. Unaufhörlich. Vor und zurück. Vor und zurück. Als er endlich den Blick zu Bonnie erhob, waren seine Augen ohne jeden Ausdruck gewesen.

»Wo warst du?« hatte er gefragt, mit einer Stimme, die so hohl und leer gewesen war wie seine Augen. Bonnie hatte nicht geantwortet, sie war zu betroffen gewesen. Als sie die Arme nach ihrem Sohn ausstreckte, hatte Eli ihn nur noch fester an sich gepreßt.

Noch heute, fast drei Jahre später, konnte Bonnie den Schrei hören, den sie damals ausgestoßen hatte und der auch jetzt wieder in ihrer Kehle aufstieg. Sie schluckte und wischte mit dem Ärmel ihres schlichten Baumwollkleids die Tränen ab.

Der innere Kampf, den Eli mit seinen Gefühlen ausfocht, wühlte auch Bonnie auf. Hilflos schaute sie zu, wie er sich bemühte, Gefühle zu unterdrücken, die sich nicht länger im Zaum halten ließen.

Von seiner inneren Erregung angetrieben, begann er wie ein gereizter Löwe auf der Terrasse auf und ab zu laufen und kämpfte mit sich wie ein Besessener. Aber sein Gesicht, das immer mehr zu verfallen schien, zeigte, daß er den Kampf verlor.

Endlich hörte er mit seiner ziellosen Wanderung auf, warf den Kopf zurück und stieß einen kehligen Schrei aus, der seine ganze Qual und seinen Zorn verriet. Es war fast so, als sei Kiley gerade noch einmal in seinen Armen gestorben.

Unwillkürlich stand Bonnie auf und ging zu Eli, schloß ihn in die Arme und hielt ihn fest umfangen, als er weinte. Schweigend und vom gleichen Elend beherrscht wie er, teilte sie seinen Schmerz.

Viel später, als Elis Schmerz seine erste Heftigkeit einbüßte und in ein heilsames Schweigen überging, spazierten sie Arm in Arm zum Teich hinunter. Obwohl es längst dunkel war, erhellte der Vollmond den schmalen Pfad mit seinem silbernen Schein.

Es war schließlich Eli, der das erste Schweigen brach. Seine Stimme klang noch immer rauh vom Weinen. »Ich kann Rose nicht auch noch verlieren«, murmelte er.

»Sie ist ein sehr gesundes Kind«, entgegnete Bonnie tröstend.

»Das meinte ich nicht.« Seine goldbraunen Augen waren die eines Fremden, genau wie in jener schrecklichen Dezembernacht vor drei Jahren. »Ich möchte, daß meine Tochter unter meinem Dach lebt. Bei mir.«

Bonnies Hand glitt kraftlos von Elis Arm. »Es wäre sinnlos, mir in dieser Hinsicht etwas vorzumachen. Wir wissen beide, daß jeder Richter in diesem Land auf deiner Seite wäre.«

»Ich glaube, du verstehst mich nicht, Bonnie.«

Plötzlich erwachte Zorn in ihr. Ein Kind hatte sie verloren, und nun sollte sie auch noch das andere verlieren? Sie stemmte die Hände in die Hüften und schaute wütend zu Eli auf. »Sei doch nicht so verdammt überheblich! Glaubst du, ich wüßte eine Drohung nicht zu erkennen, wenn ich sie höre!«

»Eine Drohung!?«

»Ja! Du hast mir die Schuld an Kileys Tod gegeben – hast mir das Leben zur Hölle gemacht – und nun versuchst du, mich von neuem zu bestrafen, indem du mir Rose wegnimmst! O Gott, Eli, wie kannst du nur so grausam sein?«

Elis Gesichtsausdruck wechselte von fassungsloser Verwunderung zu zorniger, kalter Verbitterung. »Ist es das, was du denkst? Daß ich dich bestrafen will?«

Bonnie ertrug es nicht länger, Eli anzusehen, und wandte sich mit hängenden Schultern ab. »Ich weiß, daß es so ist.«

»Das glaubst du wirklich – nach allem, was zwischen uns vorgefallen ist, seit ich nach Northridge zurückgekehrt bin?«

Bonnie legte den Kopf in den Nacken und schaute zu den Sternen auf. »Ja.« Sie dachte an eine andere Nacht unter dem Sternenhimmel, an die Nacht der Überschwemmung, und ihr Stolz veranlaßte sie, hinzufügen: »Begreifst du denn nicht, Eli? Ich habe dich nur benutzt, wie du mich benutzt hast. Ich wollte einen Liebhaber, und den nahm ich mir.«

Eli fluchte und zerrte Bonnie grob zu sich herum. Seine Lippen waren nur noch ein schmaler Strich, seine Augen flackerten im Mondschein wie die eines gefährlichen Raubtiers. »Wenn das so ist«, sagte er wütend, »werden dir meine Bedingungen gefallen. So oder so werde ich Rose selbst aufziehen. Aber sie braucht eine Mutter, und aus diesem Grund – einzig und allein aus diesem Grund – wäre ich bereit, dich noch einmal zu heiraten.«

»Wärst du *bereit?!«* Noch nie zuvor in ihrem Leben war Bonnie dermaßen beleidigt worden. »Du verdammter eingebildeter, hochnäsiger, arroganter Narr! Nichts, aber auch gar nichts auf dieser Welt könnte mich dazu bewegen, dich zu heiraten!«

Elis Gesicht war starr vor Haß. »O doch, ich glaube schon, daß du das tun wirst. Weil du nämlich deine Tochter nicht verlieren willst.«

»Weißt du, wie abscheulich du bist?« stieß Bonnie hervor, obwohl sie ihre Niederlage längst erkannt hatte und sich gezwungen sah, hinzufügen: »Ich werde dich heiraten, Rose zuliebe, aber ich werde niemals deine Frau sein, Eli. Ich schwöre, daß ich *niemals* das Bett mit dir teilen werde!«

Eli lachte und wandte sich zum Gehen. »Ich kann dich in meinem Bett haben, wann immer es mich danach verlangt«, rief er ihr über die Schulter zu, und Bonnie war froh, daß er nicht sah, wie sie errötete. »Aber natürlich wird Earline einige deiner Pflichten übernehmen, also laß dir deshalb keine grauen Haare wachsen.«

Bebend vor Zorn bückte Bonnie sich und suchte einen Stein. Als sie endlich einen passenden gefunden hatte, befand sich Eli längst in Sicherheit im Haus.

23

Bonnie blieb noch lange vor dem mondbeschienenen Teich stehen und überlegte, welche Möglichkeiten es gab, dem drohenden Dilemma zu entkommen. Wie sollte sie Rose nach Hause bringen, ohne zuvor das Haus der McKutchens zu betreten?

Es schien keine andere Antwort zu geben, als sich in der Hoffnung, daß Eli im Wohnzimmer war, in den Raum zu schleichen und ihre Tochter praktisch aus dem Haus zu entführen ...

Vorsichtig näherte Bonnie sich der Terrasse. Goldenes Licht fiel aus dem Wohnzimmer auf Rasen und Rosensträucher, und Bonnie mußte immer wieder Umwege machen, um im Schatten zu bleiben. Zum Glück waren die Terrassentüren nicht verriegelt.

Aber als sie vorsichtig durch die Scheiben spähte, sah sie Seth und Eli im Zimmer stehen, wo sie eine hitzige, wenn auch leise Diskussion zu führen schienen. Rose war nirgendwo zu sehen. Bonnie schloß für einen Moment die Augen, um nachzudenken, und als sie sich beruhigt hatte, war sie imstande, einige Worte des Streitgesprächs zwischen Eli und seinem Freund zu verstehen.

Seth war hochrot im Gesicht und so erregt, daß er seinen Rock auszog und ihn auf einen Sessel schleuderte. Dann – was bei ihm äußerst ungewöhnlich war – lockerte er sogar seinen steifen Kragen. »... unentschuldbares Verhalten ...« hörte Bonnie ihn sagen. »Damit will ich nichts zu tun haben ...«

Bonnie öffnete die Terrassentür einen Spalt, um besser hören zu können. Elis Worte, obwohl sehr leise, drangen klar und deutlich durch den großen Raum.

»Ich habe alles andere versucht, Seth. Alles.«

»Das ist Erpressung!« entgegnete er empört und schien bereit, sich sogar auf einen Faustkampf einzulassen, falls es sich als nötig erweisen sollte. Als sein Blick wie zufällig zur Terrassentür glitt, duckte Bonnie sich rasch hinter einen Forsythienstrauch.

Leider hörte sie nichts mehr, aber das machte nichts, weil sie nur zu gut wußte, worum es bei der Auseinandersetzung zwischen Eli und seinem Anwalt ging. Eli hatte ihm von seinem Plan erzählt, sie zu einer Heirat zu zwingen, und Seth, ein anständiger, aufrichtiger Mann, brachte seine berechtigten Einwände vor.

Bonnie, der bewußt war, daß nur sehr wenige Menschen Eli McKutchen erfolgreich Widerstand entgegensetzten, schickte ein stummes Stoßgebet zum Himmel, daß die Diskussion wenigstens noch einige Minuten weitergehen möge. Dann rannte sie um das Haus herum und betrat es durch die Küchentür. »Ihr habt mich nicht gesehen!« flüsterte sie Genoa und Lizbeth zu, die bei einer Tasse Tee am Tisch saßen. Bevor sie etwas erwidern konnten, war Bonnie schon auf der Dienstbotentreppe, die in den ersten Stock führte.

Eine ganze Reihe von Zimmern, in die Eli Rose gebracht haben konnte, kam in Frage, aber aus reiner Intuition ging Bonnie zum ›elterlichen‹ Schlafzimmer, das Eli seit seinem einundzwanzigsten Lebensjahr zur Verfügung stand.

Rose war nirgendwo zu sehen, aber die Tür zu dem kleinen angrenzenden Salon stand offen. In dieses Zimmer hatte Eli sich früher, wie schon sein Großvater vor ihm, zurückgezogen, wenn er in Ruhe nachdenken wollte. Nur eine leichte Veränderung war mit dem Zimmer vorgegangen, seit Eli nach New York gezogen war: ein schmales Bett war aus Genoas Zimmer heraufgebracht worden, und darauf lag Rose und schlief.

Bonnie zündete eine Lampe an, und während sie sich umschaute, wuchs ihr Gefühl, verraten worden zu sein. Ein wunderschönes Puppenhaus – ein Relikt aus Genoas Kindheit – stand am Fenster, wo sich einst Elis Schreibtisch befunden hatte, und wartete darauf, Rose beim Erwachen zu entzücken – so wie das Pony sie entzückt hatte und davor die wunderbare Puppe.

Es war weniger die Tatsache, daß sie selbst Rose so großartige Geschenke nicht machen konnte, die Bonnie so verletzte. Sie wußte, daß es Liebe war, was Kinder am meisten brauchten, keine Ponies, keine traumhaft schönen Puppenhäuser und auch keine lebensgroßen Puppen. Nein, was Bonnie wirklich verletzte, war die Tatsache, daß Genoa bisher ihre treueste Freundin, Eli bei seinen Plänen ganz offensichtlich unterstützte. Sie mußte gewußt haben, daß das Bett hinaufgebracht worden war, und hatte sicher auch dabei geholfen, ihr altes Puppenhaus aufzubauen und wieder einzurichten. Denn das war eine Aufgabe, für die Männerhände viel zu grob und ungeschickt waren.

Von ihrer Enttäuschung wie betäubt, blies Bonnie die Lampe aus und ließ Rose Marie schlafen. Sie war kaum überrascht, als sie beim Betreten von Elis Zimmer Genoa antraf, die auf der Kante jenes Betts saß, das Bonnie als junge Braut mit ihrem Mann geteilt hatte.

Genoa machte ein etwas verlegenes Gesicht. »Ich weiß, was du jetzt denkst . . .«

»Zweifellos«, stimmte Bonnie zu. »Wie konntest du nur, Genoa? Du warst die einzige wahre Freundin, die ich je besaß, der einzige Mensch, dem ich vertrauen konnte . . .« Sie brach ab und lehnte sich mit verschränkten Armen an den Türrahmen. »Rose Marie ist viel zu jung, um mit einem solchen Puppenhaus zu spielen«, fuhr sie nach langer Pause fort. »Sie würde die winzigen Figuren und Möbel höchstens in den Mund stecken und sie anknabbern.«

Die Lampe, die auf Elis Nachttisch flackerte, ließ Genoas Haar wie reines Gold aufleuchten.

»Rose gehört in dieses Haus, Bonnie«, sagte sie ruhig. »Genau wie du.«

Bonnie lächelte, obwohl sie alles andere als Belustigung empfand. »Du mußt dich sehr stark fühlen, Genoa, um mich auf diese Weise zu verraten.«

»Eli sagte, mit dir sei nicht zu reden«, entgegnete Genoa seufzend. »Vielleicht hätte ich besser auf ihn hören sollen.«

»Aber bitte«, erwiderte Bonnie spitz, »hör ruhig auf ihn! Er ist schließlich ein Mann, und deshalb hat er natürlich recht.«

Genoa rümpfte ärgerlich die Nase. »Du machst es uns absichtlich schwer, Bonnie. Du liebst Eli – das hast du mir heute selbst gesagt –, und doch weigerst du dich, in irgendeiner Form mit ihm zusammenzuarbeiten!«

»Als ich es sagte, habe ich Eli vielleicht noch geliebt, aber jetzt hasse ich ihn! Er hat mich in eine unmögliche Lage gebracht – entweder lebe ich als seine Frau mit ihm, oder ich verliere meine Tochter. Wie du siehst, hat er mir die Wahl gelassen. Großartig, nicht wahr?«

Genoa erblaßte. »Wirst du auf seine Bedingungen eingehen, Bonnie?« fragte sie leise. »Oder wirst du fliehen?«

»*Falls* ich Fluchtgedanken hegen sollte – und ich kenne keinen Ort, an dem ich mich Elis Zugriff entziehen könnte –, würde ich mich dir bestimmt nicht anvertrauen, Genoa. Nein, ich werde Eli heiraten und dann dafür sorgen, daß er wünschen wird, nie geboren zu sein!«

Genoa, die aussah, als wäre sie geohrfeigt worden, stand wortlos auf und ging zur Tür. Dort blieb sie noch einmal stehen, ihre schmalen Schultern sehr gerade, die Hand schon auf dem Türknauf. »Ich habe Marthas Jungen geschickt, um den Priester zu holen. Ich könnte die Kutsche vorfahren lassen, falls du nach Hause möchtest, um etwas Passenderes anzuziehen.«

Bonnie schaute an ihrem schlichten Baumwollkleid herunter. »Unter den gegebenen Umständen kann ich mir nichts Passenderes vorstellen«, antwortete sie kalt.

Genoa zuckte wie von einem Schlag getroffen zusammen und ging hinaus.

Zwanzig Minuten später wurden Bonnie und Eli McKutchen im großen Salon zum zweiten Mal getraut, auch diesmal wieder von Reverend Beam, der schon die erste Trauung vorgenommen hatte. Als Trauzeugen dienten Genoa, Lizbeth und Susan Farley

– Seth war standhaft geblieben in seinem Entschluß, nichts mit dieser ›Erpressung‹ zu tun haben zu wollen.

Als der Moment kam, in dem das junge Paar sich küssen durfte, wandte Bonnie sich mit einem ergebenen Seufzen Eli zu. Sie hatte beschlossen, ihm diesen einzigen Kuß zu gestatten, aber nur der Form halber und um kein unnötiges Aufsehen zu erregen.

Eli machte jedoch keine Anstalten, sein Privileg wahrzunehmen. Statt dessen wandte er sich ab und unterschrieb die Heiratsurkunde. Gekränkt und zutiefst beschämt beugte auch Bonnie sich über den Tisch, um zu unterschreiben.

Lizbeth schaute verwundert zu, während Genoa ganz offensichtlich vorgezogen hätte, irgendwo anders als in diesem Raum zu sein. Reverend Beam verabschiedete sich rasch, nachdem er sein Honorar erhalten hatte, und auch Eli machte einen rastlosen, gehetzten Eindruck.

Von der ganzen Hochzeitsgesellschaft war Susan Farley eigentlich die einzige, die wirklich glücklich aussah.

»So«, stellte Eli fest, ganz allgemein und zu keinem im besonderen, »ich gehe jetzt feiern. Man heiratet schließlich nicht jeden Tag.«

Ungläubig und fassungslos sah Bonnie zu, wie er seine Manschetten richtete und seinen Rock zuknöpfte. Auch Genoa und Lizbeth machten verblüffte Gesichter und schwiegen betroffen, aber Susan sagte rasch: »Es wird heute abend niemand da sein, um nach Webb zu sehen, außer Katie, aber die ist viel zu jung. Hätten Sie etwas dagegen, Mr. McKutchen, den kleinen Samuel und mich bis zum Laden mitzunehmen?«

Eli lächelte, jeder Zoll ein Gentleman. »Ich spanne den Buggy an und erwarte Sie draußen«, antwortete er gutgelaunt. Niemand, der ihn sah, wäre auf die Idee gekommen, daß er gerade geheiratet hatte, und Bonnie wußte nicht, ob sie erleichtert oder wütend sein sollte. Würdevoll und hocherhobenen Kopfes verließ sie den Salon und ging hinauf in den ersten Stock.

Nach kurzer Überlegung traf sie die heldenhafte Entscheidung, in Elis Schlafzimmer zu übernachten, kam sich jedoch wie eine Märtyrerin dabei vor. Sie schaute nach Rose, legte dann ihre Kleider ab und ging ins Badezimmer. Fürsorglich wie immer, hatte Genoa eine Zahnbürste und Zahnpulver bereitgelegt. Bonnie nahm sich viel Zeit für ihre abendliche Toilette, aber das Unvermeidliche ließ sich nicht ewig hinausschieben, und so blieb ihr schließlich nichts anderes übrig, als ins Schlafzimmer zurückzukehren.

Der Raum war natürlich leer. Seufzend schlug Bonnie die Bettdecke zurück und legte sich in das verlassene Ehebett. Die Hände im Nacken verschränkt, blickte sie zur Zimmerdecke hoch und wartete.

Nach einer Stunde begann die Lampe auf dem Nachttisch zu flackern und Rauch zu entwickeln. Bonnie richtete sich auf und blies die Flamme aus.

Als sie sich wieder hingelegt hatte, kehrte sie in Gedanken ganz unwillkürlich zu jener anderen Hochzeitsnacht zurück, die sie in diesem Bett verbracht hatte. Damals war sie eine jungfräuliche Braut gewesen, voller Liebe, Erwartung und Furcht, aber Eli hatte sie mit einer solchen Sanftheit und Zärtlichkeit in die Freuden der Liebe eingeführt, daß sie ihre Angst sofort vergessen hatte. Als der Moment kam, wo er in sie eindrang, hatte sie sich in einem solch köstlichen Zustand freudiger Erregung befunden, daß sie den kurzen scharfen Schmerz kaum spürte ...

Jetzt lag sie – wieder als Braut, aber diesmal nicht mehr unberührt – allein in der Dunkelheit, und ihr Herz war so verwundet wie ihr Stolz. Zwar hatte sie Eli geschworen, sich nie wieder von ihm anfassen zu lassen, aber eigentlich sehnte sie sich nach seinen Zärtlichkeiten und kannte keinen dringenderen Wunsch, als von ihm in Besitz genommen zu werden.

Die Uhr auf dem Kaminsims tickte die Minuten fort, und Bonnie gab sich die größte Mühe einzuschlafen, aber der innere Kampf zwischen ihrer Liebe und Eli McKutchen und ihrem Stolz hielt sie unerbittlich wach. Sie hörte die Uhr elf schlagen, dann zwölf und schließlich eins.

Irgendwann versank Bonnie in einen unruhigen Schlaf. Sie

träumte, daß sie und Eli sich auf einem Lager aus warmem Gras liebten, neben einem Fluß, der ihnen fast das Leben geraubt hätte. Als sie erwachte, war es heller Morgen, und tiefste Niedergeschlagenheit erfaßte sie, als sie sah, daß Elis Platz neben ihr leer war.

Fluchend – weil sie wußte, daß sie sonst weinen würde – stand Bonnie auf und zog sich hastig an.

Ein Blick in den Nebenraum verriet ihr, daß Rose Marie längst aufgestanden war. Vermutlich frühstückte sie mit ihrer geliebten Tante Genoa.

Kochend vor Zorn bürstete Bonnie ihr langes Haar und steckte es auf, dann stürmte sie die Treppe hinunter in die Küche. Nur Martha war dort. »Guten Morgen, Mrs. McKutchen«, sagte sie heiter. »Miss Genoa und Rose Marie sind im Garten und genießen den Sonnenschein.«

Miss Genoa und Rose Marie sind im Garten und genießen den Sonnenschein. Wie normal diese Worte klangen, und wie abscheulich unnormal Eli diese an sich schon unhaltbare Lage gemacht hatte, indem er die ganze Nacht ausgeblieben war!

Obwohl sie natürlich froh gewesen war, ihn nicht in ihrem Bett gehabt zu haben, den Schuft! Und wenn er entschlossen war, sich unnahbar und schwierig zu zeigen, na bitte – das konnte sie auch!

»Ich werde nicht hier frühstücken, Martha«, sagte sie hochmütig. »Richten Sie meiner Schwägerin bitte aus, daß ich in meinem Geschäft zu tun habe.«

Aber die Dienstboten in Northridge waren anders als ihre Kollegen in New York. »Das sagen Sie ihr mal lieber selbst«, entgegnete Martha freundlich.

Errötend stürmte Bonnie aus der Küche in den Garten.

»Guten Morgen, Bonnie!« rief Genoa fröhlich, und Bonnie war versucht, ihr jetzt gleich ihre Meinung zu sagen, aber da auch Seth im Garten war, wollte sie keine Szene vor ihm machen.

Statt dessen nahm sie Rose Marie auf den Arm und küßte sie, bevor sie kühl Genoas Gruß erwiderte.

Ihre Schwägerin schien darüber so erleichtert, daß Bonnie

sich ihres Grolls fast schämte. »Ich muß meinen Laden eröffnen«, sagte sie. »Rose Marie kann dort frühstücken.«

»Den Laden öffnen?« wiederholte Genoa schockiert. Mr. Callahan, der neben ihr auf der Bank saß, wandte diskret den Blick ab und gab vor, die blühenden Rosensträucher zu betrachten.

»Natürlich. Ich habe ein Geschäft zu führen, Genoa. Und ich muß mit Katie und Hutcheson reden.«

Rose strampelte wild – schon als Baby hatte sie sich nicht gern auf den Arm nehmen lassen –, und Bonnie war gezwungen, sie wieder abzusetzen. Das Kind tapste über die Wiese hinter einem Schmetterling her, und Seth nahm die Gelegenheit wahr, ihm zu folgen und der gespannten Atmosphäre zu entgehen.

Genoa war leichenblaß geworden. »Ich kann verstehen, daß du Katie und Webb über die ... die Hochzeit informieren willst, aber du brauchst dir doch jetzt nicht mehr deinen Lebensunterhalt mit dem Laden zu verdienen! Du bist jetzt die Herrin dieses Hauses, Bonnie!«

Bonnie verschränkte stur die Arme. »Die Herrin dieses Hauses bist du, Genoa. Ich bin nur ein Erinnerungsgegenstand.«

War sie eben noch ganz blaß geworden, so errötete Genoa jetzt. Ihre Augen funkelten empört, aber zu Bonnies Erstaunen lächelte sie. »Mr. Callahan und ich werden unsere Verlobung innerhalb der nächsten Wochen bekanntgeben«, vertraute sie Bonnie glücklich an und zeigte ihr den beachtlichen Diamanten an ihrem linken Ringfinger.

Genoas so offensichtliches Glück ließ Bonnies Groll gegen ihre Schwägerin verblassen. Und irgendwie wußte sie sowieso, daß Genoa nur versucht hatte, den Bruch zwischen ihr und Eli zu kitten. Einen Verrat hatte sie sicher nicht beabsichtigt. »Wenn ich nicht wütend genug wäre, um dir den Hals zu brechen, Genoa, könnte ich mich fast für dich freuen!«

Genoa lachte, Tränen des Glücks sprangen in ihre Augen. »Ach, freu dich ruhig für mich, Bonnie. Es wäre wirklich schade, wenn du weiterhin böse auf mich wärst.«

Bonnie setzte sich neben Genoa und umarmte sie. Natürlich

freute sie sich für ihre Schwägerin, aber sie war auch traurig. »Northridge wird ganz anders sein ohne dich. Ich weiß nicht, wie ich ohne dich fertig werden soll, Genoa.«

»Du alberne Gans«, schalt Genoa gutmütig. »Ich verlasse Northridge nicht für immer. Seth und ich werden uns ein Haus etwas weiter unten an der Straße bauen. Ich nehme an, es wird fertig sein, wenn wir von unserer Hochzeitsreise zurückkehren.«

Bonnie seufzte verträumt. Abgesehen von der langen Zugfahrt nach New York hatten sie und Eli nach ihrer Heirat keine Hochzeitsreise gemacht. Und da die zweite Trauung nichts als eine Farce war, bestand auch wenig Aussicht auf romantische Flitterwochen. »Wohin fahrt ihr?« erkundigte sie sich zerstreut.

Genoa nahm Bonnies Hand und drückte sie. »Nach Kanada – Seth hat ein wundervolles Hotel für uns ausfindig gemacht. Ach, Bonnie, kannst du dir das vorstellen – eine Braut in meinem Alter? Du ahnst gar nicht, wie nervös ich bin!«

Bonnie starrte auf ihre Hand, die Genoa noch immer hielt, und war den Tränen nahe. Sie hatte in einem schlichten Baumwollkleid geheiratet und nicht einmal einen Ring von Eli bekommen. »Ich beneide dich, Genoa«, gestand sie leise. »Und wie ich dich beneide!«

Genoa tätschelte ihre Hand. »Auch für dich und Eli wird alles in Ordnung kommen, Bonnie. Warte nur ab, du wirst schon sehen.«

»Ich wünschte, ich besäße deinen Optimismus«, entgegnete Bonnie seufzend und war versucht, Genoa zu erzählen, daß Eli die ganze Nacht nicht nach Hause gekommen war. Aber ihr Stolz hielt sie davon ab, obwohl Genoa vermutlich längst Bescheid wußte.

In diesem Augenblick kam Seth zurück. Rose Marie huckepack tragend. Bonnie fragte sich, ob die Callahans auch Kinder haben würden, und lächelte bei dem Gedanken.

»Laß Rose Marie heute bei uns, Bonnie«, bat Genoa. »Sie macht uns solche Freude.«

Die bevorstehende Begegnung mit Webb würde sicher nicht erfreulich verlaufen. Vielleicht ist es besser, dachte Bonnie,

Rose nicht diesen Problemen auszusetzen. Sie küßte ihre Tochter auf die Wange. »Sei brav, Liebes. Mama bringt dir deine Puppe mit, wenn sie nach Hause kommt.«

Rose nickte strahlend. »Wiedersehen, Mama«, trällerte sie und winkte.

Bonnie wandte sich so abrupt ab, daß sie fast in einen Forsythienstrauch gerannt wäre. Bittere Tränen nahmen ihr die Sicht.

Der Weg zu ihrem Geschäft war fast zu kurz. Schon wenige Minuten später schloß Bonnie die Ladentür auf.

Es war ein tröstlicher Anblick für Bonnie, die vertrauten Waren in den Regalen zu sehen. Und selbst wenn sie in einer hohlen, leeren Ehe gefangen war, hatte sie immer noch Rose Marie und ihren Laden.

»Katie?« rief sie, als sie die Treppe hinaufging.

Keine Antwort.

»Katie?« rief Bonnie noch einmal.

Susan kam mit geröteten Wangen und gesenktem Blick aus Webbs Schlafzimmer. »Katie ist nicht hier, Mrs. McKutchen. Sie hat ihre Sachen gepackt und ist fortgegangen.«

»Fort?« wiederholte Bonnie bestürzt. »Wohin denn?«

Susan zuckte mit den Schultern und ging zu einem anderen Thema über. »Ist es nicht wunderbar? Der Arzt war gerade hier und hat Webb – Mr. Hutcheson – ein Paar Krücken mitgebracht!«

Noch immer mit der Frage beschäftigt, wo Katie hingegangen sein mochte, ging Bonnie an Susan vorbei in ihr Schlafzimmer. Webb war tatsächlich aufgestanden und zog – auf die Krücken gestützt, sein Hemd an.

»Bist du sicher, daß du schon kräftig genug bist . . .« begann Bonnie, die besorgt registrierte, wie blaß er war und daß ein angespannter Zug um seinen Mund lag.

Seine blauen Augen maßen Bonnie mit einem traurigen, anklagenden Blick. »Ich bin stark genug«, antwortete er schroff.

»Dann hast du es also schon erfahren?« fragte Bonnie leise.

»Was? Daß du wieder geheiratet hast?« Webbs Stimme klang hart und feindselig, es war die Stimme eines Fremden. »Du hättest mir sagen können, daß du es dir anders überlegt hast, Bonnie.«

Sie senkte beschämt den Kopf, weil sie nicht wußte, was sie zu ihrer Verteidigung vorbringen konnte. Sie hatte es sich schon längst ›anders überlegt‹, bevor Eli sie zu dieser Heirat zwang, und es immer wieder aufgeschoben, Webb die Wahrheit zu sagen. »Es tut mir sehr leid, Webb . . .«

»Wozu? Ich hätte auf die Leute hören sollen, die mir sagten, daß du Eli McKutchens Bett wärmtest. Ich hätte darauf vorbereitet sein sollen.« Webb humpelte zur Tür und zwang Bonnie, ihm aus dem Weg zu gehen.

Sie starrte ihn nur an, entsetzt und zornig, obwohl Webbs Einwand in gewisser Weise sogar berechtigt war. »Sein Bett wärmen . . .«

»Susan!« brüllte Webb, entschlossen. Bonnie zu ignorieren.

Susan kam aus Katies Zimmer, ihr Baby auf dem Arm und einen Strohhut auf dem Kopf. Eine intensive Röte überzog ihre Wangen. Sie vermied es, Bonnie anzusehen, als sie sagte: »Mr. Hutcheson hat mich gebeten, ihm den Haushalt zu führen. Auf diese Weise hätten Samuel und ich ein richtiges Zuhause.«

Bonnies Worte richteten sich an Webb, der ihr seinen breiten Rücken zuwandte. »Ich hoffe, daß ihr glücklich werdet«, sagte sie aufrichtig und schaute Susan lächelnd an. »Webb hat ein wunderschönes Haus. Es instand zu halten, wird Ihnen ein wahres Vergnügen sein, Susan. Aber er besitzt auch eine Menge Talent als Journalist, und ich hoffe, Sie sorgen dafür, daß er sein Lebenswerk nicht aufgibt.«

Ein kurzes Schweigen entstand, in dessen Verlauf Bonnie von Susan zu Webb schaute. Aber keiner von beiden sah sie an.

»Sobald ich ohne diese verflixten Krücken laufen kann«, sagte Webb schließlich schroff und abweisend »wird es auch wieder eine Zeitung geben.«

Dann ließ er sich von Susan stützen und die Treppe hinunterhelfen, während Bonnie das Baby übernahm. Vor der Tür wartete eine Kutsche. Einer der Söhne des Fährmanns saß auf dem Bock und tippte bei Bonnies Anblick grinsend an den zerbeulten Hut. »Morgen, Madam«, rief er.

Bonnie übergab den kleinen Samuel seiner Mutter und fragte sich, was Rob Fenwick zu diesem frechen Grinsen veranlassen mochte. Aber dann dachte sie, daß er vielleicht nur flirtete. Keiner von Hems Söhnen war berühmt für seine Intelligenz. »Hat Ihr Vater die Fähre wieder in Betrieb genommen?« fragte sie.

»Ja, Madam«, war die Antwort, auch diesmal von einem unverschämten Grinsen begleitet. »Ich hörte, daß Sie und Ihr Mann sich wieder zusammengetan haben.«

Bonnie schluckte und schloß für einen Moment die Augen, während sie wünschte, die Erde möge sich vor ihr auftun und sie verschlucken. »Woher wissen Sie das?« entgegnete sie dann mit einem erzwungenen Lächeln.

Der junge Fenwick stieg vom Bock, um Webb in die Kutsche zu helfen. »Mr. McKutchen hat es uns heute morgen beim Frühstück erzählt. Ist es nicht ein bißchen eigenartig, daß er seine Hochzeitsnacht bei Earline verbracht hat?«

Webb bedachte Bonnie mit einem fragenden, verblüfften Blick, und wieder wäre sie am liebsten im Erdboden versunken. Wie typisch für Fenwicks Sohn, ihre persönlichen Probleme vor aller Welt herauszuposaunen! Nun würde es nicht lange dauern, bis die Geschichte in der ganzen Stadt herumerzählt wurde . . .

Bonnie stöhnte innerlich, obwohl sie sich zu einem Lächeln zwang, als Webb mühsam wieder aus dem Wagen stieg und die wenigen Schritte zum Eingang des Ladens zurückhumpelte.

»Was zum Teufel geht hier vor?« fuhr er Bonnie an. »Du hast McKutchen doch gestern abend wieder geheiratet, oder?«

Da Bonnie ihrer Stimme nicht traute, nickte sie nur.

»Und er hat dich allein gelassen?«

Wieder nickte Bonnie, und diesmal kamen ihr die Tränen.

Webb sah aus, als würde er jeden Augenblick aus gerechtem Zorn explodieren, sein Gesicht war puterrot. »Von allen . . . Eigentlich sollte ich jetzt diesen Kerl aufsuchen und ihm das Genick brechen!«

Bonnie versuchte, der Situation einen gewissen Humor abzugewinnen. »Ich glaube, das wäre ein recht ungleicher Kampf –

du auf Krücken und geschwächt von der langen Zeit im Bett!«

Ohne Susan, Hems Sohn oder die Passanten auf der Straße zu beachten, räusperte sich Webb und sagte: »Bonnie, falls du noch immer eine Chance für uns siehst . . .«

Nie hätte sie für möglich gehalten, daß es so weh tun konnte, geliebt zu werden und diese Liebe nicht zu erwidern. Ihre Kehle wurde eng, sie schüttelte den Kopf, verschwand im Laden und schloß die Tür.

Dort blieb sie stehen, bis sie den Wagen abfahren hörte. Erst dann zog sie die Jalousien hoch.

Ihr erster Kunde war kein Kunde, sondern Tuttle O'Banyon, den sie noch nie so erregt gesehen hatte. Sein Adamsapfel zuckte auf und nieder, und seine Augen waren groß wie Pfannkuchen. »Mrs. McKutchen – Sie müssen sofort etwas unternehmen . . .«

Was kann an diesem schrecklichen Tag denn sonst noch alles geschehen? dachte Bonnie alarmiert. »Beruhige dich, Tuttle«, forderte sie den Jungen auf, »und sag mir, worum es geht.«

»Um Katie – sie ist fortgegangen und hat sich einen Job im Brass Eagle beschafft!« heulte Tuttle und zerknüllte seine Mütze in der Hand. »Ich habe versucht, mit ihr zu reden, Madam, wirklich, aber sie ist fest entschlossen, Tänzerin zu werden und ein Vermögen zu verdienen! Sie sagt, wenn wir alt genug wären, um zu heiraten, hätte sie genug verdient, um uns ein Haus zu kaufen!«

»O nein!« stöhnte Bonnie und massierte ihre pochenden Schläfen. »Was wird wohl als nächstes geschehen?«

»Was sollen wir tun?« fragte Tuttle aufgeregt.

Bonnie ging zu dem Schaufenster und ließ die Jalousien herunter. Dann drehte sie das Schild an der Tür auf die Seite, auf der ›Geschlossen‹ stand, ging hinaus und schloß ab. »Ich werde dir sagen, was wir tun«, wandte sie sich an Tuttle, der ihr gefolgt war. »Als allererstes werde ich Forbes Durrant die Haare ausreißen!«

Tuttle blieb stehen und starrte sie verwundert an.

»Du liebe Güte, Tuttle, steh nicht so dumm herum, sondern komm endlich mit!«

Obwohl Tuttle so groß war und so lange Beine hatte, hatte er Mühe, mit Bonnie Schritt zu halten. Entschlossen, ihr Lämmchen vor dem bösen Wolf zu retten, bewegte sie sich in etwa mit der gleichen Geschwindigkeit wie der Fünf-Uhr-Zug nach Colville – und stieß auch ungefähr die gleiche Menge Dampf aus.

VIERTER TEIL
ENGEL DES LICHTS

24

Bonnie bemerkte kaum den Strom von Menschen, der sich ihnen anschloß, als sie und Tuttle O'Banyon den Hügel hinunterstürmten. Die Tür zu Forbes' Saloon stand offen, lautes Hämmern und Sägen drang hinaus. Forbes, der irgendwie geahnt haben mußte, daß Probleme auf ihn zukamen, wartete schon in der Halle, ein unverschämtes Grinsen im Gesicht und die Daumen in den Taschen seiner Satinweste verhakt.

»Ich habe dich schon erwartet, Engel«, sagte er in kameradschaftlichem Ton. Einen flüchtigen Moment lang richtete er den Blick auf Tuttle O'Banyon und stufte ihn ganz offensichtlich als harmlos ein, denn er beachtete ihn nicht weiter. »Erlaube mir, dir zu deinem zweiten Heiratsversuch zu gratulieren, Bonnie«, fügte er schmunzelnd hinzu.

»Deine Glückwünsche bedeuten mir nichts«, antwortete sie wütend. »Ich bin hier, um Katie nach Hause zu holen, und das weißt du sehr gut, du verkommener Wüstling!«

Forbes lächelte noch immer und wippte auf den Absätzen seiner teuren Lederstiefel. »Ah ja, das ehemalige Kindermädchen. Tut mir leid, Liebste, aber du kommst zu spät.«

»Ich kann dir nur wünschen, daß es noch nicht zu spät ist, Forbes«, murmelte Bonnie drohend. »Wo ist sie?«

»Oben«, antwortete Forbes gleichmütig. »Sie wird gerade eingekleidet für . . .«

Bonnie wußte nur zu gut, wofür Katie eingekleidet wurde.

»Das Mädchen ist *vierzehn* Jahre alt«, sagte sie und schob sich an ihrem früheren Arbeitgeber vorbei die Treppe hinauf.

Doch Forbes hielt sie auf, indem er mit erstaunlicher Härte ihren Arm umfaßte. Und jetzt fiel Bonnie auch auf, wie viele Leute ihnen von draußen hereingefolgt waren und glotzend in der Halle standen. Auch die Hämmer und Sägen der Arbeiter waren verstummt.

»Nicht so schnell, meine Süße.« Obwohl Forbes' Ton nicht der Höflichkeit entbehrte, lag eine gewisse unterschwellige Drohung darin. »Du hast hier nichts mehr zu sagen, und wenn ich persönlich dich hinauswerfen muß, werde ich nicht zögern, es zu tun.«

»Das würde Eli aber nicht gefallen«, warf einer der ungebetenen Zuschauer ein.

»Jemand sollte zu Earline laufen und Mr. McKutchen holen«, rief ein anderer.

Bonnie zuckte bei der Erwähnung von Elis Namen und seinem skandalösen Aufenthaltsort zusammen und haßte Forbes für das wissende Lächeln, das auf dessen Gesicht erschien.

»Unser Mr. McKutchen besitzt weit mehr Selbstbeherrschung, als ich ihm zugetraut hatte«, stellte Forbes belustigt fest. »Wenn man sich vorstellt, daß er ein legales und moralisches Recht besitzt, dein Bett zu teilen, Bonnie, und trotzdem darauf verzichtet . . . Der Mann muß entweder ein Heiliger sein oder ein kompletter Narr.«

»Amen!« schrie einer der Zuschauer.

Wie durch ein Wunder gelang es Bonnie, Haltung zu bewahren. Nach einem vernichtenden Blick auf Forbes entzog sie ihm ihren Arm und rief nach Katie.

»Es hat wenig Sinn, mit ihr zu reden«, warnte Forbes, der seine Rolle in diesem Drama zu genießen schien, obwohl auch ein gewisser Groll in seinen Augen stand. »Sie ist enttäuscht von dir, Engel, und das Geld, das sie mit dem Tanzen verdienen kann, reizt sie. Sehr sogar.«

Bonnie war klar, daß Katie viel zu jung und unerfahren war, um mit Menschen wie Forbes Durrant umzugehen. Trotz ihrer Intelligenz und Belesenheit hatte das Mädchen noch viel zu wenig Lebenserfahrung.

Das wurde offensichtlich, als Katie am oberen Treppenabsatz erschien, in einem sehr freizügigen Kleid aus blauem Taft und einer Federboa um die nackten Schultern. Der trotzige Blick, den sie Bonnie zuwarf, erinnerte diese an ihren eigenen Starrsinn, den sie in diesem Alter gehabt hatte.

Katie betrachtete ihre Fingernägel und gab sich den Anschein gleichmütigen Desinteresses. Vermutlich war ihre gute schauspielerische Leistung auf ihre Erfahrungen auf der Bühne zurückzuführen. »Was hat diese ganze Aufregung zu bedeuten?« erkundigte sie sich in gelangweiltem Ton.

Bonnie dachte gar nicht daran, ihr eine Predigt zu halten über die Gefahren, die an einem Ort wie dem Brass Eagle Saloon lauerten; es wäre ja doch nur Zeitverschwendung gewesen. Katie war geblendet vom falschen Glanz und der Aussicht darauf, viel Geld zu verdienen, und es gab nur einen Weg, sie davon abzuhalten, sich in eine Lage zu begeben, die ihr nur Unglück bringen konnte. Und das, was Bonnie sich dazu ausgedacht hatte, würde gleichzeitig auch ihren eigenen Zwecken dienen.

»Sie hätten mich zu Ihrer Hochzeit einladen können«, bemerkte Katie plötzlich in anklagendem Ton. »Ich dachte immer, wir wären Freundinnen . . .«

Aha, das war es also! Bonnie seufzte innerlich. »Es tut mir leid, Katie – ich wollte dich nicht von der Zeremonie ausschließen. Aber es kam alles ein bißchen plötzlich . . .«

Nun meldete sich Tuttle zum ersten Mal zu Wort. »Zieh dich um, Katie«, befahl er. »Du siehst aus wie eine Dirne in diesem Kleid!«

Katie errötete und stieg langsam die Treppe hinunter. »Weißt du, wieviel Geld ich in zwei Jahren verdienen kann, Tuttle? Genug, um ein Haus zu kaufen . . .«

Bonnie drehte sich zu Forbes um und sagte leise: »Ich habe dir einen Vorschlag zu machen.«

Forbes machte ein spöttisches Gesicht. »Wenn du wüßtest, mein Engel, wie lange ich schon darauf warte, diese Worte aus deinem Mund zu hören.«

»Treib es nicht zu weit, Forbes«, zischte Bonnie. »Ich möchte dir anbieten, zurückzukommen und wieder hier zu tanzen, wenn du Katie dafür gehen läßt.«

Forbes zog verblüfft die Augenbrauen hoch. »Du mußt mich wirklich für verrückt halten, Engel. Auf derartigen Ärger kann ich gern verzichten.«

Bonnie klimperte mit ihren Wimpern und bedachte Forbes mit einem koketten Lächeln. »Und welcher Ärger wäre das?«

Forbes sah sie spöttisch an und wandte sich ab, um in den Saloon zurückzugehen. Bonnie folgte ihm und bemühte sich, ihren Triumph zu verbergen, als er sich sichtlich erregt ein großes Glas Scotch einschenkte. »Verdammt, Bonnie«, meinte er, als er sie hinter sich im Spiegel erblickte, »glaubst du, ich sei von gestern? Ich weiß, was du vorhast, also verschon mich mit deinem Theater!«

Bonnie unterdrückte ein Lächeln. Schon früher, als kleines Mädchen, war es ihr gelungen, Forbes so ungefähr alles abzuluchsen, was sie haben wollte. Erstaunlich, daß die gleiche Taktik auch heute noch funktionierte! »Hast du Angst vor Eli, Forbes?«

»Darauf kannst du deinen hübschen Po verwetten!« donnerte er und ließ seine Faust auf die Theke prallen. Bevor er weitersprach, leerte er den Whisky in seinem Glas in einem Zug. »Ich weiß nicht, was mit euch beiden los ist – vielleicht bedient Eli sich Earline Kalbs beachtlicher Talente und vielleicht auch nicht –, aber eins kann ich dir versichern, Engel: Ich werde dich nicht bei deiner Rache unterstützen!«

»Denk nur einmal an das viele Geld, das du mit mir verdienen würdest, Forbes!«

Stirnrunzelnd schenkte er sich noch einmal von dem Whisky ein. »Ich verdiene mehr als Leiter der Hüttenwerke, und ich werde nicht meine Stellung aufs Spiel setzen, nur damit du dich an McKutchen rächen kannst.«

»Eli würde dich niemals dafür entlassen«, wandte Bonnie ein. »So ist er nicht. Du solltest inzwischen gemerkt haben, daß mein Mann sein Privatleben von seinen Geschäften trennt.«

»Siehst du das hier?« Forbes deutete auf eine winzige Narbe unter seinem rechten Auge. »Das ist eine bleibende Erinnerung an Eli McKutchens Zorn!«

»Ach, ich finde, sie macht dich höchstens noch attraktiver«, entgegnete Bonnie, und es gelang ihr sogar, ernst dabei zu bleiben. Sie streckte sogar die Hand aus und berührte die Narbe mit ihrem Zeigefinger. »Ich möchte wieder tanzen, Forbes. Einverstanden?«

Forbes nippte nachdenklich an seinem Drink. »Ich habe eine Menge Kunden verloren, seit du nicht mehr im Saloon bist, aber du irrst dich, falls du glaubst, dein Mann würde tatenlos zusehen, wie du für einen Dollar mit allen möglichen Kerlen tanzt. Er wird an die Decke gehen.«

»Möglich.«

Forbes beugte sich über die Theke und fragte interessiert: »Warum willst du das tun, Bonnie? Bist du etwa lebensmüde?«

Bonnie seufzte. »Du hattest recht. Ich will mich rächen. Das ist alles. Mehr steckt nicht dahinter.«

Forbes nickte sinnend. »Na schön, mein Engel, wie du willst. Aber rechne nicht damit, daß ich einen Finger rühren werde, um dich vor deinem Mann zu schützen. Ich werde dir sogar die Rechnung schicken, falls McKutchen hier Schaden anrichtet.«

»Und was ist mit Katie? Kann sie dann gehen?«

Forbes starrte einen Moment in die Ferne. »Sie ist ein schönes Mädchen, Bonnie«, stellte er dann seufzend fest. »Sie würde mir bestimmt genauso viele Kunden bringen wie du.«

Jetzt sah Bonnie sich veranlaßt, ihren letzten Trumpf auszuspielen. »Was würde Lizbeth wohl dazu sagen, wenn ich ihr erzähle, daß du ein junges Mädchen opfern willst, um deinen Profit daraus zu ziehen?«

Forbes erblaßte.

»Andererseits«, fuhr Bonnie fort, »wäre Miss Simmons vielleicht bereit, über einige andere Dinge hinwegzusehen, wenn ich ihr gut zureden würde.«

»Ja – vorausgesetzt, ich zünde den Saloon an und baue ihr ein Haus auf den Ruinen«, murmelte Forbes bedrückt.

»Du liebst sie wirklich, was?«

Einen Moment lang sah es so aus, als wollte Forbes sich abwenden und gehen, doch dann seufzte er und sagte: »Ja. Es war eine Überraschung für mich, wenn man bedenkt, daß ich bisher immer nur dich geliebt habe.«

Bonnie zog es vor, die Erwähnung von Forbes' lebenslanger Leidenschaft für sie zu ignorieren. »Was wirst du also tun?«

Wieder seufzte Forbes. »Was du willst, Engel – wie immer. Geh hinauf und sieh zu, daß die Schneiderin die Kleider, die für Katie vorgesehen waren, für dich umändert.«

Bonnie lächelte. »Danke, Forbes«, sagte sie leise zu ihrem lebenslangen Freund und Feind.

Forbes leerte sein Glas, bevor er spöttisch erwiderte: »Jederzeit, mein Engel. Jederzeit.«

Eli hockte gerade auf einem halbfertigen Dach und schlug Nägel ein, als Seth plötzlich auf der Leiter auftauchte. »Die Gewerkschafter sind wieder in der Stadt«, berichtete er erregt und fuhr sich nervös mit zwei Fingern unter den engen Hemdkragen. »Sie verlangen eine Zusammenkunft mit dir.«

Eli hörte mit dem Hämmern auf und runzelte die Stirn. »Schon wieder? Ich dachte, die Kerle wären auf Nimmerwiedersehen verschwunden.«

»Ich glaube, sie bleiben in Northridge, bis sie erreicht haben, was sie wollen«, erwiderte Seth besorgt. »Und sie haben mit weiteren Gewaltakten gedroht, falls du nicht bereit sein solltest, dich mit ihnen zu treffen. Ganz offen gestanden fürchte ich um deine Familie, Eli.«

Eli ließ Hammer und Nägel fallen. »Haben sie dir gedroht?«

»Nicht direkt. Aber ... Nun ja, Mr. Denning erkundigte sich nach Bonnie und Rose Marie und Genoa, und ich muß sagen, die Art, wie er es tat, gefiel mir gar nicht.«

»Erklär mir das bitte etwas genauer«, forderte Eli ihn leise auf.

Seth seufzte. »Es klang alles sehr besorgt und höflich. Dennoch hatte ich den Eindruck, daß es eine Warnung sein sollte. Wie du weißt, logieren die Gewerkschaftsleute im Hotel und haben so einen sehr guten Überblick über Bonnies Aktivitäten in ihrem Laden.«

Eli griff nach seinem Hemd und zog es an. Er sah rot, als er die Leiter hinunterstieg, und konnte es kaum erwarten, daß Seth ihm folgte.

»Beruhige dich«, sagte sein Freund, als er neben Eli auf dem Boden stand. »Ich könnte es auch mißverstanden haben. Vielleicht hat Mr. Denning ja gar keinen bedrohen wollen.«

»Das werden wir ja sehen!« meinte Eli böse, während er auf seinen Buggy sprang und die Zügel in die Hand nahm. »Wenn diese Kerle es wagen sollten, auch nur einen Finger gegen meine Familie zu erheben . . .«

»Familie?« entgegnete Seth verärgert. »Das fällt dir wohl jetzt erst ein, daß du eine Familie hast! Was du dir gestern nacht geleistet hast, war unverzeihlich, und Bonnie hat es wirklich nicht verdient, daß du . . .«

»Hör auf damit!« brüllte Eli, während er das Pferd zu einem immer schnelleren Galopp antrieb. »Ich hatte während der Nacht schon Gelegenheit genug, meine Dummheit zu bereuen, das kannst du mir glauben!«

»Ich könnte es Bonnie nicht verübeln, wenn sie nie wieder ein Wort mit dir sprechen würde«, entgegnete Seth. »In einer Stadt wie New York sind derartige Indiskretionen etwas ganz anderes als in einem hinterwäldlerischen Dorf wie Northridge!«

Eli kochte vor Zorn, aber er beherrschte sich und ließ das Pferd etwas langsamer laufen. »Ich kann dir nur eins sagen, Seth – ich habe meine Hochzeitsnacht nicht mit einer anderen Frau verbracht. Ich war allein. Ist das klar?«

Seth zuckte die Schultern. »Deinem Verhalten nach zu urteilen, käme niemand auf diese Idee. Am allerwenigsten wohl Bonnie.«

Eli brummte der Kopf. Er war ein Narr gewesen und hatte die ganze Nacht dafür gebüßt, aber das hätte er vor Seth nie zugegeben. Nur die Meinung einer einzigen Person bedeutete ihm etwas, und das war Bonnie. Es blieb ihm gar nichts anderes übrig, als seinen Stolz zu schlucken und sie um Verzeihung zu bitten, wenn er jemals Frieden finden wollte.

Im Moment jedoch ging es um andere Dinge. Er mußte sich mit der Gewerkschaft auseinandersetzen.

Umgeben von seinen Leibwächtern saß Mr. Denning im Speisesaal an einem Fenstertisch und täuschte ein erfreutes Lächeln vor, als Eli in den Raum stürmte.

»Nehmen Sie doch Platz!« forderte er Eli so freundlich auf, als wären sie alte Freunde.

Eli unterdrückte das Bedürfnis, den angebotenen Stuhl durchs Fenster zu werfen, und setzte sich. Seth zog sich einen anderen Stuhl heran und nahm neben Eli Platz.

»Sie wollten mich sehen, Denning«, sagte Eli. »Hier bin ich.«

Denning lächelte warm, obwohl der Ausdruck in seinen Augen kalt war wie ein Eisberg. Er zog eine dicke Zigarre aus der Westentasche und biß das Ende ab. »Aus Kuba«, bemerkte er, als ob es Eli interessieren könnte, woher die Zigarre stammte.

Eli runzelte nur ungeduldig die Stirn.

»Wie Consolata Torrez«, fügte Denning beiläufig hinzu.

Eli hatte seit Monaten nicht mehr an Consolata gedacht; es war Seth, der dafür sorgte, daß sie ihre regelmäßigen Geldanweisungen erhielt. Die Erwähnung des Mädchens, das ihm vor einigen Jahren das Leben gerettet und ihr eigenes dafür aufs Spiel gesetzt hatte, war eine gelungene Überraschung für ihn.

»Meinen Nachforschungen zufolge«, fuhr Denning gelassen fort, »lebt Miss Torrez in einer Klosterschule in Havanna, seit ihr Onkel alles aufdeckte. Wie alt ist sie? Siebzehn? Achtzehn?«

Eli schloß die Augen.

»Ich begreife nicht, was Miss Torrez mit Ihren Bemühungen zu tun hat, unsere Arbeiter für die Gewerkschaft zu gewinnen«, warf Seth ärgerlich ein.

Denning seufzte dramatisch und ignorierte Seth' Einwand. »Sie pflegte Sie bei einem Gelbfieberanfall, nicht wahr, Mr. McKutchen? Unter beträchtlicher Gefahr für ihre eigene Sicherheit versteckte sie Sie vor den Spaniern, bis Sie in ein amerikanisches Lazarett gebracht werden konnten und von dort nach Hause geschickt wurden. Da ist es eigentlich ganz natürlich, daß ein wohlhabender und einflußreicher Mann wie Sie, Mr. McKutchen, sich erkenntlich zeigt.«

Die Schlägertypen am Tisch lachten entzückt.

»Genug, Denning«, sagte Eli hart. »Was wollen Sie von mir?«

»Eine gute Frage, Mr. McKutchen. Ich würde es nämlich sehr bedauern, wenn Ihre zweite Ehe mit der reizenden Bonnie den Weg der ersten gehen würde. Und da es zwischen Ihnen ohnehin schon kriselt, wie ich hörte . . .«

Bevor Denning seinen Satz beenden konnte, hatte Eli ihn schon an den Rockaufschlägen gepackt. Aber ganz im Gegensatz zu seiner aggressiven Handlungsweise klang seine Stimme überraschend sanft, als er sagte: »Überreden Sie so viele meiner Männer, wie Sie wollen, Mr. Denning, Ihrer Organisation beizutreten. Erzählen Sie der ganzen Welt, was in Kuba geschah. Aber eins merken Sie sich, Sie hinterhältiger Lump: Sollte meiner Frau, meiner Tochter oder meiner Schwester irgend etwas zustoßen, werde ich Sie finden. Und wenn ich mit Ihnen fertig bin, werden Sie zu nichts anderem mehr zu gebrauchen sein, als den Sopran in der Kirche zu singen!«

Denning erblaßte, dann wurde er rot vor unterdrückter Wut.

Eli lächelte giftig, ließ Dennings Rockaufschläge los und stand auf. Wütend sprangen auch die Gorillas in ihren schlechtsitzenden Anzügen auf, alle sechs begierig auf einen Kampf.

Doch zu Elis maßloser Enttäuschung winkte Denning sie alle wieder auf ihre Plätze zurück.

25

Als Eli auf die Baustelle zurückkehrte, hatten sich dort Genoa und Lizbeth Simmons zu ihrem wöchentlichen Unterricht eingefunden. Ganz zwanglos saßen sie mit einer Gruppe von Frauen auf dem Boden und nahmen sich eine Lektion aus McGuffeys *Second Electic Reader* vor. Weder die Lehrerinnen noch die Schülerinnen schien zu stören, daß Rose Marie, mit einem indianischen Kopfputz geschmückt und wildes Kriegsgeschrei ausstoßend, von einer Gruppe zur anderen lief.

Eli nahm das Kind auf den Arm und hob es dann auf seine Schultern, wo es sein ohrenbetäubendes Geschrei ungerührt fortsetzte. »Wo zum Teufel steckt Bonnie?« fragte er gereizt.

Genoa schaute auf und lächelte ihren Bruder an. »Ich glaube, sie ist in ihrem Geschäft. Ist Rose Maries Kopfschmuck nicht entzückend? Mr. Callahan hat ihn aus Spokane kommen lassen.«

»Erinnere mich daran, ihn zu skalpieren«, erwiderte Eli mürrisch. Mindestens zwei Dutzend Augenpaare beobachteten ihn interessiert, und das brachte ihn ein wenig in Verlegenheit. »Ich bringe Geronimo nach Hause«, sagte er, schon auf dem Weg zum Buggy.

Seth hatte die Zügel übernommen und begrüßte Rose Marie mit einem ähnlichen Kriegsgeheul wie jenem, das sie selbst unablässig von sich gab.

Eli hatte plötzlich unerträgliche Kopfschmerzen. Mit Schrecken dachte er an die bevorstehende Begegnung mit Bonnie. Jetzt würde er sich nicht nur dafür entschuldigen müssen, sie in der Hochzeitsnacht allein gelassen zu haben, sondern mußte ihr auch noch die Sache mit Consolata Torrez erklären. »Rose Marie McKutchen«, sagte er streng, »halt den Mund!«

Das kleine Mädchen war so verblüfft, daß es tatsächlich verstummte, und der Rest der kurzen Fahrt verlief in gesegneter Stille.

Als er das Schild *Geschlossen* sah, das vor Bonnies Laden hing, stieg Eli die wenigen Stufen in den ersten Stock hinauf und rief nach ihr.

Sie machte ein erstauntes Gesicht, als sie in die Küche kam. »Du hättest auch anklopfen können«, sagte sie nervös und auf Distanz bedacht.

»Und du hättest dich um unsere Tochter kümmern können, anstatt sie den ganzen Tag bei Genoa zu lassen«, entgegnete Eli. »Aber darüber reden wir später. Im Moment gibt es wichtigere Dinge zu besprechen.«

Bonnie wirkte müde und abweisend. »Das mag sein, aber dazu habe ich jetzt keine Zeit«, sagte sie, und wieder hatte Eli den Eindruck, daß sie sich ganz bewußt von ihm fernhielt.

»Was soll das heißen, du hast keine Zeit? Es ist wichtig!«

»Das ist eine Hochzeit auch, Eli McKutchen. Aber von unserer hast du deinen Zeitplan nicht durcheinanderbringen lassen, oder?«

Eli rieb sich mit einer Hand den Nacken. »Ich versuche dir nur zu sagen . . .«

Bonnie schob das Kinn vor, und ihre schönen Augen blitzten angriffslustig. »Wie du, Eli«, sagte sie kalt, »habe ich etwas zu tun. Wenn du mich jetzt entschuldigen würdest . . .«

Sie wäre hinausgegangen und hätte ihn einfach stehenlassen, wenn er nicht ihren Arm ergriffen und sie gezwungen hätte, sich wieder zu ihm umzudrehen. »Ich entschuldige gar nichts«, stieß er hervor, und plötzlich erfaßte ihn trotz seiner Wut eine fast unerträgliche Sehnsucht nach Bonnie. »Was könntest du Wichtigeres zu tun haben, als dich um deine Tochter zu kümmern oder mit deinem Mann zu reden?«

Bonnie sah aus, als hätte sie ihm am liebsten ins Gesicht

gespuckt, aber das wagte sie anscheinend nicht. Sie riß allerdings ihren Arm los und trat zurück. Ihre Augen schienen Funken zu sprühen. »Ich habe mich immer um meine Tochter gekümmert«, stellte sie entrüstet fest. »Und wie du weißt, ist Rose Marie der einzige Grund, warum ich einer zweiten Heirat mit dir zugestimmt habe.«

Die Worte hatten den gleichen Effekt auf Eli wie eine Ohrfeige. »Nun ja, wahrscheinlich habe ich es nicht anders verdient«, sagte er mit einem Seufzer. »Gestern nacht, als wir über Kiley sprachen . . .«

Bonnie wandte sich ganz unvermittelt ab und schlang die Arme um ihren Körper. »Bitte geh.«

Eli schloß gequält die Augen. Manchmal fragte er sich, ob das Feuer, das diese Frau in seiner Seele und seinem Körper entzündet hatte, all die Aufregungen und Enttäuschungen wert war. Aber dann versuchte er es noch einmal, denn natürlich war Bonnie all das wert. »Gestern nacht, als ich sagte, daß ich Rose Marie unter meinem Dach aufziehen wollte, hatte ich nicht die Absicht, dir zu drohen, Bonnie. Es war ein Antrag.«

Sie drehte sich langsam und mit einem fragenden Ausdruck in ihren Augen zu ihm um. »Aber . . .«

Eli hob eine Hand. »Laß mich ausreden, Bonnie«, bat er rauh. »Ich wollte dir damit nur zu verstehen geben, daß ich dich liebe. Daß ich dich brauche. Es war damals eine schlimme Zeit für uns, und ich glaube, die Dinge sind uns einfach aus der Hand geglitten . . .« Er brach ab, weil er nicht wußte, wie er sich ausdrücken sollte, aber Bonnie wartete stumm ab, bis er weitersprach. »Als du dann plötzlich glaubtest, ich wollte Rose nur dazu benutzen, dich zu einer Heirat mit mir zu zwingen, bin ich . . . hat mein Verstand mich ganz einfach für eine Zeitlang im Stich gelassen, Bonnie.«

Sie sah aus, als hätte sie ihm gern geglaubt, und das war immerhin ein Anfang. »Du hast die Hochzeitsnacht in der Pension verbracht«, entgegnete sie hölzern. »Bei Earline.«

»Ich war nicht bei Earline. Jedenfalls nicht so, wie du denkst.«

Bonnie schlug die Augen nieder. »Ich würde es dir gern glauben, Eli.«

Er näherte sich ihr vorsichtig und senkte den Kopf, um ihr einen zaghaften Kuß zu geben. »Glaub es ruhig, denn es ist die Wahrheit. Komm mit mir nach Hause, Bonnie. Ich habe dir so viel zu erklären.«

Tränen glitzerten in ihren Augen, als sie endlich zu ihm aufschaute. »Ich würde für mein Leben gern mit dir nach Hause gehen, Eli, aber . . .«

»Aber?«

»Es wird dir nicht gefallen, was ich dir jetzt sage«, entgegnete Bonnie in einem Ton, der halb nach Geständnis, halb nach Herausforderung klang.

Eli war weder für das eine noch für das andere in Stimmung, aber er wußte auch, daß er zu oft zu heftig reagierte auf Dinge, die diese Frau ihm sagte. Deshalb erwiderte er betont ruhig: »Überlaß die Entscheidung darüber mir, Bonnie.«

Bonnie schluckte und vermied es, ihn anzusehen. »Ich habe Forbes gesagt, daß ich wieder tanzen werde.«

Eli spürte, daß er sich kurz vor einer Explosion befand und schwankte von der Anstrengung, sie zu unterdrücken. »Warum?«

Ein langes, unbehagliches Schweigen folgte. »Weil er sonst Katie an meiner Stelle engagiert hätte«, sagte sie schließlich. »Sie ist erst vierzehn und noch sehr verletzlich. Ich brauche dir ja wohl nicht zu sagen, was geschehen würde, wenn sie im Saloon angefangen hätte.«

Eli zog sich einen Stuhl heran und setzte sich. Es war ein entsetzlicher Tag gewesen, und er hatte nicht die Absicht, ihn noch schlimmer zu machen. Als er dann wieder das Wort an Bonnie richtete, war er selbst erstaunt, wie gut er sich beherrschen konnte. »Ich glaube, du hättest andere Wege finden können, Katie vor einem schlimmen Schicksal zu bewahren, als dich an ihrer Stelle aufzuopfern«, meinte er und hielt seinen Blick starr auf den Fußboden gerichtet.

»Ich wollte dich beschämen«, erwiderte Bonnie mit der für sie so typischen Freimütigkeit. »Ich war – und bin es noch immer – sehr wütend auf dich.«

»Wegen meiner angeblichen Beziehung zu Earline«, stellte Eli seufzend fest.

»Es war sehr grausam von dir, Eli«, erwiderte Bonnie.

Da schaute er auf. »Du hattest mir sehr eindeutig zu verstehen gegeben, daß ich nicht in deinem Bett willkommen war, Bonnie.«

Zwei rote Flecken zeichneten sich auf ihren Wangen ab. »Und da hast du dir ein anderes gesucht!«

»Ja. Mein Bett.« Eli stand auf, weil er spürte, daß er sich jetzt dem Ende seiner Selbstkontrolle näherte. »Mein schmales, einsames, leeres Bett, das sich zufällig in Earlines Pension befand.«

»Wie praktisch, Eli – nicht nur für dich, sondern auch für Earline«, entgegnete Bonnie mit stiller Verachtung.

Er streckte die Hand aus und umfaßte ihr Kinn, um sie zu zwingen, ihn anzusehen. »Ich wiederhole es nur noch einmal, Bonnie, also hör gut zu. Ich habe mein Ehegelübde weder mit Earline Kalb gebrochen noch mit irgendeiner anderen Frau.«

Ein Beben lief durch Bonnies schlanken Körper, aber Eli hätte nicht sagen können, ob es Wut oder Erleichterung war, was sie empfand. Innerlich verfluchte er sich dafür, Bonnies Vertrauen zu ihm schon während ihrer ersten Ehe zerstört zu haben. Und jetzt stand ihm auch noch das Geständnis über Consolata Torrez bevor . . .

Bonnie schien etwas sagen zu wollen, doch bevor sie dazu kam, klopfte es an der Küchentür, während gleichzeitig jemand unten im Laden an die Tür hämmerte.

Langsam hob Bonnie die Hand und löste Elis Finger von ihrem Kinn. »Katie?« rief sie, als sie zur Tür ging, um sie zu öffnen.

»Ich werde sehen, wer unten ist, Madam«, rief das junge Mädchen ihr von draußen zu.

Eli schloß die Augen und fluchte verhalten. Würde er Bonnie denn nie lange genug für sich haben, um ihr alles sagen zu können, was zu sagen war?

Seth stand auf der Außentreppe, einen lächerlichen Federschmuck auf dem Kopf und eine sehr erschöpfte Rose Marie im

Arm. Sein ausgesprochen komischer Anblick erheiterte Bonnie und bewahrte sie vor dem Zusammenbruch, den sie befürchtet hatte. Mit Tränen in den Augen lächelte sie Seth an.

»Entschuldigen Sie, Mrs. McKutchen«, sagte er schüchtern, »aber ich glaube, Rose braucht etwas zu essen und ihr Bett.«

Bonnie nahm ihre Tochter auf den Arm und drückte sie einen Moment an sich, um Kraft aus ihrer Nähe zu schöpfen. Es erschien ihr in diesem Augenblick unendlich wichtig, ganz normal zu sprechen. »Danke, Seth«, sagte sie. »Möchten Sie nicht hereinkommen?«

Er schaute an Bonnie vorbei zu Eli und nahm hastig den albernen Federschmuck ab. »Das kommt darauf an«, sagte er verlegen. »Bist du bereit zum Aufbruch, Eli?« Elis Stimme klang merkwürdig hohl und hallte trotz seines leisen Tonfalls in der Küche wider. »Nein, Seth«, erwiderte er. »Aber ich wäre dir dankbar, wenn du Rose Marie und Katie zu Genoa fahren würdest.«

»Selbstverständlich«, stimmte Seth zu. »Ich wollte nur . . .«

Er kam nicht dazu, seinen Satz zu beenden, weil in diesem Augenblick laute Schritte auf der Innentreppe erklangen und Bonnie sich erstaunt umwandte, um zu sehen, was es sein mochte, was Katie zu dieser Eile veranlaßte. Aber nicht einmal in ihren kühnsten Träumen wäre ihr in den Sinn gekommen, was dann tatsächlich geschah.

Mit hochroten Wangen stürzte Katie herein und sagte atemlos: »Madam, Sie werden es nicht für möglich halten! Ihr Vater ist unten im Laden – er ist aus Irland zurückgekommen!«

Aus Angst, Rose Marie fallenzulassen, setzte Bonnie sie auf den Boden und ließ sich dann auf dem Stuhl nieder, auf dem Eli kurz vorher noch gesessen hatte. Rose tapste sofort zu Katie und streckte bittend ihre Ärmchen aus.

»Madam?« beharrte Katie mit einem besorgten Blick auf Bonnie, während sie die wimmernde Rose Marie auf den Arm nahm.

Eli stieß ein Schimpfwort aus und stürmte ohne ein Wort des Abschieds aus der Küche. Bonnie hörte seine Stiefel auf den

Stufen der Außentreppe klappern und schlug beide Hände vors Gesicht.

»Ich nehme an, das wird keine glückliche Wiedervereinigung sein«, bemerkte Seth verlegen. »Kann ich irgend etwas für Sie tun, Mrs. McKutchen?«

Bonnie ließ die Hände sinken, straffte die Schultern und sagte ruhig: »Ja. Bringen Sie Katie und Rose Marie bitte zu Genoa.«

Als sich die Tür hinter den dreien schloß, blieb Bonnie gerade noch Zeit, sich übers Haar zu streichen, als Jack Fitzpatrick auch schon in der Küchentür erschien. Er war noch immer ein gutaussehender Mann, obwohl sein dunkles Haar allmählich dünner wurde und die roten Äderchen in seiner Nase viel ausgeprägter waren.

»Du hast gut für meinen Laden gesorgt, Tochter«, erklärte er statt einer Begrüßung. »Ich bin dir dafür sehr dankbar.«

Bonnie fehlten die Worte. Sie hatte ihrem Vater nie richtig nahegestanden, obwohl sie sich aus einem Ehrgefühl heraus verpflichtet gefühlt hatte, ihm nach seiner seltsam überstürzten Abreise nach Irland regelmäßig Geld zu schicken. So beschämend es auch war, löste das Wiedersehen mit ihm keinen anderen Gedanken in ihr aus, als daß sie ihren Laden verlieren würde. Nach all der Arbeit, den Tränen und dem Kampf um dieses Geschäft würde sie es ihm nun übergeben müssen, schuldenfrei und mit gefüllten Warenlagern. »Ich hatte dich nicht erwartet«, brachte sie schließlich mühsam hervor.

Jack Fitzpatrick lachte. Er trug einen schlechtsitzenden Anzug aus billigem Stoff, und obwohl er eben erst in Northridge angekommen war, roch er schon stark nach Alkohol. »Deiner Miene nach zu urteilen, wäre es dir wohl lieber, wenn ich fortgeblieben wäre«, bemerkte er, während er es sich am Tisch bequem machte, ohne zuvor um Erlaubnis gebeten zu haben. »Ich habe Hunger, Tochter, also mach mir bitte etwas zu essen . . .«

Widerwillig nahm Bonnie eine Pfanne und stelle sie auf den Herd, schürte das Feuer und schlug ein halbes Dutzend Eier in die Pfanne.

»Braves Mädchen«, lobte ihr Vater, und Bonnies Schultern

versteiften sich noch mehr, als sie Salz und Pfeffer auf die Eier gab. Als sie zu brutzeln begannen, drehte sie sich zu Jack Fitzpatrick um.

»Du bist gekommen, um zu bleiben?«

Wieder lächelte Jack und nickte zustimmend. Er hätte dringend eine Rasur gebraucht und seinem Geruch nach auch ein Bad. »Du scheinst nicht sehr erfreut darüber, Tochter.«

Bonnie kochte innerlich vor Zorn. »Ich war auch nicht sehr erfreut, deine Schulden im Brass Eagle begleichen zu müssen«, erwiderte sie, nahm einen Teller aus dem Schrank und stellte ihn klirrend vor ihren Vater auf den Tisch. »Es waren fünftausend Dollar!«

»Fünftausend Dollar, die du mit dem Verkauf meiner Waren aus diesem Laden verdient hast«, stellte Jack Fitzpatrick trocken fest, und damit schien die Angelegenheit für ihn erledigt. »Ich werde heiraten, Bonnie. Es wird Zeit, daß ich wieder seßhaft werde.«

Bonnie legte Besteck auf den Tisch, stellte Brot und Butter dazu und rührte die Eier um. Ihr Vater aß gern Rührei. »Weißt du schon, wen du heiraten wirst?«

»Oh, es gibt immer irgendeine Witwe, die froh ist, sich mit einem Geschäftsmann zusammenzutun. Ich glaube nicht, daß es mir schwerfallen wird, eine Braut zu finden.«

Mit brüsken, zornigen Bewegungen gab Bonnie Teeblätter in die gelbe Keramikkanne. Für einen Moment war sie versucht, sie ihrem Vater auf den Kopf zu schlagen, aber Gewalttätigkeit brachte sie jetzt auch nicht weiter. »Das wäre es dann also, was? Nach all der Zeit spazierst du hier herein und nimmst mir diesen Laden weg, ohne dir auch nur die geringsten Gedanken zu machen, wie es mir gelungen ist, ihn dir zu erhalten?«

Jack zog überrascht die dichten Brauen hoch. »Du bist eine verheiratete Frau mit einem Mann, der für dich sorgen kann. Einem sehr reichen Mann sogar. Was willst du mit einem Kolonialwarengeschäft?«

Bonnie dachte nicht daran, ihrem Vater Einzelheiten anzuvertrauen. Dazu war alles viel zu kompliziert und viel zu persönlich. »Es ist viel geschehen, wovon du keine Ahnung hast.«

»Kein Wunder«, beschwerte Fitzpatrick sich. »Du hast mir ja nicht mehr geschrieben, seit dein kleiner Junge starb.«

Jegliche Erwähnung Kileys, wie indirekt auch immer, reichte aus, um Bonnies Kraft zu rauben. Sie nahm den Teller und füllte ihn mit Rührei. »Es wird wohl eher das Geld gewesen sein, was du vermißt hast, als meine Briefe.«

Ihr Vater wirkte aufrichtig verletzt, als sie ihn ansah. So verletzt, daß Bonnie sich hastig abwandte und mit mehr Kraftaufwand als nötig gewesen wäre, Wasser in den Teekessel pumpte.

»Tochter.«

Bonnie setzte den Kessel klappernd auf den Herd und drehte sich wütend zu ihrem Vater um. »Rede nicht mit mir, als wäre ich noch immer ein kleines Mädchen mit geflicktem Kleid und Zöpfen! Ich bin eine erwachsene Frau und habe diesen Laden ganz allein und völlig ohne fremde Hilfe geführt! Du schuldest mir viel mehr als ein Dankeschön, ist das klar?«

Jack beschäftigte sich mit seinem Rührei, aber seine Augen glitzerten verdächtig, als er einen flüchtigen Blick in Bonnies Richtung warf. »Ich freue mich, daß dein irisches Temperament noch nicht gelitten hat, mein Kind. Ich bin sehr froh darüber. Denn wenn ich dich nicht in einem so guten Zustand angetroffen hätte, wäre Eli McKutchen reif gewesen für eine Auseinandersetzung!«

Tapfere Worte, dachte Bonnie, enthielt sich jedoch einer Antwort. Ihr ›Zustand‹ war längst nicht so gut, wie er Jack erscheinen mochte. Seufzend setzte sich sich zu ihm an den Tisch.

»Wo ist McKutchen überhaupt?« erkundigte sich Jack mit vollem Mund. »Und wie kommt es, daß er seiner Frau erlaubt, eine so niedrige Arbeit zu verrichten, wie einen Laden zu führen?«

»Ich habe ihn verlassen, nachdem Kiley starb«, antwortete Bonnie leise. »Und dann wurden wir geschieden.«

Jack Fitzpatrick erstickte fast an seinem Essen, vermutlich aus Angst, jetzt auch noch für eine erwachsene Tochter sorgen zu müssen. »Geschieden?« krächzte er fassungslos.

»Ja, aber mach dir keine Sorgen. Seit gestern abend sind wir wieder verheiratet. Und du hast auch eine kleine Enkeltochter.«

Jack schluckte. »Schnelle Arbeit«, murmelte er.

Bonnie lächelte, gab jedoch keinen Kommentar dazu. »Du bist sicher müde«, sagte sie, schon an der Küchentür. »Ich lasse dich allein, damit du dich etwas hinlegen kannst.«

»Bonnie . . .«

Sie trat hinaus und schloß die Tür hinter sich. Am Fuß der Treppe begegnete sie der Schneiderin, die gekommen war, den Karton mit ihrem ersten Tanzkleid abzuliefern.

Bonnie dankte ihr und ging. Da sie nicht unbedingt an Genoas Haus vorbei wollte, schlug sie die entgegengesetzte Richtung ein, was sie jedoch leider an Earline Kalbs Pension vorbeiführte.

Die Wirtin stand auf der Veranda und beugte sich lächelnd vor. »Arbeiten Sie jetzt wieder im Brass Eagle Saloon?« fragte sie gehässig.

Bonnie blieb stehen und umklammerte den Karton mit beiden Händen. »Ich wüßte nicht, was Sie das angehen sollte, Earline«, entgegnete sie freundlich, ohne die Frau jedoch dabei anzusehen.

»Hoffentlich haben Sie gestern nacht nicht wachgelegen und sich um Ihren Mann gesorgt«, fuhr Earline fort. »Er war bei mir in guten Händen.«

Der Karton mit dem scharlachroten Tanzkleid entglitt Bonnies Händen, aber sie ließ ihn einfach liegen. »Ich bin Ihnen so dankbar«, erwiderte sie gedehnt, »daß ich Sie anspucken könnte.«

Earline lachte. Sie wirkte sehr kurvenreich und weiblich in ihrem geblümten Sommerkleid, und Bonnie konnte sich nur zu gut vorstellen, daß jeder Mann bei ihr ›in guten Händen‹ war. »Ein Mann sollte ja wirklich nicht allein und einsam sein in seiner Hochzeitsnacht, nicht wahr, Bonnie?«

Nach einem tiefen Atemzug zählte sie stumm bis zehn. »Sie scheinen zu glauben, ich sei unglücklich«, sagte sie schließlich beherrscht. »Aber um ganz ehrlich zu sein, bin ich froh, daß Sie mir Eli abgenommen haben. Denn wissen Sie, unsere Ehe besteht nur auf dem Papier.«

Earline wirkte alles andere als überzeugt. »Aber sicher, Bonnie. Deshalb würden Sie jetzt auch am liebsten über das Geländer klettern und mir die Haare ausreißen.«

Bonnie hätte es nicht abstreiten können, ohne in den Augen Gottes als schamlose Lügnerin dazustehen. Deshalb bückte sie sich nur und hob den Karton wieder auf. »Sie haben Webb Hutcheson ein für allemal verloren. Earline – ich bin überzeugt davon, daß er Susan Farley noch vor dem Herbst heiraten wird. Und mich zu quälen, wird Sie gar nichts nützen und nicht das geringste an Ihrer Lage ändern.«

»Es macht mir eben Spaß«, gab Earline offen zu. »Und im übrigen ist es gar nicht so unangenehm, Eli McKutchen als Liebhaber zu benutzen. Er ist ein ganzer Mann, das kann man nicht anders sagen.«

Wenn man bedenkt, dachte Bonnie, was ich alles durchgemacht und überwunden habe – nur um jetzt als kaltblütige Mörderin gehängt zu werden ...

Sie ließ den Karton fallen und begann die Stufen zu Earlines Veranda hinaufzusteigen. Aber plötzlich fühlte sie sich von starken Armen umfaßt und zurückgezogen.

»Aber mein Engel«, vernahm sie Forbes Durrants vorwurfsvolle Stimme. »Du wirst doch nicht mit Earline kämpfen wollen!« Er machte eine Pause, um dann nachdenklich hinzuzufügen: »Sie ist mindestens vierzig Pfund schwerer als du.«

Earlines Gesicht wurde puterrot. In ihrer Entrüstung über Forbes' Bemerkung vergaß sie Bonnie, stürmte in ihr Haus und knallte die Tür hinter sich zu.

Bonnie drehte sich langsam zu Forbes um. »Ich sage es nicht gern, Forbes – aber vielen Dank! Ich hatte schon befürchtet, am Galgen zu enden.«

Forbes hob den Karton mit dem Tanzkleid auf. »Ich habe mich nur bemüht, mein Betriebskapital zu schützen. Diese Raubkatze hätte dich in Stücke zerrissen, und wozu wärst du dann noch zu gebrauchen gewesen?«

Plötzlich erwachte Bonnies Zorn von neuem. »Du erträgst es wohl einfach nicht, einer guten Tat beschuldigt zu werden, was?«

Forbes lächelte, steckte den Karton unter den einen Arm und

drängte mit dem anderen Bonnie in Richtung Saloon. »Ist es das, wessen ich beschuldigt werde? Wie erfrischend, Bonnie!«

»Du bist wirklich ein ausgemachter Schurke!« meinte Bonnie ärgerlich und stieß die Absätze in den aufgeweichten Boden, was jedoch nur bewirkte, daß Forbes sie noch unbarmherziger antrieb.

»Das gefällt mir schon viel besser!« entgegnete er lachend.

26

Sie hatten die Eingangsstufen des Saloons schon erreicht, bevor Bonnie sich bei Forbes Gehör verschaffen konnte. »Ich habe es mir anders überlegt«, sagte sie rasch. »Ich will nicht mehr tanzen.«

Forbes zog die Augenbrauen hoch, öffnete eine der breiten Doppeltüren und schob Bonnie durch die Eingangshalle und den Saloon in die Küche. Erst dort antwortete er. »Das ist reichlich unfair von dir, wenn man bedenkt, wie großzügig ich auf deine Bedingungen eingegangen bin.« Er warf den Karton achtlos auf einen Tisch, aber trotz dieser heftigen Bewegung wirkte Forbes nicht im geringsten verärgert.

Bonnie musterte ihn argwöhnisch und setzte sich dann auf eine der langen Bänke, die auf beiden Seiten den Tisch begrenzten. Normalerweise herrschte reger Betrieb in diesem Raum, aber an diesem Nachmittag hielt sich außer ihr und Forbes niemand darin auf. »Ich hatte erwartet, daß du wütend werden würdest«, gab Bonnie zu.

Forbes hockte sich ihr gegenüber rittlings auf die Bank. »Oh, wir sind schon ein Paar, wir beide.« Einen Ellenbogen auf den Tisch gestützt und das Kinn in die Hand, schaute er Bonnie nachdenklich an. »Du liebst Eli, ich liebe Lizbeth. Und doch scheinen wir nichts anderes zu tun, als sie immer weiter von uns fortzutreiben. Warum, glaubst du, tun wir das?«

Bonnie starrte ihn an, verblüfft über seine Freimütigkeit. »Ich weiß nicht, wie es sich bei dir verhält«, gestand sie unglücklich, »aber ich glaube, daß es bei mir Angst ist.«

»Angst? Wovor?«

Bonnie zuckte die Schultern. »Ich weiß nicht. Eli jagt mir einfach Angst ein – vielleicht, weil es so einfach wäre, mein Glück davon abhängig zu machen, was er denkt, sagt oder tut.«

Forbes nahm Bonnies Hand und lächelte aufmunternd. »Du, der Engel, die Bürgermeisterin von Northridge, solltest dein Glück von einem anderen Menschen abhängig machen? Nein, Bonnie, das glaube ich erst, wenn ich es sehe.«

Bonnie machte keine Anstalten, Forbes die Hand zu entziehen. Ihre Freundschaft mochte wie ein widersprüchliches Bündnis erscheinen, aber sie bestand seit langer Zeit und war sehr real. »Du kannst es glauben, Forbes«, sagte sie, »weil du es siehst. Wenn Eli mir tatsächlich wieder untreu gewesen wäre, hätte ich es nicht ertragen.«

»Wieso *wieder?* Was meinst du damit?«

»Nachdem unser kleiner Junge starb, verwandelte Eli sich in einen Fremden. Er wollte nichts mehr mit mir zu tun haben.« Sie brach ab, weil sie daran dachte, wie Eli am Abend zuvor im Garten geweint hatte, und ihre Kehle war plötzlich wie zugeschnürt. Forbes, der es zu merken schien, drückte beruhigend ihre Hand.

»Er hatte andere Frauen«, sagte sie.

Zorn flackerte in Forbes' dunklen Augen auf. »Erzähl weiter.«

Bonnie schüttelte nur den Kopf.

Wieder überraschte Forbes sie. Er ließ ihre Hand los und umfaßte ihr Kinn, um sie zu zwingen, ihn anzusehen. »Ich kann dir dazu nur eins sagen, Engel – Männer verstehen im allgemeinen nicht gut mit Trauer umzugehen. Man erwartet Härte von uns und keine Tränen. Es ist möglich, daß Eli auf die einzige Art getrauert hat, zu der er damals imstande war.«

Eine Träne rollte über Bonnies Wange, aber sie lächelte. »Willst du damit sagen, daß auch du zu tieferen Gefühlen imstande bist, Forbes?«

Er rieb sich mit einer Hand das Kinn, und wieder wunderte sich Bonnie, wie verdammt attraktiv er war, obwohl er dringend eine Rasur benötigt hätte und ein Kamm seinen Haaren auch nicht geschadet hätte. »O ja, mein Engel«, sagte er nachdenklich. »In der Nacht, als du McKutchen geheiratet hast – zum ersten Mal, meine ich –, habe ich so entsetzlich gelitten, daß ich glaubte, es nicht zu überleben.«

»Das tut mir leid«, sagte Bonnie, von tiefem Mitleid und einer merkwürdigen Trauer erfaßt. »Das wußte ich nicht. Ich wollte dich nicht verletzen . . .«

Ganz unerwartet und sehr sanft legte Forbes seine Hände um Bonnies Gesicht und strich mit dem Daumen die Spuren ihrer Tränen fort. Dann küßte er sie, aber nicht mit Leidenschaft, sondern ganz zärtlich und beinahe schüchtern. Er war sehr angenehm, dieser Kuß, obwohl er natürlich nicht das wohlige Prickeln in Bonnie auslöste, das sie bei Elis Küssen empfand.

»Ich will verdammt sein«, murmelte Forbes kopfschüttelnd. »Ich glaube, ich bin wirklich in Lizbeth verliebt.«

Bonnie lachte. »Und wie darf ich diese Bemerkung auffassen?«

Forbes' Hand glitt streichelnd über ihre Wange, aber sein Lachen war wieder so unbekümmert und schelmisch, wie Bonnie es von ihm gewohnt war. »Als Kompliment, mein Engel. Dich zu lieben, war mir so sehr zur Gewohnheit geworden, daß ich wahrscheinlich erwartet habe, meinen Namen zu vergessen oder etwas anderes in der Art . . . Als ich dich endlich küßte, meine ich.«

»Vergißt du deinen Namen, wenn du Lizbeth küßt? fragte Bonnie lächelnd.

Forbes nickte stöhnend. »Ja! Unter anderem – wie zu atmen beispielsweise oder wo ich wohne.«

Sein Unglück machte Bonnie auf unverständliche und bittersüße Weise glücklich. »Dann solltest du sie heiraten. Denn sonst vergißt du nachher noch dein Bankguthaben!«

»Ja, und *das* wäre tatsächlich eine Tragödie!« stimmte er entsetzt und gleichzeitig sehr begeistert zu.

Bonnie stand auf. »Was mich betrifft, so bin ich es leid, wie die Katze um den heißen Brei herumzuschleichen. Ich werde heimgehen und mit meinem Mann reden.«

»Ich fahre dich gern hin, wenn du möchtest«, bot Forbes sich an.

Bonnie stellte sich auf die Zehenspitzen und küßte Forbes auf die unrasierte Wange. »Vielen Dank, aber ich brauche die Zeit, um nachzudenken.«

Forbes strich ihr zärtlich übers Haar. »Auf Wiedersehen, Bonnie«, sagte er rauh. »Und viel Glück.«

»Das wünsche ich dir auch«, erwiderte sie leise, von einer unerklärlichen Traurigkeit erfüllt. Wer hätte gedacht, fragte sie sich, als sie das Haus durch die Hintertür verließ, daß es weh tun könnte, etwas zu beenden, was nie begonnen hatte?

In Genoas Haus war alles still, obwohl Bonnie fröhliches Geplauder aus dem Garten hörte. An solch warmen Abenden wurde das Essen oft draußen serviert.

Und das ist gut so, dachte Bonnie, als sie die breite Treppe in den zweiten Stock hinaufging. Sie wollte jetzt niemand anderen als Eli sehen. All ihre Instinkte, all ihre Gefühle trieben sie zu ihm hin.

Bonnie fand ihren Mann im Schlafzimmer, womit sie schon fast gerechnet hatte. Mit hängenden Schultern, das Gesicht in den Händen vergraben, saß er auf der Bettkante und schaute nicht einmal auf, als Bonnie eintrat.

Sie schloß die Tür hinter sich und lehnte sich für einen Moment dagegen.

Auch jetzt hob Eli nicht den Kopf. »Ich dachte, du würdest den Abend mit deinem Vater verbringen.«

»Nein«, entgegnete Bonnie seufzend. »Ich glaube, es wird eine ganze Weile dauern, bis der Wunsch nach einem Gespräch mit Jack Fitzpatrick in mir aufkommen wird. Ich war im Brass Eagle, um mit Forbes zu sprechen.«

»Aha«, sagte Eli nur. Mehr nicht.

Bonnie war enttäuscht. Sie hatte zumindest Zorn erwartet und leidenschaftliche Anklagen. Interessierte es Eli denn nicht, ob sie wieder als Saloontänzerin auftrat? Sie war so verunsichert, daß sie eine ganze Weile schwieg.

Eli ließ die Hände sinken, aber auch jetzt schaute er nicht in Bonnies Richtung. Irgendwie machte er den Eindruck tiefster Hoffnungslosigkeit auf sie.

Irgendwann überwand sie die unnatürliche Scheu, die sie beim Betreten des Zimmers erfaßt hatte, und näherte sich dem Bett. Als sie am Fußende stand, fragte sie: »Was ist, Eli? Was hast du?«

Er wandte sehr langsam den Kopf, und sie war bestürzt über die Qual, die sie in seinen Augen sah. »Es fällt mir nicht leicht, es dir zu sagen, Bonnie«, sagte er gequält.

Bonnies Herz drohte stehenzubleiben, erschrocken legte sie eine Hand darauf. Jetzt würde er ihr sagen, daß er sie belogen hatte, daß er doch mit Earline die Nacht verbracht hatte. Und vielleicht hatte er sogar beschlossen, ihre zweite Ehe annullieren zu lassen . . .

»Setz dich«, meinte er. Er lächelte schief und klopfte auf die weiße Bettdecke.

Bonnie kam seinem Wunsch nach, aber eigentlich mehr, weil ihre Knie unter ihr nachzugeben drohten. Aber sie sagte nichts, weil sie ihre gesamte Energie dazu aufwenden mußte, ihre Tränen zurückzuhalten.

»Da war eine Frau in Kuba«, begann Eli leise, und als Bonnie auch weiterhin schwieg, stieß er ein Lachen aus, das alles andere als humorvoll klang. »Consolata war eigentlich mehr ein Mädchen – sie muß um die achtzehn gewesen sein, als ich sie kennenlernte.«

Ohne hinzusehen, streckte Bonnie die Hand nach dem Bettpfosten aus und hielt sich daran fest. Auch jetzt brachte sie kein Wort über die Lippen, aber sie war nicht mehr bemüht, ihre Tränen zurückzuhalten.

Eli machte keinen Versuch, Bonnie zu berühren, und das war sehr lieb von ihm, weil sie es jetzt nicht ertragen hätte. »Ich habe gern Soldat gespielt, Bonnie, und als ich aufgefordert wurde, eine geheime Botschaft zum südlichen Teil der Insel zu bringen, nahm ich die Gelegenheit begeistert wahr. Ich war noch keine sechs Stunden in Santiago de Cuba, als ich in einer *cantina* einen Zusammenbruch erlitt . . .«

»Du hattest Gelbfieber«, warf Bonnie ein. Sie erinnerte sich noch genau an den Tag, an dem Genoa ihr einen Brief von Seth gezeigt hatte, in dem er berichtete, daß Eli sich mit Gelbfieber angesteckt hatte.

Eli berührte ihre Hand. »Ein junges Mädchen namens Consolata Torrez pflegte mich damals. Ich war die meiste Zeit besinnungslos. Selbst heute erinnere ich mich an kaum etwas anderes als Lehmwände, ein Kruzifix und die gottverdammte Hitze.«

Bonnie räusperte sich. »Und Consolata?«

Eli stand auf und blieb vor Bonnie stehen. Er löste ihre Finger vom Bettpfosten, hockte sich vor ihr nieder und nahm ihre Hände in seine. »Ich weiß, daß du mir nicht glauben wirst, Bonnie, aber ich würde Consolata nicht erkennen, wenn ich ihr auf der Straße begegnen würde. Die einzige Frau, die gesehen zu haben ich mich erinnere, bist du.«

Bonnie hatte Eli nicht ansehen wollen, aber ihr Blick glitt wie hypnotisiert zu ihm. »Hältst du mich wirklich für so dumm, dir all das zu glauben?«

Eli schloß für einen Moment die Augen. »Nein.«

»Du hast mit dieser Frau geschlafen, nicht?« fuhr Bonnie auf und versuchte, ihm ihre Hände zu entziehen. »Du hast mit Consolata Torrez geschlafen und willst mir jetzt erzählen, daß du sie im Fieberwahn für mich gehalten hast!«

»So fing es an, Bonnie«, sagte Eli gebrochen. »Ich schwöre dir, daß es so war.«

»Und wie hat es geendet?«

Eli hätte Schauspieler werden können. Er maß Bonnie mit einem zutiefst verwundeten Blick. »Wenn man Consolata und ihrem Onkel glaubt, hat es in Schande geendet.«

Es war Bonnie endlich gelungen, ihre Hände zu befreien, und sie verschränkte sie im Schoß, um sie nicht gegen Eli zu erheben. »Ich kann mir dein Entsetzen vorstellen«, spottete sie, »als du erfuhrst, daß du dein Vergnügen bei einer anderen als mir gefunden hattest.«

Eli richtete sich auf und ließ sich wieder neben Bonnie auf der Bettkante nieder. Die Sonne war längst untergegangen, der Raum war dunkel. Ein langes, quälendes Schweigen entstand.

»Hast du ihr ein Kind gemacht?« flüsterte Bonnie, als sie die Frage, die sie bedrängte, nicht länger ertragen konnte.

Eli packte Bonnie ganz unvermittelt an den Schultern und starrte ihr mit aufrichtiger Empörung ins Gesicht. »Nein, das habe nicht nicht«, erklärte er, ganz heiser vor Zorn. »Aber ich habe sie für jeden anderen Mann ruiniert, zumindest behauptete ihr Onkel das, und deshalb unterstütze ich sie seitdem finanziell! Bist du jetzt zufrieden, oder willst du uns beide noch mehr quälen, indem du auch die letzten Einzelheiten von mir verlangst?«

Irgendwie gelang es Bonnie, sich von Eli loszureißen und aufzuspringen. Sie schlug zu – und erst danach erkannte sie, daß sie nur versuchte, ihm so weh zu tun, wie er ihr weh getan hatte.

Er versuchte gar nicht erst, Bonnie aufzuhalten, und stand auch nicht auf.

»Warum hast du mir das jetzt erzählt?« flüsterte sie. »Warum hast du mir das nach all der Zeit erzählt, Eli?«

»Weil jemand die Sache mit Consolata herausgefunden und versucht hat, mich damit zu erpressen. Ich wollte nicht, daß du die Geschichte von jemand anderem hörst.«

Bonnie fühlte Übelkeit in sich aufsteigen. »Wer? Wer wollte dich damit erpressen?«

Eli bedachte sie mit einem zornigen Blick. »Weder Durrant noch Hutcheson«, stieß er hervor. »Also mach dir keine Sorgen – der Kreis deiner Bewunderer ist ungebrochen, Bonnie.«

»Ich kann immer noch Seth fragen.«

Eli streckte sich mit einem müden Seufzen auf dem Bett aus. »Wenn es dir so wichtig ist, Bonnie, dann tu, was du nicht lassen kannst.«

In diesem Augenblick löste sich der ganze Zorn, der sich während Elis Geständnisses in Bonnie aufgestaut hatte. Sie stürzte sich auf ihn wie ein wütendes Raubtier und biß und kratzte ihn – aber all das unter Tränen, weil die Qual so unerträglich war.

Eli wehrte sich und hielt Bonnie schließlich an den Handgelenken fest, bis sie sich nicht mehr rühren konnte und auf dem

Rücken neben ihm lag. Tiefe Kratzer zogen sich über seine Wangen, in seinen Augen glitzerten Tränen.

»Es tut mir leid, Bonnie«, sagte er erstickt. »Es tut mir so leid.«

Bonnie kämpfte noch immer wie wild, um freizukommen, und daher bedeutete es eine beträchtliche Überraschung für sie, als Eli sich plötzlich auf sie rollte und sie küßte.

Sein Gewicht erdrückte sie fast, doch Bonnie dachte nicht mehr daran, sich zu befreien. Als Eli ihre Hände losließ, legten sie sich wie von selbst um seinen Nacken, und sie erwiderte seinen Kuß mit einer fieberhaften Begierde, die ihm den Atem nahm.

Aufstöhnend preßte er seine Hüften an ihren schmalen Körper. Als Bonnie das ganze Ausmaß seiner männlichen Erregung spürte, war sie verloren.

Doch Eli löste sich von ihr, und Bonnie streckte beide Hände nach ihm aus, riß ihn zu sich herunter und preßte ihre Lippen auf seinen Mund, ihr Zorn und ihre Qual hatten nur noch ein einziges Ziel: Eli zu besitzen. Sie dachte nicht mehr und fühlte nur noch, war nichts anderes mehr als eine Frau, die neben einem von ihr begehrten Mann lag und geben wollte, was sie sich zu nehmen gedachte.

Das plötzliche Anspannen seiner Muskeln verriet Bonnie, daß Eli kein leichtes Opfer sein würde; er war zu sehr daran gewöhnt, selbst der Eroberer zu sein. Schweratmend löste er sich von ihr und rollte sich auf den Rücken. »Bonnie . . .« murmelte er in einem schwachen Versuch, sie zur Vernunft zu bringen.

Doch Bonnie kniete neben ihm nieder, knöpfte sein Hemd auf und ließ ihre Hände hungrig über seine warme Haut gleiten. Mit einem warnenden Blick ergriff er ihre Hände, aber sie riß sich los und streifte ihm das Hemd über die Schultern.

Bonnies Handflächen prickelten, als sie sanfte Kreise auf Elis nackter Haut beschrieben, und dann senkte sie den Kopf und schloß ihre Lippen um eine seiner Brustwarzen. Eli versteifte sich und stöhnte auf. Obwohl er sich tapfer bemühte, Bonnies Verführungskünsten zu widerstehen, war sein Widerstand schnell gebrochen. Er umfaßte Bonnies Hüften und warf sie blitzschnell auf den Rücken.

Es war eine hitzige, ungestüme, aber sehr befriedigende Vereinigung. Als Eli Bonnie zuflüsterte: »Jetzt willst du es, aber später wirst du es bereuen und mich wieder hassen«, hörte sie es kaum und sollte sich erst viel später an seine Worte erinnern . . .

Es war schon lange dunkel im Zimmer, und keine Lampe brannte. Bonnie schützte Schlaf vor, als Eli aufstand. Unter ihren Wimpern sammelten sich Tränen, aber das konnte er im Dunkeln ja nicht sehen.

Eli zog sich leise an, und Bonnie tat, als schliefe sie. Aber als er die Tür öffnete, hielt sie es nicht mehr aus. »Eli, warte«, rief sie unglücklich.

Er schwieg, aber sie spürte, daß sie nicht die einzige war, die mit gefährlichen Emotionen zu kämpfen hatte.

»Wo willst du hin?«

Eli seufzte schwer. »Nach San Francisco, glaube ich«, antwortete er. »Dort gibt es eine Werft, die ich gern kaufen würde.«

Bonnie war froh, daß er im Dunkeln nicht ihr Gesicht sehen konnte. Sie wollte ihm nicht zeigen, wie verletzt und verzweifelt sie war, dazu besaß sie zuviel Stolz. »Du hast die Hüttenwerke also schon satt«, sagte sie leise. »Sie reizen dich nicht mehr, was, Eli? Jetzt wird es Zeit für ein neues Spielzeug.«

Ein unterdrückter Fluch, als er die Tür zuschlug und zum Bett zurückkam, dann flammte ein Streichholz auf. Er zündete eine Lampe an und setzte sich zu Bonnie auf die Bettkante.

Aber sie hätte sich nicht zu sorgen brauchen, daß er ihre vom Weinen geröteten Augen sah, denn er schaute stur in eine andere Richtung. »Du glaubst, die Werke seien ein Spielzeug für mich?«

Trotz der Qual, die sie innerlich zerriß, zuckte Bonnie spöttisch mit den Schultern. »Es war kaputt, du hast es repariert, und jetzt hast du eben Lust, mit einer Werft zu spielen.«

Eli richtete seine hellen Augen auf Bonnie, und ein drohender

Blick erschien darin. Und da wußte Bonnie, daß er die Wahrheit über Consolata Torrez gesagt hatte und auch über Earline, aber es war zu spät, um zu verzeihen. Oder um zu lieben. Der Schaden war vermutlich nicht mehr wiedergutzumachen.

»Ich glaube, es ist besser, wenn Rose Marie hier bei dir bleibt.«

»Gut«, erwiderte sie, denn warum hätte sie Eli sagen sollen, daß sie Rose Marie nie kampflos hätte gehen lassen.

Die Matratze bewegte sich, und Elis Lippen streiften ihre. »Ich möchte nicht, daß du im Brass Eagle tanzt«, flüsterte er dicht an ihrem Mund. »Und ich möchte auch nicht erleben, daß du irgendeinen anderen Unsinn anstellst.«

»Du kommst zurück?« flüsterte sie verblüfft.

Eli nickte lächelnd.

Bonnie errötete vor Ärger. »Und hier sitze ich und weine mir die Augen aus, während du die ganze Zeit nur eine Geschäftsreise geplant hast?«

»Natürlich. Was hast du denn gedacht?«

»So eine Unverschämtheit! Nach allem, was du getan hast . . .«

»Du hast mir verziehen«, erinnerte Eli sie schmunzelnd. »Oder hast du das schon wieder vergessen?«

»Nein«, gab Bonnie zu. »Ich konnte es nicht verhindern. Ich liebe dich, Eli, daran ist leider nichts zu ändern.«

Er küßte sie noch einmal zärtlich. »Und ich liebe dich. Aber ich werde nicht zulassen, daß du in Forbes' Saloon arbeitest, hast du das verstanden?«

Bonnies Wangen brannten. Es fiel ihr nicht leicht, ihren Stolz zu schlucken. »Ich habe Forbes schon gesagt, daß ich nicht mehr tanze«, entgegnete sie von oben herab. »Du hättest es mir gar nicht zu verbieten brauchen.«

Lächelnd und kopfschüttelnd stand Eli auf, Bonnie griff nach seiner Hand und zog ihn wieder zu sich herab.

»Bleib«, sagte sie.

»Warum?«

»Weil vor morgen nachmittag kein Zug Northrigde verläßt!«

Eli zog langsam die Decke herunter und entblößte Bonnies

wohlgeformte Brüste. Sie erschauerte, versuchte jedoch nicht, sich zuzudecken, und als er eine Hand auf ihre Brust legte, seufzte sie glücklich und schloß die Augen. Es war ein wunderbares Gefühl.

Er streichelte sie zärtlich, und Bonnie hielt den Atem an, als seine Hand tiefer glitt und einen sinnlichen Kreis auf ihrem Bauch beschrieb.

Mit seiner freien Hand drückte er Bonnie auf die Kissen zurück. »Du hast selbst gesagt, wir hätten bis morgen nachmittag Zeit.«

»Oh . . . aber wir haben doch schon . . . Ohhh . . .« Bonnie krümmte den Rücken, als seine Finger noch tiefer glitten und behutsam ihre Schenkel spreizten. Sie biß die Zähne zusammen, und trotzdem entrang sich ihren Lippen ein Wimmern.

»Ich erwarte, daß du während meiner Abwesenheit in diesem Haus bleibst«, sagte Eli zerstreut. »Ich mißtraue diesen Gewerkschaftern.«

Bonnie schnappte nach Luft. »Oh!« rief sie. »Oh . . . Eli, wir haben das Abendessen verpaßt, und ich habe solchen Hunger . . .«

»Ich auch«, entgegnete er ganz ernst. »Ich bin ganz entsetzlich hungrig . . . aber nach dir.«

Bonnie spürte, wie er an ihr hinunterglitt, und ihre empfindsamste Stelle begann zu prickeln angesichts der zu erwartenden Freuden. Eine Hitzewelle erfaßte ihren Körper. Die erste Berührung mit seinen warmen Lippen entrang ihr einen heiseren Schrei der Lust, und mit geschlossenen Augen überließ sie sich der alles überwältigenden Ekstase, die nur er in ihr auszulösen verstand.

27

In den Tagen nach Elis Abreise war Bonnie so beschäftigt, daß sie kaum zum Nachdenken kam. Die Vorbereitungen für Genoas Hochzeit wurden nun ernsthaft in Angriff genommen, und Seth machte den Vorschlag, die offizielle Ankündigung ihrer Verlobung anläßlich eines großen Picknicks mit anschließendem Tanz bekanntzugeben.

Nur Bonnie und Lizbeth Simmons schienen die einzigen zu sein, die die allgemeine fröhliche Stimmung nicht so recht teilen konnten. Als sie eines Tages in dem neuerbauten Schulhaus standen und Lizbeths Miene auch dann noch düster blieb, als sie Bonnie all die wunderbaren neuen Errungenschaften zeigte, beschloß Bonnie zu handeln.

Sie schloß ihre Freundin in die Arme und sagte freundlich: »Liebe tut manchmal sehr weh, nicht wahr, Lizbeth?«

Lizbeth löste sich von ihr und trat zurück. »Warum mußte ich mich auch unter all den anständigen und verantwortungsbewußten Männer, die es auf der Welt gibt, in Forbes Durrant verlieben!«

Es war etwas ganz Neues für Bonnie, dieses Gefühl, Forbes verteidigen zu müssen. »Er *ist* anständig, Lizbeth«, sagte sie ruhig. »Und wenn du mit ›verantwortungsbewußt‹ meinst, ob er für eine Familie sorgen würde, dann ist er das auch.«

Lizbeth wischte beschämt ihre Tränen ab und sagte mit vor Ärger zitternder Stimme: »Er ist ein Saloonbesitzer, Bonnie! Ein Zuhälter, wenn man so will!«

»Ich weiß nicht, ob es so schrecklich ist, einen Saloon zu besitzen«, entgegnete Bonnie. »Wenn du dich damit abfinden könntest, wäre Forbes vielleicht sogar bereit, in der anderen Sache nachzugeben.«

»Ich weiß nicht, ob ich das könnte«, wisperte Lisbeth. »Forbes ist ein bekannter Wüstling und Frauenheld. Was für ein Ehemann würde er schon sein?«

Bonnie dachte an die Zärtlichkeit, die Forbes an jenem Tag in der Küche des Brass Eagle Saloons bewiesen hatte, und natürlich auch an seinen Kuß. Aber den erwähnte sie natürlich nicht. »Ein sehr interessanter, glaube ich. Und zweifellos ein leidenschaftlicher.«

Lizbeth errötet heftig, ein Beweis dafür, daß sie Forbes längst als leidenschaftlich kennengelernt hatte. »Ich liebe ihn so sehr, Bonnie«, sagte sie nach langer Zeit. »Ich möchte es nicht, aber ich kann einfach nicht anders.«

Bonnie erinnerte sich an Forbes' Beschreibung seiner Gefühle, wenn er Lizbeth küßte, und lächelte. »Empfindet er für dich das gleiche?« fragte sie, obwohl sie die Antwort schon kannte.

»Das sagt er.«

»Hat Genoa dir je von ihrer ersten Verlobung mit Seth Callahan erzählt?« fragte Bonnie nachdenklich.

Es entstand eine lange Pause. »Ja«, meinte Lizbeth dann.

Bonnie schaute ihrer Freundin offen in die Augen. »Dann wirst du wissen, was dummer Stolz alles zerstören kann. Und das sage ich nicht nur so dahin – ich habe selbst ähnliche Fehler gemacht. Hör auf meine Worte, Lizbeth, und erspar dir Leid und Qualen. Stolz ist ein sehr armseliger Begleiter in einsamen Nächten.«

Lizbeth musterte Bonnie scharf. »Das klingt ja, als glaubtest du, Eli für immer verloren zu haben«, sagte sie besorgt. »Dabei ist er doch nur auf Geschäftsreise. Genoa erwartet ihn täglich zurück.«

Bonnie biß sich auf die Lippen. Eli war schon fast zwei Wochen fort und hatte bisher nichts von sich hören lassen, weder durch Briefe noch durch Telegramme. Und deshalb war

Bonnie überzeugt, daß irgend etwas nicht in Ordnung war. Seufzend spreizte sie die Hände.

»Was Eli angeht«, sagte sie und dachte an die Sache mit Consolata Torrez, »findet das alte Sprichwort Anwendung: ›Aus den Augen, aus dem Sinn‹.«

Lizbeth erblaßte. Wahrscheinlich hegte sie hinsichtlich Forbes Durrants Fähigkeit zur Treue einen ähnlichen Verdacht wie Bonnie bei Eli. Dennoch sagte sie mit leisem Vorwurf: »Eben hast du mir noch zu verstehen gegeben, du würdest die Zeit bereuen, die du verschwendet hast, Bonnie.«

»So ist es auch«, stimmte Bonnie zu.

»Würdest du anders handeln, wenn du die Uhr zurückdrehen könntest?«

Bonnie dachte an die furchtbare Zeit nach Kileys Tod, an Elis Kälte und seine Treuebrüche und an seinen Aufbruch nach Kuba. »Ich würde heute kämpfen«, sagte sie entschieden. »Irgendwie würde ich mein eigenes Leid überwinden und Eli zwingen, sich auch mit seiner Trauer auseinanderzusetzen. Und wenn er trotzdem darauf bestehen würde, nach Kuba zu gehen, würde ich auf ihn warten. Ich würde da sein, wenn er zur Besinnung käme.«

»Mein Gott!« meinte Lizbeth beeindruckt. »Du mußt diesen Mann wirklich sehr lieben!«

»Mehr als mein Leben«, erwiderte Bonnie ohne Zögern, »und sicherlich mehr als meinen Stolz.« Sie ging auf die Tür zu, denn es wurde Zeit, nach Hause zu gehen, um Rose Marie zu füttern und zu baden und ins Bett zu bringen. Doch an der Tür blieb Bonnie noch einmal stehen. »Wenn du Forbes nicht verlieren willst – und ich versichere dir, Lizbeth, daß es mehr als genug Frauen auf dieser Welt gibt, die bereit wären, ihn über dich hinwegzutrösten –, dann solltest du um ihn kämpfen.«

Als Bonnie nach Hause kam, schlug die große Standuhr in der Halle acht. Es war viel später, als sie gedacht hatte, und natürlich war Rose Marie längst im Bett. Dafür würde Katie schon gesorgt haben.

Müde und niedergeschlagen ging Bonnie hinauf. Sie wollte wenigstens noch einen letzten Blick auf ihre schlafende kleine Tochter werfen, bevor sie sich ein Bad einließ und selbst zu Bett ging.

Leise öffnete sie die Tür zum Kinderzimmer und blieb dann wie angewurzelt stehen. Im hellen Mondschein, der durchs Fenster fiel, erkannte sie Eli, der vor Rose Maries Bett in einem Sessel saß, das Kinn auf der Brust, und ganz offensichtlich schlief.

Ein Lächeln spielte um Bonnies Lippen, als sie sich behutsam über ihre Tochter beugte und sie auf die Stirn küßte. Ausgerechnet diesen Moment wählte Eli, um zu erwachen, und als Mann, der sich die ihm bietende Gelegenheit zu nutzen wußte, kniff er Bonnie zärtlich in den Po.

Sie fuhr zusammen und richtete sich auf, empört und gleichzeitig sehr, sehr froh, daß Eli wieder bei ihr war. »Flegel!« beschimpfte sie ihn leise.

Eli stand auf, hob Bonnie auf die Arme und trug sie ins angrenzende Schlafzimmer, wo er ihr wortlos und ohne Einleitung das Kleid aufzuknöpfen begann.

Auf ganz eigenartige Weise erregt und mit heftig pochendem Herzen überlegte Bonnie, was sie sagen konnte. Irgend etwas ganz Normales und Alltägliches. »Hast du die Werft gekauft?« platzte sie schließlich heraus.

Eli hatte Bonnies Kleid inzwischen aufgeknöpft, und seine warmen Hände berührten ihre nackten Schultern, als er ihr das Kleidungsstück abstreifte. Sein leises Lachen war heiser, warm und sehr, sehr männlich. »Darüber reden wir später. Jetzt, mein Liebling, brauche ich *dich.*«

Mit geschickten Fingern begann er die Bändchen zu lösen, die ihre Pantalettes und ihr Mieder zusammenhielten, und Bonnie war plötzlich genauso nervös wie damals als junge Braut nach ihrer ersten Hochzeit mit Eli.

»Wie lange bist du schon zu Hause?« frage sie. »Der Zug ist schon vor Stunden eingelaufen . . .«

Elis geschicke Hände hatten ihre Arbeit fast beendet. »Seit einer Woche«, antwortete er schmunzelnd, den Blick auf Bonnies Mund gerichtet. »Aber darüber reden wir auch später.«

»Eine Woche?« Bonnie wich einen Schritt vor ihm zurück. »Eli McKutchen, du warst gar nicht in San Francisco! Was . . .«

Er zog sie an sich, umfaßte ihre zitternden Schultern und küßte sie ganz zart auf die Lippen. Bonnie vergaß alle Fragen, die sie ihm stellen wollte, und einen Moment später, als die Lampe gelöscht war und Eli sich neben ihr auf dem Bett ausstreckte, vergaß sie auch ihren Namen.

Mary. Jane. Elizabeth. Sie lächelte, als ihr Mann sich aufstöhnend in ihr versteifte, in einem letzten Aufflammen der Leidenschaft, die sie bereits auf den Gipfel der Ekstase geführt hatte. Nein, Bonnie, das war's. Der Name mußte Bonnie sein.

»Ich liebe dich«, flüsterte sie, als Eli seinen blonden Kopf ermattet auf ihre Schulter sinken ließ. »Ich liebe dich«, wiederholte sie noch einmal und begann vor lauter Glück zu lachen, so heftig, daß Eli verwundert den Kopf hob.

Noch immer völlig außer Atem, beugte er sich über Bonnie und küßte sie. »Hast du eigentlich eine Vorstellung davon«, murmelte er dicht an ihrem Mund, »wie sehr – und wie häufig – ich dich brauche?«

»Ich kann es mir in etwa vorstellen«, neckte Bonnie ihn. »In acht Monaten, neunundzwanzig Tagen und fünfzehn Minuten werde ich wohl Drillinge bekommen.«

Eli grinste entzückt. »Das wäre wunderbar. Hmm, laß uns die ganze Nacht so schlafen. Ich bin so gern in dir.«

»Vielen Dank, Sir«, erwiderte Bonnie mit einem Kuß auf sein stoppeliges Kinn, »ich habe Sie auch sehr gern in mir. Aber die traurige Realität ist, daß du schwer bist wie ein Pferd und mich unter dir zerquetschen wirst.«

Behutsam richtete er sich auf die Ellbogen auf, ohne sich jedoch aus Bonnie zurückzuziehen. Sein Gesicht, auf das der helle Mondschein fiel, war plötzlich ernst. »Ich war nicht in San Francisco«, gab er ehrlich zu.

Bonnie bewegte ihre Hüften, aus dem puren Vergnügen heraus, ihn wieder in sich wachsen zu fühlen. »Das hatte ich mir schon gedacht. Wo warst du also?«

»In Spokane, jedenfalls die ersten Tage.«

»Und dann in Northridge, vermute ich«, schloß Bonnie spitz.

»Der Himmel stehe dir bei, Eli McKutchen, falls du in Earlines Pension gewesen bist!«

Eli stöhnte, hin und hergerissen zwischen dem Bedürfnis, Bonnie alles zu erzählen und seinem wiedererwachenden Verlangen nach ihr. Die einladenden Bewegungen ihrer Hüften machten es ihm nicht gerade leichter, sich zu entscheiden. »Ich habe nicht . . . o Gott, Bonnie, tu das nicht . . .«

Ihren Triumph auskostend, ließ sie ihre Hände streichelnd über seinen kräftigen Rücken gleiten. »Erzähl weiter«, forderte sie ihn lächelnd auf, obwohl ihr Herzschlag immer schneller wurde und sie allmählich Schwierigkeiten mit dem Atmen hatte.

Eli erschauerte und drang noch tiefer in sie ein. »Du Biest«, flüsterte er. »Es macht dir Spaß, mich so zu quälen . . .«

»O ja, es ist ganz wundervoll . . . Vor allem so . . .«

»Ich war . . . bei deinem Vater . . .« Eli holte keuchend Atem. »Du herzloser kleiner . . . Teufel . . . Wie soll ich dir etwas erzählen . . .«

Bonnie stieß ein triumphierendes Lachen aus und schloß selig die Augen, als sie im gleichen Augenblick wie Eli den Gipfel der Ekstase erreichte.

Geschwächt und sehr viel weiser, rollte Eli sich auf die entfernte Seite des Betts, als der Sturm nachgelassen und sie sich voneinander gelöst hatten. Er ging sogar so weit, die Bettdecke über seine nackten Schenkel zu ziehen.

Bonnie fand das ungeheuer komisch und schüttelte sich insgeheim vor Lachen.

Im flackernden Schein der Lampe bedachte Eli sie mit einem strengen Blick. »Wage es ja nicht, mich noch einmal anzufassen, bevor du weißt, was ich in diesen zwei Wochen unternommen habe!«

Bonnie kicherte jetzt ganz offen. »Ja, Sir!« entgegnete sie, und dann begann Eli zu erzählen, wie er sich tagsüber in der Wohnung ihres Vaters versteckt gehalten hatte und nachts den Gewerkschaftsleuten gefolgt war, um zu sehen, was sie im Schilde führten. Davor war er in Spokane gewesen und hatte einige bestürzende Informationen über die Art ihres Vorgehens erhalten. Wie eigentlich schon zu erwarten gewesen war, gaben diese Leute sich nicht so leicht geschlagen.

Bonnie verstand jetzt endlich das Unbehagen, das sie seit Elis Abreise gequält hatte. Sie richtete sich besorgt auf. »Aber die Hüttenwerksarbeiter haben abgestimmt – ein oder zwei Tage, nachdem du fort warst . . .«

»Ich weiß«, fiel Eli ihr ins Wort. »Sie sprachen sich fast einstimmig gegen die Mitgliedschaft in der Gewerkschaft aus, obwohl sie sich eigentlich schon gern organisieren würden. Aber in einer Gewerkschaft ihrer eigenen Wahl. Jack hat mir alles erzählt.«

Bonnie fragte sich, wie aus Jack Fitzpatrick, den Eli nie gemocht hatte, plötzlich ein Vertrauter und Verbündeter geworden war. Früher war er immer nur ›ihr Vater‹ für Eli gewesen und nun war er plötzlich ›Jack‹? Das ergab doch keinen Sinn. »Wieso hast du meinen Vater um Hilfe gebeten, anstatt zu Seth oder Forbes oder sogar Webb zu gehen?«

»Seth und Forbes waren natürlich über meine Pläne informiert«, entgegnete Eli. »Und Webb – nun ja, die ganze Sache war seine Idee. Kluger Mann, dieser Hutcheson – wußtest du, daß er sich um das Amt des Bürgermeisters bewerben will?«

»Ich bin jedenfalls sehr froh, daß du allen in dieser Stadt zu vertrauen scheinst – mit Ausnahme von mir!« meinte Bonnie, plötzlich wütend geworden.

Eli strich ihr lächelnd über die Wange. »Ich vertraue dir blind«, sagte er dann ernst. »Aber in diesem Fall war es sicherer für dich, zu glauben, daß ich in San Francisco war. Die Kerle von der Gewerkschaft haben dich beobachtet, und dein wehmütiger, sehnsüchtiger Gesichtsausdruck überzeugte sie, daß die Katze aus dem Haus war und die Mäuse sich frei bewegen konnten.«

Bonnie war entrüstet. »Mein ›wehmütiger, sehnsüchtiger‹ Gesichtausdruck!« Tränen der Wut füllten ihre Augen, und sie schlug mit einem Kissen nach Eli. »Du Schuft! Ich war fest davon überzeugt, daß du nach San Francisco gefahren und von deiner neuen Werft so fasziniert warst, daß du mich vergessen hattest!«

Eli seufzte zufrieden und schaute lächelnd zur Zimmerdecke auf. »Ich könnte dich nie vergessen, Bonnie. Niemals. Aber ich muß zugeben, daß es schön war, festzustellen, wie sehr du mich vermißt.«

»Du Schuft«, sagte sie noch einmal, aber schon sehr viel lahmer als zuvor. »Du hast mir nachspioniert wie der Held in einer schlechten Detektivgeschichte!«

»Ja. Manchmal kam ich sogar in dieses Zimmer, um dich beim Schlafen zu beobachten. Du kannst dir gar nicht vorstellen, wie schwer es mir gefallen ist, dich nicht zu wecken, um dich zu lieben.« Wieder spielte ein verschmitztes Lächeln um seine Lippen, obwohl er immer noch zur Decke aufschaute. »Und da wir uns gerade so nett unterhalten, möchte ich dir noch etwas Erfreuliches mitteilen. Ich glaube, du solltest dich langsam mit dem Gedanken an eine Stiefmutter anfreunden. Ich habe einiges gehört, als ich im Laden war, und ich glaube, daß dein Vater schon sehr bald heiraten wird.«

Bonnie kniete auf dem Bett und auf Elis Magen, bevor er Gelegenheit hatte, sich zu schützen. »Wen will er heiraten? Du wirst es mir sofort sagen, Eli, denn sonst . . .«

Eli stöhnte, aber diesmal nicht aus Leidenschaft. »Die Antwort wird dir nicht gefallen«, sagte er und schob Bonnie sanft von seinem Magen.«

»Sag es mir!«

Ganz unvermittelt begann Eli schallend zu lachen. Er machte Anstalten, aus dem Bett zu fliehen, aber Bonnie schlang ihm beide Arme um die Taille und hielt ihn fest.

»Glaubst du, du könntest dich dazu überwinden, Earline ›Mama‹ zu nennen?« erkundigte er sich grinsend.

Bonnie schlug beide Hände vor den Mund und starrte Eli in sprachlosem Entsetzen an. Aber dann kam ihr das Ironische der Situation zu Bewußtsein, und sie lachte entzückt. Und ob sie sich dazu überwinden konnte, Earline *Mama* zu nennen! Sie würde es sogar ganz bewußt tun und so häufig, bis Earline wünschte, das Wort sei nie erfunden worden!

Elis Lächeln verblaßte. »Bonnie«, sagte er ernst und zog sie fest in die Arme. »Hör mir zu.«

Sie spürte seinen Herzschlag an ihrer Wange. »Ich höre.«

»Die Gewerkschaft beabsichtigt, die Hüttenwerke heute nacht oder morgen früh in die Luft zu jagen. Ich muß das verhindern, und ich möchte, daß du mir versprichst, hier im Haus zu bleiben.«

Bonnie versteifte sich ganz unbewußt. Wenn Eli sich in Gefahr begab, dann wollte sie bei ihm sein. Sie brachte die einzige Ausrede vor, die ihr auf die Schnelle einfiel. »Ich bin die Bürgermeisterin dieser Stadt!«

Eli löste sich von ihr und begann sich anzuziehen. »Ich habe genug Hilfe, Bonnie – ich brauche keine Frau, auf die ich aufpassen muß.« Er drohte ihr mit dem Finger. »Du solltest meine Warnung nicht mißachten, denn sie ist mir ernst gemeint. Wenn ich dich heute nacht irgendwo in der Nähe der Werke sehe, wirst du die erste Bürgermeisterin in der Geschichte sein, die öffentlich den Po versohlt bekommt!«

Bonnie war viel zu verängstigt, um ärgerlich zu werden. Dazu war später Zeit, wenn – und falls – Eli diese Nacht überlebte. »Abe ich würde mir solche Sorgen machen . . .«

Elis Gesichtsausdruck war kalt und hart wie Granit. Ganz offensichtlich war es ihm sehr ernst, was er gesagt hatte, und es wäre sinnlos gewesen, mit ihm zu diskutieren. Es gab nur eine Möglichkeit, sein unmögliches Verbot zu umgehen, und dazu mußte sie so tun, als fände sie sich damit ab.

Mit hängenden Schultern ging Bonnie ins Bett zurück. Sie seufzte und schloß sogar die Augen. »Na schön. Dann sehen wir uns morgen früh.«

Eli fluchte verhalten, und dann schloß sich seine Hand über Bonnies Mund. Sie riß erschrocken die Augen auf und versuchte, sich zu befreien, aber Eli hielt sie nicht nur fest, sondern knebelte sie sogar mit ihrem eigenen Unterhemdchen. Dann, um die Demütigung komplett zu machen, band er ihre Hände zusammen und befestigte sie mit einem Gürtel am Bettpfosten.

Bonnie zappelte hilflos, aber der Knebel hinderte sie am Schreien, und der Gürtel erlaubte ihr ohnehin keine großartigen Bewegungen.

Grinsend küßte Eli sie auf die Stirn. »Tut mir leid, mein Liebling«, sagte er leichthin, »aber ich fürchte, nur so kann ich sicher sein, daß du im Haus bleiben wirst. Ich komme zurück, sobald ich kann.«

Stunden schienen zu vergehen, während Bonnie versuchte, sich aus ihrer mißlichen Lage zu befreien. Sie war noch nie in ihrem Leben so wütend gewesen, hatte sich noch nie so hilflos gefühlt und noch nie eine solche Angst um Eli ausgestanden. Irgendwann sank sie in einen unruhigen Schlaf.

Die Explosion erschütterte das Haus und ließ die Fenster klappern, und Bonnie erwachte mit einem Schrei, den der Knebel in ihrer Kehle erstickte. Sie zerrte wie wild an dem Gürtel, der ihre Hände am Bettpfosten festhielt, und gab halb erstickte Laute von sich, als jemand an ihrer Tür klopfte.

Gott sein Dank, dachte Bonnie, als ihre Schwägerin hereinkam. Genoa war leichenblaß und riß entsetzt die Augen auf, als sie Bonnies Lage sah.

»Ich wußte ja, daß ihr sehr leidenschaftlich seid«, schimpfte sie, als sie Bonnies Fesseln und den Knebel löste. »Aber ich finde, das geht doch etwas zu weit!«

Als Bonnie endlich frei war, erschütterte eine zweite Explosion die Mauern.

»Was in aller . . .« Genoa rannte zum Fenster hinüber. »Wo ist Eli, und warum warst du gefesselt?«

Bonnie hatte keine Zeit für Erklärungen. Während sie sich hastig anzog, kam weinend Rose Marie herein, gefolgt von einer sehr verschreckten Katie. »Um Himmels willen! Was hat das zu bedeuten?«

»Es sind die Werke!« stieß Bonnie hervor und gab ihrer Tochter rasch einen Kuß. »Ihr bleibt alle hier – und paßt mir gut auf Rose Marie auf!«

»Unsinn!« rief Genoa und eilte auf ihr Zimmer zu. »Du wartest auf mich, Bonnie«, rief sie drohend. »Ich gehe mit dir!«

Aber Bonnie wartete nicht. Sie rannte, so schnell sie konnte, auf die Werke zu und hoffte, daß noch etwas von ihnen übrig war. Vor allem von ihrem eigensinnigen, arroganten Eigentümer! O Gott, flehte sie stumm, laß ihn noch am Leben sein. Bitte, bitte, laß Eli nicht tot sein!

Vielleicht hundert Männer standen vor dem teilweise zerstörten Werk herum, aber Bonnie drängte sich rücksichtslos durch ihre Reihen. Eli stand bei Forbes und Seth und schaute zu, wie ein Dutzend Gewerkschafter einer nach dem anderen gefesselt in einen Wagen gestoßen wurde.

Im ersten Moment war Bonnie so erleichtert, daß sie weder etwas sagen noch sich bewegen konnte. Sie stand einfach da, am Rand der Menschenmenge, und starrte auf Elis schmutziges Gesicht und seine zerrissene Kleidung.

Forbes, der mindestens so schmutzig war wie Eli, bemerkte sie als erster. Seine Zähne blitzten bemerkenswert weiß in seinem rußgeschwärzten Gesicht, als er grinsend seinen Arbeitgeber anstieß und etwas sagte, was Bonnie nicht hören konnte.

Eli lächelte nicht, seine Augen flackerten vor Zorn, und Bonnie erinnerte sich plötzlich an seine Drohung, ihr einen höchst beschämenden Platz in der Geschichte ihres Landes zu sichern.

Aber wenigstens lebte er! Bonnie lachte und weinte vor Freude, und auch sein Gesichtsausdruck verlor etwas von seiner Strenge, als er sich ihr näherte. Vor allen Leuten hob er sie auf die Arme und küßte sie, was ihnen schallenden Applaus einbrachte. Aber als er Bonnie wieder absetzte und ihr einen harten Klaps auf den Po gab, klatschten die Männer noch viel begeisterter.

Bonnie errötete vor Ärger und versetzte Eli einen Tritt gegen das Schienbein. Die Zuschauer heulten vor Lachen, und Eli heulte auf vor Schmerz.

»Ich danke dem lieben Himmel, daß du nicht tot bist, Eli«, schrie Bonnie, »denn jetzt kann ich dich wenigstens selbst umbringen! Mich zu verschnüren wie ein Schaf, bevor es geschoren wird, was?« Sie stürzte wieder auf ihn zu, aber er wich vor ihr zurück und hielt schützend beide Hände vor sich.

»Beruhige dich, Bonnie, also wirklich . . .«

»Beruhigen? Und ob ich mich beruhigen werde! Sobald ich dir die Eingeweide herausgerissen habe, du abscheulicher Rohling!«

Eli schrie vor Lachen und rannte – sehr zum Entzücken seiner Männer – um sein Leben.

Die Liebe schien überall zu sein.

Genoa und Seth, Webb Hutcheson und Susan, Lizbeth und Forbes – für alle hielt das Schicksal an diesem Tag nur Liebe und Glück bereit. Sogar Bonnies eigener Vater mußte sich auf diesem Fest zur Feier von Genoas und Seth' Verlobung zum Narren machen, indem er mit einer aufgeputzten Earline Kalb herumlief, ihr Limonade holte und sogar seine Jacke auf dem Rasen ausbreitete, damit sie ihr neues Musselinkleid nicht beschmutzte.

Es war widerlich.

Die Musiker stimmten ihre Fiedeln, als die Dämmerung hereinbrach, und auf der großen hölzernen Plattform, die zum Tanzen vorgesehen war, begann ein munteres Treiben.

Bonnie hatte Eli seit dem Morgen, als sie ihn durch die halbe Stadt verfolgt hatte, nicht mehr gesehen. Als sie jetzt einsam und in einiger Entfernung von der fröhlichen Gesellschaft an einer Birke lehnte, seufzte sie entmutigt. Er hatte den Tritt verdient, genau wie alle die Beleidigungen, die sie ihm zugerufen hatte. Trotzdem fühlte sie sich so allein, daß ihr fast die Tränen kamen. Aber sie würde verdammt sein, wenn sie weinte. Sie hatte genug Tränen um Eli McKutchen vergossen. Er war es einfach nicht wert.

Ihre Kehle wurde eng, als das erste Lied verklang und zu einem Walzer aufgespielt wurde. O doch, flüsterte ihr Herz, Eli ist deine Tränen wert und noch viel mehr. Und nun hatte er bestimmt den nächsten Zug bestiegen und war nach irgendeinem unbekannten Ziel abgereist!

Als sie eine Hand auf ihrem Ellbogen spürte, erschrak sie zunächst, aber dann sah sie, daß es Eli war, der lächelnd an ihrer Seite stand. Er sah so unverschämt gut aus, daß Bonnie ihn fast wieder getreten hätte.

»Wo hast du gesteckt?« flüsterte sie, als er sie zur Tanzfläche führte.

»Ich habe geschlafen«, antwortete er. »Es ist sehr erschöpfend für einen Mann, mit einer Frau wie dir verheiratet zu sein.«

Bonnie schaute zu Eli auf und legte ihre ganze Zuneigung zu ihm in ihren Blick. »Willst du etwa das Handtuch werfen?«

Er führte sie mitten auf die Tanzfläche, und sie hätten dort mutterseelenallein sein können angesichts der Aufmerksamkeit, die sie den anderen Tänzern schenkten. Es gab nur sie beide und höchstens noch den dunklen Sternenhimmel über ihnen.

Elis goldbraune Augen glühten vor Bewunderung, als er seine Frau ansah und das neue Kleid betrachtete, das sie am Nachmittag extra für ihn gekauft hatte – mit der Absicht, ihm zu imponieren, sollte sie ihn jemals wiedersehen.

»Ich liebe dich«, sagte sie leise.

Eli nickte zustimmend und zog Bonnie noch fester in die Arme, als ein neuer Walzer den alten ablöste. »Kostet es noch immer einen Dollar, mit einem Engel zu tanzen?«

Bonnie schaute ihm lächelnd in die Augen. »Für dich«, sagte sie, »macht es zwei Dollar.«

ENDE